Im Land der Kaffeeblüten

LAURA ANTONI

Im Land der Kaffeeblüten

ROMAN

Thienemann

Ant 15 Im 0 (1)

1 *Guatemala, Departamento Alta Verapaz 1901*

»Margarete! Mar-ga-rete!« Die Stimme ihrer Gouvernante klang verärgert. »Wo ist das verflixte Mädchen nur schon wieder?«

»Pst, Juan. Lass sie uns ruhig suchen.«

Margarete, zierlich und schmal für ihre fast siebzehn Jahre, grinste den Jungen an und hob den Finger vor die Lippen. Sie ließ die Hand sinken und bedeutete ihm, ihr zu folgen. Er lächelte, zuckte mit den Schultern und lief ihr nach, tiefer in die Schatten des Dschungels hinein.

Die Farne schlossen sich hinter ihnen und niemand würde vermuten, dass sie beide diesen Weg gegangen waren. In der Hitze des frühen Nachmittags wirkte der Regenwald still wie ein Dom. Nur ab und zu durchbrach das Zwitschern eines Vogels oder das leise Zirpen der Grillen die Ruhe, beinahe als ob alle Tiere auf die Kühle der Nacht warteten. Hinter ihnen raschelte es. Juan fuhr herum und stellte sich vor Margarete, bereit, sie gegen alles und jeden zu beschützen. Doch es war nur ein Gürteltier, das sich schnaufend seinen Weg durch das Unterholz bahnte. Sie sahen sich an und lächelten.

»Sieh nur, wie schön.« Margarete blieb stehen und bewunderte die Blüte einer Orchidee. Feine rote Streifen zeichneten sich auf den gelben Blättern ab. »Ich werde sie vermissen. Die Schönheit unseres Waldes.«

»Ich werde dich vermissen.« Sanft strich Juan ihr eine Haarsträhne aus dem Gesicht. »Sie werden dich bestrafen.«

Margarete lachte nur und lief davon. Tiefer in das Halbdunkel des Waldes hinein. Erschreckt stoben rote und grüne Aras vor ihr auf wie Blumen, die plötzlich aus dem Grün des Waldes wuchsen.

»Dein Vater wird dich bestrafen«, wiederholte Juan, nachdem er sie eingeholt hatte, und strich sich die schwarzen Haare aus der Stirn. Sein kantiges Gesicht wirkte weicher, als er Margarete aufmerksam betrachtete. In der Aufregung hatten sich ihre Wangen gerötet und ließen die Sommersprossen beinahe verschwinden. Schmutzflecken bedeckten ihr helles Kleid und die Haube war ihr vom Kopf gerutscht. In der Nachmittagssonne glänzten ihre hellblonden Haare beinahe weiß. Weiß wie die *monja blanca,* die weiße Nonne, die Juan ihr heute geschenkt hatte. Er hatte Margarete die Orchidee nur überreichen wollen, um sich von ihr zu verabschieden. Doch sie war aus dem großen Herrenhaus davongelaufen und mit ihm in den Nebelwald, der die Kaffee-Finca umgab, geflohen. Schon nach kurzer Zeit waren die Rufe ihrer Gouvernante, die nach ihnen suchte, verklungen. »Sie wird sehr wütend sein, wenn du nicht bald zurückkehrst.«

»Ach was.« Margarete machte eine wegwerfende Geste mit der Hand. Dann strich sie eine Haarsträhne zurück, die ihr immer wieder vorwitzig ins Gesicht fiel. »Sie ist immer ärgerlich. Lass uns heute ein Abenteuer erleben.«

Ihr Lächeln verschwand hinter einem Schleier aus Traurigkeit. Juan schaute sie prüfend an und strich ihr sanft die Strähne zurück, die sich schon wieder gelöst hatte. Sie legte ihre Hand über seine und lehnte ihre Wange an sie. Gemeinsam schwiegen sie einen Augenblick. Vorsichtig entzog er ihr die Hand und öffnete den Mund.

»Bitte, bitte«, kam sie seinen Worten zuvor. Traurigkeit umschattete ihre hellen Augen und ließ sie älter, erwachsener wirken. »Heute ist unser letzter gemeinsamer Tag. Schenk mir ein bisschen Zeit.«

»Mehr als das.« Er beugte sich zu ihr und küsste sie auf den Scheitel, schloss die Augen und flüsterte: »Ich habe dir mein Herz geschenkt.«

Sie schwieg und lehnte sich an ihn, spürte seinen Herzschlag an ihrer Wange. Er hielt sie fest, so fest, dass es schmerzte, aber sie zog ihn nur enger an sich, als ob sie eins mit ihm werden wollte und die Welt und das Wissen um den Abschied ausschließen wollte.

»Bring mich zu unserem Wasserfall«, bat sie schließlich und atmete tief ein. Sie versuchte, die Tränen zurückzudrängen, wollte nicht weinen, doch sie kam nicht gegen die tiefe Traurigkeit an, die sie zu überwältigen drohte. Sie wandte sich ab, aber er hatte die Tränen bereits bemerkt.

Ganz sanft berührte er ihr Kinn und drehte ihren Kopf zu sich.

»Es ist nur ein Jahr«, sagte er. Seine Stimme klang rau und er schluckte, als ob auch er gegen Tränen ankämpfen musste.

»Wirst du auf mich warten?« Sie näherte sich seinem Gesicht, bis sich ihre Nasen berührten. Ohne es zu bemerken, hielt sie den Atem an und leckte sich die trockenen Lippen. »Wirst du?«

Er nickte, unfähig zu sprechen. Ihre Nähe verwirrte ihn und das erste Mal, seit er sie kannte, wagte er es, sie zu küssen. Schnell und flüchtig, unsicher, ob sie ihn nicht zurückweisen würde. Sie lächelte unter Tränen, zog seinen Kopf wieder heran und küsste ihn. Lange und zärtlich. Tastend, sich ganz dem Gefühl hingebend, das seine Nähe und der Kuss ihn ihr weckten.

Schließlich lösten sie sich voneinander, beide etwas außer Atem. Sie schauten aneinander vorbei, verlegen über die Gefühle, die sie füreinander empfanden.

»Du riechst gut«, flüsterte er in ihr Ohr. Seine Lippen glitten ihren Hals hinab. Er lachte und pustete leicht in die Beuge, die Stelle, wo der Spitzenkragen ihren Hals verhüllte. »Wie der Frühling.«

»Das kitzelt.« Margarete schauderte und lachte. Sie befreite sich aus seiner Umarmung und lief davon. »Komm, lass uns zu unserem Wasserfall gehen.«

Er blieb noch einen Moment stehen und lauschte. Weit entfernt hörte er die Stimme der Gouvernante. Beide würden sie für den gestohlenen Nachmittag büßen müssen. Das war ihm nur zu bewusst. Aber was konnte ihnen Schlimmeres geschehen als die Trennung?

Er lauschte noch einmal, zuckte mit den Schultern und folgte ihr zum Wasserfall. Dem Ort, wo er sie das erste Mal gesehen hatte. Lächelnd erinnerte er sich. Vor vielen Jahren war sie schon einmal davongelaufen. War einem *quetzal* in den Dschungel gefolgt, ohne sich den Weg zurück einzuprägen. Ihr Vater hatte alle Arbeiter und deren Familien zusammengerufen und demjenigen eine Belohnung versprochen, der seine Tochter zurückbrachte. Zum ersten Mal hatte der Junge an diesem Nachmittag einen Menschen in dem Herrn der Finca gesehen. Einen Vater, der bleich vor Sorge um seine Tochter war. Nur mit viel Glück hatte Juan das leise Weinen gehört und die Tochter des Herrn gefunden. Die hellen Haare aufgelöst, die Augen gerötet vom Weinen, die Arme zerkratzt von Dornen und dennoch hatte er gedacht, dass er nie ein schöneres Mädchen gesehen hatte. Sie kauerte am Wasserfall. Die Nachmittagssonne spannte einen Regenbogen über der sprühenden Gischt. Einen Regenbogen, in dem das Mädchen saß. Wie eine Göttin der alten Mythen war sie ihm erschienen, wie *Ix-Chel,* Herrin des Regenbogens, Göttin des Wassers.

Vorsichtig hatte er sich ihr genähert und Margarete sanft angesprochen. Ohne zu überlegen, war sie ihm in die Arme gestürzt und hatte ihn angefleht, dass er sie nach Hause bringen sollte.

Von der Belohnung hatte seine Familie die dringend notwendige Medizin für seinen kleinen Bruder kaufen können und ein Hochzeitskleid für seine Schwester. Juan jedoch war das Geld gleichgültig. Er war verzaubert von Margarete und suchte immer wieder ihre Nähe. Wohl wissend, dass er sich damit in Gefahr begab.

Heimlich mussten sie sich treffen, stets in Sorge, dass jemand sie entdeckte. Ohne dass sie jemals darüber sprachen, wussten beide, dass ihre Freundschaft niemals geduldet werden würde. Und als sich aus der Freundschaft Verliebtheit entwickelte, waren sie noch vorsichtiger geworden. Und dennoch. Jemand musste sie gesehen und an den Herrn verraten haben. Zur Strafe wurde Margarete weggeschickt. Weit weg.

»Wo bist du?« Margaretes Stimme zog Juan aus seinen dunklen Gedanken. Sie saß am Wasserfall, wieder umrahmt von einem Regenbogen, dessen Farben blass und durchscheinend wirkten. Ihr helles Kleid hob sich von der roten Erde ab. »Woran denkst du?«

»Wie weiß deine Haut ist.« Der Junge streichelte die Hand des Mädchens. Zart, kaum spürbar glitten seine dunklen Finger über ihren Unterarm. Margarete erschauerte und betrachtete seine Hand. Für einen Maya hatte der Junge sehr helle Haut, beinahe wie ein *ladino.* Sie wusste, dass Juan darunter litt, auszusehen wie ein Mischling. Auch wenn sie arm war, war seine Familie stolz. Stolz darauf, Indios zu sein. Menschen, die in direkter Linie von den alten Herrschern, den Maya, abstammten und in der niemals Kinder der spanischen Eroberer geboren wurden. Ein paar Monate nach seiner Geburt hatte Juans Mutter ihn zu einem *brujo,* einem Schamanen, gebracht und diesen um Hilfe gebeten. Obwohl der Mann ihn mit einem Zaubermittel eingerieben hatte, war der Junge hellhäutiger geblieben als die anderen Mitglieder der Familie. Und er hatte in der Schule Lesen und Schreiben und Rechnen gelernt. Einen klugen Kopf hatte der Lehrer ihn genannt und bedauert, dass Juan nur ein Indio war. Ein Indio, dessen Wissensdurst ihn in Konflikt mit den engen Grenzen brachte, in denen sein Volk leben durfte, wenn es nach den *gringos* ging, die den Nebelwald und das Hochland von Alta Verapaz beherrschten.

Als ob das nicht schlimm genug war, hatte er sich auch noch in die Tochter des Herrn verliebt und weigerte sich, ein Maya-Mädchen zur Frau zu nehmen. Margarete wollte ihm danken, wollte ihm sagen, wie sehr sie seine Liebe zu schätzen wusste und dass sie ahnte, unter welchen Druck ihn seine Familie setzte, aber sie schwieg. Juan sprach nicht gern von seiner Familie und seinen Sorgen. Das respektierte sie. Also lehnte sie sich in seinen Armen zurück und schwieg gemeinsam mit ihm. Sanft brach sich das Licht im Wasser und der Fluss schien ihnen mit seinem leisen Glucksen etwas zuzumurmeln. Margarete reckte ihr Gesicht der Sonne entgegen.

»Wir müssen zurück«, sagte Juan schließlich, und sie

spürte das Bedauern in seiner Stimme. Warum konnten sie nicht einfach hierbleiben, den Rest ihres Lebens am Wasserfall verbringen?

»Lass uns fliehen«, flehte Margarete mit leiser, aber eindringlicher Stimme. Sie waren jung und kräftig. Er würde sicher Arbeit auf einer der anderen Kaffee-Fincas finden oder bei den Holzfällern. Und sie … sie könnte vielleicht Kinder unterrichten. Allein der Gedanke daran, wie sie vor einer Schulklasse stand, brachte sie zum Schmunzeln. So schön es auch wäre, ein gemeinsames Leben mit ihm, so sehr blieb es ein Wunschtraum.

»Ich werde dich nicht vergessen«, flüsterte sie und hoffte, dass er verstehen würde, was dieser Satz bedeutete. All das Ungesagte, das zwischen ihnen stand und das sie ab morgen für lange Zeit trennen würde. »Ich werde zurückkehren.«

Er schwieg.

Sie wagte es nicht, ihn anzuschauen, fühlte sich verloren in den Worten, die sie gesagt hatte und die er einsam stehen ließ.

»Du wirst in deiner Welt leben«, antwortete er schließlich. So leise wie der Wind, der in den Blättern der Bäume spielte. »So viel Neues sehen, dass ich in deinen Gedanken verblassen werde …«

Er schaute zu Boden und spielte mit einem Stein, einem vom Wasser glatt polierten grauen Kiesel, ließ ihn von einer Hand in die andere gleiten.

»Nein!« Trotzig hob sie den Kopf, griff mit einer schnellen Bewegung nach dem Stein und warf ihn in den See. »Nein. Ich werde dich nie vergessen. Das schwöre ich.«

Er schaute sie an und lächelte. Mit einer fließenden Bewegung sprang er auf und reichte ihr die Hand. »Komm.

Sonst wirst du großen Ärger bekommen. Das Fräulein sucht nur einen Grund, um dich anzuschwärzen.«

»Pfff«, antwortete sie und zwinkerte ihm zu. Sie griff nach seiner Hand, ließ sich von ihm hochziehen und lehnte sich gegen seine Brust. »Ich fürchte mich nicht vor Fräulein Dieseldorf.«

»Du fürchtest dich zu wenig.« Er hielt ihre Hand in seiner und gemeinsam gingen sie zurück.

Schon von Weitem hörten sie Stimmen, die ihren Namen riefen. Viele Stimmen. Die Gouvernante hatte Diener zur Hilfe gerufen, um die Ausreißerin zu suchen.

Juan drückte Margaretes Hand, bevor er sie endgültig losließ und zwei Schritte zur Seite trat.

»Warum?«, fragte das Mädchen und wollte nach seiner Hand greifen. »Bleib bei mir.«

Er entzog sich ihren suchenden Fingern und hob bedauernd die Schultern. »Ich muss an meine Familie denken …«

Sie nickte. Zu selten dachte sie daran, dass er nicht ihre Freiheiten teilte, dass er mehr Verantwortung auf seinen Schultern trug als sie.

»Mein Versprechen gilt«, flüsterte sie und trat aus dem Dunkel des Waldes auf die Lichtung. Er folgte ihr mit kleinem Abstand, den Kopf respektvoll gesenkt, wie es von einem Arbeiter erwartet wurde.

Dort standen Fräulein Dieseldorf und zwei Diener, die dem Mädchen und dem Jungen neugierig entgegensahen. Mit einer herrischen Geste sandte die Gouvernante die Diener fort und ging mit kleinen, hektischen Schritten auf Margarete und Juan zu. »Du sollst dich nicht mit diesem Indio herumtreiben.« Ihre Worte klangen harsch. »Schau nur, wie du wieder aussiehst.«

Margarete schaute an sich herunter. Grasflecken stachen dunkel von ihrem hellen Kleid ab. Im Saum hatte sich Erde verfangen und es war an einigen Stellen zerrissen. Sie hob die Hand in einer Geste der Entschuldigung.

»Und du.« Alice Dieseldorf wandte sich dem Jungen zu, stach mit ihrem Zeigefinger auf ihn ein. »Du solltest es besser wissen. Wenn ich das dem Herrn berichte, wird er deine Familie entlassen.«

Triumphierend richtete sie sich auf. Ein kaltes Lächeln glitt über ihr Gesicht und ließ die hageren Züge wirken wie eine Maske.

»Nein. Nein.« Juan erbleichte. Alle Farbe schien aus seinem Gesicht zu weichen. »Bitte nicht. Es tut mir leid.«

»Das hättest du dir früher überlegen müssen.« Einzelne stumpfbraune Strähnen hatten sich aus ihrer sorgfältig gelegten Frisur gelöst und standen wirr um ihr Gesicht. Sie erinnerte Juan an die Darstellungen bösartiger Götter auf den verwitterten Steinen der alten Tempel. »Jetzt musst du mit den Konsequenzen deines Handelns leben.«

»Nein.« Leise und klar sagte Margarete nur das eine Wort. Sie stellte sich neben Juan und reckte das Kinn empor. »Lassen Sie ihn in Ruhe. Oder …«

Die Gouvernante schien in sich zusammenzufallen. Ihre Schultern sackten herab und sie kniff die Lippen zusammen.

»Komm jetzt«, sagte sie dann mit einem Blick voller Verachtung.

Margarete tastete nach Juans Hand und hielt sie einen Moment. Er streichelte mit dem Daumen über die weiche Stelle zwischen Daumen und Zeigefinger. Mit einer raschen Bewegung zog er ihre Hand an seine Lippen und hauchte einen Kuss auf ihre Fingerspitzen. Dann drehte er sich abrupt um und lief in den Wald. Margarete schaute ihm nach. Tränen glitzerten in ihren Augen.

»Was du nur an ihm findest«, bohrte sich die spitze Stimme des Fräuleins in ihre Traurigkeit. »Dreckiger Indio. Ich sollte es deinem Vater erzählen.«

»Gar nichts werden Sie tun«, antwortete Margarete mit kalter Stimme. »Und im Übrigen: Er heißt Juan. Wie Sie sehr wohl wissen.«

Margarete und die Gouvernante maßen einander mit ihren Blicken. »Vielleicht wirst du in Deutschland Manieren lernen«, sagte Alice Dieseldorf schließlich. Bevor Margarete etwas erwidern konnte, drehte sich die Gouvernante um und ging in Richtung Herrenhaus davon.

2 *Bremen 2011*

Julia steckte den Schlüssel in ihre Umhängetasche und wollte zur Tür hinaus, als ihre Mutter sie aufhielt.

»Julia Margarete.«

Wenn ihre Mutter sie mit beiden Vornamen in diesem Tonfall ansprach, würde sie nicht entkommen können. Das roch nach Ärger. Also blieb Julia stehen, seufzte kaum hörbar und wandte sich um.

»Ja, Maman.« Ihre Mutter hatte lange in Frankreich gelebt und den Ehrgeiz besessen, ihre Tochter zweisprachig zu erziehen, was sie allerdings zur Erleichterung Julias irgendwann aufgegeben hatte. Dabei konnte sich Julia niemand Deutscheren als ihre Mutter vorstellen. Keine der Mütter ihrer Freundinnen war so streng wie Sophia Linden, die stets auf Pflichterfüllung bestand. »Was ist denn?«

»Ich habe mit Frau Frigge telefoniert. Deine Leistungen in Mathematik sind ziemlich abgerutscht.«

»Ach, Maman.« Julia hasste es, wenn ihre Mutter hinter ihrem Rücken mit der Schule telefonierte. Noch mehr hasste sie es, dass die Lehrer ihrer Mutter alles haarklein erzählten. Sollte nicht auch für die Schule eine Art Schweigepflicht gelten? So wie bei Ärzten und Anwälten. »Ich habe in einer Trigonometrie-Klausur vier Punkte geschrieben. Der Durchschnitt war insgesamt mies. Die Fragen waren einfach zu schwer.« Das hatte Frau Frigge bestimmt nicht erwähnt.

Ihre Mutter stand vor ihr, einen Kopf kleiner als Julia. Schmal und zierlich, sehr gerade in ihrer Haltung, erinnerte sie Julia an die Tänzerin aus *Black Swan.* »Du weißt, dass ich keine Ausreden gelten lasse. Seitdem du mit dieser Bea befreundet bist …«

Julia seufzte leise. Das hatte sie schon geahnt. Bea. Immer wieder Bea. Sophia Linden konnte Julias Freundin nicht ausstehen. Sie behauptete, Bea würde einen schlechten Einfluss auf sie ausüben, und gab ihr die Schuld für alles, was schiefging. Gut, Julia hatte die Mathe-Klausur verhauen. Aber sonst gab es keine schulischen Probleme. Das musste ihrer Mutter eigentlich reichen. Wieder seufzte Julia unhörbar. Niemals wären ihre Noten gut genug.

»Dein Vater und ich haben uns zusammengesetzt.« In Julias Ohren klang das nicht nach einer Elternunterhaltung, sondern wie ein Krisengespräch im Nahen Osten oder eine Beratung der Bundesregierung über die Innere Sicherheit. »Wir sind der Ansicht, dass wir deine Schulwahl revidieren müssen.«

»Was? Entschuldigung, wie bitte?« Julia starrte ihre Mutter mit großen Augen an. Das konnte sie nicht ernst meinen. Schließlich hatten ihre Eltern damals Schulprospekte gewälzt, mit Direktoren und Lehrern gesprochen, befreundete Professoren um ihre Einschätzung gebeten und was noch alles, bevor sie sich für das Internat entschieden hatten. Julia fühlte sich dort wohl, hatte in Bea und Hanna zwei Freundinnen gefunden, auf die sie sich verlassen konnte und mit denen sie den Schulwahnsinn gemeinsam überstand. Warum konnten ihre Eltern sie das letzte Jahr nicht einfach in Ruhe lassen? »Ich schaffe das schon. In der nächsten Klausur hole ich das wieder rein.«

»Das mag sein. Aber wir wollen nichts riskieren. Nach den Ferien gehst du hier auf die Schule.« Die hellblauen Augen, die ihrer Mutter von Hanna den Spitznamen »Eisprinzessin« eingebracht hatten, musterten Julia ohne Mitleid. »Es scheint mir klüger zu sein, ein Auge auf deine Leistungen zu haben. Nach den Vorfällen im letzten Monat.«

»Ich … Das glaube ich jetzt nicht.« Julia versuchte verzweifelt, den Worten ihrer Mutter einen Sinn zu geben. Ihre Eltern konnten nicht ernsthaft überlegen, sie aus dem Internat zu nehmen und hier in Bremen zur Schule zu schicken. Nicht ein Jahr vor dem Abitur. Das wusste doch jeder Hobbypsychologe, welche Folgen ein Schulwechsel so kurz vor dem Abschluss hatte. Und alles wegen eines blöden Ausrutschers in Mathe? Und weil Bea, Hanna und sie kurz vor den Ferien abgehauen waren, um zu einem Casting zu fahren. Was eh nicht geklappt hatte. »Okay. Ich hab's kapiert. Wenn ich mich nicht mehr anstrenge, muss ich die Schule wechseln.«

»Nein.« Die Stimme ihrer Mutter hatte den Du-kannst-jetzt-sagen-was-du-willst-aber-es-wird-dir-nichts-nützen-Tonfall, den Julia hasste. »Die Entscheidung steht nicht zur Diskussion.«

»Auf keinen Fall!« Julia schüttelte den Kopf und schluckte. Ihr Mund fühlte sich trocken an und gleichzeitig wollte sie würgen. Nur nicht weinen. Nur keine Schwäche zeigen. Fieberhaft suchte sie nach einem Argument, das ihre Mutter überzeugen könnte. »Du kannst nicht wollen, dass … dass ich meinen Durchschnitt durch einen Schulwechsel gefährde.«

Noten, nein Bestnoten waren alles, was zählte. Oft wünschte sich Julia, dass sie noch einen Bruder oder eine

Schwester hätte, mit denen sie die Familienverantwortung teilen könnte. Jemand anderes, von dem erwartet wurde, dass er Supernoten nach Hause brachte, in unterschiedlichen Sportarten Preise gewann und später einmal das Familienunternehmen leiten würde. Nicht dass sie etwas dagegen hatte, das kleine, aber feine Kaffeeunternehmen weiterzuführen. Sie freute sich sogar darauf, gemeinsam mit ihrem Vater zu arbeiten und die Familientradition fortzusetzen. Aber es gab Tage, an denen sie davon träumte, dass ihr Leben weniger vorgezeichnet und durchgeplant wäre.

»Wir werden einen guten Nachhilfelehrer finden, wenn nötig.« Ihre Mutter nickte Julia zu. »Ich halte es für gut, dass du das letzte Jahr in unserer Nähe verbringst. Mit weniger schlechtem Einfluss.«

Das war es also. Ihrer Mutter waren ihre Freundinnen stets ein Dorn im Auge gewesen. Vordergründig blieb sie freundlich, wenn Bea und Hanna einmal zu Besuch kamen, aber immer wieder redete sie Julia zu, sich einen passenderen Umgang zu suchen. Passend im Sinne ihrer Mutter natürlich.

»Nein!«, begehrte Julia auf und ballte die Hände zu Fäusten. »Ich werde die Schule nicht wechseln und mich nicht von meinen Freundinnen trennen.«

»Es ist bereits alles organisiert.« Die Stimme ihrer Mutter blieb ruhig und gelassen. Sie ließ sich nicht anmerken, ob sie sich über Julias Ausbruch ärgerte oder nicht. »Nach den Ferien wechselst du. Punktum.«

Julia wusste, dass sie allein gegen ihre Mutter niemals ankommen würde und zischte ihr zu: »Ich werde mit Papa reden.«

»Das kannst du gern tun. Aber dein Vater und ich sind in diesem Fall einer Meinung.«

Na prima. Das war sie also in den Augen ihrer Mutter – ein Fall, den es zu bearbeiten galt.

»Das werden wir ja sehen«, antwortete Julia, obwohl sie nur wenig Hoffnung hatte, weil Konstantin Linden in letzter Zeit immer nachgab, wenn seine Frau etwas vorschlug. Ganz anders als früher. Julia fühlte sich versucht, die Tür hinter sich zuzuschlagen, doch das würde sowieso nichts ändern. Daher verließ sie einfach das Haus ohne ein weiteres Wort.

Hanna und Bea waren mindestens so schockiert wie Julia. Gemeinsam überlegten sie, was sie tun konnten. »Dein Vater.« Bea rieb sich das Kinn. Ihre kurzen, buntstiftroten Haare standen wirr vom Kopf ab, als ob sie gerade erst aus dem Bett gefallen wäre. »Deine einzige Chance.«

»Oder du machst krank.« Hanna hatte einen Hang zum Drama, was sie mit ihrer schwarzen Kleidung, dem Emo-Look, wie Bea spottete, noch betonte. »Weigerst dich zu essen und ritzt dich oder so was.«

Bea verdrehte die Augen und Julia schüttelte den Kopf.

Nach einigem Hin und Her war klar, dass Julia mit ihrem Vater reden musste und nur hoffen konnte, dass er sie verstand. Aber in letzter Zeit war er oft abwesend, arbeitete noch länger als sonst und schien kaum zuzuhören, wenn seine Tochter ihn etwas fragte.

Getröstet und unterstützt von ihren Freundinnen wollte Julia nicht länger warten und fuhr nach Hause zurück. Sie war so aufgeregt, dass sie ihren Motorroller einfach vor der Garage parkte. Sie sprang vom Sitz, rannte die Treppen zum Haus hinauf und zitterte regelrecht, als sie ihren Schlüssel ins Schloss steckte.

Sie lief zum Seitenflügel, dem Teil der Altbremer Patriziervilla, in dem ihr Vater sein Home Office hatte. Mit erhobener Hand blieb sie vor der Tür seines Arbeitszimmers stehen und holte tief Luft. Vielleicht sollte sie noch einen Tag warten. Sie hasste es, wenn sie ihre Eltern gegeneinander ausspielte, aber ihre Mutter hatte ihr keine andere Wahl gelassen. Sie raffte allen Mut zusammen und klopfte.

»Komm rein«, erklang die dunkle Stimme ihres Vaters.

Julia öffnete die Tür und sah ihn hinter seinem modernen Glasschreibtisch sitzen, umgeben von Akten. Vor sich die übliche Tasse Kaffee. Aus der eigenen Röstung – *Guatemala Grandioso*.

Hinter dem Schreibtisch, direkt gegenüber der Tür, sodass es jeder Besucher sofort sehen konnte, hing das Gemälde einer Kaffeeplantage. Nein, einer Kaffee-Finca. Ein herrschaftliches Haus, umgeben von Urwald im Hintergrund. Dazu weiß blühende Kaffeebäume unter Palmen. *La Huaca, Guatemala 1902* stand als Bildunterschrift auf einem kleinen goldenen Schild, das in den Rahmen aus dunklem Holz eingelassen war. Ein Bild der Kaffeeplantage, mit der die Erfolgsgeschichte ihres Familienunternehmens begonnen hatte. Schon als Kind hatte das Gemälde Julias Neugierde geweckt und sie hatte oft davorgestanden. »Wenn ich erwachsen bin, fahre ich dahin und schaue mir alles genau an«, hatte sie ihrem Vater erklärt und auf die Fotografie gedeutet. »Dahin, wo Ururgroßmutter Margarete herkommt.«

»Ich weiß nicht, ob es die Finca überhaupt noch gibt«, hatte ihr Vater damals geantwortet und ihr über den Kopf gestrichen. »Schön, dass du dich für unsere Familiengeschichte interessierst. Aber konzentriere dich lieber auf das Hier und Heute.«

»Hallo, Prinzessin.« Ihr Vater lächelte.

»Hast du einen Moment für mich?«, setzte Julia an.

»Aber nur kurz.« Sorgen umschatteten sein Gesicht, als er das Notebook zuklappte. »Geht es um den Schulwechsel?«

Julia nickte und fühlte sich verraten. Ihre Mutter war schneller gewesen. Selbst schuld. Warum hatte sie ihr auch gesagt, dass sie mit ihrem Vater sprechen wollte? Sie sah ihre Chancen schwinden und spürte einen Kloß im Hals.

»Ja«, antwortete sie leise. »Es ist doch nur noch ein Jahr.«

»Ein entscheidendes Jahr. Und du weißt, dass wir der Ansicht sind, dass deine Freundinnen einen schlechten Einfluss auf dich ausüben.« Ihr Vater schaute sie aufmerksam an. Zum ersten Mal bemerkte Julia die grauen Strähnen in seinem dunklen Haar und die Fältchen um seine Augen. Hatte das etwas damit zu tun, dass er zu viel arbeitete und dass ein Termin den nächsten jagte? Steuerberater, Banken, Witschaftsprüfer, so viel hatte sie mitbekommen. Bevor sie ihn fragen konnte, sprach er weiter. »Du weißt selbst, wie wichtig ein guter Abschluss für deine Zukunft ist.«

Julia nickte. Warum kam es ihr so vor, als ob sich mehr hinter seinen Worten verbarg? Verschwieg er ihr etwas?

»Aber …«, sagte sie, obwohl sie ahnte, dass ihr Vater sich nicht umstimmen lassen würde. Sie wollte Bea und Hanna wenigstens sagen können, dass sie alles versucht hatte. »… ich schaffe das schon. Das weißt du. Ich kriege es hin. Gib mir eine Chance, bitte.«

»Ach, Prinzessin«, antwortete Konstantin Linden. Ein Seufzen, das deutlicher als viele Worte sagte, dass er seine Entscheidung gefällt hatte. »Ich kann mir vorstellen, dass dir ein Neuanfang schwerfällt. Aber als Unternehmerin musst du auch flexibel reagieren können.«

»Ich bin keine Unternehmerin. Ich bin siebzehn«, hielt Julia ihm entgegen, aber sie wusste, dass es keinen Zweck hatte. Seit sie auf der Welt war, bereitete ihre Familie sie darauf vor, eines Tages die Verantwortung für die Firma zu übernehmen. So wie es ihr Vater vor ihr getan hatte und dessen Vater und sein Großvater und davor Margarete, die sagenumwobene Gründerin des Unternehmens, nach der Julia benannt worden war. Glücklicherweise hatten ihre Eltern sich für Julia als Rufnahmen entschieden. Wer hieß schon Margarete?

»Aber das sind doch keine Gründe, Papa.« Julia spürte erneut einen Kloß im Hals. Ihr Vater war Tränen zugänglicher als ihre Mutter, doch sie wollte sich nicht auf diesem Weg durchsetzen. »Nur wegen einer verhauenen Klausur und einmal Abhauen.«

»Prinzessin. Deine Mutter und ich, wir haben uns viele Gedanken gemacht und die Entscheidung gemeinsam getroffen.« Das Lächeln ihres Vaters wirkte entschuldigend. »Später einmal wirst du verstehen, dass es richtig war.«

»Und wenn nicht?«, hätte Julia gern gefragt, aber sie wusste, dass sie verloren hatte. »Ist etwas mit der Firma?«, rutschte es ihr plötzlich heraus und sie musterte ihren Vater.

»Wie kommst du darauf?« Er schreckte zusammen und wirkte ertappt. »Was meinst du?«

»Die Wirtschaftskrise. Ich schaue Nachrichten, lese Zeitung«, antwortete Julia leichthin, obwohl sie spürte, wie ihr die Angst den Nacken hinaufkroch. Ihr Vater wurde immer unruhiger. Hatte der Schulwechsel noch andere Ursachen, als ihre Eltern bisher behauptet hatten?

3 *Guatemala 2011*

Isabell schaute zum hundertsten Mal auf die Uhr. Noch drei Stunden bis zu ihrem Abflug und von ihren Eltern war nichts zu sehen und zu hören. Sie ging durch die geräumige Altbauwohnung und strich versonnen über den alten Küchentisch, an dem sie so oft gemeinsam gesessen hatten. Das dunkle Mahagoniholz war glatt gerieben vom Alter und Gebrauch und gab der hellen Einbauküche etwas Persönlichkeit. Isabells Eltern hatten die Wohnung möbliert gemietet und nur den Tisch ausgewechselt, weil sich ihre Mutter bei einem Trödler spontan in dieses antike Ding verliebt hatte. Isabell durchquerte das Wohnzimmer und setzte sich einen Moment auf das ausladende Sofa. Das nachgedunkelte Beige der Polster versteckte sich hinter einer bunten gewebten Decke, angeblich eine Maya-Handarbeit, was Isabell bezweifelte. Vom Sofa aus hatte sie einen guten Blick auf den Maximón-Altar. Perla, ihre Haushälterin, hatte eine Tonstatue des Volksheiligen auf einem Tischchen neben dem Fernseher aufgebaut, bunte Kerzen und eine Vase danebengestellt und sich von Isabells Eltern nicht davon abhalten lassen, Maximón jeden Tag frische Blumen zu verehren. Immerhin hatte Perla auf die Zigaretten und den Rum verzichtet, die man sonst dem Heiligen gab.

»Bring mir Glück für Deutschland.« Isabell lächelte und stellte eine dicke blaue Kerze, die sie in der Kommodenschublade entdeckt hatte, neben die weiße Orchidee, die *monja blanca,* Guatemalas Nationalblume. Blau für die Klarheit der Gedanken, wie Perla ihr erklärt hatte. Blau und Weiß – die Farben des Landes, das sie nun verlassen musste.

Isabell warf einen letzten Blick in ihr Zimmer. Es wirkte ganz unbewohnt. Ihre persönlichen Sachen befanden sich bereits auf dem Weg nach Deutschland und Perla hatte heute Mittag, bevor sie gegangen war, auch das Bettzeug verstaut. Isabell sah wieder auf ihre Armbanduhr und legte sich noch einmal auf das Bett, in dem sie die letzten vier Jahre geschlafen hatte. Nur die drei Poster an der Wand, die sie nicht mitnehmen wollte, erinnerten an diese Zeit. Kopfschüttelnd fragte sie sich, wie sie je auf die Idee gekommen war, ausgerechnet für Taylor Lautner zu schwärmen.

»Etwas Gutes hat so ein Neuanfang ja«, sagte sie laut zu sich selbst. »Keiner wird von meinem schlechten Geschmack wissen.«

Sie sprang auf und stellte sich ans Fenster, um auf die breite Straße hinunterzusehen. Sie würde ihr Viertel vermissen. Die schönen Kolonialhäuser, die Hotels, die gemütlichen Cafés und selbst die Touristen, die staunend mit Reiseführern in den Händen durch die Gassen irrten. Von ihrem Fenster aus konnte sie den Torre del Reformador sehen, der wie eine Miniaturausgabe des Eiffelturms die Avenida 7 überragte. Isabell hatte es geahnt. Nach dem Anruf heute Morgen, dass die Ausgrabungen erfolgreich gewesen waren, hatte sie befürchtet, dass ihre Eltern alles andere darüber vergessen würden. Gefürchtet oder gehofft, da war sie sich nicht sicher. Schließlich legte sie keinen großen Wert darauf, in Deutschland zu leben.

Aber sie hatte sich bereits im Vorfeld einen Notfallplan

überlegt und Gustavo, Perlas Mann, gebeten, sie abzuholen, falls alle Stricke reißen würden. Perla und Gustavo waren immer eine große Hilfe für sie gewesen, weil ihre Eltern beruflich oft unterwegs waren. In dem Moment, als sie Gustavos Nummer wählte, sah sie den alten VW-Käfer um die Kurve biegen, den ihr Vater damals gleich nach ihrer Ankunft für wenig Geld erstanden hatte und der ihn an seine Jugend erinnerte, wie er schmunzelnd gesagt hatte. »Außerdem sind diese Autos unverwüstlich«, hatte er hinzugefügt, was sich bestätigte, denn der Wagen fuhr ihre Familie genauso zuverlässig über geteerte Straßen wie über Schotterpisten und Dschungelwege. Also genau das Richtige für Guatemala.

Ohne auf den Klingelton zu warten, griff Isabell nach ihrer Reisetasche, warf einen letzten Blick in die Küche und verriegelte die Wohnungstür. Dann eilte sie durch das Treppenhaus bis zur Haustür und schaute sich ein letztes Mal um.

Sie nickte dem Wachmann vor ihrem Haus zu. Obwohl die Kriminalität in den letzten Jahren zurückgegangen war, bestand die Hausverwaltung darauf, einen Mann mit Gewehr vor dem Eingang zu postieren, um den Mietern, überwiegend Gringos oder gutverdienende Ladinos, das Gefühl von Sicherheit zu geben. Isabell hingegen hatte es eher Sorgen bereitet. Auch ihre Eltern hatten sich nur schwer damit abfinden können, wie eine Bank oder ein Juweliergeschäft bewacht zu werden. Zumal ihr Stadtteil als sicher galt.

Ihre Mutter war bereits ausgestiegen und hielt Isabell die Autotür auf. Die dunklen Locken standen in alle Richtungen ab und ihre Stirn zierte ein Streifen Erde. Isabell konnte es förmlich sehen, wie ihre Mutter sich mit der dreckverschmierten Hand den Schweiß von der Stirn wischte.

»Du hast bestimmt gedacht, wir vergessen dich!«, ertönte die fröhliche Stimme ihres Vaters hinter dem Lenkrad hervor. Er drehte sich zu Isabell um und grinste sie breit an. Unter dem Indiana-Jones-Hut, der ihr immer entsetzlich peinlich war, quollen seine hellbraunen Haare hervor. »Ich kann es dir ansehen.«

»Ihr seid auch spät«, antwortete sie. »Es wäre ja nicht das erste Mal, dass ihr mich wegen ein paar alter Steine sitzen lasst.«

»Ach, Schatz, das ist Jahre her.« Ihre Mutter hatte sich auf den Vordersitz gesetzt und zerrte ungeduldig an dem altersschwachen Gurt, der sich wieder einmal verhakt hatte.

Bevor Isabell antworten konnte, geriet der Motor plötzlich ins Stottern. Sie drehte sich um und sah, wie der Käfer nur noch dunkle Rauchwolken ausspuckte.

»Oh verflucht.« Isabells Vater drehte den Schlüssel mehrmals im Schloss und trat auf das Gaspedal ein. Ohne Erfolg. Matthias Pötter stieg aus und riss die Motorhaube auf.

»So ein Mist!«

»Was ist los?«, fragte Isabell.

»Sieht schlecht aus. Wir sollten besser Gustavo anrufen und ihn bitten, uns zu fahren.«

»Das wollte ich sowieso schon tun.« In zweieinhalb Stunden ging ihr Flieger. »Vielleicht ist das das Zeichen, dass ich hierbleiben soll.«

»Isabell, ich weiß, dass du nicht nach Deutschland willst.« Katja Pötter runzelte die Stirn und musterte ihre Tochter mit durchdringendem Mutterblick. Dem Blick, dem man nichts entgegenhalten konnte. »Wir würden dich auch lieber hierbehalten. Das weißt du.«

»Und warum schickt ihr mich dann weg?« Isabell überlegte, ob sie nicht einfach weglaufen sollte. Wenn sie den Flug verpasste, dann könnte sie nochmals versuchen, ihre Eltern umzustimmen. Auf ein Wunder oder den Ausbruch des Pacaya-Vulkans wagte sie nicht mehr zu hoffen. »Warum kann ich nicht auf der deutschen Schule in Guatemala bleiben und dort meinen Abschluss machen?«

»Ach, Isabell«, mischte sich ihr Vater ein. »Das haben wir schon tausendmal besprochen. Erstens werden auch wir Guatemala verlassen. Unser Projekt läuft aus. Zweitens haben wir Himmel und Hölle in Bewegung gesetzt, damit du dein Abitur in Deutschland machen kannst …«

Er schwieg einen Moment. Dann holte er tief Luft. »Und drittens …«

Isabell beobachtete, wie Katja Pötter ihrem Mann einen Stoß mit dem Ellbogen versetzte und mit dem Kopf schüttelte. Verheimlichten ihre Eltern etwas?

»Liebes.« Jetzt wusste Isabell, dass sie verloren hatte. Egal, was sie noch sagen würde, gegen ihre Mutter käme sie nicht an. »Manchmal musst du darauf vertrauen, dass wir als deine Eltern wissen, was richtig ist.«

Isabell blieb nichts anderes übrig, als zu nicken. Ihre Mutter hatte wahrscheinlich recht, aber … sie wollte nicht weg aus Mittelamerika, wollte nicht in das kalte Deutschland, das sie von den Weihnachtsbesuchen bei Omaha kannte.

»Ich könnte doch hier studieren«, wandte sie ein. Mit ihrem fließenden Spanisch würde sie an der Universität kaum Schwierigkeiten haben. Und sie hätte bestimmt viel Spaß, wenn sie gemeinsam mit ihren Freundinnen Elena und Conchita das Studentinnenleben entdeckte.

»Ich weiß.« Ihre Mutter hob die Hände in einer hilflosen Geste. Doch ihrer Miene konnte Isabell ansehen, dass jegliche Diskussion nichts an der Entscheidung ihrer Eltern ändern würde. »Uns fällt es auch schwer, dich nach Deutschland zu schicken. Aber es ist besser für deine Zukunft. Und nur für ein Jahr. Wenn du danach immer noch zurückkehren willst …«

Ihr Vater war wieder eingestiegen und startete einen letzten Versuch, und als ob sich der alte VW ebenfalls gegen sie verschworen hätte, röhrte er in diesem Moment auf. Mist.

Die sechsspurige Avenida La Reforma war wieder einmal überfüllt und mit lautem Hupen teilten die Autofahrer einander mit, was sie von den Fahrkünsten des jeweils anderen hielten. Geschickt fädelte sich Matthias Pötter in den laufenden Verkehr ein. Wehmütig schaute Isabell aus dem Fenster und war, wie jedes Mal, von der architektonischen Vielfalt der Hochhäuser fasziniert, die in den letzten Jahren in Guatemala-City aus dem Boden geschossen waren. Es kam ihr vor, als ob immer mehr Hotels und Verwaltungsgebäude gebaut wurden und die Stadt nach und nach wie eine beliebige Großstadt in Europa oder Amerika aussehen ließen. Sicher, die Häuser wirkten sehr elegant, aber irgendwie auch gesichtslos. Sie mochte lieber die restaurierten Kolonialbauten in ihren kräftigen Erdfarben und mit den kitschigen Schnörkeln und Verzierungen, die es im Stadtzentrum und in ihrem Viertel gab.

Endlich tauchten die Gebäude des Flughafens vor ihnen auf. Ihr Vater setzte den Blinker und wollte die Fahrbahn wechseln. Von links kam ein vollgestopfter *chickenbus* angefahren und setzte sich, ohne zu zögern, vor sie. Ihr Vater drückte ausdauernd auf die Hupe. Isabell zuckte nicht einmal zusammen. Ihre Mutter kurbelte die Fensterscheibe herunter und schimpfte auf Spanisch.

Am Flughafen angekommen, mussten sich Isabell und ihre Eltern an den Händlern vorbeidrängen, die ihre Waren ausgebreitet hatten und auf ankommende Touristen warteten. Aus dem Augenwinkel sah Isabell das Übliche: Macadamianüsse in Plastiktütchen, CDs, Zigaretten und natürlich Ketten, Armreifen und Anhänger aus Jade oder jedenfalls aus grün gefärbtem Material. Ihr Blick fiel auf eine gefiederte Schlange und spontan blieb sie stehen, kramte in ihrer Tasche und kaufte das Schmuckstück in aller Eile. Eine Erinnerung an zu Hause, wenn sie in Deutschland war.

»Schatz, beeil dich«, drängte ihre Mutter. Katja Pötter bahnte sich einen Weg durch die ankommende Menschenmenge und hielt kurz an, bis Isabell zu ihr aufgeschlossen hatte. »Ich fürchte, sie rufen dich schon aus.«

Sehr geehrte Damen und Herren, wir haben unsere Reiseflughöhe verlassen und befinden uns im Landeanflug auf Bremen. Wir werden Bremen voraussichtlich um 9:45 Uhr erreichen. Das Wetter ist …«

Isabell blendete den Rest der Durchsage aus und streckte sich. Die knapp sechzehn Stunden von Guatemala nach Bremen kamen ihr vor wie eine Ewigkeit. In Miami und Frankfurt hatte sie umsteigen müssen. Nur mit kurzer Wartezeit, aber immerhin mit der Möglichkeit, sich zu strecken und die Beine zu vertreten. Jetzt allerdings konnte sie es kaum noch erwarten, endlich anzukommen. Ob Bremen bereits zu sehen war?

Isabell reckte den Hals und versuchte, an ihrer Nachbarin vorbei etwas in den schmalen Fenstern zu erkennen. Grüne Flächen, dazwischen Häuser, klein wie Spielzeug. Von oben betrachtet, ähnelten sich viele Städte. Jetzt also Bremen. Ihre Heimatstadt. Nein. Ihre Geburtsstadt. Und die Stadt von Omaha, wie sie ihre Großmutter als Kind genannt hatte. Isabell lächelte, als sie an sie dachte. Auch wenn sie lieber in Guatemala geblieben wäre, freute sie sich darauf, Lina wiederzusehen.

Weniger schön fand Isabell den Gedanken, dass sie bald nur noch Deutsch sprechen würde und dass sie wieder einmal die Neue wäre. Und alles wegen eines Jahres. Warum hatten ihre Eltern nicht noch ein Jahr in Guatemala bleiben können?

4 *Bremen 2011*

»Möchtest du auch einen Tee?« Linas Stimme holte Isabell in die Realität zurück. Sie saß in ihrem Zimmer auf dem bunt gemusterten Sitzsack und grübelte. »Außerdem gibt es bald Essen.«

Es war der übliche Tag an einer neuen Schule gewesen. Alle kannten sich, nur sie kannte niemanden und jeder wusste, dass sie die Neue war. Die Neue aus einem exotischen Land. Die Neue, die allein während der Pause auf dem Pausenhof herumstand und von einigen beäugt wurde. Isabell hatte überlegt, sich irgendwo dazuzustellen, aber irgendwie machten die Grüppchen den Eindruck, dass sie exklusiv waren und nicht besonders scharf darauf, jemand Neuen aufzunehmen. Mal sehen, wie lange es dauern würde, bis sie eine Clique fand. Der Einzige, der auf sie zugekommen war, schien der übliche Schulmacho zu sein, der sein Glück bei jedem Mädchen versuchte. Isabell hatte dankend abgelehnt und war freiwillig zurück in die Cafeteria gegangen, obwohl ausnahmsweise die Sonne schien.

»Das ist Isabell. Sie ist aus Guatemala.« Die Lehrerin hatte gelächelt.

»Die sieht ja gar nicht aus wie'n Indio«, hatte jemand laut geflüstert. Der Großteil des Kurses hatte gekichert und Isabell hatte höflich mitgelacht.

»Ich hoffe, ihr zeigt euch von eurer gastfreundlichen

Seite. Isabell kann uns bestimmt viel über das Leben in Südamerika erzählen.«

»Mittelamerika«, hatte Isabell korrigiert, ohne groß zu überlegen. Sie hatte bisher die Erfahrung gemacht, dass kaum jemand wusste, wo Guatemala lag. Am eisigen Schweigen, das ihren Worten folgte, erkannte sie, dass die Lehrerin über die Korrektur nicht gerade erfreut war.

»Entschuldigung. Das … das passiert ganz automatisch.« Doch das half jetzt auch nichts mehr.

»Dort neben Julia ist noch Platz«, sagte die Lehrerin kühl und deutete auf ein Mädchen, das locker bei Germany's Next Topmodel hätte mitmachen können. Groß, sportlich, mittellanges blondes Haar, Strähnchen, wie sie nur ein teurer Friseur hinbekam. Auffallende Fingernägel mit nachtblauem Nagellack lackiert.

Isabell machte sich mit gesenktem Kopf auf den Weg. Schüler sind wie Jaguare. Wenn du ihnen nicht in die Augen schaust und sie reizt, bleiben sie friedlich, sagte sie sich.

»Oh, Miss Mittelamerika«, zischte es hinter ihr. So gehässig und unfreundlich, dass Isabell sich trotz besseren Wissens umdrehte. Sie musterte ihre Angreiferin aus dem Augenwinkel. Ein hageres Mädchen, in Schwarz gekleidet, mit schlecht gefärbten, aschgrauen Haaren. Die freute sich bestimmt, dass jetzt jemand Neues ans Ende der Nahrungskette geriet. Kurz überlegte sie, ob es sich lohnte, gleich am ersten Tag einen Streit anzufangen, dann entschied sie sich dagegen. Nur nicht auffallen.

»Isabell, wo bleibst du«, rief Lina, die ihrer Enkelin verboten hatte, sie weiterhin Omaha zu nennen. »Omaha ist was für Kinder. Nenn mich Lina, dann kommen wir gut miteinander aus.«

Auch sonst hatte Lina wenig mit den Großmüttern gemeinsam, die Isabell aus Guatemala kannte. Lina trug Jeans und selbst gestrickte, übergroße Pullover, färbte ihre Haare mit Henna zu einem leuchtenden Orange und war ständig unterwegs. Tierschutzverein, Malgruppe, Chor, Stadtteilfest – alle Termine hatte sie in einen großem Kalender eingetragen, der am Kühlschrank hing, und Isabell aufgefordert, ihre dazuzuschreiben. Als ob Isabell Verabredungen oder Ähnliches hätte.

»Seid ihr jungen Leute nicht alle per Facebook oder studiVZ, oder wie sich das nennt, miteinander vernetzt?« Lina hatte Isabell zweifelnd angesehen, als diese ratlos vor dem Kalender stand.

»Isabell! Essen!«, erklang es wieder von unten. Dieses Mal ließ der Ton in Linas Stimme erkennen, dass sie nicht noch einmal rufen würde.

Isabell hievte sich aus dem Sitzsack und ging hinunter in die Küche. Lina wohnte in einem Altbremer Haus in Peterswerder, einem Viertel, in dem es viele schmale Häuser mit Hochparterre gab. Am besten gefiel Isabell, dass die Gärten nach hinten hinausgingen und sich berührten, sodass man den Eindruck von viel Grün bekam. Ein Grün, das sie an Guatemala erinnerte. Ebenso wie die Orchidee, die sie Lina mitgebracht hatte und die ihr der Zoll beinahe weggenommen hätte.

»Was gibt es denn Gutes? Soll ich den Tisch decken?«, fragte sie. Ein dunkler Holztisch mit Kratzspuren an den Beinen stand mitten im Raum und wurde von vier bunt zusammengewürfelten Stühlen eingerahmt. Nur der taubenblaue Geschirrschrank war von Krallen verschont geblieben. »Wie hältst du die Katzen eigentlich von dem Schrank ab?«

»Mit drohenden Blicken. Und ja, deck den Tisch, bitte. Es gibt Pizza. Ich hatte keine Zeit, um was Richtiges zu kochen«, antwortete Lina knapp und öffnete den Backofen. Ein Edelstahlmonstrum, das seltsam modern in der gemütlichen Küche wirkte.

Isabell suchte nach Geschirr und fand sogar Servietten, die dem Essen einen feierlicheren Anstrich gaben. Sorgfältig dekorierte sie alles auf der Tischplatte, nachdem sie diese gründlich abgewischt und von Katzenhaaren befreit hatte.

»Im Kühlschrank ist noch Salat.« Lina stellte die Pizzen auf den Tisch. »Holst du ihn bitte?«

Einmal die Vier-Käse-Pizza, einmal die mit Champignons. Fleisch gab es im Haus ihrer Großmutter nur für die Katzen, wie Isabell nach ihrer Ankunft vor zwei Tagen erfahren hatte. Lina war Vegetarierin, nicht missionierend, wie sie sagte, aber bei ihr gäbe es eben weder Fisch noch Fleisch. Außer man hatte Fell und vier Beine.

»Wie war der erste Tag?«, fragte ihre Großmutter und rollte gleichzeitig mit einem Pizzaschneider über die Pizzen. »Hast du schon ein paar nette Leute kennengelernt?«

»Hm!«, antwortete Isabell und schaufelte sich zwei Stücke Pizza und Salat auf ihren Teller. Mit der Antwort hatten sich ihre Eltern immer zufriedengegeben. Sicherheitshalber setzte sie noch ein »Alles okay« nach.

»Was soll das heißen?« Linas Stimme klang so resolut, dass Isabell erstaunt den Kopf hob. Ihre Großmutter starrte sie über einer Gabel voll Salat an und schüttelte den Kopf. »Heute war dein erster Tag. Da wird dir doch wohl mehr dazu einfallen als ›Hm‹, oder?«

Isabell spürte ihre Wangen heiß werden. Sie hatte nicht damit gerechnet, dass Lina so beharrlich nachfragen würde.

»Na ja. Es ist nie toll, irgendwo die Neue zu sein«, sagte sie schließlich. »Immerhin bin ich nicht allein. Neben mir sitzt ein Mädchen, das hat auch nach den Ferien neu angefangen.«

»Damit habt ihr schon mal was gemeinsam. Darauf lässt sich aufbauen.« Lina nickte, als ob sie eine wichtige Erkenntnis von sich gegeben hatte. »Wie heißt sie denn?«

»Julia.« Isabell überlegte einen Moment. »Kommt wohl aus einer Kaffeefamilie. Schon eeeewig in Bremen und wichtig.«

»Und wie heißt das Mädchen mit Nachnamen?« Lina legte den Kopf leicht schräg, was Isabell zum Lachen brachte, weil es so sehr den Bewegungen der Katzen ähnelte. »Vielleicht kenne ich sie ja. Bremen ist wie ein großes Dorf.«

»Linden. Julia Linden. Kennst du die Familie?«

»Nicht persönlich. Aber ich weiß, dass sie eines der letzten unabhängigen Unternehmen besitzen.« Lina schien zu überlegen und schnitt gedankenverloren das Pizzastück in immer mehr Teile. »Und sie gehörten zu den Ersten, die Kaffee fair handelten. Ich glaube sogar in Guatemala. Da habt ihr doch schon zwei Dinge gemeinsam, diese Julia und du.«

»Hm«, antwortete Isabell wieder und beugte sich über ihren Teller. Sie fürchtete, dass ihre Großmutter ihr sonst das Unbehagen auf dem Gesicht ablesen würde. Isabells Interesse, in Julia Linden die neue beste Freundin zu finden, tendierte gegen null. Also versuchte sie, vom Thema abzulenken. »Eine Katze hat in meinen Rucksack gepinkelt.«

»Oh, das tut mir leid. Ich habe so ein Anti-Geruchsmittel, das gut wirkt. Das hole ich dir gleich.«

»Schon gut.« Isabell grinste. Mission erfolgreich. Thema gewechselt. »Ich lasse meine Tür jetzt vorsichtshalber zu.«

»Ich fürchte, das geht nicht.« Lina hob entschuldigend die Hände. »Die Katzen hassen verschlossene Türen und würden die ganze Zeit nerven, damit du sie wieder öffnest.«

»Dann stelle ich wohl besser alle Sachen hoch.«

»Ja genau. Ich sage immer, dass Katzen einen zur Ordnung erziehen.« Lina zuckte die Schultern. Dann runzelte sie die Stirn. »Kommst du klar mit den deutschen Fächern und dem ganzen Punktesystem? Ich kenne mich leider gar nicht mehr aus. Das Letzte, das ich mitbekommen habe, ist, dass es das Abitur jetzt nach zwölf Jahren gibt.«

»So viel anders als in Guatemala ist es nicht«, antwortete Isabell. »Und ich habe alles angerechnet bekommen, sodass ich nächstes Jahr Abi machen kann. Nur in Mathe muss ich nacharbeiten, aber das kriege ich hin.«

»Mit Mathe konnte ich nie etwas anfangen.« Lina lächelte. Ihre Gedanken schienen in die Vergangenheit zu wandern. Isabell überschlug im Kopf, dass das ja ewig her sein musste.

»Wie ich schon sagte, da du und Julia die zwei Neuen in der Klasse seid, habt ihr doch wirklich eine gute Ausgangsbasis, um euch einmal zu unterhalten. Was meinst du?«

Ihre Großmutter konnte wohl nie Ruhe geben.

»Mal sehen«, seufzte Isabell.

5

»In diesem Jahr beschäftigen wir uns bei der Projektarbeit mit dem beginnenden 20. Jahrhundert, einer wirklich spannenden Zeit.« Frau Haberkorn, die Geschichtslehrerin, schaute die Klasse erwartungsvoll an. Keine Reaktion. »Um das Ganze für Sie interessanter zu gestalten«, fuhr sie bedeutungsschwanger fort, »überlasse ich Ihnen die Wahl des Themas.«

Ein kollektives Stöhnen ging durch den Raum. Hinter Isabell zischte jemand: »Warum können wir nicht mal normale Themen kriegen? Den Zweiten Weltkrieg oder so?«

»Haben Sie etwas gesagt, Svenja?« Die Haberkorn hörte das Gras wachsen. Das hatte Isabell in den vergangenen drei Wochen schon mitbekommen und hütete sich, Julia etwas zuzuflüstern.

Und vor den gefürchteten Projektideen der Haberkorn hatte sie auch schon jeder gewarnt. Jedes Jahr dachte sich die Geschichtslehrerin etwas aus, womit sie ihren Schülern das staubtrockene Fach schmackhaft machen konnte.

»Nee, alles gut«, antwortete Svenja. »Ich grübele nur, ob die Leute vor hundert Jahren noch auf den Bäumen saßen.«

Damit hatte sie die Lacher auf ihrer Seite. Nur Frau Haberkorn verdrehte die Augen.

»Sie können sich bis nächste Woche überlegen, was aus der bunten Vielfalt der Jahrhundertwende Ihr Interesse findet.« Frau Haberkorn lächelte in die Runde.

»Und wenn mir nichts einfällt?« Paul grinste breit und machte das Siegeszeichen. Er ging Isabell auf die Nerven, weil er keine Gelegenheit ausließ, sie mit »!Hola, Guatemala-Girl!« zu begrüßen.

»Dann kann ich gern gemeinsam mit Ihren Eltern überlegen, ob sich da etwas finden lässt.« Frau Haberkorn lächelte siegesgewiss. »Falls jemand von Ihnen schon eine Idee hat, nur heraus damit.«

»Geben Sie uns doch einen Tipp«, nuschelte Zoe. Warum sie Isabell immer mit diesen fiesen Blicken verfolgte, war ihr völlig unklar. »Wohin soll die Reise gehen? Wirtschaftspolitik? Kriegsvorbereitungen? Sozialreformen?«

»Lassen Sie mich kurz nachdenken.« Die Haberkorn legte eine Kunstpause ein. »Wirtschaftsentwicklung. Das war ein wichtiges Thema in jener Zeit.« Sie lächelte Zoe an und schien einen Moment zu überlegen, dann drehte sie sich überraschend zu Julia um. »Da bietet es sich doch an, dass Sie den Kaffeehandel bearbeiten, Julia.«

Bevor Julia etwas sagen konnte, baute die Haberkorn sich vor Isabell auf. »Und Sie, Isabell, können Ihre Mittelamerika-Erfahrungen einbringen. Gruppenarbeit. Das ist doch prima.«

»Was?«, platzte Isabell heraus. Kaffeehandel, bitte nicht! »Entschuldigung. Wie bitte, meine ich.«

Frau Haberkorn strahlte, als ob sie den Stein des Weisen gefunden hätte. »Julias Familie besaß eine Kaffeeplantage in Guatemala, Sie kommen gerade von dort. Da bietet es sich doch an, gemeinsam an diesem Thema zu arbeiten.«

»Sollen wir uns nicht mit individuellen Themen beschäftigen?«, fragte Isabell. »Wegen der Vielfalt und so?«

»An sich schon. Aber …« Langsam konnte Isabell das

selbstgerechte Lächeln der Haberkorn nicht mehr ertragen. So neu war die Idee mit der Projektarbeit nun auch nicht.

»… die gemeinsame Arbeit fördert Ihre Sozialkompetenz und das ist ebenfalls sehr wichtig.«

»Ach so«, antwortete Isabell. Kaffeehandel! Sie konnte die Vorträge ihres Vaters über die Verbrechen der deutschen *finqueros* förmlich hören. Besser sie erzählte ihren Eltern nichts davon.

»Was meinen Sie, Julia?« Frau Haberkorn sah nicht so aus, als ließe sie noch groß mit sich handeln.

»Eine interessante Anregung, Frau Haberkorn«, sagte Julia schließlich und strich sich eine Haarsträhne aus der Stirn. »Ein Land. Eine Zeit. Zwei Perspektiven. Eine spannende Idee. Haben Sie eine zeitliche Eingrenzung?«

»Das überlasse ich gern Ihnen. Frau Haberkorn ging wieder nach vorn und wippte auf den Ballen auf und ab. »Dann wäre das Thema für eine Projektarbeit also schon einmal beschlossen.«

Isabell starrte den Rest der Stunde auf ihren Tisch und überlegte sich, ob sie wohl mit Julia zusammenarbeiten konnte. Aus dem Augenwinkel musterte sie ihre Nachbarin. Sie wirkte wie aus einer Modezeitschrift entstiegen. Die Frisur saß perfekt, die Fingernägel trugen heute eine French Manicure und die Klamotten saßen tipptopp. Wie konnte man nach sechs Stunden Schule nur so aussehen, fragte sie sich und sah an sich herunter. Unter ihren Fingernägeln hatte sich Dreck gesammelt, obwohl sie sie heute Morgen sauber gemacht hatte. Auf der Jeans entdeckte sie einen Kaffeefleck und ihre braunen Haare widerstanden sowieso allen Frisierversuchen und kräuselten sich in jede Richtung.

»Wollen wir uns morgen überlegen, wie wir vorgehen?«

Isabell blieb nach Kursende neben Julia sitzen. »Wir können nach der Schule einen Kaffee trinken gehen. Was hältst du davon?«

»Gern.« Julia lächelte. »Sorry, muss jetzt zum Sport.«

Auch wenn du lieber etwas allein bearbeitet hättest, liegt in der Zusammenarbeit eine Chance.« Ihre Großmutter schaute sie durchdringend an. Isabell hasste diesen Blick, unter dem sie sich immer klein und egoistisch fühlte. »Und wer weiß, vielleicht findest du auch eine neue Freundin.«

»Ich brauche keine Freundin. Meine Freundinnen leben in Guatemala.« Isabell wollte nicht bockig wie ein kleines Kind klingen, aber sie mochte es noch weniger, dass ihre Großmutter in allem immer das Positive sehen wollte. »Ich glaube, wir passen einfach nicht zusammen. Wir kommen aus anderen Welten.«

»Erschütternd, dass jemand wie du, die in unterschiedlichen Ländern gelebt hat, voller Vorurteile steckt.« Lina grinste, um ihre harschen Worte abzumildern, aber Isabell spürte, dass ihre Ohren heiß wurden. »Lade sie doch mal ein.«

»Warum kannst du nicht sein wie andere Omas und stricken und erzählen, dass früher alles besser war?« Isabell umarmte ihre Großmutter und gab ihr einen Kuss auf die Wange. Der typische Patchouliduft stieg ihr in die Nase und sie musste lächeln. Niemand außer Lina roch noch so … so nach den Siebzigerjahren. »Okay, ich lade sie zu einem guatemaltekischen Essen ein. Aber nur, wenn du dabei bist.«

»Na sicher. Ich bin ja auch neugierig.« Lina drückte ihre Enkelin an sich. »Jetzt muss ich aber die hungernden Horden füttern, bevor sie Pogo tanzen.«

Isabell folgte ihrer Großmutter auf die Terrasse und beobachtete, wie sich der Garten schlagartig mit Leben füllte. Lina pfiff und klapperte mit den Näpfen. Aus allen Himmelsrichtungen galoppierten Katzen und Kater herbei. Erstaunlich, wie schnell sich selbst die Alten und Gebrechlichen bewegten, sobald Futter am Horizont auftauchte.

»Sag mal, sind das mehr geworden?« Isabell war neben Lina getreten und beobachtete das große Fressen. »Hast du nicht gesagt, es seien sieben?«

»Ach, weißt du, wo sieben satt werden, werden auch neun satt.« Lina zwinkerte ihr zu. Isabell ahnte, dass gleich eine traurige Geschichte folgen würde. »Frau Brender hat noch zwei gebracht. Die kleine Graue ist durch Katzenschnupfen erblindet und ihre rote Schwester hat sich erbarmt, den Blindenführer zu spielen, ist aber scheu. Die würde niemand nehmen.«

»Niemand außer dir!« Isabell drückte Linas Arm. Auch wenn es ab und zu Ärger mit Nachbarn gab, wenn die Katzen einen Singvogel gefangen hatten, fanden sich immer wieder Menschen, die arme Samtpfoten bei Lina abgaben, um deren Leben zu retten.

»Ach ja.« Ihre Großmutter hauchte Isabell einen Kuss auf die Wange. Dann sammelte sie die leeren Näpfe ein, strich dort über einen Rücken und hier über einen Kopf, bevor sich die Katzen wieder auf ihre geheimnisvollen Wege in den Garten begaben. »Ich habe noch eine Überraschung für dich. Es betrifft dein Projekt. Aber nur, wenn du Julia eine Chance gibst.«

6

»Denke daran, Schatz, eine Fremde ist eine Freundin, die du noch nicht kennst.« Mit diesen Worten hatte ihre Großmutter sie heute Morgen verabschiedet.

»Oma! Ich meine, Lina. Bitte keine Lebensweisheiten vor dem ersten Kaffee.«

Dann war Isabell lachend aus dem Haus gelaufen, um die Straßenbahn zu erreichen.

»Ich habe nachgedacht«, begrüßte Julia Isabell. »Nachher gehe ich zur Haberkorn und sage ihr, dass ich lieber allein arbeiten will. Dann kannst du dir etwas aussuchen, was dir mehr liegt.«

»Schon okay. So muss ich mir nicht selbst was ausdenken«, antwortete Isabell. »Außerdem habe ich mir auch was überlegt. Was hältst du davon, wenn ich dich heute als Auftakt zum Essen einlade? Zu einem echten guatemaltekischen Essen? Damit du weißt, was auf dich zukommt.«

»Heute?« Julia überlegte kurz und holte ihr iPhone aus der Tasche. »Ich muss zum Geigenunterricht, aber heute Abend hab ich Zeit.«

»Geige? Du spielst Geige? Freiwillig?«

»Hast du ein Problem damit?«

»Nee. Ich kenne nur sonst niemanden, der Geige spielt oder Klavier oder so was.« Isabell überlegte kurz, ob das ein Fauxpas gewesen sein könnte, und fügte dann schnell hinzu: »So gegen acht?«

»Okay.« Julia drehte sich um. »Ich habe jetzt Englisch. Bis später.«

Isabell sah ihr nach. Eine Geigenspielerin. Ob Lina ahnte, mit wem sie heute Abend speisen würden? Apropos Essen. Sie suchte einen Zettel und schrieb die Zutaten auf, die sie einkaufen musste, um ihr Versprechen einzulösen: Fisch und Garnelen, *tortillas* … Hatte sie sich etwa zu weit aus dem Fenster gelehnt? Gab es eine typisch guatemaltekische Küche überhaupt? Oder kannte Julia das nicht alles schon von mexikanischen Restaurants. Tortillas, *guacamole,* selbst die *frijoles* kannte man inzwischen in Deutschland. Isabell rieb sich mit dem Zeigefinger den Nasenrücken. Was konnte sie anbieten, das für Julia neu war, aber nicht zu aufwendig in der Vorbereitung? Für eine *fiambre,* den Salat aus über vierzig Zutaten, benötigte man eine mehrtägige Zubereitungszeit. Und man durfte ihn nur zu Allerheiligen servieren. Das fiel also schon mal flach. Aber wenn sie Julia schon einlud, sollte es etwas Besonderes geben.

Während Isabell überlegte, machte sie sich schon mal auf den Weg in Richtung Markthalle. Langsam bekam sie richtig Lust zu kochen.

Was gibt es denn?« Lina streckte den Kopf durch die geöffnete Küchentür. »Das riecht ausgesprochen lecker.«

»Tür zu!« Isabell schaute vom Küchenbrett auf. »Die Katzen finden den Geruch auch toll und versuchen ständig, hier einzubrechen. Isst du ein bisschen Fisch mit?«

»Ja, heute mache ich eine Ausnahme.« Lina trat näher an den Küchentisch heran und stibitzte sich ein Stück Mango. »Kann ich dir noch etwas helfen?«

»Komm schon klar. Halt nur die Katzen draußen.«

»Ich habe dir doch eine Überraschung versprochen.« Lina lächelte sie an und griff nach einer Avocadoscheibe. »Auf dem Dachboden steht ein großer Koffer mit alten Büchern. Vielleicht findet ihr da noch etwas.«

»Alte Bücher?« Isabell zog die Augenbrauen hoch.

»Ja, Tagebücher und Reisenotizen.« Lina machte eine Pause. »Von deiner Ururgroßmutter.«

»Im Ernst?« Isabell musste sich verhört haben. »Wirklich? Wie kommt das?«

»Ach, das olle Zeug steht da schon ewig. Ich wollte es immer einem Archiv spenden, habe es aber vergessen. Zum Glück, würde ich jetzt sagen.« Lina griff sich noch eine Mangoscheibe.

»Hey, jetzt mach's nicht so spannend. Was sind das für Tagebücher?«

»Ich weiß es nicht, denn ich habe leider nie die Zeit gefunden, sie zu lesen.« Lina sah ein bisschen so aus, als ob sie deswegen ein schlechtes Gewissen hatte. »Ich weiß nur, dass Elise, meine Großmutter, nach Guatemala reiste und dort dann längere Zeit lebte.«

»Ich fasse es nicht.« Isabell ließ das Messer sinken, mit dem sie den Fisch geschnitten hatte. »Meine Ururgroßmutter hat in meinem Lieblingsland gelebt. Warum haben mir meine Eltern nie etwas davon erzählt?«

»Das musst du sie selbst fragen.« Lina hob die Schultern. »Aber hör mal, interessieren dich die Tagebücher?«

Isabell erinnerte sich dunkel daran, dass Elise Reiseberichte veröffentlicht hatte. Mehr wusste sie nicht von ihr. »Das klingt spannend«, sagte sie und konzentrierte sich darauf, die Garnelen aus der Schale zu lösen. »Obwohl die

Haberkorn bestimmt was Wissenschaftliches will. Aber neugierig bin ich natürlich schon.«

»Geh nur achtsam damit um. Tagebücher enthalten ja eher Privates und Persönliches.« Lina wiegte den Kopf hin und her, als ob sie Zweifel hatte.

»Oh, so vorsichtig kenne ich dich ja gar nicht, Omaha. Was sollte Elise schon zu verbergen haben? Sie war höchstens sechzehn, als sie nach Guatemala reiste.«

»Ich möchte nur nicht, dass du enttäuscht bist.« Lina strich Isabell über die Wange. »Dann begutachte ich mal den Inhalt des Koffers und lege dir alles in dein Zimmer.«

Kaum hatte Lina die Tür geöffnet, als ein schwarzer Schatten an ihren Beinen vorbeiwischte und zum Sprung auf den Küchentisch ansetzte.

»Auf keinen Fall!«, schrie Isabell und fing den Kater ab. Sie nahm ein Stück Fisch in die Hand und lockte den Schwarzen aus der Küche.

Kurze Zeit später klingelte es. Julia. Natürlich pünktlich. Isabell hätte darauf wetten können.

»Hallo. Ich wusste nicht, was du kochst und habe daher ein paar Pralinen zum Nachtisch mitgebracht.« Julia hielt ein Päckchen in die Höhe. Belgische Pralinen. Eine gewaltige Schachtel. Isabell lief das Wasser im Mund zusammen.

»Komm rein. Tolle Idee.« Sie deutete den Flur entlang. »Einfach geradeaus. Wir essen in der Küche.«

»Guten Tag. Ich bin Lina, die Mutter von Isabells Mutter.« Sie streckte Julia die Hand entgegen. »Danke für die Pralinen. Die liebe ich!«

»Wow! Das sieht ja toll aus. Was ist das?« Julia schien ehrlich überrascht und begeistert über das, was Isabell da auf dem Küchentisch arrangiert hatte.

»Tortillas mit Mais und Frijoles, einer schwarzen Bohnenpaste. Dazu gibt es Guacamole, kennst du bestimmt aus mexikanischen Restaurants und *chirmol,* Tomatensoße mit Limonen und Minze oder Koriander.« Isabell deutete auf die Teller und Schalen, in denen sie die unterschiedlichen Gerichte vorbereitet hatte. »Ich habe beides gemacht, weil ich nicht wusste, ob du Koriander magst.«

»Sehr gern sogar.« Julia nickte. »Und das da?«

»Das kennst du hoffentlich noch nicht?« Isabell schaute Julia fragend an. »*Ceviche?* Schon mal gegessen?«

»Nein. Und auch noch nicht gehört.«

»Das ist ein Fischgericht. Magst du Sushi?«

»Ja, wenn auch nicht alles.« Julia schaute etwas verwirrt. »Aber Sushi ist doch roh, die Garnelen und der Fisch sehen aber ziemlich gekocht aus.«

»Das täuscht. Sie sind nur mariniert, schmecken aber sehr lecker. Finde ich jedenfalls.«

»Wollen wir weiter reden oder wollen wir endlich essen?« Lina setzte sich an den Tisch und öffnete eine Flasche Weißwein. »Möchte noch jemand?«

Isabell und Julia nickten und nahmen ebenfalls Platz.

»Auf ein erfolgreiches Projekt.« Julia hob ihr Glas.

»Auf ein erfolgreiches Projekt.« Isabell stieß mit ihr an. Sie nahm sich eine Tortilla und reichte die Platte an Julia weiter.

»Was ist so besonders an Guatemala?«, fragte Julia, nachdem sie sich bedient hatte. »Es hört sich so an, als ob du dort sehr gern gelebt hast.«

»Guatemala ist so … so vielfältig. Im Südwesten hast du die Pazifikküste und im Osten kannst du im Karibischen Meer baden. Kennst du ein anderes Land, das an zwei Weltmeere grenzt?«, schwärmte Isabell.

»Klar. Die USA zum Beispiel.« Julia zuckte die Schultern. Bisher schien Isabell sie nicht überzeugen zu können.

»Ja schon, aber Guatemala ist gerade mal so groß wie Bayern und Baden-Württemberg zusammen.« Isabells Stimme klang triumphierend. »Was weißt du über Guatemala?«

»Nicht viel. Mittelamerika. Maya. Entwicklungsland.« Auf Julias Stirn bildete sich eine Falte. »Ach ja. Spitzenkaffee selbstverständlich.«

»Ich bin beeindruckt.« Isabell lächelte. »Damit weißt du mehr als die meisten Menschen, die ich bisher getroffen habe.«

»Ich bin blond, aber nicht blöd.«

»Wie wäre es, wenn wir jetzt das Essen genießen und euer Projekt auf später verschieben.« Lina schüttelte den Kopf. »Ihr seid ja schlimmer als zwei Manager …«

»Hm, lecker«, sagte Julia nach einer Weile. »Das ist alles sehr lecker, aber das *ceviche* ist unübertroffen.« Sie legte das Besteck ab und lehnte sich zurück. »Muss man einen bestimmten Fisch nehmen?«

»Nee, es geht alles. Ceviche gibt es übrigens auch mit Muscheln.« Isabell grinste. »Und es ist ziemlich einfach zuzubereiten. Macht aber viel her.«

Bevor Julia antworten konnte, setzte das Scharren an der Küchentür wieder ein. »Was ist das denn?« Julia wirkte etwas verwirrt. »Habt ihr eine Katze?«

»Wenn es nur eine wäre«, stöhnte Isabell auf. »Lina sammelt Pflegefälle. Die Zahl ändert sich täglich … oder war es stündlich?«

»Du übertreibst.« Lina schüttelte gespielt vorwurfsvoll den Kopf. »Aber Isabell hat recht. Ich habe deutlich mehr Katzen, als ich je wollte.«

»Ich habe mir immer ein Haustier gewünscht.« Julias Stimme klang traurig. »Allerdings wollte ich lieber einen Hund. Die sind anhänglicher, habe ich mir sagen lassen.«

»Oh, die Katzen sind schon anhänglich. Wenn es zum Beispiel etwas zu fressen gibt.« Isabell lächelte.

»Darf ich sie reinlassen?« Julia war bereits aufgestanden und auf dem Weg zur Tür. »Oder hat sie Angst vor Fremden.«

»Wenn du sie reinlässt, musst du damit rechnen, dass sie auf den Tisch springt. Die Katzen glauben nämlich, dass das Haus ihnen gehört.«

Julia öffnete die Tür und der dicke grau-weiße Kater schmiss sich an ihre Beine. Sie beugte sich herunter, um den Dicken zu streicheln.

»Vorsicht, er beißt. Ist kein Witz«, warnte Isabell. »Je nach Tagesform zeigt er sich von seiner unfreundlichen Seite. Aber heute will er Futter und wird nett sein.«

Julia setzte sich und der Grau-Weiße sprang ihr auf den Schoß. »Darf ich … wie heißt er denn … ihm was geben?«, fragte sie und schob den Teller erst einmal aus der Reichweite der Katzenpfote.

»Dicki ist völlig verzogen. Du kannst ihm was geben, aber pass auf deine Finger auf.«

Während Julia den Kater fütterte, der jetzt laut zu schnurren anfing, sammelte Isabell die Teller ein und stellte die Essensreste in den Kühlschrank.

»Zum Nachtisch gibt es Obst und … dank Julia … Pralinen. Möchte jemand einen Kaffee oder Espresso?«, fragte sie.

»Espresso, bitte.« Julia schaute kurz auf.

»Für mich auch. Julia, was willst du nach dem Abitur

machen?« Isabells Großmutter war nicht einmal auf die Idee gekommen, Julia zu siezen oder sich siezen zu lassen. »Blöde Frage, ich weiß. Aber lang ist es ja nicht mehr hin.«

»Ich werde BWL studieren und dann in unser Unternehmen einsteigen.« Julia schaute wieder auf und wirkte etwas überrascht von Linas direkter Frage. »Vielleicht studiere ich ein Jahr in England oder den USA.«

»Wäre Brasilien oder Guatemala nicht passender?«, mischte sich Isabell ein. Sie füllte Espressopulver und Wasser in die silberne Kanne und stellte sie auf den Herd. »Wegen des Kaffeeanbaus. Oder musst du darüber nichts wissen?«

»Eher nicht.« Julia schüttelte den Kopf. »Ich muss mehr die unternehmerische Seite verstehen. Aber interessant wäre das schon. Wenn nur die ganzen Viecher nicht wären. Spinnen. Schlangen. Ekeltiere.«

»So schlimm ist das nicht«, verteidigte Isabell ihr Land. »Schlangen greifen nur an, wenn sie sich bedroht fühlen.«

»Apropos Kaffee und Guatemala«, unterbrach Lina die beiden, nahm sich eine Praline und biss genießerisch hinein. »Isabells Ururgroßmutter Elise war eine fleißige Tagebuchschreiberin. Ich habe zehn Bücher gefunden.«

»Zehn Tagebücher? Das ist ja unglaublich!« Isabell schaute ihre Großmutter überrascht an. »Da kommt ja was auf uns zu.«

»Tagebücher?« Julia sah von einer zur anderen.

»Ja, Elise lebte auch in Guatemala und hat Tagebuch geführt. Es sind eher Hefte als Bücher.« Lina verteilte die Espressotassen und stellte Zucker auf den Tisch. »Sie ist 1902 nach Guatemala gereist. Das wäre doch ein guter Einstieg in euer Thema, oder?«

Isabell und Julia sahen sich schweigend an.

»Na ja, wir müssen uns noch einigen, wie wir die Geschichte aufbauen«, ergriff Isabell schließlich das Wort. »Und eigentlich soll das Projekt ja den Kaffeehandel erörtern, oder?«

»Lassen wir uns überraschen.« Julia hob ihre Espressotasse, als ob sie anstoßen wollte. »Auf unser Projekt und unsere Ururgroßmütter.«

7 *Bremen 1902*

Ein Jahr weilte sie nun schon in Bremen. Ein Jahr ohne ein Wort von Juan. Zwölf Monate Sehnsucht und Hoffnungen, die jeden Tag wieder enttäuscht wurden. Obwohl es bereits Mittagszeit war, lag Margarete noch im Bett, eingekuschelt in die weichen Kissen. Sie würde den ganzen Tag in ihrem Zimmer verbringen, würde eine Krankheit vorschützen. Ein Frauenleiden, so wie ihre Tante. Je näher der Tag ihrer Rückkehr nach Guatemala rückte, desto düsterer wurde ihre Stimmung. Juan. Immer wieder Juan. Sein Verrat schmerzte immer noch. Sie zog sich die Decke über den Kopf und schluchzte leise in die Kissen.

Margarete schreckte auf, als sie jemanden die breite Treppe emporsteigen hörte. Sicher die Zofe ihrer Tante, gesandt, um Margarete zum Essen zu rufen. Oder Fräulein Dieseldorf, die ihr bestimmt einen Vortrag darüber halten würde, dass es sich für eine Dame nicht schickte, über die Mittagszeit hinaus im Bett zu liegen. Am liebsten hätte Margarete die Tür verriegelt und den Schlüssel weggeworfen. In einer Woche würde sie nach Guatemala zurückkehren. Etwas, das sie sich so sehr gewünscht hatte und ihr nun auf dem Herzen brannte.

In den ersten Monaten ihres Aufenthalts hatte das Heimweh sie nahezu aufgefressen. Sie sehnte sich nach den Abenden vor dem Kamin, wenn ihr Vater seine Pfeife rauchte, ihre Großmutter strickte und sie selbst ein Buch las. Abende der Ruhe und Gemeinsamkeit. Nicht wie die Bremer Abende, die häufig in großer Gesellschaft verbracht wurden. Eingeschnürt in ein Korsett und in ein Kleid der neuesten Mode sollte Margarete lachen, Konversation betreiben und sich nach einer angemessenen Partie umsehen.

»Es muss sein!«, hatte das Fräulein sie beschieden, als sie den Wunsch äußerte, nicht mehr an dem Heiratszirkus, wie Margarete es nannte, teilnehmen zu müssen. »Das gehört dazu, wenn eine junge Dame in die Gesellschaft eingeführt wird.«

Sicher, sie hatte die Zeit in Bremen genossen. Die Gesellschaften, die bewundernden Blicke der Männer, ihre galanten Worte. »Aber ich gehöre nicht hierher«, betonte Margarete und beharrte auf ihrem Standpunkt. Ein wenig auch aus Trotz, weil Fräulein Dieseldorf so viel Wert auf Etikette und gutes Benehmen legte. Und auf einen passenden Ehemann. Sollte sich die Gouvernante doch einen Bremer Kaufmann als Ehemann suchen, wenn sie so viel davon hielt.

»Du könntest in Bremen bleiben, wenn du dir hier einen Gemahl suchst.« Sehnsucht sprach aus Fräulein Dieseldorfs Stimme. Sie war in Deutschland geboren und vor einigen Jahren mit einer deutschen Familie nach Guatemala gekommen, aber sie hatte sich dort nie heimisch gefühlt. »Wir könnten hierbleiben.«

»Ich gehe wieder nach Hause zurück. Nach Hause und zu …« Margarete hatte Juans Namen nicht ausgesprochen, weil sie der Gouvernante nicht verraten wollte, wie sehr sie den Indio-Jungen vermisste, wie sehr sie sich nach ihm verzehrte. Jede Nacht träumte sie von ihm und erwachte von den Tränen, die sie im Traum geweint hatte.

Ihr Herz gehörte nach Guatemala und sie hatte die Tage

gezählt, bis sie endlich zurückkehren durfte. Mit jedem Tag, der ihr die Abreise näher brachte, hatte sich Margarete mehr nach Guatemala gesehnt, vor allem nach Juan, auch wenn sie sich geschworen hatte, nie wieder einen Gedanken an ihn zu verschwenden. Gleichzeitig fürchtete sie die Rückkehr, fürchtete, Juan mit einer anderen zu sehen. Glücklich. Vielleicht sogar schon Vater eines Kindes, das so wunderbare Augen hatte wie er.

»Margarete.« Fräulein Dieseldorf steckte ihren Kopf zur Tür herein. Wie stets gelang es ihr, unendlich viele Vorwürfe in einem Wort unterzubringen. »Im Salon erwartet dich Besuch. Ich werde den jungen Mann bitten, sich zu gedulden. Und ich schicke dir Alwine, damit sie dir beim Ankleiden hilft.«

Mit diesen Worten ging die Gouvernante wieder, ohne Margaretes Antwort abzuwarten. Warum auch? Fräulein Dieseldorf wusste, dass Margarete sich fügen würde. Schließlich war sie Gast im Haus ihrer Tante und ihres Onkels und würde es nicht übers Herz bringen, sie derart vor den Kopf zu stoßen. Also setzte sie sich auf und schwang ihre Füße aus dem Bett, genoss das Gefühl des flauschig-weichen Teppichs an ihren Füßen und vermisste gleichzeitig die Kühle des Holzfußbodens, der in ihrem Zimmer in Guatemala auf sie wartete. Noch während Margarete überlegte, welches Kleid für ihre heutige Stimmung passend wäre, klopfte die Zofe an und trat erst ins Zimmer, nachdem Margarete »Herein« gerufen hatte. Alwine knickste und lächelte. Margarete mochte die Zofe ihrer Tante, die kaum älter war als sie selbst.

»Wir wollen den Herrn nicht allzu lange warten lassen, nicht wahr?«, sagte Alwine mit einem Augenzwinkern. »Am besten setzen Sie sich hin und ich kümmere mich um alles.«

Margarete nahm an dem zierlichen Tischchen Platz, auf dem Kamm und Bürste sowie diverse Töpfchen und Tiegelchen zur Verschönerung bereitstanden.

Mit geübten Händen bürstete die Zofe Margaretes Haar und steckte es zu einer komplizierten Frisur auf, die Margarete niemals selbst würde frisieren können. Wie einfach war das Leben in Guatemala dagegen. Keine Zofe, keine aufwendigen Haargebilde, die viel Zeit kosteten. Margarete stieß ein leises Seufzen aus.

»Habe ich Sie gepikst?«

»Nein, nein. Danke. Alles wunderbar.« Margarete versuchte ein Lächeln und konnte im Spiegel erkennen, wie sehr es verunglückte. Wem wollte sie vorspielen, dass sie glücklich war? Im Salon wartete ein Mann auf sie, aber es war der falsche. Wer immer ihr auch dort seine Aufwartung machte, niemals würde er ihre wahre Liebe aus ihrem Herzen verdrängen können. Auch wenn sie ein langes Jahr nichts sie von dem einzig Richtigen gehört hatte. Wie sollte sie Juan nur je wieder gegenübertreten? »Ich habe nur an meine Abreise gedacht.«

»Werden Sie Bremen vermissen?« Die Zofe krönte ihre Arbeit mit einer weiteren Haarnadel. Margarete bewunderte ihr Geschick. »So weit weg von hier. Von zu Hause.«

»Guatemala ist mein Zuhause«, sagte Margarete mit weicher Stimme und spürte, wie das Heimweh in ihr Herz zurückkroch. Die Sehnsucht nach den Nebelwäldern, nach dem Duft der Bananen und der gerösteten Kaffeebohnen, nach La Huaca, ihrer Finca, nach ihrem Vater und ihrer Großmutter – und natürlich nach Juan. Immer wieder Juan. Margarete schwieg einen Augenblick, damit sie ihre Gefühle nicht übermannten. »Ich war gern in Bremen, aber …«

»Nirgends ist es so schön wie zu Hause, nicht wahr?«, antwortete Alwine und nickte mit dem Kopf.

»Weißt du, welcher Herr im Salon auf mich wartet?«, fragte Margarete. Nicht dass sie wirklich wissen wollte, wer von den jungen Männern, die sie während der vielen Gesellschaften in Bremen getroffen hatte, sich von ihr verabschieden wollte. Sie war stets freundlich gewesen, aber hatte sehr deutlich zu verstehen gegeben, dass sie kein Interesse an einer Ehe hatte. Zu ihrem Missvergnügen hatte ihre Zurückhaltung die Bremer Junggesellen eher angespornt als abgeschreckt, sodass ein stetiger Strom wohlerzogener junger Männer den Salon ihrer Tante besuchte. Hoffentlich erwartete sie kein Langweiler oder hochnäsiger Schwätzer.

Ein letztes Mal strich Alwine über Margaretes Haar und trat dann zurück. »Fertig.«

»Wunderbar.« Margarete wendete den Kopf nach rechts und links, um das Kunstwerk zu bewundern. »Ich danke dir.«

Das Mädchen schaute sie überrascht an. Dann knickste Alwine erneut und ging mit leisen Schritten hinaus.

Margarete erprobte noch einen Augenblick lang im Spiegel ihr höfliches Lächeln und stand mit einem kleinen Seufzer auf. Länger konnte sie die Begegnung nicht hinauszögern. Sie musste den Konventionen gehorchen und freundlich plaudern, auch wenn ihr ganz anders zumute war. Der Gedanke an ihre Rückkehr beinhaltete stets die Frage, warum Juan sein Versprechen nicht gehalten hatte.

Vor der Tür zum Salon streckte Margarete den Rücken und richtete sich auf. Sie versuchte, alle dunklen Gedanken zur Seite zu schieben, um ihrer Tante und ihrem Onkel keine Schande zu bereiten.

Nachdem sie die Tür geöffnet hatte, erhaschte sie einen Blick auf den Gast und ihr Herz setzte einen Schlag aus. Sie kannte den dunklen Haarschopf, der über das Besuchersofa ragte. Sie kannte ihn nur zu gut. Margarete hob die Hand vor den Mund, um den Aufschrei der Überraschung zu unterdrücken.

Juan! Deshalb hatte er ihr nicht geschrieben. Ihr Geliebter hatte sich auf den Weg nach Bremen gemacht, um ihr diese Freude zu bereiten.

»Juan. *Ma sa laa ch'ool?*«, flüsterte sie die Begrüßungsformel auf *kekchí*. Die Worte, die sie beinahe ein Jahr nicht mehr gesprochen hatte, sprangen ihr auf die Lippen. »Ist dein Herz zufrieden?«

Ihr Herz war so froh, dass es lauthals schlug. Juan musste es hören und auch ihre Tante, die als Anstandsdame auf Margarete gewartet hatte. Augenblick. Wie konnte das sein? Ihre Tante, beim traulichen Kaffeetrinken mit Juan vereint?

»Ach, Grete, Liebes, da bist du ja endlich.« Tante Elisabeth nickte ihr zu. Sie deutete auf den Platz neben sich auf der zierlichen Couch, dem Heiratsmöbel, wie Margarete es heimlich nannte. »Herr Linden, dessen Familie hier in Bremen eine Kaffeerösterei betreibt, ist extra heute noch vorbeigekommen, um dich kennenzulernen.«

Wie auf ein Stichwort erhob sich der Besucher und verneigte sich zur Begrüßung. Margarete musste an sich halten, um nicht laut aufzuseufzen. Nur auf den ersten Blick ähnelte dieser attraktive Herr ihrem Geliebten. Das dunkle Haar, die gebräunte Haut. Aber er war deutlich schmaler als Juan, der hart auf den Kaffeefeldern hatte arbeiten müssen.

»Liebes Fräulein Seler.« Herr Linden deutete ein Lächeln an. Seine Kleidung wirkte ausgesprochen elegant, auf dem

Höhepunkt der Herrenmode. »Ich habe so viel von Ihnen gehört, dass ich Ihnen vor Ihrer Abreise, die ich sehr bedauere, meine Aufwartung machen wollte.«

»Herr Linden.« Nur unter Aufbietung aller Kräfte gelang es Margarete, die Fassung zu wahren. »Ich freue mich, Sie kennenzulernen.«

Den Besuch überstand Margarete wie in einem Nebel, der am Morgen die Wälder Guatemalas einhüllte, bis ihn die Kraft der Sonne zum Verschwinden brachte. Ohne nachzudenken, antwortete sie einsilbig auf Fragen, die ihr der freundliche Kaufmann stellte, lächelte und nickte zu den Anekdoten, die er erzählte, und wünschte doch die ganze Zeit, in ihr Zimmer laufen zu können, um dort ihren Tränen der Enttäuschung freien Lauf zu lassen. Endlich erhob sich Herr Linden.

»Vielleicht sehen wir uns ja einmal wieder.« Er verbeugte sich formvollendet. Als Margarete ihn erstaunt anschaute, lächelte er. »Mein Vater ist der Ansicht, es wäre gut für mich, mir einmal die Kaffee-Finca vor Ort anzusehen. Was meinen Sie?«

»Oh natürlich«, bemühte sich Margarete zu antworten. »Ein *cafétal* in seiner Blüte ist ein wundervoller Anblick.«

Er nickte und ging. Endlich.

»Ist etwas mit dir, mein Kind?«, fragte Tante Elisabeth besorgt. »Du wirkst etwas abgelenkt und blass.«

»Ich … ich habe schon den ganzen Morgen Kopfschmerzen«, log Margarete. »Ich lege mich wohl besser hin.«

»Mach das, Liebes.« Ihre Tante lächelte so freundlich, dass sich Margarete schon schämte. »Es wäre schön, wenn wir heute Abend gemeinsam essen könnten.«

»Ich brauche nur ein wenig Ruhe.« Margarete beugte sich

vor und küsste Tante Elisabeth auf die Wange. Mit letzter Kraft gelang es ihr, die lächelnde Fassade aufrechtzuerhalten.

Nachdem sie die Tür zum Salon hinter sich geschlossen hatte, taumelte sie und ließ sich in den mit nachtblauem Samt bezogenen Sessel sinken, der im Eingangsbereich für wartende Besucher stand. Sie schloss die Augen und atmete tief ein und aus. So tief, wie es das unbequeme Kleid nur zuließ.

Als Schritte ertönten, öffnete sie die Augen. Fräulein Dieseldorf. Nicht jetzt. Aber die Gouvernante steuerte zielsicher auf Margarete zu.

»Post von zu Hause. Ein Glück, dass dich der Brief noch vor unserer Abreise erreicht.«

»Danke.« Margarete erkannte die Handschrift ihres Vaters und lief die Treppe hinauf. Was mochte so eilig sein, dass er ihr vor ihrer Abreise nach Guatemala noch schreiben musste? War ihrer Großmutter etwas zugestoßen? Nein, ein Unglück erforderte ein Telegramm. In ihrem Zimmer riss sie den Umschlag voller Vorfreude auf. Nachdem sie die Zeilen gelesen hatte, entglitt ihr der Brief und sank zu Boden wie ein Blatt im Wind.

8 *Bremen 2011*

Pünktlich um drei Uhr klingelte Julia zwei Tage später bei Isabell. In ihrem Rucksack hatte sie eine Einführung ins wissenschaftliche Arbeiten und ein paar Hintergrundinformationen zu Guatemala – ein Land, das nicht gerade unter die Top Ten von Julias Urlaubszielen fiel. Nicht einmal unter die Top Fifty, wenn sie ehrlich war.

»Hallo«, begrüßte sie Isabell mit dem dicken grau-weißen Kater auf dem Arm. »Komm rein.«

Julia schloss die Haustür hinter sich und streichelte den stattlichen Stubentiger ausgiebig zur Begrüßung.

»Möchtest du was trinken?«

»Wasser.« Julia lächelte Isabell an. »Mit Kohlensäure, wenn möglich.«

»Ich kann das stille Zeug auch nicht leiden. Schmeckt wie abgestanden.« Isabell deutete nach oben. »Geh einfach die Treppe hoch und dann geradeaus. Da ist mein Zimmer. Ich komme gleich.«

»Okay.«

Das Häuschen von Isabells Oma wirkte geradezu winzig im Vergleich zu der Patrieziervilla von Julias Familie. Klein, aber gemütlich. An den Wänden die Treppe entlang hing rechts eine Sammlung von Katzenfotos. Wahrscheinlich alle ehemaligen und aktuellen Haustiere. Ihnen gegenüber hingen drei Kunstkalender: Franz Marc, Alphonse Mucha und

Edward Hopper. Julia blieb vor der Hopper-Reproduktion stehen. Sie mochte den amerikanischen Maler, aber das Bild kannte sie noch nicht. *New York Office.*

»Ziemlich kühl. All das Blau und Weiß.« Isabell kam die Treppe hoch und balancierte ein Tablett. Zwei Becher Kaffee, dazu Milch, Zucker, Süßstoff sowie zwei Gläser und eine Flasche Wasser. »Die Frau erinnert mich an Grace Kelly. Irgendwie vornehm und einsam.«

»Es gibt keinen Eingang … und auch keinen Ausgang«, sprach Julia aus, was ihr als Erstes in den Sinn gekommen war.

»Das denkt sie bestimmt auch, so den ganzen Tag eingesperrt im Büro«, antwortete Isabell und drängte sich an Julia vorbei. »Wenn du was essen möchtest, kann ich gern noch was organisieren.«

»Danke, schon okay.« Julia riss sich von dem Bild los und folgte Isabell in ihr Zimmer. Nicht einmal halb so groß wie ihres, aber vollgestopft mit Bildern, CDs, Büchern und Erinnerungsstücken.

»Setz dich doch.« Isabell zerrte eine Hose und einen Pulli von einem gemütlich aussehenden Sofa und öffnete die Schranktür. Achtlos warf sie die Kleidung hinein. »Oder willst du lieber den Sitzsack?«

»Das passt schon. Und, wie läuft's bei dir?«

»Bin etwas genervt.« Isabell stieß lauthals die Luft aus. »Diese schräge Zoe hat sich in Politik mit mir angelegt. Richtig heftig. Keine Ahnung, was ich der getan habe. Komische Streberin.«

»Ich glaube, die kann niemanden leiden.« Julia zuckte mit den Schultern. »Einfach ignorieren.«

»Sagt sich so leicht.« Isabell schüttelte sich, als ob sie

die Erinnerung an einen unangenehmen Streit abschütteln wollte. »Egal. Wie fangen wir an?«

»Ich habe mich ein bisschen schlau gemacht.« Julia griff in den Rucksack, suchte ihr iPad und öffnete es. Sie rief die Dateien auf, die sie gestern Abend erstellt hatte. »Guatemala ist ein kleines Land mit großen Problemen. Davon hast du bisher nichts gesagt.«

»Wir sollen uns ja auch nicht mit dem Guate von heute beschäftigen«, schnappte Isabell, als ob Julia ihr auf die Füße getreten wäre, »sondern mit der Geschichte. Und Leute wie deine Familie haben gewaltig zu den Schwierigkeiten des Landes beigetragen.«

»Was soll das denn heißen? Meine Familie lebt in Bremen und wir verkaufen fair gehandelten Kaffee.«

»Ach so. Gutmenschen seid ihr. Und deine Vorfahrin, die Firmengründerin, die war wohl auch schon eine Menschenfreundin. Die hatte bestimmt was dagegen, dass den Maya von der Regierung das Land weggerissen wurde, um es den deutschen Einwanderern für den Kaffeeanbau zu geben.« Isabell konnte sich ihren Zynismus nicht verkneifen. »Und zum Dank durften die *indígenas* auf den Fincas wie Sklaven schuften.«

»Wenn du so drauf bist, können wir uns das Projekt schenken.« Julia bemühte sich, ruhig zu bleiben. »Am besten erstellen wir eine Gliederung, teilen die Sachen auf und treffen uns noch ein- oder zweimal, um die Ergebnisse zusammenzupacken.«

»Sorry. Ich hätte mich nicht so aufregen sollen.« Isabell stand auf und ging durch ihr Zimmer. »Manchmal … also … alle Leute starten immer einen Angriff auf Guatemala, und da fühle ich mich verantwortlich.«

»Ich wollte dich nicht angreifen und das Land auch nicht«, lenkte Julia ein. »Vielleicht habe ich ein bisschen übertrieben mit meiner Kritik.«

»Ich will die Probleme des Landes nicht kleinreden. Der Bürgerkrieg ist zwar beendet, aber immer noch werden die Maya benachteiligt. Armut und fehlende Bildung sind die schlimmsten Probleme.« Isabell strich sich durch die Haare. »Oh Mann, jetzt höre ich mich an wie eine Politiklehrerin.«

Julia sagte gar nichts, sondern grinste nur. Schließlich streckte sie die Hand aus: »Frieden?«

»Frieden.« Isabell schlug ein.

»Also, wie würdest du die Situation in Guatemala erklären. Wie sind die Indios?«

»Den Begriff ›Indio‹ betrachten die Maya-Nachkömmlinge als Schimpfwort. *Chapínes* nennen sich die Guatemalteken selbst«, dozierte Isabell, was Julia die Augen verdrehten ließ. »Das umfasst alle, sowohl Ladinos als auch Indígenas.«

»Ladinos?« Vorher hatte sich Julia nie mit dem Land beschäftigt, aus dem der Reichtum ihrer Familie stammte. »Sind das die Maya?«

»Die Nachkommen der Spanier *und* Maya, also Mischlinge.« Isabell musterte Julia kritisch. »Sitzen in allen wichtigen Positionen und haben sozusagen die Herrschaft über Guatemala unter sich aufgeteilt. Auf Kosten der Indígenas, der Nachfahren der Maya.«

Julia schluckte. Sie wollte nicht glauben, dass Margarete arme Menschen ausgebeutet hatte und dass ihre Firma auf Enteignung und Unglück aufgebaut war.

»Müssen wir das alles für unsere Arbeit wissen?«, versuchte Julia Isabell auszubremsen. Sie war gern bereit, Zeit und Energie in das Projekt zu investieren, aber alles hatte seine Grenzen. »Wir sollen doch nur über das beginnende 20. Jahrhundert schreiben.«

»Interessiert dich das Land denn gar nicht?« Isabell wirkte enttäuscht.

»Doch schon, aber nach der ersten Recherche hatte ich den Eindruck, dass so unheimlich viel dort geschehen ist.« Julia bemühte sich, eine freundliche Ablehnung zu formulieren. Sie hatte weder Zeit noch Energie, in die Tiefen der guatemaltekischen Geschichte und Politik vorzudringen. »Ich fand es schwer, mir ein Bild zu machen.«

»Warte mal.« Isabell legte eine CD ein. »Hier, etwas aus Guatemala.«

Seltsame Klänge erfüllten das Zimmer. Ethno oder Weltmusik oder so etwas. Isabell trommelte mit den Händen in der Luft, als ob sie Schlagzeug spielte. Nein, nicht Schlagzeug, etwas anderes. Das Wort lag Julia auf der Zunge, aber es fiel ihr nicht ein.

»Was ist das?«, fragte sie nach ein paar Minuten. »Erinnert mich an den Song, den die *Black Eyed Peas* gemacht haben. *Más que nada* oder so.«

»Das ist DIE guatemaltekische Musik. Marimba. Kommt ursprünglich von den Westindischen Inseln.« Isabell suchte auf ihrem Notebook ein Bild und zeigte es Julia.

»Was ist das? So eine Art Xylophon?«

»Nicht ganz. Unter dem Xylophon-Ding hängen ausgehöhlte Kalebassen als Klangkörper, die den besonderen Sound geben. Man spielt es mit Kautschukklöppeln. Und übrigens nur Männer.«

»Warum?«

»Keine Ahnung. Aber eine Frau an der Marimba hat es noch nie gegeben. Wird vielleicht mal Zeit.«

»So weit muss die Emanzipation ja nicht gehen, oder?« Hoffentlich verstand Isabell den Witz. »Oder möchtest du die erste Marimba-Spielerin der Welt werden?«

»Mir gibt es ein Gefühl von zu Hause. Wenn ich die Augen schließe, fühle ich mich beinahe wie in Guatemala.« Isabell bewegte sich zu den rhythmischen Klängen. »Also, wie gehen wir das Ganze an?«

9

»Schau mal, was ich im Internet gefunden habe.« Isabell wedelte mit einem Zettel vor Julias Nase herum, als sie sich am nächsten Nachmittag in der Bibliothek trafen. Sie grinste siegesgewiss.

»Jaja.« Julia wartete einen Moment und sprang auf, griff nach dem Papier und trat ein paar Schritte zurück, damit sie es in Ruhe lesen konnte: *Kaffeebauern und Kaffeehandel im 19. Jahrhundert. Forschungsprojekt. Universität Bremen.*

»Pscht«, zischte ihr jemand zu.

Die Schulbibliothek war wirklich nicht der ideale Treffpunkt, wenn man aufregende Neuigkeiten hatte.

»Wow, das ist wirklich klasse«, musste Julia zugeben und ärgerte sich, dass nicht sie die Information entdeckt hatte. »Hast du noch mehr dazu?«

»Nein.« Isabell zuckte mit den Schultern. »Hab's gerade erst entdeckt und wollte es dir gleich zeigen.«

»Lass uns schauen, ob wir jemanden finden, der Ansprechpartner ist.«

»Das weiß ich schon.« Isabell holte eine zweite Seite hinter ihrem Rücken hervor. »Ich wollte es spannend machen. Eine Professorin.«

»Ist doch super.« Julia öffnete ihr iPad. »Dann lass uns nachsehen, wie wir sie erreichen können.«

Gemeinsam neigten sie ihre Köpfe über das Notebook

und suchten auf den Seiten der Universität nach weiteren Informationen über das Forschungsprojekt.

»Gimme five!« Isabell hob die rechte Hand und Julia schlug mit einem lauten Klatschen ein, was ihnen einen vorwurfsvollen Blick der Bibliothekarin einbrachte. »Entschuldigung.«

»Schau nur«, flüsterte Isabell betont leise. »Wir haben richtig Glück. Übermorgen ist Sprechstunde.«

»Komm, lass uns einen Kaffee trinken gehen.« Julia nickte ihr zu und packte ihre Sachen zusammen. »Bevor wir hier rausfliegen.«

Isabell folgte Julia auf dem Weg in die Cafeteria.

»Kann man da einfach so hingehen?«, fragte Julia. Sie deutete auf die Zettel. »Ich meine, wir studieren ja nicht und so.«

»Wir versuchen es einfach.« Isabell strich sich über die Nase. »Was kann uns schon passieren?«

»Dann sollten wir aber gut vorbereitet sein.« Julia drehte sich gedankenverloren eine Haarsträhne um den Finger. »Um 15 Uhr beginnt die Sprechstunde. Hey, was machst du?«

Isabell tippte eine Telefonnummer in ihr Handy.

»Hallo. Mein Name ist Isabell Pötter. Ich wollte fragen, ob man sich zur Sprechstunde von Frau Professor Nahnsen übermorgen anmelden muss.«

Kurzes Schweigen.

»Aha.« Isabell nickte. »Gibt es eine Zeit, die besonders gut ist?«

Längeres Schweigen.

»Vielen Dank. Einen schönen Tag noch.«

»Und?«, fragte Julia und trommelte mit den Fingern einen Rhythmus auf dem grauen Tisch.

Isabell gefiel es, Julia zappeln zu lassen. Sie genoss noch einen Moment ihren Triumph, bevor sie antwortete. »Die Professorin ist nicht da.«

»So ein Mist!« Julia warf ihr Blank Book auf den Tisch. »Wäre ja auch zu einfach gewesen. Ist sie lange weg?«

»Ja. Forschungssemester. Aber für Fragen steht ihr Mitarbeiter zur Verfügung. Und diese Woche wird nicht viel los sein, meinte die Sekretärin.«

»Dann lass uns doch morgen Nachmittag treffen, alles auswerten, was wir haben und uns auf die Sprechstunde vorbereiten. Okay?«

Hier, die wollte ich dir zeigen. Die Tagebücher meiner Ururgroßmutter.« Isabell holte drei Bündel schwarzer Notizhefte aus ihrer Schreibtischschublade. Jedes Bündel war mit einem blassblauen Band zusammengeschnürt. Beinahe ehrfürchtig hielt sie die Hefte, denen man das Alter ansah, in den Händen. »Allerdings weiß ich nicht, ob es was bringt …«

Julia nahm eines der Tagebücher in die Hand. Es roch nach vergilbtem Papier. Vorsichtig zog sie die Schleife auf und nahm sich ein Heft, voller Sorge, dass es unter ihren Händen zu Staub zerfallen könnte.

»Ach du Schande, was ist das denn für eine Schrift?« Julia runzelte die Stirn und deutete auf die Zeichen, die trotz des Alters gestochen scharf wirkten, aber aussahen wie Hieroglyphen. »Hat deine Ururgroßmutter eine eigene Geheimschrift entwickelt?«

»Geschichte ist wohl nicht dein Lieblingsfach«, antwortete Isabell. »Das ist Kurrentschrift, sozusagen der Vorgänger unserer Schreibschrift.«

»Na prima. Dann können wir die Hefte für unser Projekt ja wohl vergessen.« Frustriert schüttelte sich Julia die Haare aus der Stirn. Alles hätte so schön einfach sein können. Ein paar alte Tagebücher, ein, zwei Reiseberichte aus der Zeit, ihre Firmengeschichte und mit wenig Aufwand hätten sie eine gute Arbeit geschrieben. »Mist.«

»Wo liegt das Problem?« Isabell schaute Julia mit schiefem Lächeln an.

»Na, ich kann Kurrentschrift jedenfalls nicht lesen. Du etwa?«

»Klar.«

»Was?« Julia starrte Isabell an, als ob die eben behauptet hätte, übers Wasser gehen zu können. »Wieso kannst du so etwas?«

»Habe ich in Guatemala in der Schule gelernt.« Isabell zuckte mit den Schultern, als ob das nichts Besonderes wäre. »Wir haben ein Geschichtsprojekt zum Deutschen Club in Cobán gemacht und dafür sollte man Kurrentschrift können.«

»Du siehst mich beeindruckt.« Julia grinste.

»Wenn ich geahnt hätte, dass das so einfach ist …« Isabell zwinkerte ihr zu. »Aber sollten wir nicht erst mal die Fakten recherchieren, bevor wir auf die Tagebücher zurückgreifen?«

»Jemand hat mir erzählt, die Haberkorn steht auf ›erlebte Geschichte‹.« Julia zeichnete Anführungszeichen in die Luft. »Wie wär's? Du kommst diese Woche noch zu mir und wir suchen nach Informationen zu meiner Ururgroßmutter Margarete.«

»Klingt gut.« Isabell überlegte kurz. »Ja, warum nicht. Hat deine Ururgroßmutter auch Tagebuch geführt?«

»Keine Ahnung.« Julia zuckte mit den Schultern. »Aber

wir haben eine Firmenchronik zum hundertjährigen Jubiläum erstellt. Mit Fotos und Texten aus dem Archiv. Da lässt sich bestimmt auch einiges finden.«

»Jetzt übertreibst du aber.«

»Wir brauchen ja nur mal zu gucken.« Julia hob die Hände. »Wenn sich nichts ergibt, konzentrieren wir uns auf das Forschungsprojekt der Uni.«

»Okay.« Isabell öffnete das Tagebuch. »Bist du gar nicht neugierig?«

»Doch schon. Wäre es okay, wenn du vorliest und ich Stichworte mitschreibe?« Julia klappte ihr iPad auf. »Viel mehr als deine Sekretärin zu spielen, kann ich im Moment nicht beisteuern.«

»Oh, das habe ich mir immer gewünscht.« Isabell grinste. »Fräulein Julia, zum Diktat bitte.«

10 *An Bord der »San Nicolas« auf dem Weg nach Guatemala 1902*

Elise lag mit geöffneten Augen auf der schmalen Pritsche und lauschte ins Dunkel der Kajüte. Sie hatte sich den Schlafplatz erkämpfen müssen. Ihre Eltern wollten die Überfahrt unter Deck verbringen, dort, wo die zumeist armen Auswanderer eingepfercht waren. Nicht weil ihre Familie arm war. Nein, ihre Eltern wollten das Geld sparen, um es für weitere Expeditionen in weitere furchtbare Länder auszugeben. Bei dem Gedanken, dass sie sich auf einem Schiff unterhalb der Wasserlinie befinden würde, hatte Elises Herz begonnen zu rasen. Sie hatte nach Luft gerungen, als ob sie bereits ertränke. Da hatten ihre Eltern nachgegeben und ihr die Kajüte zugestanden. Nun allerdings fühlte sie sich allein und wünschte sich, in diesen kalten einsamen Nächten bei ihnen zu sein.

Sie stieß ein Schnauben aus. *Bei ihren Eltern.* Menschen, die sie kaum kannte. Fremde, die sie aus dem sicheren Bremen auf dieses Schiff verschleppt hatten, ohne nach ihren Wünschen zu fragen. Tränen traten ihr in die Augen und sie schniefte. Wie es wohl ihren Großeltern erging, allein in dem schönen Haus. Ob sie Elises Zimmer wohl für sie hergerichtet ließen?

Der Gedanke an all das, was sie aufgegeben hatte, brachte sie zum Weinen. Sie tastete nach dem Leinentaschentuch, das sie neben das schmale Kopfkissen gelegt hatte. Wohl wissend, dass sie es auf dieser Reise sicher des Öfteren benötigen würde. Dann schnäuzte sie sich und richtete sich etwas auf.

Durch die schmale runde Öffnung des Bullauges konnte sie einzelne Sternbilder am Nachthimmel erkennen. Immerhin etwas, das sie an ihre Heimat erinnerte. Die Sterne leuchteten überall gleich. Wie oft hatte sie mit ihrem Großvater in seinem Arbeitszimmer gesessen und durch den Kometensucher den Himmel beobachtet.

»Wenn du dich einsam fühlst, sieh dir die Sterne an«, hatte ihr Großpapa zum Abschied gesagt und Elise an sich gedrückt.

»Kassiopeia. Perseus. Kleiner Bär. Großer Bär. Bärenhüter«, murmelte sie vor sich hin, um ihre Gedanken auf etwas anderes zu konzentrieren. *»Cassiopeia. Perseus. Ursa minor. Ursa major. Boötes.«* Die lateinischen Namen sollten sie ablenken, doch immer wieder tauchte die Panik in ihr auf und verdrängte alles andere. Klang das Grollen der Dampfmaschine nicht unregelmäßig? Ging es nicht in ein schrilles Pfeifen über, ein sicheres Anzeichen für eine Überhitzung, die zu einer furchtbaren Explosion führen würde? Elise verwünschte es, dass sie einen der Matrosen über die Funktionsweise des Schiffes ausgefragt und sich vor allem nach den Gefahren erkundigt hatte. Der Mann hatte freundlich geantwortet und laut gelacht, als sie ihn nach einer möglichen Explosion des Kessels gefragt hatte.

Typisch für Erwachsene. Niemals nahmen sie Elises Sorgen ernst, sondern gingen mit einem freundlichen Lächeln oder einem besserwisserischen Kopfnicken darüber hinweg. Gern hätte Elise dem Mann gesagt, dass sie sich sehr wohl informiert hatte, dass sie Bücher gewälzt hatte und nur abschließend seine Einschätzung als Fachmann wünschte. Sicher hätte er sie ausgelacht und seinen Kameraden von dem seltsamen Mädchen erzählt. Also hatte sie sich freundlich bedankt und war in ihre Kajüte geeilt, um zu überprüfen, wie weit es von dort zu den Rettungsbooten war. Winzig klein erschienen ihr diese. Wie sollten die Schaluppen nur auf dem riesigen Meer Schutz und Sicherheit bieten?

»Lise.« Ihr Vater hatte sie angelächelt und von seinem Buch aufgesehen, in das er Reiseberichte schrieb oder Forschungsergebnisse eintrug. Die Brille saß viel zu tief auf seiner Nase und ließ ihn aussehen wie einen zerstreuten Professor. »Lise. Schiffsreisen sind sicher. Glaube mir.«

Ihre Mutter hatte sie gar nicht erst fragen wollen. Henni Hohermuth schien sich niemals zu ängstigen. Schon oft hatte Elise gedacht, dass sie als Säugling bestimmt vertauscht worden war. Anders ließ sich beim besten Willen nicht erklären, dass zwei Menschen, die sich von einem Abenteuer ins nächste stürzten wie ihre Eltern, eine Tochter bekommen hatten, die Gefahren nur in Büchern erleben wollte. In der Sicherheit ihres Bettes oder im Haus der Großeltern vor dem Kamin, in dem ein Feuer freundlich knisterte.

Stattdessen befand sich Elise nun auf der *San Nicolas* auf dem Weg nach Südamerika. Nein, Mittelamerika, um genau zu sein. Guatemala. Das Land der Maya und des ewigen Frühlings. Ein Land, das Abenteurer anzog wie Honig die Bienen. Abenteurer und Forscher wie ihre Eltern. Warum konnten ihr Vater und ihre Mutter nicht sein wie andere Eltern und langweilige Berufe haben? Warum mussten ausgerechnet ihre Eltern von einem Ort zum nächsten ziehen, um den Spuren längst ausgestorbener Völker zu folgen?

Nun waren sie schon einige Tage auf See. Elises Magen

hatte sich an das Auf und Ab des Schiffes gewöhnt, aber die Sorgen waren geblieben. Schwankte das Schiff nicht zu sehr, hin und her geworfen von den Wellen wie ein Spielzeug? Elise schloss die Augen und versuchte, ruhig ein- und auszuatmen, doch die Angst legte sich wie eine dunkle Decke auf sie und drohte, sie zu ersticken. Hastig stand sie auf, die Augen weit aufgerissen. Sie setzte sich ans Bullauge, lehnte die Stirn gegen die angenehme Kühle des Glases und versuchte, in der sternenklaren Nacht etwas zu erkennen.

Welche Gefahren lauerten in der unendlichen Tiefe unter dem Bauch des Dampfschiffes auf sie? Gefährliche Wesen, die nur darauf warteten, dass sie Schiffbruch erlitten und Elise und alle anderen Passagiere ihre Beute wurden! Haie. Riesenkraken …

Schlimmer noch als die Ängste, die sie in den einsamen Nächten überfielen, war die Gewissheit, dass sie sich ihren Sorgen allein stellen musste. Ihr Vater war zu sehr in seinen Reiseplanungen versunken und ihre Mutter …

»Sei nicht albern, Kleines!« Spott hatte in Henni Hohermuths Blick gelegen, mit dem sie ihre sechzehnjährige Tochter gemustert hatte. »*Octopodidae* greifen keine Schiffe an. Sie sind viel zu klein.«

Elise hatte genickt und sich abwenden wollen, in der Gewissheit, dass ihre Mutter sie niemals verstehen würde. Doch Henni Hohermuth war noch nicht fertig. »Wenn überhaupt, dann könnte es ein Riesenkalmar sein, ein *Architeuthis.* Angeblich hat man Exemplare gesichtet, die mehr als vier Meter lang waren.«

Elise war bleich geworden und hatte sich setzen müssen. Die Grauen der Tiefsee waren ja noch viel, viel schlimmer, als sie es sich bisher ausgemalt hatte. Ihre Mutter hatte den

Kopf geschüttelt. »Hast du etwa wieder Jules Verne gelesen?«

Elise war rot angelaufen und hatte vor Verlegenheit kein Wort herausbringen können. Ihre Mutter schätzte es nicht, wenn Elise Bücher des verrückten Franzosen, wie Henni Hohermuth ihn nannte, las. Nur wissenschaftlich untermauerte Fakten fanden Gnade vor den Augen ihrer Mutter. Mit fantastischer Literatur vermochte sie wenig anzufangen.

Ihren Vater zu fragen würde ähnlich enden. Nur dass Johann Hohermuth seine Tochter mitten im Satz stehen lassen würde, weil ihm etwas Wichtiges eingefallen war.

Sie unterdrückte ein Schluchzen. Wie schön war ihr Leben in Bremen gewesen, in dem großen alten Haus von Großmama und Großpapa, mit vielen Büchern und allem Komfort, den die moderne Welt zu bieten hatte. Elises Eltern waren ab und an zu Besuch gekommen und hatten seltsame Geschenke mitgebracht: riesige Muscheln oder Schnitzereien von fremdartigen Göttern. Sie hatten ausführlich von ihren Abenteuern berichtet und waren dann zu einer weiteren Forschungsreise aufgebrochen.

Eines Tages hatten sie sich übertroffen und sogar einen Jungen von ihrer Reise mitgebracht.

Georg. Elises Herz schlug schneller, wenn sie jetzt an ihn dachte. An ihre erste Begegnung.

Der magere Junge hatte damals fassungslos die Pracht des Bremer Hauses bestaunt. Immer wieder hatte Elise ihn über die Flure schleichen sehen. Leise und vorsichtig wie ein Kater. Immer bereit, bei Gefahr aufzuspringen und davonzulaufen. Georg hatte kaum etwas zu ihr oder den Großeltern gesagt und so hatte Elise ihre Eltern nach ihm ausgefragt.

Henni und Johann hatten den Jungen gefunden, der sich auf den Straßen Kairos durchschlug und völlig ausgehungert in einer Hausecke saß. Sein flehender Blick hatte ihr Herz gerührt und sie hatten ihn einfach mitgenommen. Georg sprach gebrochen Deutsch, das hatte ihm sein Vater beigebracht. Seine Mutter war Ägypterin, von ihr hatte er die auffallend dunklen Augen geerbt. Sie war, wie er erzählte, an einer Krankheit gestorben, als Georg elf Jahre alt war. Henni und Johann hatten versucht, etwas über seine Familie herauszufinden, doch das Schicksal seines Vaters blieb im Dunkeln. Voller Dankbarkeit für seine Rettung und die Zuwendung, die die Hohermuths ihm entgegenbrachten, folgte er ihnen und bemühte sich, zu einem Entdecker zu werden wie sie. Darüber, wie er in Ägypten gelebt hatte, hüllte sich Georg in tiefes Schweigen. Wenn man ihn darauf ansprach, schien sich ein Vorhang zu senken und ließ eine bittere Zeit erahnen, die der Junge offenbar verdrängen wollte.

Georg war der Sohn, den sich ihre Eltern immer gewünscht hatten. Mutig, intelligent und voller Begeisterung für Reisen in ferne Länder. Elise fühlte sich ihm anfangs unterlegen und konnte ihn bei ihrer ersten Begegnung nicht leiden. Aber eigentlich, so redete sie sich ein, war es ihr egal, da ihre Eltern und Georg ohnehin ständig unterwegs waren.

Vor einem Jahr hatten Johann und Henni jedoch das Herz für ihre Tochter entdeckt und Elise das erste Mal auf eine Reise mitgenommen. Nach Ägypten, um Pyramiden und alte Steine zu erforschen. In ein Land ohne Badezimmer – jedenfalls dort, wo Elise wohnen musste –, aber mit riesigen Spinnen, gefährlichen Skorpionen und tödlich giftigen Schlangen. Georg hatte sich in dem fremdartigen Land wie zu Hause bewegt, weshalb sich Elise noch mehr fehl am Platze gefühlt hatte. Sie hatte erwartet, dass ihre Eltern erkannten, wie wenig ihr an Abenteuern lag. Doch Henni und Johann bestanden darauf, sie erneut auf eine Expedition mitzunehmen – diesmal allerdings auf eine unendlich lange Reise und in ein Land, das weitaus bedrohlicher war als Ägypten. Guatemala. Und deshalb musste sie nun vier Wochen ihres Lebens auf diesem Dampfschiff verbringen.

Vier Wochen mit Georg. Zu ihrer Überraschung hatte Elise eines Morgens in Ägypten ein Kribbeln im Bauch gespürt, als sie ihn sah. Von da an suchte sie immer öfter seine Nähe und betrachtete plötzlich argwöhnisch alle Mädchen, die ihm zulächelten. Aber Georg sah in ihr nur die kleine Schwester, die er beschützte und ab und zu neckte. Vielleicht konnte sie ihn ja in Guatemala für sich einnehmen. Mit dieser Hoffnung im Herzen gelang es Elise, der Reise wenigstens etwas Gutes abzugewinnen.

Das Klopfen an der Kajütentür ließ sie zusammenzucken. Mussten etwa alle Reisenden in die Rettungsboote evakuiert werden, weil das Schiff sank?

11

Margarete starrte ins Wasser, das dunkel, beinahe schwarz, vor ihr lag. Nur die weißen Schaumkronen, die das Dampfschiff vor sich herjagte, setzten helle Akzente. Leise rollten die Wellen an das Weiß der Schiffswände, schienen sie zu rufen. Sie hob den Kopf und schaute nach oben. Sternenklar war die Nacht. Nur einige wenige Wolken zogen über den Himmel und verbargen die Sterne für einen Moment. Wie hießen sie noch? War das der Große Wagen oder der Große Bär? Margarete zuckte die Schultern. Sie hatte nie verstanden, dass man sich die Nacht um die Ohren schlug, um nach Sternbildern zu suchen. Für sie sah ein Stern aus wie der andere. Hell strahlend und weit weg.

Sehr weit weg.

So weit weg wie Juan.

Sie schluckte und biss sich auf die Unterlippe, um die aufsteigenden Tränen zurückzudrängen. Nein, sie würde nicht um ihn weinen. Ob er wohl um sie trauerte? Margarete trat einen Schritt näher an die Reling heran und lehnte sich nach vorn. In ihrem weißen Kleid würde man sie sofort erkennen. Wie Ophelia würde sie aussehen. Das blonde Haar um sich ausgebreitet, glänzend im Licht des Vollmonds. Nun gut, des zunehmenden Mondes. Wenn man sie gefunden hätte, würde es ihrem Vater leidtun, dass er sie zu etwas hatte zwingen wollen, das sie nicht wünschte. Aber dann wäre es zu spät. Und Juan würde zutiefst bereuen, dass er ihr nie geschrieben hatte.

Mit Schwung setzte Margarete ihren Schnürstiefel auf eine Kiste und zog sich an der Reling hoch. Nur noch die schmalen Stäbe hielten sie vom Meer zurück. Ob Ertrinken schnell ging? Sie schluckte erneut. Ihre Kehle fühlte sich trocken an, während ihre Handflächen feucht wurden. War es wirklich die richtige Entscheidung? Aufgeben war doch nie eine Option für sie gewesen. Sie war eine Kämpferin, oder nicht? Ein Geräusch ließ sie innehalten und lauschen. Schnell sprang sie von der Kiste und duckte sich in den Schatten der Rettungsboote. Mit angehaltenem Atem horchte sie ins Dunkel. Vielleicht drehte ein Matrose seine Runden. Oder einer der Passagiere aus dem Unterdeck nutzte die Einsamkeit der Nacht, um Luft zu schnappen.

Fräulein Dieseldorf hatte sie vor ihnen gewarnt. Sie hatte Margarete verboten, abends hier allein zu sein.

»Denk an die Auswanderer. Schmutzige Menschen, die was weiß ich für Krankheiten mit sich tragen. Oder dich ausrauben werden.«

Margarete glaubte nicht daran, dass ihr einer der ärmeren Menschen übelwollte, aber sie wollte auch niemandem begegnen. Nicht heute Nacht. Heute wollte sie allein sein. Allein mit sich und der Entscheidung, die sie zu treffen hatte. Sie drückte sich hinter das Rettungsboot und blieb mit ihrem Kleid an einem Haken hängen. Hastig zog sie am Rock, bis sie das Kleid mit einem Ratsch losriss. Sie hätte besser etwas Unauffälligeres anziehen sollen. Das Weiß des edlen Stoffs leuchtete durch die Dunkelheit wie ein Fanal und würde jedem Menschen, der sich näherte, ihren Aufenthaltsort verraten. Leise atmete sie aus, schloss die Augen und konzentrierte sich auf die Geräusche der Nacht. Nur das Pfeifen des Windes und das leise Plätschern der Wellen waren zu hören. Margarete steckte ihren Kopf hervor und kniff die Augen leicht zusammen, um etwas im Dunkel erkennen zu können.

Nichts war zu sehen, ihr schlechtes Gewissen hatte ihr wohl einen Streich gespielt. Ein wenig tat es ihr leid um Fräulein Dieseldorf. Die Gouvernante würde sicher Ärger bekommen, weil Margarete ihr entwischt war und sich in die Wellen gestürzt hatte. Ihr Vater würde das Fräulein entlassen und sie mit Vorwürfen überschütten. Margarete biss sich wieder auf die Unterlippe. Auch wenn sie ihre Gouvernante nicht besonders mochte, wollte sie ihr nicht unbedingt mehr Ärger bereiten als notwendig. Sollte sie ihren Plan aufgeben und erst zu Hause eine Gelegenheit suchen, aus dem Leben zu scheiden?

Nein! Bestimmt hatte Fräulein Dieseldorf ihre Finger im Spiel oder wenigstens von den Plänen ihres Vaters gewusst. Margarete erwartete wenig Gutes von dem Fräulein, die sich für ihre Arbeit zu fein hielt und sichtlich bedauerte, sich um so ein schwieriges Mädchen wie Margarete kümmern zu müssen. Jedenfalls sagte sie das oft genug. Dem Fräulein wäre es nur recht, wenn Margarete ebenfalls ein Leben im Unglück führen müsste.

Und was wäre mit ihrer Familie? Großmama würde sich sicher Vorwürfe machen, aber … Warum hatte Großmama sich nicht auf ihre Seite gestellt? Margarete sah die alte Dame vor sich. Die grauen Haare zu einer strengen Frisur aufgesteckt, das Kreuz durchgedrückt – sie wirkte wie eine harsche Frau. Wie sehr der Eindruck täuschte. Niemand war so voller Verständnis und Liebe wie ihre Großmutter. Jedenfalls hatte sie das immer geglaubt.

Margarete spürte einen Kloß im Hals und kämpfte gegen die Tränen an. Nicht heute Abend.

Wie konnte ihr Vater ihr das nur antun? Er hatte ihr doch fast jeden Wunsch erfüllt. Es erschien ihr unvorstellbar, dass er in so einer lebenswichtigen Sache einfach über ihren Kopf hinweg entschied. Was war nur in ihren Vater gefahren, dass er sie so behandelte?

In den ersten Tagen, nachdem sie den verhängnisvollen Brief erhalten hatte, hatte sie immer wieder geweint, unterbrochen von Zornesausbrüchen, in denen sie mit allem geworfen hatte, was ihr in die Hände gefallen war. In den verhängnisvollen Tagen, in denen ein Brief ihr Leben auf den Kopf gestellt hatte. Wie rosig und wunderschön, wie eine der Orchideen, die ihre Großmutter pflegte, war Margarete ihre Zukunft bis zu jenem Schreiben erschienen. Wie sehr hatte sie sich gefreut, wieder nach Hause zurückzukehren.

Obwohl sie es sich nicht eingestehen wollte, hatten sich immer wieder Gedanken an Juan eingeschlichen, war die Hoffnung gewachsen, ihn wiederzusehen und seine Liebe zurückzugewinnen.

Und dann, mitten in ihre Freude hinein, platzte der Brief. Der bittere, ungerechte, ihr Leben zerstörende Brief.

Margarete war zu Boden gesunken und hatte das Schreiben drei-, viermal lesen müssen, weil sie es nicht glauben wollte. Nach der Fassungslosigkeit kamen die Tränen und mit rot geweinten Augen starrte Margarete auf die Worte. In dürren Sätzen teilte ihr Vater ihr mit, dass sie Karl Federmann heiraten sollte, sobald sie in Guatemala eingetroffen wäre. Karl, den Langweiler, den Sohn eines Finca-Besitzers, den Margarete nur ein paarmal in ihrem Leben gesehen hatte. Keine zehn Worte hatte sie mit ihm gewechselt, nicht einmal über das Wetter vermochte er zu plaudern. Nur die Kaffeeernte und der Weltmarktpreis hatten ihn interessiert. Margarete schüttelte sich, als sie sich an seine blassgrünen Augen erinnerte, mit denen er sie angestarrt hatte wie ein Jaguar ein *pécari.* Nur unter Aufbietung all ihrer Höflichkeit hatte sie die Treffen mit ihm überstanden.

Und nun sollte sie ein Leben mit ihm verbringen!

Niemals!

Lieber würde sie sterben, als in einer Ehe mit diesem Karl lebendig begraben werden. Margarete schaute wieder in die dunkle See. Dunkel wie Juans Augen. Nun drohte der Kloß in ihrer Kehle sie zu ersticken und sie schluchzte auf. Juan. Ein Jahr lang hatte sie nichts von ihm gehört. Kein Sterbenswörtchen. Warum hatte er ihr nie geschrieben? Vorsichtig hatte sie in ihren Briefen an Großmama nach ihm gefragt, war krank gewesen vor Sorge. Sie konnte kaum essen und magerte so stark ab, dass ihre Tante sie zu einem Arzt schleppte, der etwas von nervöser Erschöpfung murmelte. Endlich, endlich war der heißersehnte Brief von Großmama eingetroffen und …

Kein Wort über Juan. Margarete schloss sich eine Woche in ihrem Zimmer ein und weinte sich die Augen aus dem Kopf. Mit letzter Kraft riss sie jeden Gedanken an Juan aus ihrem Herzen, hielt den Kopf hocherhoben und stürzte sich in die Abenteuer Bremens. Nur nachts, wenn sie die Geräusche von La Huaca vermisste, das Zirpen der Grillen, das Brüllen der Affen und das Kreischen der Aras, spürte sie die Traurigkeit, die mit dem Heimweh einherging, in sich aufsteigen.

Doch je näher der Termin ihrer Rückkehr kam, desto häufiger kehrten die Gedanken an Juan zurück. Sei es, dass sie auf Bremens Straßen einen dunklen Haarschopf sah und dem Mann, ohne nachzudenken und mit klopfendem Herzen, nachlief. Sei es, dass sie in dunkle Augen schaute, die sie an den geliebten Jungen erinnerten und die sie beinahe zum Weinen brachten. Sei es der Geruch von Kaffee, der ihre Nase kitzelte. Vor wenigen Tagen brach sie beim Anblick einer Orchidee in Tränen aus, weil sie an die Weiße Nonne denken musste, die Juan ihr zum Abschied geschenkt hatte. Gerade als Margarete bereit war, sich einzugestehen, dass sie Juan noch immer liebte und immer lieben würde, war der Brief ihres Vaters mit der Heiratsandrohung eingetroffen.

Wie betäubt hatte sie ihre Sachen gepackt und sich von Tante und Onkel verabschiedet. Ohne die Menschen um sich herum wahrzunehmen, war sie an Bord des Schiffes gegangen, das sie nach Guatemala bringen sollte. Nach Guatemala. In eine triste Ehe und eine triste Zukunft.

In den Nächten hatte Margarete sich wieder und wieder von einer Seite auf die andere gewälzt und nach einer Lösung gesucht. Gestern hatte sie schließlich eine Entscheidung getroffen. Der Junge, den sie liebte, hatte sie vergessen und wohl eine andere gefunden. Ihre Familie hatte sie verraten. Und in der Heimat wartete ein Ehemann, den sie niemals lieben könnte. Nein, das Leben erschien ihr nicht mehr lebenswert. Mit einer energischen Bewegung schwang sie sich auf die Reling.

»Halt!«, rief eine Stimme hinter ihr.

So unverhofft angesprochen, zuckte Margarete zusammen und verlor das Gleichgewicht. Sie ruderte mit den Armen, aber zu spät. Mit einem Schrei stürzte sie in die Tiefe.

12

Heute haben Georg und ich ein Leben gerettet. Was für eine Aufregung. Margarete Seler heißt sie. Eine Deutsche, die in Guatemala aufgewachsen ist. Oder ist sie eine Guatemaltekin mit deutschen Vorfahren? Wie kompliziert, wenn Auswanderer mit im Spiel sind.
An ihr kann ich mein Spanisch erproben (ich beneide sie, sie spricht fließend Deutsch und Spanisch) und von ihr mehr über das Land erfahren. Falls sie sich dazu herablässt, mit mir zu sprechen. Ist sie doch die Tochter eines reichen Plantagenbesitzers. Finquero hat sie gesagt. Das klingt gleich viel schöner. Dabei ist ihr Vater nur ein Bauer, der Kaffee statt Weizen oder Rüben anbaut.

Elise schüttelte den Kopf und ein dicker Tintentropfen lief auf das Papier und ließ das letzte Wort zu einem dunklen Fleck verschwimmen. Einem Fleck, so düster wie Elises Stimmung. Sie drehte die Schreibfeder zurück in den Schaft und legte ihren Kaweco-Füller neben das schwarze Heft, in dem sie jeden Abend ihre Gedanken festhielt.

Elise nahm ein Blatt Löschpapier und versuchte, das Wort zu retten, aber es war verpfuscht. Warum nur ließ sie sich von Margarete Seler so beeindrucken? Von einem Mädchen, das sich ins Meer stürzen wollte.

»Lass uns das Schiff erkunden«, hatte Georg gesagt, der an ihre Kajütentür geklopft und all ihre Einwände einfach vom Tisch gewischt hatte. Er hatte sie an der Hand hinter sich hergezogen. »Komm, sei ein Mal mutig.«

Einige Male mussten sie sich in dunkle Ecken ducken, damit Matrosen sie nicht entdeckten. Elise rann ein Schauder über den Rücken, als sie sich an die Geschichte von dem Gespensterschiff erinnerte. Beim kleinsten Geräusch schreckte sie zusammen und erwartete, den Kapitän an den Mastbaum genagelt zu finden.

»Hast du Angst?« Georg wandte sich um und musterte sie kritisch. »Soll ich dich lieber wieder in dein Bett bringen?«

»Sei still«, zischte Elise ihm zu. Niemals würde sie vor ihm zugeben, dass sie sich fürchtete. »Sonst finden sie uns noch.«

Georg zwinkerte ihr zu und schlich weiter. Von einem Schatten zum nächsten. Gewandt wie ein Straßenkater. Wieder einmal fragte sich Elise, was er als Kind wohl alles in Kairo erlebt hatte.

Da entdeckten sie das Mädchen mit den hellen Haaren im weißen Kleid, das ins Wasser starrte. Melodramatisch sah das aus, fand Elise.

»Halt!«, rief Georg in diesem Moment.

Elise stand wie erstarrt, beobachtete, wie Georg einen großen Satz nach vorn machte und im wirklich allerletzten Augenblick das Handgelenk des Mädchens erwischte. Er hing gebeugt über der Reling und es erschien Elise, als ob die Fremde ihn gleich mit in die Tiefe reißen würde.

»Hilf mir.«

Elise eilte nach vorn und versuchte, den freien Arm des Mädchens zu fassen, doch die wehrte sie ab.

JUGEND-
BÜCHER
ienemann Verlag GmbH
HIENEMANN · GABRIEL · PLANET GIRL
www.thienemann.de

ISBN 978-3-522-50236-8
320 Seiten · 9,90 €

Ab 11

Nele Neuhaus

Elena – Ein Leben für Pferde
Gegen alle Hindernisse

Elenas Welt sind die Pferde. Und der Reiterhof ihrer Eltern ist ihr Leben. Besonders liebevoll kümmert sie sich um ihr Pferd Fritzi, das als Fohlen schwer verletzt und von ihren Eltern bereits aufgegeben wurde. Nun trainiert sie ihn heimlich zusammen mit Melike und Tim im Wald. Tim, der ihr Herz höherschlagen lässt – und ausgerechnet der einzige Junge, mit dem sie nie zusammen sein darf. Aber warum nur? Gemeinsam lösen sie ein dunkles Familiengeheimnis.

ISBN 978-3-522-50140-8
448 Seiten · 16,90 €

Ab 12

Brigitte Endres

Das Vermächtnis der Feen

Eigentlich wollte Josie in Chica
nur ihren Vater besuchen. Doc
als sie in der Stadt ein Mädche
trifft, das ihr seltsam bekannt
vorkommt, wird aus dem Kurzu
laub eine Reise ins Unbekannte
Denn Josie muss erkennen, das
ihr Schicksal eng verwoben ist
mit dem einer anderen Welt: Si
trägt das Vermächtnis der Feen
in sich ...

»Lassen Sie mich!«, rief sie und schluchzte. »Lassen Sie mich, ich will nicht mehr leben.«

»So ein Quatsch«, ertönte eine tiefe Stimme hinter ihnen und ein kräftiger Arm griff über die zögerliche Elise hinweg und umfasste die Taille der Fremden. Der Matrose zog sie mit einem kräftigen Ruck wieder an Deck. »Ihr kommt jetzt alle mit.«

Oje, was würden ihre Eltern sagen, schoss es Elise durch den Kopf. Nicht nur dass sie ihre Kajüte verlassen hatte, sie war in ein Abenteuer geraten, das sie sich nicht hätte vorstellen können.

Die Fremde versuchte davonzulaufen und verhedderte sich in ihrem Kleid. Mit einem lauten Plumps fiel sie auf die Planken. Georg zeigte sich als Kavalier und half ihr auf.

»Danke«, hauchte sie. »Mein Name ist Margarete Seler. Danke für alles.«

»Gern geschehen.« So kannte Elise Georg gar nicht. So ritterlich und höflich. »Ich … ich heiße Georg … Georg Peters.«

»Mein Name ist Elise Hohermuth«, mischte sie sich ein. Sie wollte Georg nicht allein das Feld überlassen. Schließlich war Margarete die einzige junge Frau auf diesem Schiff. »Schön, Sie kennenzulernen.«

Margarete nickte ihr zu. Dann wandte sie sich ab und wollte in ihre Kajüte flüchten.

»Nicht so schnell, mein Fräulein.« Schwer legte sich die Hand des Matrosen auf Margaretes Schulter und verhinderte die Flucht. »Du kommst genauso mit zum Käpt'n wie deine Freunde hier.«

»Wie kommen Sie dazu, mich anzufassen und einfach zu duzen?« Margarete schob die Hand des Matrosen weg und schaute ihn von oben herab an. Elise war beeindruckt, war Margarete doch einen Kopf kleiner als er. »Ich werde Ihnen gern folgen. Aber bitte wahren Sie die Höflichkeit.«

»Schon gut.« Der Matrose schmunzelte. »Wenn die Damen und der Herr mir bitte Gesellschaft leisten wollen.«

»Bitte, es war meine Schuld«, sagte Margarete plötzlich und blieb stehen. Auf einmal lächelte sie den Matrosen an. »Bitte lassen Sie Georg und … das Mädchen gehen.«

»Ich heiße Elise«, sagte diese, enttäuscht darüber, dass Margarete sich Georgs Namen, aber nicht ihren gemerkt hatte. Sie wollte keine Hilfe von Margarete, aber sie wollte auch nicht zum Kapitän und Ärger mit ihren Eltern bekommen. Daher flehte sie auch den Matrosen an: »Bitte, lassen Sie uns gehen.«

»Was habt ihr da überhaupt gemacht?« Der Mann war stehen geblieben und kratzte sich am Kopf. »Wo gehört ihr überhaupt hin?«

»Meine Eltern sind im Unterdeck«, antwortete Elise. »Ich habe eine Kajüte. Und Georg schläft auch unten. Wir wollen nach Guatemala. Meine Eltern sind Forscher. Sie suchen nach Maya-Schätzen.«

Wie immer, wenn sie nervös war, redete Elise zu viel und konnte sich nicht bremsen. Sie sah aus dem Augenwinkel, dass Margarete lächelte und Georg den Kopf schüttelte. Ihre Wangen brannten, am liebsten wäre sie im Erdboden versunken. Gleichzeitig erschien es ihr äußerst ungerecht, dass sie sich schämen musste, obwohl die andere den ganzen Ärger verursacht hatte.

»Ich heiße Margarete Seler und reise mit Fräulein Alice Dieseldorf, meiner Gouvernante.«

Margarete wirkte selbstsicher und ruhig, gar nicht so,

als ob sie noch vor Kurzem ihrem Leben ein Ende setzen wollte. Elise spürte eine Welle von Neid in sich aufsteigen. Niemals in ihrem Leben würde sie so eine Stärke erreichen. Ungerecht. Es war einfach ungerecht.

»Bitte entschuldigen Sie die Unannehmlichkeiten, die ich Ihnen allen bereitet habe.«

Margaretes Lächeln hätte Berge versetzen können. Jedenfalls wenn man die Blicke sah, die der Matrose und Georg ihr zuwarfen. Elise fühlte sich unscheinbar und klein. Neben der strahlenden Margarete schien sie selbst zu verblassen.

»Nun gut, dann verschwindet.« Der Matrose zwinkerte dem Mädchen zu und grinste so breit, dass man seine Zahnstummel sehen konnte, die vom Priemkauen ganz braun waren. »Aber keinen Ärger mehr. Verstanden?«

»Danke schön.« Margarete knickste und bedeutete Georg und Elise, ihr zu folgen. So schnell sie konnten, eilten sie davon und suchten sich einen Platz unter Deck.

»Wollten Sie sich wirklich umbringen?«, fragte Georg entsetzt.

Margarete schwieg und senkte den Kopf. »Ich habe eine erschütternde Nachricht erhalten und gehandelt, ohne zu überlegen.« Sie schien mit sich zu ringen. Elise beobachtete, wie sich ihre Finger ineinander verschlangen. »Aber als ich gefallen bin, wurde mir bewusst, dass ich leben will. Trotz allem.«

»Was ist denn passiert, wenn ich fragen darf?« Elise war selbst erstaunt, dass sie so eine indiskrete Frage stellte. Aber immerhin hatten Georg und sie das Mädchen ja vor dem Tod bewahrt. Da durfte man auch schon mal geradeheraus fragen. »Können wir helfen?«

»Mein Vater will mich verheiraten. Mit einem Mann, den ich niemals lieben kann.« Margaretes Finger flochten sich wieder ineinander. »Das hat er mir geschrieben. Wenige Worte in einem Brief.«

»Wie unerfreulich.« Georg klang erschüttert und Elise sah ihn fragend an. »Sie müssen sich wehren.«

»Woher kommen Sie?«, mischte sich Elise ein, bevor Georg Margaretes gesamte Aufmerksamkeit für sich beanspruchen konnte. »Und wohin wollen Sie?«

»Aus Bremen.« Margarete lächelte sie an. »Und ich kehre nach Hause zurück. Auf unsere Finca La Huaca bei Cobán. Und Sie, was führt Sie nach Guatemala?«

»Elises Eltern erforschen die Tempel der Maya und ich helfe ihnen.« Georg richtete sich auf und bemühte sich, größer zu wirken. »Wir waren schon einmal in Guatemala. Vor zwei Jahren.«

»Dann kennen Sie ja das Land.« Margarete wirkte auf einmal glücklich. »Ist es nicht wunderschön da? Nicht umsonst nennt man es ›Seele der Erde‹.«

»Ich denke, wir sollten jetzt besser in unsere Kajüten gehen«, unterbrach Elise das Gespräch, auch wenn sie gern mehr erfahren hätte. »Sonst bekommen wir wirklich noch Ärger.«

»Wir haben die Ruinen von Tikal besucht.« Georg schien das Drängen in Elises Stimme nicht gehört zu haben oder – schlimmer noch – es bedeutete ihm nichts. »Ich freue mich darauf, die Nebelwälder wiederzusehen.«

»Nebelwälder?«, fragte Elise überrascht. »Was meinst du mit ›Nebelwälder‹?«

»Ich vermisse das Rauschen der Bäume, das silberne Leuchten der Kaffeeblüten und den Duft der gerösteten

Kaffeebohnen. Ja, selbst den Regen.« Margaretes Gesicht strahlte, als sie von ihrer Heimat sprach. Da wünschte sich Elise, sie näher kennenzulernen und zu erfahren, was es mit den Kaffeepflanzen auf sich hatte. »Ein Jahr war ich weg – und es kommt mir vor wie eine Ewigkeit.«

Laute Schritte, die den schmalen Gang entlangkamen, ließen sie verstummen. Sie hielten den Atem an und lauschten. Der Matrose ging an ihrem Versteck vorbei, ohne sie zu sehen, hatte ihnen aber einen gehörigen Schrecken eingejagt.

»Wir sollten gehen«, wiederholte Elise erneut und dieses Mal konnte sie sich Gehör verschaffen.

»Sehen wir uns morgen wieder?«, fragte Georg. »Nach dem Frühstück?«

»Gern. Gute Nacht.« Margarete wandte sich um und lief leichtfüßig den Gang hinunter. Wahrscheinlich zu ihrer Kajüte, die sicherlich größer und vornehmer war als die von Elise.

Margarete Seler. Ein Mädchen, das sich lieber ertränken wollte, als einen Mann zu heiraten, den sie nicht liebt. So viel Mut hätte ich nie. Warum nur habe ich den Eindruck, dass sich hinter ihrer Geschichte noch so viel mehr verbirgt? Wenn Georg sich mir nicht in den Weg stellt, werde ich versuchen, hinter Margaretes Geheimnis zu kommen.

Elise legte den Füllfederhalter zur Seite. Alle Gedanken an Katastrophen oder Riesenkalmare waren hinter dem Wunsch verschwunden, mehr über Margarete zu erfahren. Warum war sie in Bremen gewesen? Elise war so aufgewühlt, dass sie nicht einschlafen konnte. Aus ihrem Koffer suchte sie sich *Hauffs Märchen* und las ihre Lieblingsgeschichte »Die Geschichte von dem kleinen Muck«, der genauso einsam war wie sie.

13 *Guatemala 1902*

»Auf Wiedersehen.« Henni Hohermuth nahm Margarete überschwänglich in die Arme. »Es war eine Freude, Sie kennengelernt zu haben. Alles Gute für Sie.«

»Grüßen Sie Ihre Familie.« Johann Hohermuth drückte Margaretes Hand mit festem Griff und verschwand, um sicherzustellen, dass alle wertvollen Forschungsutensilien beim Abladen sorgfältig behandelt wurden.

»Ich danke Ihnen für alles.« Margarete spürte Tränen der Rührung über den liebenswürdigen Abschied. Würde sie die Hohermuths, die sie so freundlich aufgenommen hatten, je wiedersehen?

»Ich hoffe, dass dein Vater sich einsichtig zeigt.« Elises Stimme klang gepresst, als ob sie das Weinen unterdrücken müsste.

Auf der Reise hatte sich die einsame Kleine Margarete angeschlossen und stand nun kurz davor, in Tränen auszubrechen. So nett das Ehepaar Hohermuth auch war, beide hatten nur ihre Maya-Tempel im Sinn und brachten für ihre sechzehnjährige Tochter wenig Verständnis auf. Am liebsten hätte Margarete Elise auf die Kaffee-Finca eingeladen, damit das Mädchen nicht durch den Dschungel reisen musste, vor dem sie sich so fürchtete. Immerhin hatte sie Georg das Versprechen abgenommen, auf Elise aufzupassen und sie vor den Gefahren des Regenwalds zu beschützen. Zu traurig, dass Elises Sinn sich nur auf die bedrohlichen Seiten Guatemalas richtete. Margarete umarmte das Mädchen und hoffte, dass es wenigstens ein bisschen die Schönheit des Landes ergründen würde.

Doch nun blieb ihr nur noch ein Abschied. Suchend sah sie sich um und entdeckte bald die sehnige Gestalt von Georg. Lächelnd schüttelte sie den Kopf. Wie nicht anders zu erwarten, machte der Junge sich wieder nützlich. Nachdem er Elises Koffer die schmale Gangway heruntergetragen hatte, schleppte er den gewaltigen Schrankkoffer der Hohermuths über den schwankenden Steg ans Ufer. Als ob er ihre Blicke gespürt hätte, setzte er den Koffer ab, wischte sich mit dem Jackenärmel den Schweiß von der Stirn und schaute sie geradewegs an. Er lächelte und winkte ihr zu. Margarete winkte zurück und ging mit vorsichtigen Schritten an Land. Seltsam, wie schnell sich der Körper an das Schaukeln des Schiffes gewöhnt hatte.

»Auf Wiedersehen, Georg«, sagte sie, als sie vor dem Jungen stand. Warum fiel ihr der Abschied nur so schwer? Vielleicht, weil sie in Elise und Georg die Geschwister sah, die sie sich immer gewünscht hatte?

Georg reichte ihr die Hand. »Ich wünsche dir Glück. Und halte dich vom Wasser fern.« Er zwinkerte ihr zu, drehte sich um und zerrte den Schrankkoffer weiter hinter sich her.

Margarete sah ihm noch eine Weile nach. Sie würde ihn vermissen. Seine Bescheidenheit. Seine Zähigkeit. Seine Klugheit. Und seine Fähigkeit, stets zur rechten Zeit zur Stelle zu sein … Dann erhob sie sich auf die Zehenspitzen, um über die Menge blicken zu können, die sich am Kai versammelt hatte. Ein Lächeln glitt über ihr Gesicht, als sie Brocken des Sprachengemischs um sich herum aufschnappte. Das Deutsch der Siedler und Finqueros, das Spanisch der Ladinos mit seinem rollenden R, und ab und zu ein Maya-Dialekt, der sie schmerzhaft an Juan erinnerte. Noch hatte ihr Herz nicht begriffen, dass sie wieder im selben Land weilte wie er. Vielleicht weil es nicht wieder enttäuscht werden wollte.

Margarete seufzte und schüttelte sich, um die dunklen Gedanken zu vertreiben. Noch immer konnte sie die Kutsche nicht entdecken, die ihr Vater hoffentlich zu ihrem Empfang gesandt hatte. Wie sonst sollte sie zur Finca gelangen? Wo das Fräulein nur blieb? Ihre Gouvernante hatte ewig in der Kajüte getrödelt, als ob sie nicht gemeinsam mit Margarete an Land gehen wollte. Vielleicht hatte sie sich nur nicht von den Hohermuths verabschieden wollen. Sie hatte die Familie nicht für den richtigen Umgang für Margarete gehalten.

»Hier trennen sich unsere Wege.« Wie ein Geist war Alice Dieseldorf plötzlich neben Margarete aufgetaucht. Ihr ohnehin helles Gesicht wirkte totenblass und ihre Augenlider flatterten wie die Flügel eines Kolibris. Hatte sie etwa geweint? »Auf Wiedersehen.«

»Wie bitte?« Ohne nachzudenken, nahm Margarete die ausgestreckte Hand des Fräuleins und schüttelte sie. »Begleiten Sie mich denn nicht nach Hause?«

»Dein Vater hat mir gekündigt.« Schmallippig und spitz kam die Antwort, doch Margarete meinte, Tränen in den Augen der Gouvernante glitzern zu sehen. »Ich muss mir eine neue Anstellung suchen.«

»Aber … aber …« Margarete versuchte, zu begreifen, was Fräulein Dieseldorf da gerade gesagt hatte. Sie mochte ihre Gouvernante nicht besonders, aber eine Kündigung? Das

Fräulein hatte sich, soweit sie wusste, nie etwas zuschulden kommen lassen. »Aber warum?«

»Das soll dir dein Vater erklären.« Ein knappes Kopfnicken, dann stolzierte die Gouvernante davon, ohne sich noch einmal umzudrehen. Sollte das alles gewesen sein? Nach all den gemeinsamen Jahren?

»Fräulein Dieseldorf! Warten Sie!«, rief Margarete, nachdem sie den Schrecken überwunden hatte, aber da war die Gouvernante bereits in der Menge verschwunden und Margarete blieb allein zurück. Etwas weiter entfernt, entdeckte sie das auffallend weinrote Kleid von Henni Hohermuth und wäre am liebsten zu ihr gelaufen. Doch sie konnte ihr Gepäck nicht unbeaufsichtigt stehen lassen. Ihr blieb nichts anderes übrig, als hierzubleiben, bis der Kutscher ihres Vaters kam. Sie setzte sich auf den Koffer und wartete. Nach einer Weile stand sie auf und stellte sich erneut auf die Zehenspitzen.

Ein Mann stieß gegen sie und automatisch umklammerte sie ihre Handtasche fester. Anscheinend war es nur jemand, der es eilig hatte. Dennoch spürte sie Angst in sich aufsteigen. Suchend schaute sie sich um. Wo blieb der Kutscher nur? Nicht dass ihr Vater sie vergessen hatte. Was sollte sie tun, falls er sich im Datum vertan hatte? Sich ein Zimmer in einem der Hotels nehmen? Allein und ungeschützt in Puerto Barrios? Erschrocken von der Vorstellung hob sie die Hand vor den Mund und ließ sich mit weichen Knien auf ihren Koffer sinken.

Langsam zog die Dämmerung auf und brachte kühle Luft mit sich. Margarete fröstelte in ihrem Sommerkleid. Erneut blickte sie sich suchend um. Inzwischen hatte sich die Menschenmenge verlaufen. Es waren nur noch Arbeiter zu sehen, die ankommende Frachter entluden oder Kaffeesäcke auf Schiffe trugen, die nach Deutschland, Frankreich oder England auslaufen würden – und ein paar Schaulustige leisteten Margarete Gesellschaft. Sie hatte einige Neugierige abwehren müssen und fürchtete, dass mit Einbruch der Dunkelheit noch weitere, sicherlich unehrenhafte Angebote auf sie warteten.

»Margarete! Margarete!«

Endlich hörte sie eine bekannte Stimme und alle Sorgen fielen von ihr ab. Sie sprang auf und lief auf den Mann zu, der ihr entgegeneilte.

»Papa?« Sie versuchte vergeblich, ihr Erstaunen zu verbergen. Warum holte ihr Vater sie höchstpersönlich ab? Nicht einmal als sie auf die lange Reise ging, hatte er sie begleitet. Auf den Gutsbesitzer wartete immer zu viel Arbeit auf seiner Finca. Ganz zu schweigen davon, dass ihr Vater wenig von Gefühlsausbrüchen hielt. »Wo … wo ist Eduardo? Ist ihm etwas passiert?«

»Komm, Kind, es ist spät.« Ihr Vater umarmte Margarete flüchtig und steuerte dann mit großen Schritten auf ihren Schrankkoffer zu. Ohne sich nach ihr umzudrehen, ging er voran.

Margarete blieb nichts anderes übrig, als ihm zu folgen und ihre Fragen für später aufzuheben. Sie hing ihren Gedanken nach. Eine knappe Begrüßung. Kein Wort über die bevorstehende Hochzeit. Keine Fragen danach, wie es den Verwandten ging … Was war hier los?

Statt der Kutsche, die sie erwartet hatte, und mit der ihre Familie immer jeden Sonntag stolz zur Kirche gefahren war, stand am Ende des Kais nur der Wagen. Ein altes Ding, mit dem man sonst Kaffeesäcke zum Hafen fuhr. Mehr war sie ihrem Vater nicht wert? Margarete bemühte sich, sich die Enttäuschung nicht anmerken zu lassen.

Sie strich dem alten Braunen, auf dem sie ihre ersten Reitversuche unternommen hatte, über die weiche Nase. Seit wann musste der arme Hidalgo als Wagengaul seine Dienste leisten? Der Wallach sollte eigentlich seinen wohlverdienten Ruhestand auf einer der Weiden um La Huaca genießen.

»Papa?«, hob sie an, doch ihr Vater war bereits zum Ende des Wagens gegangen und hievte den Koffer hinauf, wobei er das Gesicht verzog und sich an den Rücken fasste.

Er nickte ihr zu und deutete auf den Kutschbock. »Setz dich. Es ist schon spät.« Er reichte ihr eine Decke, die Margarete sich über die Beine legte.

»Ich werde Karl Federmann niemals heiraten.« Margarete schaute geradeaus, sprach aber mit fester Stimme, um ihrem Vater zu zeigen, dass sie nie, niemals darüber verhandeln würde. »Wie konntest du das nur meinen?«

»Ich kann mir denken, dass du viele Fragen hast. Aber dafür ist morgen noch Zeit.« Ihr Vater wirkte erschöpft und sie entdeckte tiefe Falten, die sich in seinem Gesicht eingegraben hatten. Eben noch hatte sie ihn mit Vorwürfen überschütten wollen, doch nun schwieg sie und schaute geradeaus auf den Weg, den das alte Pferd trittsicher fand.

14

Inzwischen war die Dunkelheit hereingebrochen und Margarete bedauerte, dass sie das Cafétal nicht sehen konnte. Je näher sie La Huaca kamen, desto mehr spürte sie, wie sehr sie ihr Zuhause vermisst hatte. Sie konnte den morgigen Tag kaum erwarten. Sie wollte die Kaffeepflanzen berühren, die roten Kaffeekirschen in die Hand nehmen, ihren würzigen Duft einatmen und sie zwischen den Händen zerreiben, bis die Kirsche die silbrig glänzende Kaffeebohne freigab.

»Lebt Adele noch?«, fragte sie, bevor die Rührung sie übermannte. Und auch um dem Schweigen, das zwischen ihr und ihrem Vater herrschte, seitdem er sie so abgekanzelt hatte, ein Ende zu setzen. »Oder habt ihr sie geschlachtet?«

Vom ersten Tag an, gleich nachdem ihr ein Indio das *pécari*-Ferkel gebracht hatte, hatte das Nabelschwein sich der rundlichen Köchin angeschlossen. Vielleicht weil sie so gut nach Essen duftete, vielleicht weil es sich davor schützen wollte, in der Pfanne zu landen wie so viele seiner Artgenossen. Marisela liebte Adele vom ersten Tag an, obwohl sie es nie zugegeben hätte und immer über das Schwein schimpfte, das ihr nur im Weg stand. Wenn man das Klackern von Adeles Hufen auf dem Holzfußboden des Hauses hörte, konnte man sicher sein, dass sich die Köchin in der Nähe aufhielt.

Fräulein Dieseldorf versuchte, Stimmung gegen Adele zu

machen und bezeichnete es als unhygienisch, dass ein Wildschwein sich in der Küche herumtrieb.

»Das Tier ist so sauber, dass sich mancher Mensch etwas abschauen könnte«, entgegnete Marisela und schwang zornig den großen Kochlöffel. »Und es hat einen besseren Charakter als andere, die hier wohnen.«

Damit hatte die Gouvernante den Kampf verloren und war klug genug gewesen, nichts mehr zu sagen, auch wenn sie stets die Nase rümpfte, sobald sie das *pécari* sah.

»Ja.« Mehr sagte ihr Vater nicht. Wie er überhaupt nur einsilbig antwortete und mit keinem Wort seiner Freude über ihre Rückkehr Ausdruck gab. Möglicherweise freute er sich nicht? Vielleicht hätte sie ihn nicht gleich mit ihrer Ablehnung der Heirat überfallen sollen. Aber sie fürchtete, dass ihr nicht viel Zeit blieb, ihren Standpunkt aufzuzeigen.

Endlich tauchte die Kaffee-Finca vor ihnen auf. Die letzten Meter bis zum Haus kamen Margarete unendlich lang vor und sie stieß einen kleinen Seufzer aus, als ihr Vater den Wagen endlich anhielt. Er sprang vom Kutschbock, hob den Koffer herunter und stieg gleich wieder hinauf.

»Geh schon mal ins Haus.« Sein Ton ließ weder Fragen noch Widerrede zu. Noch immer wich er ihrem Blick aus. »Ich schirre das Pferd ab.«

Margarete wunderte sich, warum er diese Arbeit nicht einem Diener überließ, aber sie war zu erschöpft, um nachzufragen. Jemand hatte Licht brennen lassen, sodass sie den Weg sicher fand. Warum waren die *patios* nicht wie üblich hell erleuchtet, um den Kaffee zu trocknen? Wo waren die Kaffeebohnen, die sonst ausgebreitet um das Haus lagen? Es war auch kein Wächter da, der Kaffeediebe abschrecken sollte. Hier stimmte etwas ganz und gar nicht.

Sie öffnete die schwere Einganstür aus Mahagoniholz und erwartete die Dienerschaft neugierig aufgereiht zu sehen. Zu ihrer Überraschung war die Halle leer. Margarete fühlte sich verloren und stand einen Augenblick regungslos da. Sie hatte sich ihre Heimkehr fröhlicher vorgestellt. Plötzlich ertönte das charakteristische Klackern und Adele kam in die Halle galoppiert, die schimpfende Marisela ihr dicht auf den Fersen.

»Kind, mager bist du geworden.« Die Köchin schob Margarete von sich, nachdem sie sie an ihren großen Busen gedrückt hatte. Aus ihren unergründlichen dunklen Augen musterte sie Margarete. »Haben sie dir nicht genug zu essen gegeben oder hat das Heimweh an dir gezehrt?«

Margarete spürte einen Kloß im Hals. So eine Begrüßung hatte sie sich von ihrem Vater erhofft. »Ein bisschen von beidem«, antwortete sie schließlich. »Ich freue mich, dich zu sehen. Ist Eduardo krank?«

»Nein, er hatte auf der Finca zu tun.« Täuschte sich Margarete oder wich Marisela ihrem Blick aus? »Aber jetzt gehe schon mal in die *sala*. Deine Großmutter kann es kaum erwarten, dich zu sehen. Und ich mache dir was Gutes zu essen.«

Mit einem Lächeln betrat Margarete das Besucherzimmer, das so sehr versuchte, europäisch zu wirken. Dicke Teppiche lagen auf dem Boden. Um einen runden Tisch standen Rohrsessel, die zum Verweilen einluden. Vor dem Kamin schien der Schaukelstuhl nur darauf zu warten, dass sich jemand behaglich in ihm ausstreckte, um das flackernde Feuer zu genießen.

Auf dem Holztischchen neben der Tür lagen Bücher und ein paar Zeitschriften, ganz so wie in Bremen. Ihr Blick wanderte zu den Bücherschränken, in denen neben einer kleinen deutschen Bibliothek auch einige Ausgrabungstücke standen, die während der Kaffeepflanzungen zu Tage getreten waren. Sie entdeckte eine Staubschicht, die vermuten ließ, dass hier längere Zeit nicht sauber gemacht worden war. Margarete schüttelte den Kopf. Warum hatte ihre Großmutter sich nicht darum gekümmert? Wo war sie überhaupt?

Wie auf ein Stichwort öffnete sich die Tür.

»Großmama.« Margarete lief Minna Seler entgegen und nahm sie in die Arme. Sie erschrak, als sie die Knochen spürte. Ihre Großmutter war schon immer schlank gewesen, aber nun fühlte sie sich mager an. Margarete drückte ihr einen Kuss auf die Wange und trat einen Schritt zurück, um sie unauffällig zu betrachten. Die Haut ihrer Großmutter spannte sich über den Knochen. Tiefe Falten zeichneten sich um die Mundwinkel ab. »Geht es dir gut?«

»Margarete! Liebes Kind!« Minna Seler lächelte, wich Margaretes forschendem Blick aber aus. Die Großmutter trat an den großen Tisch und schob die Blumenvase mit der längst verblühten Orchidee etwas hin und her. »Wie schön, dass du wieder da bist. Du musst mir alles über deine Zeit in Bremen erzählen. Hast du Marisela schon gesehen?«

»Ja. Sie kocht mir etwas.« Als sie die Worte aussprach, merkte Margarete, wie hungrig sie war.

»Ich hole es für dich, mein Kind.«

Bevor Margarete Einspruch erheben konnte, verließ ihre Großmutter das Zimmer und ließ eine verwunderte Enkelin zurück, die sich im Raum umsah. An der langen Wand fielen ihr helle Stellen auf, an denen früher Ölgemälde gehangen hatten. Hatten die Bilder ihrem Vater nicht mehr gefallen?

Margarete ging zu dem alten Piano, auf dem eine gehäkelte Zierdecke lag. Ihre Hand strich über das warme, dunkle Holz. Ein wunderschönes Instrument, nur leider völlig ungeeignet für die Nebelwälder. Schon kurz nachdem ihr Vater es für viel Geld nach La Huaca hatte bringen lassen, begannen die Schwierigkeiten. Die feuchte Luft bekam weder den Tasten noch den Saiten. Das Klavier war völlig verstimmt und man konnte ihm nur einen Ton entlocken, wenn man es bei schönem Wetter nach draußen trug, worüber sich die Indio-Arbeiter jedes Mal gewundert hatten. Vielleicht war es nicht gut, wenn man an einem neuen Ort versuchte, alles so zu gestalten wie in der alten Heimat, dachte Margarete.

»Ich habe deinen Koffer auf dein Zimmer gebracht.« Sie war derart in Gedanken versunken gewesen, dass sie erschrak. Ihr Vater stand in der Tür, das Gesicht gerötet, sicher von der Anstrengung. »Wo ist deine Großmutter?«

»Sie wollte sich um das Essen kümmern.« Margarete fühlte sich unsicher. Sollte sie ihren Vater auf die mangelnde Arbeitsleistung der Diener hinweisen oder lieber ein unverfänglicheres Thema wählen? »Ich vermisse die Kaffeesäcke. Sind sie alle schon verschifft?«

»Es war nicht einfach, das letzte Jahr.« Ihr Vater starrte zu Boden. Seine Hand öffnete und schloss sich, als ob er etwas festhalten wollte, was sich ihm immer wieder entzog.

Margaretes Unsicherheit wuchs. Die Frage, warum sie das erste Mal, solange sie sich erinnern konnte, eine leere Vorhalle gesehen hatte, erschien ihr nur zwingend. Eine Kaffee-Finca lebte doch davon, dass man stets und ständig über Kaffeesäcke stolperte.

»Die Preise fallen.«

Jetzt, da sie darüber nachdachte, fiel Margarete auf, dass es seltsam still gewesen war, als sie angekommen waren. Das

Schnaufen der Dampfmaschine, die sonst Tag und Nacht lief, um den enthülsten Kaffee zu trocknen, fehlte ebenso wie die Stimmen der indianischen Arbeiter, die die Kaffeesäcke schleppten.

»Vater, was ist los?« Sie bemühte sich nicht, die aufkeimende Angst zu verbergen. »Vater?«

»Nicht heute. Sag deiner Großmutter, ich hätte keinen Hunger gehabt. Gute Nacht.« Grußlos wandte er sich ab und stolperte davon. Margarete konnte hören, dass er im Flur einen Stuhl umstieß und fluchte.

»Kind, hier sind ein paar Tortillas. Etwas anderes konnte selbst Marisela auf die Schnelle nicht zaubern.« Ihre Großmutter lächelte entschuldigend und stellte einen Teller mit Tortillas, Mais und Frijoles auf den Tisch. »Setz dich doch, Liebes.«

»Großmama, was ist hier los?« Margarete sank auf den Stuhl. Der Geruch der Bohnen bereitete ihr Übelkeit. Gleichzeitig knurrte ihr Magen vor Hunger. »Was stimmt hier nicht?«

»Frage deinen Vater. Ich … ich …« Ihre Großmutter wich Margaretes Blicken aus und zupfte die Blüten der verwelkten Orchidee zurecht. »Ich … ich kenne mich mit dem Kaffeeanbau nicht so aus. Aber sag, wie geht es Tante Elisabeth?«

»Ganz gut, nur der Rücken plagt sie häufig«, antwortete Margarete automatisch. Sie kannte ihre Großmutter gut genug, um zu wissen, dass sie von ihr nicht mehr erfahren würde. Also zerteilte sie eine Tortilla mit der Gabel, aß und plauderte über Bremen, als ob die Ungewissheit durch das Essen und das Nicht-daran-Denken verschwinden würde.

Am nächsten Morgen weckte sie ein seltener Sonnenstrahl. Das konnte nur ein gutes Omen sein. Vielleicht war ihr Vater gestern nur ebenso erschöpft gewesen wie sie und würde sich heute wieder von seiner freundlichen Seite zeigen. So wie sie ihn kannte und liebte. Vielleicht fände sich heute, im Licht des Tages, eine einfache Erklärung für alles. Margarete sprang aus dem Bett, wusch sich flüchtig und eilte ins Esszimmer. Der Frühstückstisch war gedeckt, aber weder ihr Vater noch jemand von der Dienerschaft war zu sehen. Margarete wunderte sich etwas, ließ sich ihr Frühstück aber trotzdem schmecken. Endlich frischer Kaffee. Guatemaltekischer Kaffee. Weniger scharf geröstet als der Kaffee, den sie in Bremen hatte trinken müssen. Sie goss sich eine Tasse ein, schloss die Augen und zog den Duft des aromatischen Getränks ein. Nach dem ersten Schluck, den sie über die Zunge rollen ließ, öffnete sie die Augen und stieß einen genießerischen Seufzer aus.

»Das habe ich vermisst!«

Nach dem Frühstück ging sie in die Küche, um mit Marisela ein Pläuschchen zu halten. Doch die Köchin war nicht zu sehen; auch von Adele keine Spur. Margarete wandte sich um. Ihr Weg führte sie in den Garten, wo sie erwartungsgemäß ihre Großmutter bei den Orchideen fand.

»Guten Morgen, Großmama.« Margarete beugte sich hinab und küsste sie leicht auf die Wange. »Wie hübsch deine Orchideen blühen.«

»Danke, mein Schatz.« Ihre Großmutter lächelte und strich sanft über eine weiße Blüte. »Schau nur, wie schön die Monja blanca gewachsen ist. Das ist die Blume, die du mir vor der Abreise geschenkt hast. Ich habe sie besonders gepflegt, weil sie mich an dich erinnerte.«

Juans Orchidee. Margarete hatte das Gefühl, den Boden unter den Füßen zu verlieren. Ihr Herz schlug so rasch, dass sie fürchtete, es könnte zerbersten. Juans Orchidee.

»Wie … wie geht es der Finca?«, fragte sie schließlich, nachdem sie ihre Fassung einigermaßen wiedergewonnen hatte und ruhiger atmen konnte. »Und den Arbeitern? Geht es ihnen gut?«

»Ach, Kind, was für ein guter Mensch du bist, dass du an die Indios denkst. Ja, ich glaube, es geht ihnen allen gut.«

»Erinnerst du dich noch an den Jungen, der mich damals gerettet hat?« Margarete versuchte die Frage leichthin klingen zu lassen. »Arbeitet er noch hier?«

»Das weiß ich leider nicht. Ich habe ihn jedenfalls schon lange nicht mehr gesehen.« Ihre Großmutter wandte sich erneut den Orchideen zu. Sie strich über eine Blüte und bog einen geknickten Zweig gerade. »Du weißt doch, für mich sehen die Indios am Ende einer wie der andere aus.«

Margarete ballte die Hände zu Fäusten. Ein Jahr lang hatte sie gehofft, Juan wiederzusehen, obwohl sie nie eine Antwort von ihm erhalten hatte. Und nun? Nun war sie in Guatemala, auf La Huaca, und Juan nicht näher als in Bremen.

Enttäuscht ging sie auf die Veranda. Die letzten Nebel zogen aus den Wäldern in den Himmel und tauchten sie in ein unwirkliches Licht. Ein Adler zog seine Kreise über dem Cafétal. Margarete folgte seinem Flug mit ihren Blicken. Hoch erhob sich der Vogel in die Lüfte, über die Hügel bis hinein in die Wolken. Frei sein. Frei sein wie ein Vogel. Der Adler durfte sicher lieben, wen er wollte.

Margarete tat einen tiefen Atemzug. Vor ihr zeigte sich die Kaffeeplantage in ihrer ganzen Schönheit. An den

Hängen erstreckten sich, so weit das Auge reichte, Kaffeesträucher in kräftigem Grün, geschützt von breitblättrigen Palmen, den Schattenbäumen. An anderen Stellen ragten riesige Bananenbäume zwischen den Kaffeepflanzen wie Giraffen unter Zebras hervor und boten den empfindlichen Sträuchern Schutz.

Margarete hielt es nicht länger beim Haus. Sie hob ihre Röcke etwas an und lief los. Sie bahnte sich ihren Weg zwischen den eng stehenden Kaffeesträuchern. Ein leises Rascheln begleitete sie, wenn sie die Blätter zur Seite schob. Sobald sie hindurchgeschlüpft war, schloss sich das Grün hinter ihr wie in einem Labyrinth. Ein Zweig verhakte sich im Ärmel ihres Kleides, doch sie befreite sich. Die schmalen Zweige bogen sich unter der Last der leuchtend roten Früchte, die in Trauben an den Ästen hingen und durch die Blätter schimmerten. Ab und zu verbargen sich ein paar unreife Kirschen zwischen ihnen. Margarete hatte es sich als Kind nicht nehmen lassen, bei der Ernte zu helfen, und wusste, wie beschwerlich es war, die reifen Kaffeekirschen zu pflücken. Jede Traube musste einzeln abgestreift werden. Die zerquetschten Kaffeekirschen färbten die Finger ein und am Abend unterschieden sich Margaretes Hände nicht mehr von denen der Indio-Arbeiter. Die Arbeit hatte sie völlig erschöpft, aber auch zufrieden sein lassen. Doch das Fräulein hatte ihr untersagt, weiterhin so einen Unsinn zu treiben. Was die Gouvernante wohl machte? Warum war sie nicht in Bremen geblieben, sondern mit Margarete nach Guatemala zurückgekehrt?

In Gedanken versunken, trat Margarete aus dem Dickicht der Pflanzen heraus auf den Sammelplatz. Hier fanden sich normalerweise die Indios ein, um die Säcke mit

Kaffeekirschen abzuholen. Ganze Familien arbeiteten auf den Fincas und selbst kleine Kinder leisteten ihren Beitrag.

Erst jetzt, wo sie wieder auf La Huaca angekommen war, spürte Margarete, wie sehr sie das alles vermisst hatte. So schön Bremen auch gewesen war, die Stadt konnte sich nicht mit Guatemala messen. Nur den Nieselregen, den hatten sie gemeinsam. Und in Bremen hatte es keinen Mann gegeben, der es auch nur annähernd mit Juan hätte aufnehmen können. Bei dem Gedanken an ihren Geliebten schlug ihr Herz schneller. Hatte er ihr die Treue gehalten, so wie sie es sich versprochen hatten? Wer könnte ihr von Juan berichten? Die Köchin? Nein, Marisela würde die Liebe der Tochter ihres Herrn zu einem Indio auf keinen Fall unterstützen.

Margarete schluckte. Sie lief ein paar Schritte und blieb dann mit jagendem Herzen stehen. Wo sollte sie Juan suchen? Wollte sie ihn wirklich wiedersehen? Wollte sie erfahren, wie es um ihn und sie stand? Was war schlimmer: die Ungewissheit und die drängenden Fragen oder die Gewissheit und die möglichen Antworten? Margaretes Hand flog an ihre Kehle und sie spürte, wie sich ihr Brustkorb hob und senkte, während die Gedanken durch ihren Kopf rasten.

15

»Margarete?« Am Nachmittag steckte ihr Vater den Kopf durch die geöffnete Tür ihres Zimmers und lächelte ihr zu. Margarete fühlte eine Welle der Erleichterung in sich aufsteigen. Also hielt die Verstimmung zwischen ihnen nicht an. »Bist du präsentabel? Wir haben Besuch.«

»Einen Augenblick noch.« Margarete schaute in den großen Spiegel, dessen goldener Rahmen das Zimmer leuchten ließ, und strich sich die Haare glatt. Sie fuhr sich mit angefeuchteten Fingerspitzen über die Augenbrauen und begutachtete ihr Kleid. Sauber und ordentlich. Vorzeigbar, so wie es ihr Vater wünschte. Wer wohl so wichtig war? Ein Vertreter der Banken vielleicht. Oder jemand aus Deutschland, der in ihre Finca investieren wollte. Margaretes Herz schlug schneller und sie nahm sich vor, ausnehmend freundlich zu dem Gast zu sein.

Sie eilte in den Salon und blieb abrupt stehen, als wäre sie vor eine unsichtbare Wand geprallt. Nicht ein wohlgesonnener Bankier saß dort. Auch kein Freund der Familie. Nein, sie erkannte Karl Federmanns Silhouette, sobald sie die Tür geöffnet hatte. Das fliehende Kinn, die für das breite Gesicht zu kleine Nase. Fieberhaft überlegte sie, ob sie davonlaufen oder sich Unterstützung bei ihrer Großmutter holen sollte. Vor Aufregung kaute sie so heftig auf ihrer Unterlippe, dass diese zu bluten begann. Der metallische

Geschmack weckte Margarete aus der Starre. Sie richtete sich auf, streckte das Kinn hervor und trat in den Raum. Äußerlich ruhig und gelassen, innerlich aufgewühlt wie die See in einem Sturm.

»Herr Federmann. Was führt Sie zu uns?« Als ob sie das nicht wüsste, dachte Margarete. Aber es kam darauf an, den Schein zu wahren und der Höflichkeit Genüge zu tun. »Ich hoffe, Ihre Familie ist wohlauf?«

»Ja. Danke.« Zwei Worte, dann herrschte Schweigen. Nur der Blick aus Karl Federmanns blassgrünen Augen glitt an Margarete auf und ab.

»Herr Federmann ist nicht hier, um über seine Familie zu sprechen.« Die Stimme ihres Vaters hatte wieder ihren kargen, unfreundlichen Ton angenommen. Erneut fragte sie sich, was wohl in dem einen Jahr, das sie in Bremen verbracht hatte, geschehen war. »Er möchte dir eine wichtige Frage …«

»Wo ist Großmutter?«, unterbrach Margarete hastig ihren Vater, weil sie nicht hören wollte, wie er seinen Satz beendete. Sie hatte bereits mehr als deutlich zum Ausdruck gebracht, dass sie Karl Federmann niemals heiraten würde. Hoffte ihr Vater, dass sie ihn in Anwesenheit des Brautwerbers nicht kompromittieren würde?

»Ich werde Großmutter holen und die Köchin bitten, uns eine Erfrischung zuzubereiten. Kaffee, nehme ich an?«

Obwohl das Lächeln ihr im Halse stecken blieb, wirkte die Erziehung durch das Fräulein nach. In jeder Situation die Contenance wahren, hatte Fräulein Dieseldorf Margarete wieder und wieder eingebläut.

»Ja … gern … danke. Etwas Gebäck wäre schön.«, stotterte ihr Vater, sichtlich überrascht von Margaretes Worten.

Er wandte sich Karl Federmann zu. »Was halten Sie von einem Cognac zum Kaffee? Ich habe einen sehr guten aus Frankreich bekommen.«

Margarete eilte aus dem Besucherzimmer, so schnell es die Schicklichkeit zuließ. Nachdem sie die Tür hinter sich geschlossen hatte, lehnte sie sich an die Wand. Ihre Knie zitterten und sie atmete tief durch. Großmutter! Sie würde ihr sicher beistehen.

»Großmama, bitte, du musst mir helfen.« Margarete rang nach Luft. Ihr wurde beinahe schwarz vor Augen, so schnell war sie in den Garten gelaufen. Minna Seler kniete neben einer Orchidee und knipste eine verwelkte Blüte ab. »Bitte, komm schnell.«

»Was ist denn, mein Kind?« Ihre Großmutter erhob sich langsam und schwerfällig. Mit Schrecken bemerkte Margarete, wie stark sie im vergangenen Jahr gealtert war. »Was kann nicht warten, bis ich mit der Gartenarbeit fertig bin?«

»Vater!«, stieß Margarete hervor. »Karl Federmann ist hier. Ich will ihn nicht heiraten. Du musst mir helfen.«

»Ach, Liebes. Es tut mir so leid.« Minna Seler wischte sich mit der Hand den Schweiß von der Stirn. Sie sah unglücklich aus und wirkte so hoffnungslos, dass Margarete die Tränen kamen. »Ich wünschte, es gäbe einen anderen Weg. An dir liegt es, ob wir La Huaca behalten können oder nicht.«

»Nein!« Margarete hob erschrocken die Hand vor den Mund, nachdem ihr der Schrei entkommen war. »Bitte, Großmama. Es muss eine andere Lösung geben. Bitte, komm mit.«

»Ich … ich kann dir nicht helfen. Und ich kann nicht zusehen, wie du in dein Unglück rennst.« Minna Selers

Stimme zitterte und Tränen glitzerten in ihren Augen. Sie schluckte und wandte sich ab. »Verzeih mir. Aber ich … dein Vater, er ist doch mein Sohn.«

Margarete stand noch einen Augenblick schweigend da und beobachtete ihre Großmutter, wie sie sanft die Orchideen streichelte, als ob diese ihr Trost spenden könnten.

»Ist schon gut, Großmama«, flüsterte sie und ging zurück ins Haus. Dann musste sie sich eben der Gefahr allein stellen.

In der Küche bat sie Marisela um Kaffee und Kekse und betrat wieder den Salon. Karl Federmann sprang auf und stolperte. Margarete musste sich ein Lächeln verkneifen und wartete, bis er sich wieder hingesetzt hatte.

Mit ruhiger Stimme sagte sie: »Ich danke Ihnen für Ihre Bemühungen, Herr Federmann, ich kann Ihnen jedoch versichern, dass ich Sie nicht zu ehelichen gedenke.«

»Aber … aber …«, stammelte Federmann und rang nach Fassung. Er schaute sich Hilfe suchend nach Margaretes Vater um. »Aber Sie hatten mir zugesagt, dass ihre Tochter mich heiratet.«

»Ich stehe zu meinem Wort«, antwortete Alfred Seler mit gepresster Stimme. Margarete erkannte die roten Flecken auf seinen Wangen als Zeichen unterdrückten Zorns. »Meine Tochter ist wahrscheinlich noch etwas überspannt nach der langen Schiffsreise.«

»Nein!« Margarete staunte selbst über ihren Mut. Niemals zuvor hatte sie sich derart gegen ihren Vater aufgelehnt. »Ich werde Sie nicht heiraten, Herr Federmann. Es tut mir leid.«

In diesem Augenblick trat die Köchin ins Zimmer und stellte unter großem Scheppern ein Tablett mit Erfrischungen auf das kleine Tischchen. Marisela schaute abwechselnd von Margarete zu ihrem Vater, schüttelte den Kopf und verließ schleunigst das Besucherzimmer.

»Nun gut. Es gibt mehr als eine.« Karl Federmann stand auf und nahm seinen Hut. »Ich muss nicht betteln«, sagte er. Dann stolzierte er hocherhobenen Hauptes davon, ohne Margarete noch eines Blickes zu würdigen.

Das war in höchstem Maße unschicklich.« Zu laut und undeutlich klang die Stimme ihres Vaters, als ob er mehr als einen Cognac mit Karl Federmann getrunken hatte. »Ich werde das Fräulein wieder holen lassen. Deine Erziehung scheint mir noch nicht abgeschlossen zu sein.«

»Vater«, begann Margarete. Sie hielt den Kopf gesenkt, um seinen Zorn nicht weiter zu schüren und knetete ihre Hände. »Warum nur kannst du nicht verstehen, dass ich Karl Federmann nicht heiraten kann? Du hast Mutter so sehr geliebt und so lange um sie getrauert.« So tief getrauert, dass er nie wieder geheiratet hatte. Wie konnte er nur von ihr verlangen, dass sie ihr Glück einfach wegwarf? »Vater …«

»Sei still!«, beschied er sie mit einer abwehrenden Handbewegung und warf dabei die Vase um, in der eine neue Orchideenrispe stand. »Ich will kein weiteres Wort mehr von dir hören. Geh auf dein Zimmer.«

Margarete öffnete den Mund, um ihm ihre Sicht der Dinge zu schildern, doch ihr Vater wandte ihr brüsk den Rücken zu. Ein Gespräch mit ihm würde heute wohl nicht mehr möglich sein. An der Tür blieb sie stehen und drehte sich noch einmal zu ihm um, wollte ihn an ihre guten Zeiten erinnern. Doch er stand bereits wieder an dem Servierwagen mit den Schnäpsen, goss sich einen *aguardiente* ein und stürzte ihn herunter wie Wasser. Margarete biss sich auf die Unterlippe und schloss leise die Tür. Sie musste eine Entscheidung treffen. Konnte man wirklich von einer Entscheidung sprechen, wenn ihr nur eine Möglichkeit blieb?

16

»Ich fahre heute Nachmittag in die Stadt. Vorräte einkaufen«, wandte sich Margarete am nächsten Morgen an ihre Großmutter. Ihr Vater strafte sie nach dem gestrigen Vorfall mit Missachtung. Übellaunig schob Alfred Seler die Bohnen auf seinem Teller hin und her und kratzte mit dem Messer über das Porzellan. Mehr trug er nicht zu ihrem Frühstücksgespräch bei. »Marisela wird mich begleiten.«

»Wenn du einen schönen Stoff für ein Sommerkleid siehst, bring mir doch bitte etwas mit.« Ihre Großmutter verhielt sich, als wäre nichts geschehen, obwohl die Spannungen zwischen Margarete und ihrem Vater sich anfühlten, als ob sie mit den Händen greifbar wären. Am liebsten wäre Margarete aufgesprungen und hätte ihrer Empörung darüber lauthals Luft gemacht. Aber das gehörte sich nicht. Also fügte sie sich in ihr Schicksal.

Eduardo hatte das Pferd angeschirrt, saß bereits auf dem Kutschbock und wartete auf sie. Margarete und Marisela nahmen im Wagen Platz. Die offene Kutsche, mit der sie sonst ihre Stadtfahrten unternommen hatten, stand nicht mehr im Stall. Eduardo hatte nur die Schultern gezuckt, als Margarete ihn danach gefragt hatte.

Der Indio schnalzte mit der Zunge und ruckelnd setzte sich der Wagen in Bewegung.

»Wir brauchen vieles, nicht wahr?«, wandte sich Margarete an die Köchin. Sie hatte gestern Abend noch einen Blick in die Vorratskammer geworfen und sich gewundert, dass diese nahezu leer war. Früher stapelten sich dort Säcke mit Mehl und Zucker, Trockenfleisch und getrocknetes Obst. Honig und Konserven, die zum Teil extra aus Deutschland nach Guatemala verschifft worden waren. »Warum hast du keine Konserven eingelagert?«

»Du wirst sehen«, antwortete Marisela einsilbig.

Es herrschte eine ungewöhnliche Ruhe. Nur die *chicle*-Sammler bewegten sich hoch über ihnen in den Bäumen, gesichert durch schmale Gurte. Die Männer hielten Eimer in der Hand, in denen sie den milchig weißen Saft sammelten. Saft, aus dem einmal Kaugummi werden würde. Einer der Männer winkte ihnen zu und Margarete hob die Hand zum Gruß.

Plötzlich stutzte sie.

Wo waren die Indios, die sonst um diese Jahreszeit die Straßen blockierten. Die Männer, die schwere Kaffeesäcke auf ihren Rücken heranschleppten, damit der Kaffee auf der Finca verarbeitet werden konnte. Wo blieben die zweirädrigen Ochsenkarren, mit denen der Kaffee zum Fluss gefahren wurde, um von dort aus seine Reise in viele Länder der Welt anzutreten?

»Ist heute ein Feiertag?«, fragte sie Eduardo, da Marisela die Augen geschlossen hatte und zu schlafen schien. »Wo sind die Arbeiter?«

»Es gibt keine Arbeit dieses Jahr.« Eduardo hob die Schultern und drehte sich zu Margarete um. Er wirkte erschöpft und traurig, deutlich gealtert – so wie ihr Vater. »Viele Fincas sind ohne Arbeit.«

In Bremen hatte Margarete nur am Rande etwas gehört über eine Kaffeekrise, darüber, dass die Preise drastisch eingebrochen waren, aber sie hatte gedacht, dass der Markt sich inzwischen wieder beruhigt hätte. Aber ihr hatte ohnehin niemand etwas Näheres gesagt. Ein Mädchen sollte sich nicht für Handel oder Preise interessieren, sondern sich mit den schönen Dingen des Lebens beschäftigen.

»Eduardo!«, sprach sie den Indio mit Nachdruck an. »Was stimmt nicht auf der Finca?«

»Ich kann es dir nicht sagen.« Er wandte ihr den Rücken zu, seine Schultern hingen nach vorn und selbst von hinten bot er solch ein Bild des Elends, dass Margarete nicht weiter in ihn drang.

Als sie nach Cobán hineinfuhren, wurde Margarete bewusst, wie sehr sie ihre Heimatstadt vermisst hatte. Den sanften Hügel, auf dem sich die Hütten und Häuser verteilten, den Fluss, der der Stadt den Namen gegeben hatte.

Schon von Weitem sah sie den erhöhten Hauptplatz, auf dem die strahlend weiß getünchte Fassade der Kirche im sanften Schein der Nachmittagssonne glänzte. Sie würde später eine Kerze anzünden, nahm sie sich vor, als Dank für ihre gesunde Rückkehr. Eduardo kutschierte den Wagen sicher über die schmale Hauptstraße, zu deren Seiten die Behörden und Amtslokale, die Post und das Telegrafenamt angesiedelt waren.

Am Straßenrand beobachtete Margarete vier Ladinos, die sich scheinbar über eine Indio-Frau lustig machten. Sie waren nach der neuesten europäischen Mode gekleidet und konnten wohl mit der traditionellen Tracht der Maya nichts anfangen. Sie bat Eduardo, dorthin zu fahren, damit sie der Frau beistehen konnte, doch da hob einer der jungen Männer theatralisch den Hut und sie zogen weiter.

Margarete erinnerte sich an einen Sommertag, als Juan und sie gemeinsam nach Cobán geritten waren und Juan sich mit einigen Ladino-Jungen geprügelt hatte, die ihn beschimpft hatten. Erst später hatte Juan Margarete gebeichtet, dass die Jugendlichen sie als Indio-Liebchen bezeichnet hatten und er für ihre Ehre gekämpft hatte. An diesem Tag war Margarete endgültig klar geworden, dass sie ihre Liebe zu Juan in Guatemala niemals öffentlich würde leben können.

Sie schüttelte den Kopf, um die düsteren Gedanken zu vertreiben und nicht mehr an Juan zu denken.

Endlich erreichten sie den belebten Marktplatz. Indios priesen dort ihre bunten Webereien an oder verkauften Früchte, Ladinos und deutsche Kaffee-Finqueros versorgten sich mit den Waren, die sie nicht selbst anbauen konnten. Einige von ihnen grüßten Margarete freundlich, aber verhalten, sodass sie sich fragte, was sich hinter dieser Distanz verbarg. An ihrer einjährigen Abwesenheit konnte es nicht liegen, oder? Nein, dafür war die deutsche Gemeinde zu klein und jeder kannte jeden. Vielleicht würde sie ja in einem der beiden deutschen Geschäftshäuser etwas erfahren.

Eduardo brachte den Wagen etwas abseits zum Stehen und ließ Marisela und Margarete aussteigen.

»Ich bleibe hier.« Er nickte ihnen zu und stieg vom Kutschbock, um dem Pferd ein wenig Maisstroh und Wasser zu geben.

»Ich gehe in die Läden, gehe du auf den Markt«, sagte Margarete zu Marisela, woraufhin sich die Köchin einen Korb aus dem Wagen schnappte und sich auf den Weg machte. Margarete schlenderte die Hauptstraße entlang, kaum etwas schien sich im vergangenen Jahr verändert zu haben. Die beiden Kaufläden, Dependancen einer Warenhauskette, überragten alle Häuser in der Umgebung. Sie öffnete die Tür zum Kaufladen und spürte einen Augenblick lang den Zauber, den sie als Kind immer empfunden hatte, wenn ihr Vater mit ihr in die Stadt gefahren war und sie sich etwas in dem Geschäft aussuchen durfte. Es war ihr stets schwergefallen, sich zu entscheiden bei all der Pracht, die sich ihr darbot. Glasperlen, Weingläser, Küchengeschirr und Bestecke lagen einträchtig neben Buschmessern, Sätteln und Wolldecken. Auch Leibwäsche und Kleiderstoffe fanden ihren Platz in den überfüllten Regalen. Auf der rechten Seite lagerten die Lebensmittel. Frisches Obst und Gemüse sowie Wein und Bier und Konserven, alles aus Deutschland importiert.

»Fräulein Seler, wie schön, Sie wiederzusehen.« Mit einem breitem Lächeln und ausgestreckten Armen kam der Kaufmann auf sie zu und schüttelte ihr die Hand. »Wie ich Sie darum beneide, im schönen Bremen geweilt zu haben. Sie müssen mir unbedingt alles erzählen.«

Nachdem Margarete und der Kaufmann einen ausgiebigen Plausch gehalten hatten, nahm sie sich ihre Einkaufsliste vor.

»Ich brauche Obstkonserven, einige Flaschen Wein und …«

»Es tut mir leid, verehrtes Fräulein Seler.« Herr Schultze blickte an ihr vorbei. Seine Zunge fuhr zwischen den Lippen vor und zurück und auf seinen Wangen erblühten hektische rote Flecken. »Es tut mir leid. Hat Ihr Vater Ihnen nichts gesagt?«

Margarete schwieg einen Augenblick. Sie wollte vor dem Kaufmann nicht zugeben, dass ihr Vater nicht mit ihr redete.

»Ach, Sie wissen ja, wie das ist.« Margarete bemühte sich um ein Lächeln. »Mein Vater arbeitet so viel und ich wollte gern gleich heute in die Stadt fahren.«

»Nun. Mein Kompagnon und ich haben die Entscheidung getroffen, treffen müssen, Ihrem Vater keinen Kredit mehr zu gewähren.« Er räusperte sich. »Sie müssen verstehen. Ich verkaufe Ihnen gern etwas. Aber erst müssen Sie die Schulden begleichen.«

»Oh. Natürlich. Selbstverständlich.« Margarete schluckte. Die Gedanken rasten durch ihren Kopf. Ihre Familie hatte Außenstände bei Kaufmann Schultze. Das war ja noch nie vorgekommen. Wie peinlich. Wie hoch der Betrag war, den sie schuldeten, wollte sie sich lieber nicht vorstellen. Dann riss sie sich zusammen und sagte: »Entschuldigen Sie bitte, Herr Schultze, ich werde umgehend mit meinem Vater sprechen.«

Mit hochrotem Kopf flüchtete sie aus dem Laden, voller Sorge, dass es Marisela auf dem Markt ähnlich ergangen war.

17

Einen ganzen Tag lang hatte die Eisenbahn sie durchgerüttelt. Es war Elise so vorgekommen, als ob der Zug mehr bremste, als er fuhr, aber niemand außer ihr schien das zu bemerken. Nach der Ankunft gestern waren sie mit einer Kutsche vom Hafen zum Bahnhof gefahren. Einmal quer durchs Land hatte ihre Reise sie dann geführt und heute hatten sie endlich ihr Ziel erreicht: Guatemala Ciudad, die Hauptstadt des Landes, von wo aus ihre Eltern zu ihrer Expedition aufbrechen wollten. Gleich nachdem sie angekommen waren, verschwand Henni und nun entdeckte Elise sie am Straßenrand.

»Was macht Mutter da?« Sie deutete mit der Hand auf Henni Hohermuth, die einige Meter entfernt mit zwei Indios sprach. Henni erhob ihre Stimme, schüttelte den Kopf und verschränkte die Arme vor der Brust. Elise fürchtete, dass es gleich zu einem handfesten Streit kommen würde.

Henni Hohermuth trug ihr Forscherinnenkostüm, wie Elise die Kleidung ihrer Mutter nannte. Eine weiße Bluse mit Häkelspitze am Kragen und einen dunklen Reitrock, unter dem die weiße, lange Unterhose aus Leinen hervorblitzte. Ein gewebter Gürtel mit bunten Mustern, den Henni Hohermuth einer Indio-Frau abgekauft hatte, vervollständigte das Ensemble.

Auf dem Kopf saß ein Strohhut mit runder Krempe,

dem ein violettes Band etwas Farbe gab. Die langen dunklen Haare hatte ihre Mutter hochgesteckt, einzelne Locken strebten aber aus der Umklammerung der Haarnadeln und hingen lose herunter. An einem schmalen Riemen, der sich über die Schulter spannte, trug Henni eine Handtasche aus dunkelbraunem Leder, ohne die Elise ihre Mutter noch nie gesehen hatte. In der Tasche hatte sie alles verstaut, was ihr wichtig war. Elise hatte sich schon mehr als einmal gewundert, was ihre Mutter daraus hervorzauberte: Salben, Nähzeug, Flittertand für Indio-Kinder und vieles mehr.

»Sie streiten nicht. Deine Mutter verhandelt den Preis für die Träger und die Reittiere.« Johann Hohermuth beobachtete die Szene und lächelte. Voller Liebe und Bewunderung, wie Elise fand. »Ich könnte niemals so gut feilschen wie deine Mutter. Da kannst du etwas lernen.«

Plötzlich zog Henni ihren Hut vom Kopf und warf ihn in den Dreck, hob ihn wieder auf, schüttelte ihn aus und kam auf Elise und Johann zu. Der Indio lief ihr nach, hielt sie am Arm fest und redete auf sie ein. Henni schüttelte ihn ab und ging stur weiter. Er folgte ihr, schien nicht lockerzulassen. Schließlich blieb sie stehen und nickte. Sie hob drei Finger und der Indio nickte ebenfalls. Sie schüttelten sich die Hände und gingen ihrer Wege.

»Das waren ja ewig lange Verhandlungen.« Johann Hohermuth musterte seine Frau und legte den Kopf schief.

»Ach, das Übliche.« Henni zuckte mit den Schultern. »Er wollte den Preis hochtreiben und erzählte etwas von Banditen, die seit einigen Wochen ihr Unwesen treiben.«

»Banditen?« Elise schauderte. Nicht nur der Dschungel, Schlangen und Nächte im Zelt, nein, auch noch Räuber drohten ihr in den kommenden Wochen. »Und du machst dir keine Sorgen?«

»Was sollten sie bei uns schon stehlen?« Ihre Mutter lächelte ihr zu, so wie man einem kleinen Kind zulächelte, das eine niedliche, aber gänzlich unpassende Frage gestellt hatte. »Wir haben kaum Geld bei uns.«

Elise schwieg. Woher die Banditen allerdings wissen sollten, dass sie kein Geld bei sich hatten, wollte ihr nicht in den Kopf.

»Er stellt uns drei Träger zur Verfügung. Mehr war nicht drin. Wir müssen schauen, was wir hierlassen.«

»Warum brauchen wir so viel Kram?« Elise hatte sich bereits am Hafen gewundert, wie viele Kisten und Koffer, die den Namen ihrer Eltern trugen, ausgeladen wurden. Einen Teil hatten die Hohermuths in Puerto Barrios eingelagert, aber das meiste wollten sie wirklich durch den Dschungel schleppen. »Reisen Abenteurer nicht mit leichtem Gepäck?«

»Wir benötigen Kochgeschirr, Zelte, Hängematten, Moskitonetze und feste Kleidung fürs Hochland. Und ohne einen Wettermantel und feste Schuhe wären wir dort verloren.« Ihre Mutter ging nicht auf Elises Spott ein. »Am schwersten wiegt das Papier für die Abdrücke.«

»Aha.« Elise gab vor zu verstehen, wovon um Himmels willen ihre Mutter da redete.

»Auf die Fotoausrüstung musste ich verzichten.« Hennis Stimme klang sehnsüchtig. »Dabei machen sich Bilder so gut im Museum.«

»Ich weiß, Schatz, aber …« Johann drückte ihren Arm. »Kamera und Fotoplatten machen mehr Probleme, als sie nutzen. Ich schaue mal nach Pferden.«

Ihr Vater nickte Elise zu und stiefelte mit großen Schritten davon. Pferde? Elise war davon ausgegangen, dass sie sich zu Fuß durch den Dschungel schlagen mussten. Nicht dass ihr die Vorstellung behagte, aber Pferde …

»Wohin reisen wir?«, fragte Elise, um ihre Gedanken abzulenken. »Zu einer der großen Ausgrabungsstätten?«

»Natürlich nicht.« Henni schüttelte energisch den Kopf. Ihr Blick richtete sich in die Ferne. Ihre dunklen Augen wirkten nahezu schwarz. »Damit wären wir nur ein Forscherpaar unter vielen. Nein, mein Kind, ich verrate dir jetzt ein Geheimnis.«

Henni beugte sich vor und senkte ihre Stimme. Elises Neugier war geweckt.

»Dein Vater und ich suchen etwas Großes. Etwas ganz Besonderes.« Hennis Augen leuchteten. Sie strich sich die dunklen Locken aus dem Gesicht und wirkte euphorisch. »Ich bin mir sicher, es gibt einen unentdeckten Tempel …«

»Gibt's davon nicht viele?«, unterbrach Elise sie mit enttäuschter Stimme. Sie hatte auf etwas Wichtiges gehofft, nicht auf alte Steine. »Werden nicht ständig neue Anlagen gefunden?«

»Schon, aber alles unbedeutende Heiligtümer. Nichts, womit ich den Herren Professoren beweisen kann, dass auch Frauen gute Wissenschaftlerinnen sind. Eine einzigartige Entdeckung brauche ich … brauchen wir.« Henni Hohermuth schaute sich um, als ob jemand sie belauschen könnte. »Ich bin mir sicher, die Indios wissen etwas, aber sie schweigen. Dummer Aberglaube.«

»Wo wollt ihr denn suchen?«, heuchelte Elise Interesse. Es musste doch einen Weg geben, wie sie ihrer Mutter näherkommen konnte.

»Das kann ich dir noch nicht sagen.« Hennis Hand fuhr

wieder und wieder zu ihrer Stirn, um die gleiche vorwitzige Haarsträhne zurückzustreichen. »Dein Vater … nun, er … er muss noch überzeugt werden. Ihm reicht es, wenn wir nach Tikal gehen. Aber da pilgern alle hin.«

Bevor Elise antworten konnte, schlenderte Georg heran.

»Georg!« Die Stimme ihrer Mutter klang gleichermaßen entrüstet und erleichtert. »Da bist du ja endlich. Schnell. Hilf Johann, vernünftige Tiere auszuwählen.«

Georg nickte und eilte davon.

»Ohne den Jungen wären wir verloren.« Ihre Mutter sprach mehr zu sich selbst als zu Elise. »Ich mag mir gar nicht vorstellen, dass er uns einmal verlässt.«

Auch Elise wollte sich nicht vorstellen, dass Georg sie mit ihren Eltern allein ließ. Ohne Georg, ohne die Hoffnung, ihn für sich zu gewinnen, würde sie die Zeit, die vor ihr lag, niemals überstehen.

»Warum …«, flüsterte sie. »Warum sollte er gehen?«

»Nun, er ist bald volljährig und kann dann über sein Leben selbst entscheiden. So, genug geredet. Lass uns zum Gasthaus gehen.« Ihre Mutter hatte nichts von Elises Gefühlen bemerkt. Kein Wunder, für Henni Hohermuth standen die Maya an erster Stelle, dann ihr Ehemann, dann Georg und wahrscheinlich mit weitem Abstand Elise. »Genieße den Komfort, den du in der letzten Nacht noch hast.«

Am nächsten Morgen erwachte Elise, als ihre Mutter die Sachen zusammenpackte, und fühlte sich wie zerschlagen. Albträume hatten sie geplagt und sie hatte sich mitten in der Nacht in ihrem Moskitonetz verheddert, was sie schreiend aufwachen ließ, weil sie sich von einem riesigen

Kraken umschlungen fühlte. Henni Hohermuth hatte Elise geweckt und das Moskitonetz wieder angebracht.

Das seltsame Frühstück, Rühreier, Spiegeleier, Tortillas mit schwarzen Bohnen und Mais, Weichkäse und etwas, das ihre Mutter Kochbananen nannte, verbesserte Elises Laune nicht gerade. So etwas aß man mittags oder abends, aber nicht am frühen Morgen. Sie rümpfte die Nase.

»Iss ordentlich. Wir haben einen langen Weg vor uns.« Ihr Vater klatschte sich eine weitere Ladung der Chirmol genannten Tomatensoße über die Pampe auf seinem Teller. Elise wurde bereits beim Anblick übel.

»Warum reisen wir nicht mit der Eisenbahn weiter? Wäre das nicht bequemer?« Und freundlicher zu ihrem armen Hinterteil, das bereits bei dem Gedanken an mehrere Tage auf einem Pferderücken schmerzte. »Und schneller?«

»Schon«, antwortete ihre Mutter in einem Tonfall, der besagte, dass Elise wieder einmal eine falsche Frage gestellt hatte. »Aber die Eisenbahnlinie verkehrt nur zwischen den Häfen und der Hauptstadt. Sie bringt uns nicht dahin, wo wir hinwollen.«

»Aber wir könnten wenigstens noch ein Stückchen damit fahren!« Jeder Meter, den Elise nicht reiten musste, erschien ihr wie das Paradies. »Es bleiben noch genug Tage, die wir durch die Pampa reiten müssen.«

»Den Nebelwald. Die Pampa befindet sich in Argentinien.« Henni Hohermuth lächelte ihre Tochter an und hob die Hände. »Wenn wir die Bahn nehmen würden, könnten wir unser Herbarium nicht ergänzen. Ein bisschen Unbequemlichkeit ist ein geringer Preis für den Gewinn an Wissen.«

»Darüber kann man geteilter Auffassung sein«, murmelte

Elise, wohl wissend, dass ihre Mutter alles überhörte, was ihr nicht gefiel.

»Wir müssen bald los.« Henni Hohermuth stand auf und küsste Elise auf den Scheitel. »Dein Vater, Georg und ich kümmern uns schon mal ums Gepäck. Komm nach, wenn du gegessen hast.«

Elise, die die Augen kaum offen halten konnte, nickte nur. Sie trank einen Schluck des Kaffees, der viel milder schmeckte als in Deutschland, und biss in die Tortilla. Nachdem sie sich an den Geschmack gewöhnt hatte, aß sie mit gutem Appetit. Schließlich wusste sie nicht, wann sie das nächste Mal wieder etwas Warmes bekommen würde. So wie sie überhaupt nicht wusste, was sie auf dieser Reise erwartete.

Als sie den Treffpunkt erreichte, war ihr Gepäck bereits in den Satteltaschen verstaut und drei schmale Säcke, die die Indios tragen sollten, waren gepackt. Die drei Männer, die kaum größer als Elise waren, saßen wartend auf dem Boden. Ihre bronzefarbenen Gesichter zeigten keine Regung. Henni Hohermuth sagte etwas zu ihnen und die indianischen Träger sprangen auf. Zu Elises Überraschung luden sich die Männer die Säcke auf den Rücken und zurrten ein Band, ein *mecapal,* das sie sich um die Stirn banden, daran fest.

Jetzt fehlten nur noch die Pferde. Elise schluckte. Wie auf ein Stichwort bog Georg mit den Tieren um die Ecke.

»Was ist das?« Elise deutete auf die drei Pferde und ein Tier, das aussah wie ein übergroßes Pony mit überlangen Ohren. Es starrte sie an und öffnete das Maul zu einem breiten Gähnen. Elise schauderte, als es einen Blick auf die gewaltigen gelben Zähne freigab.

»Das ist ein *mula,* ein Maultier. Der Vater war Pferd, die

Mutter eine Eselin oder umgekehrt. Ich kann mir das nicht merken. Frag deine Mutter.« Ihr Vater schaute aus seinem Buch auf und rückte die Brille zurecht.

Mit Grauen erinnerte Elise sich an die drei, vier Reitstunden, die sie in Bremen genommen hatte, einfach, weil es dazugehörte. Sie hatte sich nie an das Gerüttel auf dem Pferderücken gewöhnen können.

»Ich kann nicht reiten«, gestand sie kleinlaut. Warum nur fühlte sie sich auf der ganzen Reise stets als Ballast, den ihre Familie mitschleppen musste? Alles, was sie gelernt und gelesen hatte, erwies sich hier als nutzlos und unbrauchbar. »Ich meine … ich hatte mal Reitstunden, aber nur ein paar.«

»Das ist ganz gut so«, antwortete Henni Hohermuth zu Elises Überraschung. »Menschen, die richtig reiten können, leiden in den ersten Tagen unter Muskelkater. Du wirst auf dem Mula sitzen wie ein Sack Kartoffeln und kaum Schmerzen haben.«

»Aber warum kann ich nicht eins der Pferde haben?«

»Mulas sind ruhiger und trittsicherer als Pferde. Und nicht so hoch. Ich dachte, das gefällt dir.«

»Gibt es keinen Damensattel?« Elise schluckte. Sie konnte sich beim besten Willen nicht vorstellen, mit gespreizten Beinen wie ein Mann zu reiten. »Ich habe noch nie …«

»Kleines, hier in Guatemala zählt weniger die Schicklichkeit als das Praktische.« Ihre Mutter zuckte mit den Schultern. »Glaube mir, ein Herrensattel ist viel bequemer.«

Elise fühlte sich wie ein Häufchen Elend. So sehr wünschte sie sich eine freundliche und verständnisvolle Mutter, die sie tröstend in den Arm nahm und ihr sagte, dass sie nie etwas zu tun hätte, was sie nicht wollte. Stattdessen musste sie sich mit Henni Hohermuth herumschlagen, für die manche Fragen nicht einmal einer Diskussion würdig schienen. Elise war nicht mutig, also musste sie auf dem Mula reiten. Punktum.

Sie straffte den Rücken, zog die Nase noch einmal hoch und ging mit festen Schritten auf das Maultier zu.

»Braves Pferd. Schönes Pferd. Feines Pferd«, sagte sie mit beruhigender Stimme und das Maultier wiegte sich in den Vorderbeinen, als ob es sich für seine Reiterin vorbereiten wollte. Es bewegte die Ohren abwechselnd nach vorn und nach hinten und schien Elise voller Interesse zu lauschen.

»Du solltest ihm etwas zu essen anbieten, wenn du dich mit ihm anfreunden willst«, erklang Georgs Stimme hinter ihr. Sie ignorierte ihn und sprach weiter auf den Mula ein. »Ehrlich, gib ihm einen Apfel und er wird dich ewig lieben.« Er hielt ihr einen schrumpeligen Apfel hin, den sie mit einem Kopfnicken entgegennahm.

Georg beobachtete sie, ein Lächeln in den Augenwinkeln. »Schau nur, er ist schon ganz aufgeregt.«

Ganz vorsichtig streckte sie die Hand mit dem Apfel aus und er nahm die Leckerei mit seinen weichen Lippen. Elise kraulte dem kauenden Tier die Stirn.

»Wie willst du ihn nennen?«, fragte Georg, der jetzt auf den Hals des Maultiers klopfte. Er schien überhaupt keine Angst zu haben, worum Elise ihn glühend beneidete.

»Hat er denn keinen Namen?« Elise musterte ihr Reittier. »Ich will ihn nicht verwirren.«

»Die Indios geben den Tieren keine Namen.« Georg zuckte die Schultern. »Es lohnt sich wohl nicht.«

»Ich werde ihn Nemo nennen, weil er mich an den Kapitän aus Jules Vernes Buch *20.000 Meilen unter dem Meer* erinnert.« Sie streichelte den Mula. »Schließlich ist er stolz und einzig unter den Pferden.«

Georg schüttelte den Kopf, aber sein Lächeln zeigte Elise, dass er sie verstand. Vielleicht würde die Reise ja doch nicht so schlimm, wie sie gedacht hatte.

18

»Georg!« Elise schrie entsetzt auf und deutete mit der Hand auf den Boden. Erst in diesem Augenblick hatte sie die kleine Schlange bemerkt, die sich Georg näherte. Klein und braun mit gelblichen Streifen. Ohne nachzudenken, hatte sie aufgeschrien, um Georg zu warnen.

»Junge, nicht bewegen!«, rief Henni Hohermuth, doch es war schon zu spät.

Georg zuckte zusammen und schaute sich hektisch um. Die Schlange stieß vor und biss ihn in den Arm. Elise drohten die Sinne zu schwinden.

Georg erbleichte und bewegte sich nicht. Mit einem Schritt trat Henni neben ihn und fasste die Schlange vorsichtig hinter dem Kopf. Mit geschickten Fingern löste sie den Biss und trug das sich windende Reptil davon.

»Es … es tut mir so leid«, flüsterte Elise. Gleichzeitig wollte sie ihre Mutter anschreien, ob sie nichts Besseres zu tun hätte, als eine Schlange zu retten. »Tut … tut es sehr weh?«

»Nein. Nein.« Schweißperlen traten auf Georgs Stirn. Wie schnell tötete Schlangengift? »Es schmerzt gar nicht.«

War das ein gutes oder ein schlechtes Zeichen? Elise wagte nicht, Georg anzusehen, aus Furcht, dass er gleich röcheln würde.

»Jetzt steht nicht herum wie die Salzsäulen!« Ihre Mutter

klang entrüstet. Sie kam aus den Wäldern und geradewegs auf Georg zu. »Na los, krempele den Ärmel hoch.«

Georg nickte und schlug den Ärmel seiner dicken Jacke um. Vorsichtig knöpfte er die Manschette seines Hemds auf.

»Aha«, sagte Henni Hohermuth. Sie deutete auf Georgs Arm, an dem sich zu Elises Erleichterung keine Bissspuren abzeichneten. »Dachte ich es mir doch. Es war noch ein Jungtier. Nicht kräftig genug, um die Zähne durch den Stoff zu schlagen.«

Elise spürte ein hysterisches Kichern in sich aufsteigen und konnte es hinter einem erleichterten Seufzer verstecken.

»Und du, mein Fräulein«, fuhr ihre Mutter sie an. »Wie oft habe ich dir gesagt, dass du nicht schreien sollst. Es wäre nichts passiert, wenn du Georg nicht erschreckt hättest.«

Von dem Vorwurf überrascht, konnte Elise ihre Mutter nur anstarren. Wie kam sie nur dazu, ihr stets die Schuld zu geben?

»Das weißt du gar nicht«, antwortete Elise schließlich, nachdem sie ihre Fassung wiedergewonnen hatte. »Ich kann ihm auch das Leben gerettet haben.«

Angriffslustig streckte sie den Kopf vor. Heute würde sie nicht klein beigeben. Heute nicht.

»Es war meine Schuld. Ich hätte es besser wissen sollen.« Georg war aufgestanden und stellte sich schützend neben Elise. »Sie hat es nur gut gemeint.«

Henni Hohermuth drehte sich um. »Packt eure Sachen. Wir müssen weiter.«

»Es … es tut mir so leid«, sagte Elise, nachdem ihre Mutter außer Hörweite war. »Ich hätte es wirklich besser wissen müssen.«

»Schon, aber es war ja deine erste Schlange.« Georg knuffte sie freundschaftlich in die Seite und ging zu den Pferden. »Das nächste Mal weißt du Bescheid.«

Nach diesem Start im Morgengrauen erschien Elise der Ritt auf dem Maultier wie ein Kinderspiel. In den vergangenen vier Tagen hatte sie sich an den Mula gewöhnt und ihr Körper hatte sich zu ihrer Überraschung nach kurzem, aber heftigem Muskelkater und einem wunden Hintern ebenfalls den langen Ritten angepasst. Auch wenn sie es ihrer Mutter gegenüber nie zugegeben hätte, mochte es Elise sogar, durch die Landschaft zu reiten und ihren Gedanken nachzuhängen. Sie hatte ihren Vater um eines seiner Schreibbücher gebeten, damit sie weiter jeden Abend Tagebuch führen konnte.

Als Nemo plötzlich stehen blieb und schnaubend den Kopf zurückwarf, hätte sein abrupter Halt Elise beinahe aus dem Sattel geschleudert.

Sie standen vor einem kleinen Fluss und Nemo stemmte die Hufe in den Boden. Ihr Vater und Georg waren bereits am anderen Ufer angelangt und hielten nun wartend ihre Pferde an.

»Er mag kein Wasser!« Henni Hohermuth hatte ihre braune Stute neben sie gelenkt. Sie wirkte verärgert. »Das hat mir der *mozo* eben erst gebeichtet. Wie passend für eine Reise durch ein Land mit Dutzenden von Flüssen.«

Lautlos tauchte der Träger neben Elise auf und griff nach den Zügeln. Er zog, der Mula lehnte sich zurück, bis er beinahe auf den Hinterbeinen zu sitzen kam. Der Indio schimpfte in seiner Sprache auf das Tier ein und hob die Peitsche. Das Maultier legte die Ohren an und riss mit dem Kopf an den Zügeln. Elise sprang aus dem Sattel.

»Nein, bitte nicht.« Sie führte Nemo weg vom Fluss. »Wir schaffen das auch ohne Peitsche.«

»Elise!« Die Stimme ihrer Mutter klang ungeduldig, während ihre Finger auf den Hals der Stute trommelten, die sich von dem Unmut ihrer Reiterin anstecken ließ und zu tänzeln begann. »Was soll das denn? Lass den Mozo seine Arbeit machen.«

»Nein. Nemo hat nur Angst. Und wenn man ihn schlägt, wird es nur noch schlimmer.«

»Gut.« Ihre Mutter lächelte sie plötzlich an. »Einen Versuch ist es wert.« Sie wendete ihr Pferd und ritt über den Fluss an die Spitze der Gruppe.

»Mein Armer. Was dir wohl passiert ist?« Elise streichelte Nemos Hals. »Wie bekomme ich dich nur durch den Fluss?« Sie suchte in der Satteltasche nach einem Stückchen getrockneter Mango. »Komm, Nemo. Du schaffst das schon«, sprach sie beruhigend auf das Tier ein, strich ihm sanft über die Schnauze und gab noch etwas Zügel nach. Das Tier zögerte, schnaubte und ging doch schließlich neben ihr her. »Alles wird gut. Ich bin ja bei dir.«

Nachdem sie endlich am anderen Ufer angekommen waren, stieß Elise die Luft aus. Sie hatte gar nicht bemerkt, dass sie den Atem angehalten hatte.

»Steig auf. Wir müssen weiter.« Henni nickte ihr zu. »In dir steckt mehr, als man auf den ersten Blick vermutet.«

Elise spürte ihre Wangen erröten und lächelte. Sie klopfte Nemo dankbar auf den Hals, steckte ihm ein Mangostückchen zu und schwang sich in den Sattel. Georg auf seinem Fuchswallach und die Indio-Träger bildeten die Nachhut.

Endlich hielt ihr Vater seinen Rappen an, für heute würden sie rasten. Die Träger bauten die Zelte auf und entzündeten ein Feuer. Dankbar nahm Elise den gerösteten *totoposte* entgegen, einen getrockneten Maiskuchen, der monatelang haltbar und deshalb ein beliebter Proviant war. Die Indios saßen etwas abseits von ihren Eltern und unterhielten sich in ihrer Sprache.

»Wohin wollen wir jetzt?«, fragte sie. »Wollten wir nicht in den Norden, nach Tikal?«

»Erst später. Jetzt geht es erst einmal nach Antigua, der alten Hauptstadt Guatemalas.« Ihre Mutter reichte Elise einen Napf mit Reis und schwarzen Bohnen. »In der Nähe gibt es einige sehr schöne Artefakte.«

»Einen alten Tempel?«, murrte Elise. »Da gibt es doch in Tikal genug, oder nicht?«

»Nein, keinen Tempel.« Ihr Vater würzte seinen Reis mit Trockenfleisch, etwas, das Elise beim besten Willen nicht essen wollte. »Wir machen einen Abstecher zu den Herreras, einer alteingesessenen Familie, die viele Schätze auf ihren Ländereien gefunden hat.«

»Schätze, die sie unbedingt im Land behalten wollen.« Henni Hohermuths Stimme klang sehnsüchtig wie stets, wenn sie von den Maya-Artefakten sprach. »Leider wollen sie uns nichts verkaufen.«

»Sie sind reich genug.« Auch Johann Hohermuth klang enttäuscht. »Wo kämen wir denn hin, wenn alle Artefakte hier im Land blieben?«

In der Nacht erwachte Elise. Sie spürte einen Druck auf der Blase, der nicht bis zum Morgen warten konnte. Sie hasste es, wenn sie nachts aus dem Zelt in die Wildnis gehen musste. Gleichzeitig gebot es der Anstand, dass sie sich etwas abseits in die Büsche schlug, damit weder Georg noch die Indios sie sehen konnten.

Vorsichtig hockte sie sich hin, spähte ins Halbdunkel

der Bäume und Büsche und lauschte ängstlich. Erleichtert richtete sie ihre Kleider und eilte zurück zum Zelt, in die Sicherheit des Feuers. War es nicht zu weit heruntergebrannt? Sicherheitshalber warf Elise zwei Äste in die Glut. Flammen loderten auf und Funken flogen durch die Luft. Aus dem Augenwinkel sah Elise eine Bewegung und wandte sich um. Etwas abseits vom Rastplatz saßen die vier Indios ums Lagerfeuer und flüsterten miteinander. Als ob sie Elises Blick spürten, schwiegen sie auf einmal und wandten ihr die Gesichter zu. Elise spürte einen Schauder den Rücken herunterlaufen und beeilte sich, wieder ins Zelt zu kommen. Sie richtete ihr Moskitonetz und schlüpfte unter die Decke. Kurz bevor ihr die Augen zufielen, setzte sich ein Gedanke in ihr fest: Hatte sie eben vier Männer am Feuer gezählt?

19

In der darauffolgenden Nacht wartete Elise, bis ihre Eltern und Georg in einen tiefen ruhigen Schlaf gefallen waren. Dann schlich sie sich vorsichtig aus dem Zelt. Sie wollte unbedingt herausfinden, ob sich nachts ein vierter Mann an ihrem Lagerfeuer einfand, und wenn ja, wer er war und was er hier tat. Sie wollte sich nicht dem Spott ihrer Eltern aussetzen und suchte nach einem Beweis, bevor sie ihnen davon erzählte. Aber einen Schritt nach dem anderen. Erst einmal musste sie prüfen, ob sie gestern im Halbschlaf nicht Traum und Wirklichkeit verwechselt hatte.

Und da erblickte sie ihn. »Ich hatte recht«, triumphierte sie – und war im nächsten Augenblick an einem Ast hängengeblieben. Zu spät, die Indios hatten sie gehört und drehten sich zu ihr um. Da trat sie zögerlich in den Schein der Flammen und lächelte. Im Feuer lagen bunte Kerzen und der ältere Mann streute etwas in die Flamme. Kurz darauf roch es seltsam. Wie nach Karamell.

Die Männer musterten sie schweigend, bis Elise sich unbehaglich fühlte und den Blick abwandte.

»Es ist nur das Kind«, sagte einer der Träger.

»Ich bin kein Kind mehr!«, empörte sie sich. »Ich bin fast erwachsen.« Immerhin könnte sie heiraten und Kinder bekommen, obwohl sie erst in fünf Jahren offiziell volljährig war.

»Du hast recht. Entschuldige.« Der fremde Indio lächelte sie an. »Man sollte Menschen nicht nach dem Alter beurteilen, sondern nach ihrer Klugheit.«

Elise nickte. »Was haben Sie da in die Flammen gestreut?«

»Eine Opfergabe, um die Götter gnädig zu stimmen.« Aus seinem Mund klang das vernünftig und selbstverständlich. »Ich bin ein *brujo,* ein Schamane.«

»Ein … ein Hexer?«, platzte sie heraus und hob erschrocken die Hand vor den Mund. Würde er sie jetzt verfluchen? Sie erinnerte sich daran, dass ihr Vater erzählt hatte, dass ein Brujo Menschen Schlangen in den Bauch hexen könnte.

»Keine Sorge.« Sein Lächeln wurde breiter und er wirkte dadurch deutlich freundlicher. »Ich bin kein Zauberer, eher ein Priester.«

Diese Neuigkeit musste Elise erst einmal verdauen. Fieberhaft überlegte sie, was sie über die Maya und die Indios wusste. Der Geruch nach verbranntem Zucker benebelte sie und sie musste schlucken. »Ich … ich dachte, es gibt keine Maya mehr.«

Obwohl der Brujo lächelte, konnte Elise ihm anmerken, wie sehr ihn ihre Worte getroffen hatten.

»Was glaubst du, wer wir sind?«, fragte er mit leichtem Tadel in der Stimme und beobachtete Elise mit seinen dunklen Augen so intensiv, dass sie sich fühlte, als ob er in ihre Seele blicken würde. »Wir sind die Kinder der Maya. Aber nur wenige von uns folgen den alten Pfaden.«

Die Männer schauten Elise erwartungsvoll an, aber was sollte sie sagen? Die Stille wurde unerträglich.

»Was … was machen Sie hier?«, fragte Elise schließlich und versuchte, die Worte freundlich klingen zu lassen.

Der Brujo und die Träger wechselten einen Blick. Dann

seufzte der Schamane: »Menschen wie deine Eltern meinen es gut, aber Sie stehlen unser Erbe. Sie tragen die Steine unserer Vorfahren in ihr Land und rauben uns dadurch unsere spirituelle Kraft.«

Elise dachte nach. Hatte der Mann etwa recht mit seinen Vorwürfen? Waren ihre Eltern und die anderen Forscher nicht besser als zum Beispiel die Grabräuber in Ägypten, von denen sie schon gehört hatte?

»Wollen Sie …« Ihre Stimme klang ängstlich. Es gab nicht viele Möglichkeiten, wie die Indios ihre Eltern aufhalten konnten. »Wollen Sie uns töten?«

Elise knetete ihre Hände. Sollte sie um Hilfe schreien oder würde sie damit erst recht den Zorn der Indios auf sich ziehen?

»Keine Sorge.« Wieder lächelte der Schamane sie an und Elise meinte, leichten Spott in seinen Augen zu erkennen. »Wir halten nichts von Mord. Mit den Kerzen bitten wir unsere Götter um Beistand. Sie sollen deinen Eltern Einsicht schenken.«

Elise bezweifelte, dass ein paar Kerzen genügen würden, um ihre Mutter von ihrem Vorhaben abzubringen, hielt es jedoch für klüger, dem Brujo nicht zu widersprechen.

Wieder durchdrang der Schamane Elise mit seinem Blick. »Ich bitte dich, deinen Eltern nichts von mir zu erzählen.«

Sie schauderte.

»Sie würden meine Brüder hier bestrafen, obwohl wir nichts Böses getan haben.«

Nun schauten auch die Träger Elise an. Bittend. Sie sah von einem zum anderen und hob schließlich die Hände. Die Männer begannen in ihrer Sprache schnell miteinander zu reden, was Elise noch stärker beunruhigte.

»Ich verspreche es«, sagte sie und legte die linke Hand aufs Herz und hob die rechte zum Schwur. »Bei allem, was mir lieb ist. Ich werde schweigen.«

»Vielen Dank«, sagte der Brujo mit getragener Stimme. Er wandte sich an die Träger und sagte etwas in einer Sprache, die sie nicht verstand. Die Träger nickten. »Nun geh schlafen. Du hast eine anstrengende Reise vor dir.«

Elise nickte, stand auf und eilte zurück zum Zelt. Fragen schwirrten ihr durch den Kopf wie Moskitos, aber sie würde wohl noch einige Zeit warten müssen, bis sie die Antworten erhielt.

Nach einem kräftezehrenden Ritt erreichten sie gegen Abend völlig erschöpft ein kleines Indio-Dorf. Ein Dutzend Hütten verteilten sich um den Dorfplatz, aber es war niemand zu sehen. Bisher waren ihnen noch in jedem Dorf Kinder entgegengesprungen, hatten ihnen Tand hingehalten, den sie verkaufen wollten. Frauen waren ihnen gefolgt und boten ihnen Waren an. Meist Essen oder Getränke, selten eine handgewebte Decke. Elise spürte etwas Bedrohliches.

Die kleine Gruppe hielt auf dem Marktplatz.

»Wir brauchen Maisstroh für die Pferde und eine Unterkunft.« Henni Hohermuth gähnte. Zum ersten Mal auf ihrer Reise wirkte sie kraftlos und damit menschlich auf ihre Tochter. »Ich werde den *alcalde* suchen und ihm unser Schreiben zeigen.«

»Soll ich dich begleiten?« Auch in Johann Hohermuths Gesicht hatten die Anstrengungen der Reise Spuren hinterlassen. Sein Bart sträubte sich in alle Richtungen. »Vielleicht ist es besser, von Mann zu Mann zu reden.«

»Wenn mich mein Verhandlungsgeschick im Stich lässt, rufe ich dich.« Henni Hohermuth warf ihrem Mann eine Kusshand zu und ritt langsam über den Marktplatz. Sie rief etwas in einer Sprache, die Elise nicht verstand, und wie aus dem Boden gewachsen tauchte ein Indio vor ihr auf.

Henni Hohermuth sprang vom Rücken ihrer Stute und redete auf ihn ein. Der Mann deutete mit der Hand auf ein Haus am Ende des Weges und Henni folgte ihm.

Georg und Elise hielten ihre Tiere an, froh, von ihren Rücken gleiten zu können und endlich wieder auf eigenen Beinen zu stehen. Elise sandte ein Stoßgebet zum Himmel, dass sie dieses Mal eine Unterkunft finden würden, die diesen Namen auch verdiente.

Endlich kam ihre Mutter zurück, den Hut in den Nacken geschoben, die Zügel der Stute locker in der Hand.

»Wir müssen in der *ermita* übernachten. Angeblich gibt es sonst keine Möglichkeit für uns.«

Elise schluckte. Wenn der Ort ihrer Mutter schon nicht gefiel, was würde sie dann davon halten?

»Hier … hier sollen wir schlafen?«, brachte sie schließlich hervor. Eine offene Hütte, mit Palmblättern bedeckt. Ein Ort, der ein wenig Schutz vor Regen bot, aber keinerlei Sicherheit gegen Insekten, Skorpione und Schlangen. »Ich … kann hier nicht auf dem Boden liegen.«

»Das verlangt ja auch keiner von dir.« Henni Hohermuth klang ungeduldig und Elise fragte sich, ob es ihre Mutter inzwischen bereute, sie mitgenommen zu haben. »Wir knüpfen die Hängematten auf und spannen Moskitonetze darüber. Damit sollten wir vor den meisten Plagegeistern Ruhe haben.«

Nachdem Elise ihre Vorbereitungen für die Nacht getroffen hatte, setzte sie sich ans Feuer. In dem Eisentopf gluckerte ein Eintopf vor sich hin.

Elise würgte den Brei hinunter, ohne viel zu schmecken, trank noch etwas Wasser und verabschiedete sich dann von den anderen. Sie notierte noch ein paar Dinge in ihrem Tagebuch, dann fiel sie in einen ruhelosen Schlaf.

Schnell, wir müssen hier raus!« Johann Hohermuth zerrte an ihrer Hängematte. »Georg! Elise! Kommt!«
Ein dumpfes Grollen ertönte.

Sie lauschte dem anwachsenden Donnern, unfähig, sich zu bewegen, und beobachtete das schwankende Dach. Ihr Herz klopfte bis zum Hals und sie spürte ein flaues Gefühl im Magen. War heute der Tag, an dem sie sterben würde?

»Beeil dich!«, mahnte Georg, doch Elise war starr vor Entsetzen. Ohne lange nachzudenken, drehte der Junge die Hängematte um und Elise fiel in den Schlamm. Georg zerrte sie hoch und sie liefen hinaus zu ihren Eltern, die vor der Hütte versuchten, die panischen Tiere zu beruhigen.

»Was … was war das?«, schrie Elise. »Um Himmels willen, was war das?«

»Ein Erdbeben. Nur ein kleines«, antwortete ihre Mutter mit gewohnt ruhiger Stimme. Brachte diese Frau denn gar nichts aus der Fassung? »Das gibt es hier öfter.«

»Wie gefährlich sind die Beben?« Elise griff sich an die Kehle und räusperte sich. »Ist etwas Schlimmes passiert?«

»Nein. Nein. Nur kleinere Verwerfungen«, mischte sich ihr Vater ein.

Wenn das eine kleine Verwerfung war, wollte Elise niemals an einen Ort gelangen, der von größeren Erdbeben heimgesucht wurde.

»Die Indios sagen, dass die Gefahr vorüber ist. Wir können wieder schlafen gehen«, beruhigte ihre Mutter sie.

In der verbleibenden Nacht lag Elise wach und lauschte ins Dunkel. War sie die Einzige, der ein Erdbeben Angst machte? Sie fühlte sich vollkommen alleingelassen und fing bitterlich an zu weinen.

Am Morgen brachte sie keinen Bissen herunter und bestieg schweigend und missmutig ihr Maultier. Elise klopfte ihm geistesabwesend auf den Hals und trabte los.

»Nach meinem ersten Erdbeben habe ich tagelang gemeint, die Erde würde wieder wackeln.« Georg war neben sie geritten. »Es geht vorbei. Glaub mir.«

Mit diesen Worten trieb er sein Pferd weiter und ließ Elise grübelnd zurück. Bei jedem Geräusch zuckte sie zusammen. Jeden Fehltritt Nemos hielt sie für ein sicheres Zeichen, dass die Erde erneut bebte.

Selbst während der kurzen Mittagsrast beobachtete Elise den Horizont mit Argusaugen. Erst am Nachmittag, nachdem alles ruhig geblieben war, fing sie an, sich zu entspannen.

»Antigua. Schau!« Johann Hohermuth drehte sich im Sattel um und deutete mit dem Arm nach links. Elise sah ein weites Tal, das sich zu ihren Füßen erstreckte, malerisch umrahmt von Kaffeeplantagen.

Schon bald erreichten sie die Vorstadt mit kleineren Häusern und Hütten, in denen überwiegend Indios wohnten. Als sie durch Antigua kamen, säumten Ruinen den Weg.

»Was ist hier geschehen?«, wandte sich Elise an ihren Vater, der wie üblich Ausschau nach Pflanzen hielt. »Gab es hier einen Krieg?«

»Nein, nein. Antigua wurde 1773 von einem Erdbeben

zerstört.« Seine Gedanken schienen weiterzuwandern, als ob eine zerstörte Stadt nicht der Rede wert wäre. »Entschuldige, Liebes, dort hinten ist eine Orchidee, die ich noch nicht katalogisiert habe.«

Mehr als zweihundert Jahre sollte das Erdbeben her sein – warum hatte dann noch niemand den Schutt entfernt und die Stadt wieder aufgebaut?

»Nicht alle Straßen sehen so aus«, klärte Georg sie auf. »Du wirst sehen, gleich da vorn ist eine prachtvolle Allee, überschattet von Amate-Bäumen.«

»Sind die Menschen hier besonders gläubig?«, fragte Elise, nachdem sie den Hauptplatz mit den vielen Kirchen und Kirchenruinen überquert hatten.

»Vielleicht.« Georg lächelte. »Man erzählt, dass jedes Mal, wenn ein Erdbeben die Stadt erschütterte, die Bewohner die Heiligen angerufen haben. Und sie weihten dem Heiligen, bei dessen Namen das Beben endete, eine Kultstätte.«

»Woher weißt du das?«, fragte Elise erstaunt und zählte im Geiste die Kirchen, Kapellen und Klöster, an denen sie vorbeigeritten waren. Etliche Erschütterungen mussten die Stadt heimgesucht haben. Sie wollte so schnell wie möglich weg von hier.

»Wir sind bereits vor zwei Jahren durch Guatemala gereist«, antwortete Georg leichthin. »Man kann nicht mit deinen Eltern reisen, ohne etwas zu lernen.«

»Aha«, sagte Elise und versuchte herauszufinden, ob sich ein Vorwurf hinter seinen Worten verbarg.

Henni Hohermuth drehte sich zu Georg und Elise um und dozierte: »Antigua heißt eigentlich *Muy Noble y Muy Leal Ciudad de Santiago de Los Caballeros de Goathemala* und wurde 1524 von den Spaniern gegründet.«

»So alt sieht die Stadt gar nicht aus«, bemerkte Elise.

»Ja und nein.« Henni Hohermuth zügelte ihre Stute. »Hier regierte das erste und einzige Mal eine Frau. Aber es nahm leider kein gutes Ende.«

»Eine Frau?« Elise glaubte, ihren Ohren nicht zu trauen. Obwohl, auch in Deutschland hatte es im Mittelalter Herrscherinnen gegeben. »Was ist aus ihr geworden?«

»Die Sage spricht davon, dass sich Beatrix de la Cueva die Statthalterwürde nach dem Tod ihres Mannes anmaßte.« Ihre Mutter schnaubte, um deutlich zu machen, was sie davon hielt. »Angeblich regnete es daraufhin drei Tage und drei Nächte, sodass die Stadt beinahe fortgespült wurde. Als ob das nicht reichte, folgte dem Regen ein Erdbeben.«

»Und das zerstörte die Häuser?« Elise sog scharf die Luft ein. Von wegen harmlose Erdbeben.

»Nein. Das Erdbeben führte dazu, dass die Spitze des Vulkans dort abbrach.« Henni Hohermuth wies mit der Hand auf die Berge. »Der See, der sich im Vulkankegel angesammelt hatte, ergoss sich ins Tal und begrub Santiago de Los Caballeros unter sich.«

»Aber hier stehen doch noch etliche Häuser«, wandte Elise ein, wider Willen gefangen von dieser Geschichte. »Also hat das Wasser nicht alles zerstört.«

»Doch, 1541 schon«, antwortete ihre Mutter. »Weil die Spanier das Tal aber so schön fanden, haben sie Antigua gebaut. Die Stadt hat zweihundert Jahre lang allen Erdbeben standgehalten.«

Elise lief es kalt den Rücken herunter. Vielleicht war das gestern nur ein Vorbeben gewesen. Vielleicht wollte die Natur jetzt nicht mehr länger warten, um endlich die Stadt zu zerstören, die ihr bereits zweimal getrotzt hatte …

20 *Bremen, 2011*

»Das ist ja ein Ding!« Isabell legte das Tagebuch zur Seite und streckte sich. »Unsere beiden Ururgroßmütter waren auf demselben Schiff und haben sich auch noch kennengelernt. Das glaubt uns kein Mensch. Ich glaub's ja selbst kaum.«

»Ich wusste nicht einmal, dass Margarete für ein Jahr in Bremen war.« Julia spielte mit einer Haarsträhne. »Und ich hätte mir nie vorstellen können, dass sie so romantisch war, dass sie sich umbringen wollte. Auf den Bildern wirkt sie so seriös, beinahe streng.«

»Hat sie den Mann geheiratet, den ihr Vater für sie ausgesucht hat?« Isabell blätterte in dem Tagebuch. »Diesen Karl Federmann.«

»Nee. Den Namen habe ich noch nie gehört.« Julia schüttelte den Kopf und runzelte die Stirn. »So richtig viel weiß ich über Margarete eigentlich gar nicht. Nur dass sie die Firma gerettet hat und dass ihr Bild an prominenter Stelle bei uns im Haus hängt. Das wirst du ja morgen sehen. Und es gibt an der Uni sogar ein Archiv, das nach ihr benannt ist.«

»Ein Margarete-Archiv? Wow.« Isabell war beeindruckt. »Wo ist das? In der Universitätsbibliothek?«

»Nein, in der Linden-Bibliothek bei den Historikern.« Julia war nahe daran, sich zu entschuldigen. »Mein Großvater hat wohl viel Wert darauf gelegt, dass sein Name verewigt wird.«

»Was hat denn dein Großvater damit zu tun?«

»Großvater hat der historischen Fakultät viel Geld für eine Bibliothek gespendet, aber …« Julia legte eine bedeutungsvolle Pause ein. »… nur, wenn sie seinen Namen trägt und außerdem ein paar Räume zur Verfügung gestellt werden, in denen Margaretes Briefe und Bücher und alle möglichen anderen Sachen archiviert werden.«

»Also ein Margarete-Archiv in der Linden-Bibliothek in der Bibliothek der historischen Fakultät«, fasste Isabell zusammen. »Das ist ja wie bei den russischen Puppen. Wenn du eine aufmachst, steckt noch eine drin und noch eine und noch eine.«

»Wenn du mehr über Margarete wissen willst, müssten wir uns die Erlaubnis meiner Eltern holen. Das Archiv ist nämlich nicht öffentlich.«

»Lass uns den einfachen Weg gehen. Hast du schon mal im Netz gesucht?« Isabell öffnete ihr Notebook und wollte den Namen eintippen. Sie stockte. »Äh, wie hieß deine Großmutter eigentlich? Wie du?«

Als Julia nicht antwortete, schaute Isabell verwundert auf. Julia starrte auf ihren iPad. Röte bedeckte ihren Nacken und ihren Hals.

»Stimmt was nicht?« Isabell überlegte, ob sie etwas Falsches gesagt hatte. »Irgendwas daneben?«

»Nein. Nein. Entschuldige. Auch Margarete hieß Linden. Die Firma heißt aber noch nach ihrem Vater, also Seler.« Julia schaute auf und bemühte sich um ein Lächeln. »Es ist nur … Ich dachte immer, dass ich viel über Margarete weiß, aber eigentlich …«

»Schau mich an.« Isabell zog einen Mundwinkel hoch. »Ich kannte gerade mal den Namen meiner Ururgroßmutter. Überleg doch mal, die beiden sind bestimmt schon fünfzig Jahre oder so tot. Warte.«

Sie öffnete ein neues Fenster, gab Elise Hohermuth ein und stieß einen Pfiff aus.

»Und?« Julia war aufgestanden und schaute Isabell über die Schulter. »Oh. Über Elise findet sich aber auch einiges. Wusstest du das?«

Jetzt war es an Isabell, sich zu räuspern. Wie konnte es sein, dass sie gerade mal den Namen ihrer Vorfahrin kannte, obwohl Elise Reiseberichte geschrieben und zu ihrer Zeit sogar eine gewisse Berühmtheit erlangt hatte?

»Meine Eltern haben irgendwann mal was erwähnt. Aber … na ja, ich hab wohl nicht so richtig zugehört.« Isabell kratzte sich mit dem Finger auf dem Nasenrücken und überlegte. »Elise ist 1963 gestorben. Da müsste Lina sie noch gekannt haben … Wir können mit einer Zeitzeugin reden. Das ist doch schon mal was.«

»Margarete ist erst 1968 gestorben.« Julia saß wieder vor ihrem iPad und hatte mehrere Dateien geöffnet, die sich mit der Firmengeschichte beschäftigten. »Da müsste mein Vater sich noch an sie erinnern. Aber er erzählte immer nur von der Finca in Guatemala, obwohl Margarete und ihr Mann schon 1903 wieder nach Bremen gekommen waren.«

»1903?« Isabell blätterte wieder durch das Tagebuch. Elise und Margarete hatten sich 1902 auf dem Schiff getroffen. »Lass uns mal überlegen, was wir alles herausfinden müssen. Und zur Haberkorn müssen wir auch und ihr mitteilen, dass wir über den Kaffeehandel und über unsere beiden Ururgroßmütter schreiben wollen.«

»Gut, machen wir einen Plan.« Julia tippte auf das Tastaturfeld des iPads ein. »Was hältst du von einem Familienstammbaum als Ausgangspunkt? Und dann könnten wir noch ins Margarete-Archiv. Und die Tagebücher lesen. Und Interviews mit unseren Familien führen.«

»Das klingt nach einem Haufen Arbeit. Puuh.« Isabell stöhnte. Doch wer wusste schon, ob nicht wirklich etwas Interessantes dabei herauskam? »Wollen wir uns das Ganze aufteilen?«

»Gute Idee.« Julia tippte immer noch auf ihrem iPad herum. Endlich schaute sie auf. »Was meinst du? Ist es klüger, wenn ich deine Oma interviewe und du meinen Vater? Oder bleiben wir besser in der Familie?«

Gute Frage. Isabell dachte einen Moment nach. »Pass auf. Ich spreche nachher mal mit Lina. Nenn sie bloß nie meine Oma. Das kann sie echt nicht leiden.« Isabell grinste. »Dann wissen wir schon mal, ob sie überhaupt etwas über Elise weiß. Und morgen gehen wir zur Haberkorn.«

»Ich rede mit meinem Vater.« Julia nickte und packte ihre Sachen zusammen. Sie lächelte. »Dann sind wir auf jeden Fall schon mal einen großen Schritt weiter.«

Nachdem Isabell Julia verabschiedet hatte, ging sie in die Küche und schaute, ob Lina da war. Niemand zu sehen. Am Kühlschrank entdeckte sie einen Zettel.

Liebes. Überraschende Chorprobe heute. Füttere bitte die Katzen. Wird später. Warte nicht. Danke + Küsschen. Lina

Also würde es wohl heute nichts mehr mit der Befragung. Isabell fütterte die Katzen, verteilte Streicheleinheiten und machte sich schnell ein Brot. Sie nahm den Teller und eine Tasse Chai-Tee mit nach oben in ihr Zimmer, setzte sich an ihr Notebook und bedauerte einmal mehr, dass sie kein iPad besaß.

Was sie im Netz fand, konnte sie beim besten Willen nicht mit dem Mädchen aus dem Tagebuch zusammenbringen. Elise hatte Bücher geschrieben: Reiseberichte, aber auch politische Streitschriften. Über das Frauenstudium. Über den Zugang von Frauen zur Universität und über einen pfleglichen Umgang mit den Schätzen anderer Völker. Jetzt war Isabells Neugier geweckt. Wann hatte sich die kleine Neurotikerin denn in eine Kämpferin verwandelt?

21

»Maman, das ist meine Projektpartnerin Isabell.« Julia wirkte eingeschüchtert, gar nicht mehr so selbstsicher, wie sie Isabell bisher erlebt hatte. »Ihre Eltern arbeiten als Professoren in Zentralamerika.«

Julias Mutter hob eine Augenbraue. »Guten Tag, Isabell. Es freut mich, Sie kennenzulernen.« Ein knappes Kopfnicken. Dann drehte sich sie zu Julia um. »Sagte ich nicht, dass du auf der neuen Schule interessante Bekannte finden wirst?«

Irgendwie hatte Isabell sich Julias Mutter anders vorgestellt. Mütterlicher. Menschlicher.

»Guten Tag. Ich freue mich auch sehr, Sie kennenzulernen«, säuselte Isabell und lächelte mit sanftem Augenaufschlag. »Julia hat ja schon sooo viel von Ihnen erzählt.« Hoffentlich trug sie nicht zu dick auf.

»Das freut mich. Viel Erfolg bei der Arbeit.« Ein weiteres Kopfnicken und weg war sie.

Sie konnte nicht anders. Sie streckte Frau Linden die Zunge heraus.

»Oh Mann.« Julia kicherte haltlos. »Wenn sie sich umgedreht hätte …«

»Ich habe Maya-Statuen gesehen, die sich vor deiner Mutter gefürchtet hätten.« Isabell schüttelte sich demonstrativ. Dann biss sie sich auf die Unterlippe. Hoffentlich fühlte sich Julia nicht angegriffen. »Ist sie immer so … so …?«

»Beherrscht? Kühl? Unnahbar?« Julia hörte auf zu kichern und in ihrer Stimme zeigte sich eine Verletzlichkeit, mit der Isabell niemals gerechnet hätte. »Ich kenne sie nicht anders. Komm, wir gehen in mein Zimmer. Ich habe die ganzen Unterlagen schon hochgeschleppt. Ach nein, erst zeige ich dir das berühmte Margarete-Porträt.«

Isabell folgte Julia staunend durch das Haus, in das das Altbremer Häuschen ihrer Großmutter bestimmt fünfmal hineingepasst hätte. Aber tauschen wollte sie nicht. Hier wirkte alles so … so perfekt und leblos. Man fühlte sich wie in einer Möbelausstellung. Selbst den Tulpensträußen, die dekorativ in diversen Glasvasen verteilt waren, gelang es nicht, den Räumen etwas Leben einzuhauchen. Alles war aufeinander abgestimmt und durchgestylt.

»Mein Vater ist noch in der Firma.« Julia blieb vor der gewaltigen Holztür stehen. Sie lächelte Isabell an, als ob sie sich für das Haus, das Büro und alles Drumherum entschuldigen wollte. »Also kann ich dir mein Lieblingsbild zeigen.«

Vorsichtig öffnete sie die Tür und zog Isabell in das Büro, das doppelt so groß war wie Linas Wohnküche.

»Ah, die Finca.« Isabell trat näher und betrachtete die beiden Bilder. Eine Kaffeeplantage inmitten eines Cafétals und das Ganzkörperporträt einer etwa fünfzigjährigen Frau, die sich sehr gerade hielt und den Betrachter direkt ansah. Eine Dame, die Isabell sich sehr gut am Kopfende einer Familientafel vorstellen konnte oder in Verhandlungen über das Wohl ihres Unternehmens. Mit der Margarete, die sich aus Enttäuschung über eine arrangierte Ehe ins Meer stürzen wollte, hatte diese Frau allerdings wenig gemeinsam. »Gibt es Bilder von Margarete, als sie jünger war?«

»Ja, warte mal.« Julia suchte nach etwas in der Bücherwand, die die gesamte Breite des Zimmers einnahm. Dunkle Holzregale, gefüllt mit gebundenen Bänden, die teuer aussahen. Nicht so wie bei Lina, wo sich in jedem Zimmer Bücher, meist Taschenbuchausgaben, auf Tischen, Sesseln oder dem Fußboden stapelten. »Hier. Eine Firmenchronik zum hundertjährigen Jubiläum 1980. Kannst du behalten. Es gibt noch jede Menge davon.«

Mit einem Achselzucken drückte sie Isabell ein in rotes Leder gebundenes Buch mit Goldprägung in die Hand.

»Oh. Welche Ehre.« Neugierig öffnete Isabell das Buch und fand ein Foto, das die junge Margarete zeigte. »Guck mal. Sie wirkt so fröhlich und strahlend.«

Cobán 1902 stand unter dem Bild.

»Komm. Ich habe Latte macchiato für uns gemacht.« Julia führte Isabell durch das Haus in ihr Zimmer. Endlich mal ein Raum, der bewohnt aussah. Was an den Klamotten liegen konnte, die im ganzen Zimmer verstreut waren. Julia sammelte sie im Vorbeigehen auf, öffnete die Schranktür und warf alles hinein. »Oder möchtest du lieber was anderes trinken?«

»Danke. Latte ist prima.« Isabell schaute sich die Bilder an den Wänden und die Bücher im Regal an. Viele davon besaß sie auch. Die üblichen Verdächtigen. Vielleicht unterschieden Julia und sie sich doch nicht so sehr, wie sie geglaubt hatte. Bis auf die Geige natürlich. In einem Geigenkasten lehnte sie an der Wand. »Jetzt zeig mal deine Geheimdokumente.«

»Hier, bitte.« Julia hob einen großen Pappkarton auf den Schreibtisch und öffnete ihn. »Zehn Ordner mit dem Wichtigsten aus dem Margarete-Archiv. Haben wir als Grundlage für die Firmenchronik verwendet.«

»Zehn Ordner?« Isabell spuckte ihren Latte macchiato beinahe wieder aus. »Wer soll das denn alles lesen? Elise hat sich wenigstens auf so schmale Hefte beschränkt«, zeigte Isabell mit Daumen und Zeigefinder an.

»Wir müssen ja nicht alles lesen.« Julia lächelte. »Nur Auszüge.«

»Mehr geht auch nicht«, sagte Isabell. »Steht denn wenigstens was Interessantes drin in den Dingern?«

»Hm«, antwortete Julia. Sie hatte einen Ordner aus dem Karton geholt und blätterte darin rum. »Komisch, nur offizielle Dokumente und Schreiben. Nichts Persönliches.«

»Okay, ich nehme mir die anderen vor.« Isabell seufzte theatralisch und baute alle Ordner auf dem Schreibtisch auf. »Nichts. Überhaupt nichts Privates. Kein Brief. Kein Tagebuch. Nada.« Isabell stöhnte. »Margarete hatte es wohl nicht so mit dem Schreiben?«

»Mist.« Julia schlug sich mit der flachen Hand vor die Stirn. »Da hätte ich ja vorher daran denken können. Es sind Unterlagen, die die Firmengeschichte betreffen. Logisch, dass wir da keine persönlichen Briefe finden.«

»Und wie kommen wir an die ran?« Isabell wollte jetzt endlich wissen, wer dieser geheimnisvolle Juan war, mit dem Margarete wohl so viel verband. »Horten deine Eltern die auf dem Dachboden?«

»Nein, dafür gibt es natürlich das Archiv.« Julia packte die Ordner einen nach dem anderen wieder in den Karton. »Da können wir morgen gleich hin.«

»Und heute haben wir frei?« Isabell streckte sich. »Ich habe jetzt auch genug Papier für drei Wochen gewälzt.«

»Was planst du eigentlich nach dem Abi?«, fragte Julia beiläufig und strich sich eine Haarsträhne zurück.

»Ich?« Isabell zuckte die Schultern, weil sie sich die Frage niemals zu stellen brauchte. Für sie war vollkommen klar, wie ihr Weg aussehen würde. »Ich gehe zurück nach Guatemala. Erst für ein soziales Projekt und dann sehe ich weiter.«

»Für ein Projekt? Willst du nicht studieren oder eine Ausbildung machen?« Julia drehte den Kopf und blickte Isabell direkt an. »Was meinst du mit einem neuen ›Projekt‹?

»So was wie ein soziales Jahr. In Guate gibt es unterschiedliche Angebote. Kindergärten aufbauen oder den Regenwald schützen oder Tiere retten – ich bin mir noch nicht sicher.«

»Ich kann beim besten Willen nicht nachvollziehen, warum jemand freiwillig nach Guatemala geht.« Julia schien sich zu bemühen, ihre Worte nicht zu hart klingen zu lassen. »Du willst also nicht hierbleiben? Hier in Deutschland? Ohne Kriminalität? Und ohne Schlangen? Und ohne Armut?«

»Hallo?! Wo lebst du denn?« Isabell sprang auf und zählte die Fakten an den Fingern ab. »Erstens gibt es auch in Deutschland Verbrechen. Zweitens sind Schlangen eher scheu und beißen nur, wenn sie sich angegriffen fühlen. Und drittens: Bist du noch nie durch die Bremer Fußgängerzone gegangen?«

»Wieso?«

»Sind dir da noch nie die vielen obdachlosen Menschen aufgefallen? Oder die Bettler?« Isabells Stimme wurde immer lauter. »Liest du nie Zeitung? Oder nur die Schönheitstipps?«

»Ich kenne die Statistiken.« Julia stand auf, damit sie auf einer Höhe mit Isabell war. »Aber Armut in Deutschland ist etwas anderes als Armut in Zentralamerika. Oder willst du das bestreiten?«

»Schon gut.« Isabell hob halb abwehrend, halb entschuldigend die Hände. »Es tut mir leid. So reagiere ich immer. Weil … na ja, die meisten Menschen sehen nur das Schlechte in Mittelamerika.«

»Was ist denn so toll an Guatemala? Der Bürgerkrieg? Vulkanausbrüche? Kinderarbeit?« Julia setzte sich wieder hin. »Die Landschaft mag ganz schön sein, aber der Preis dafür sind Schlangen, Taranteln und Überfälle. Selbst das Auswärtige Amt rät bei einem Urlaub in Guatemala zur Vorsicht.«

»Die Nebelwälder. Der Atitlán-See im Morgengrauen. Der Sonnenuntergang bei Flores. Der Gesang der Vögel.« Isabell versank in ihren Erinnerungen. Ihre Augen sahen durch Julia hindurch. Wie sollte sie Guatemala jemandem erklären, der noch nie dagewesen war? »Wenn du unglaublich lange still gesessen und gewartet hast und dann den Quetzal siehst …«

»Ich habe Fotos gesehen.« Julia zuckte mit den Schultern. Sie schien nicht wirklich beeindruckt zu sein. »Ein hübscher Vogel.«

»Fotos können dir nicht zeigen, wie sich die Sonne in der Schwanzfeder spiegelt, wie sie grün aufleuchtet, heller als jeder Edelstein.« Plötzlich schwieg Isabell und kratzte sich am Kopf. »Oh Mann, ich höre mich total kitschig an. Man muss es erleben. Selbst Filme lassen dich das Land nicht spüren. Diskussion beendet. Lass uns lieber überlegen, wie wir weitermachen.«

»Okay. Aber irgendwann möchte ich mehr über Guatemala hören. Von einer Expertin.«

22

»Ich bin der Assistent von Professor Nahnsen. Sie hat ein Freisemester.« Der junge Mann hob entschuldigend die Schultern. Seine hellbraunen Haare strubbelten in alle Richtungen. Irgendwie niedlich, dachte Julia. »Ich heiße Florian Weitbrecht. Kann ich euch helfen? Duzen ist okay, oder?«

»Klar.« Isabell lächelte. »Mein Name ist Isabell Pötter. Das ist Julia Linden. Wir … also … wir studieren hier nicht.«

»Ähm. Wo studiert ihr denn? Wollt ihr hierher wechseln?« Florian Weitbrecht blinzelte sie mit seinen ungewöhnlich grauen Augen an. »Soll ich euch etwas über die Bedingungen unseres Bachelor-Studiengangs erzählen?«

Julia spürte, wie ihre Wangen heiß wurden. Wenn der Typ nur nicht so süß wäre. Dann wäre das alles nicht so … so peinlich. Was machten sie überhaupt hier? Schließlich ging es ja nur um eine Projektarbeit.

»Wir studieren überhaupt nicht«, platzte Julia schließlich heraus und erntete dafür einen kritischen Blick von Isabell. »Wir schreiben eine Projektarbeit zu Guatemala. Um 1900. Und brauchen noch Hintergrundinformationen …«

»Spannendes Thema. Was genau interessiert euch?« Florian legte den Kopf schief. »Ich tippe mal, ihr seid hier wegen unseres Kaffeebauernprojekts, oder?«

»Genau«, antwortete Isabell gedehnt. »Unsere Lehrerin hatte die Idee, irgendwas mit Kaffeehandel zur Jahrhundertwende zu machen. Also nicht dem Millenium. Der alten. Vom 19. zum 20. Jahrhundert.«

»Und wir beschäftigen uns mit unseren Familiengeschichten. Weil wir festgestellt haben, dass unsere Ururgroßmütter beide in Guatemala waren und sich auch noch kannten.« Julia bemühte sich um ein lockeres Lächeln, aber fürchtete, dass ihr das gründlich misslang. Florian machte sie irgendwie nervös. Und jetzt plapperte sie auch noch total dämlich. »Margarete Seler und Elise Hohermuth.«

»Margarete Linden, so hieß sie doch nach ihrer Heirat, oder? Über sie haben wir in unserem Projekt einiges erfahren. Und euch haben wir ja auch die Linden-Bibliothek zu verdanken.« Florian schaute Julia direkt an, woraufhin diese den Kopf senkte und etwas stammelte. »Daher kenne ich sie natürlich. Aber Elise Hohermuth? Sorry, da muss ich passen. Ist sie deine Ururgroßmutter?«

»Ja. Aber sie hat nichts mit Kaffeehandel zu tun. Elise hat Reiseberichte geschrieben.« Julia beneidete Isabell um die Gelassenheit, mit der sie mit Florian redete. »Ihre Eltern haben die Maya-Kultur erforscht. So wie meine. Liegt also in der Familie.«

»Wart ihr schon mal in Guate? Oder wollt ihr mal hin?«, fragte Florian und betrachtete sie abwechselnd. Julia hoffte, dass sie nicht rot angelaufen war. »Oder interessiert ihr euch nur für die Vergangenheit?«

»Ich habe mit meinen Eltern vier Jahre in Guatemala-City und Antigua gelebt und gearbeitet.« Isabell lächelte Florian an. Süßlich, wie Julia fand. »Ich bin erst seit ein paar Wochen in Bremen.«

»Gearbeitet?«, fragte Florian ungläubig, was Julia freute. Was konnte Isabell schon gearbeitet haben. Schließlich war sie erst zwölf oder dreizehn Jahre alt gewesen, als sie nach Guatemala gegangen war. »Du meinst zur Schule gegangen.«

»Meine Eltern und ich haben immer mal wieder bei sozialen Projekten geholfen«, erklärte Isabell etwas selbstgerecht. »Meine Mutter ist der Ansicht, dass solche Jobs dazugehören, wenn man in einem ärmeren Land lebt.«

»Was habt ihr da gemacht?«, mischte sich Julia ein, damit sie nicht nur Isabell das Feld überließ, und überlegte, ob sie wohl auch auf die Idee gekommen wäre, sich in einem fremden Land zu engagieren. Wahrscheinlich wäre sie schon damit zufrieden gewesen, ihren Alltag dort zu bewältigen. »Entwicklungshilfe?«

»Nö. Das haben wir den Profis überlassen.« Isabell lächelte. »Wir haben bei kleinen Projekten geholfen. Kindergärten bauen, Schulen einrichten und so was. Nach dem Abi werde ich das für ein Jahr machen.«

»Ich dachte, das sind kurzfristige Projekte gewesen? Was willst du dann für ein Jahr dort?«

»Es gibt einige Work-and-Travel-Programme, gerade für Mittelamerika.« Florian war aufgestanden und stand vor der Regalwand, in der die Bücher schon zweireihig gestapelt waren. Er zog eine schmale Broschüre heraus, gab Julia das Heft und setzte sich wieder. »Hier ist ein Prospekt. Ich habe nach dem Abi selbst ein halbes Jahr in Guatemala gelebt, mein Spanisch aufgepeppt und bei einem Tierprojekt mitgearbeitet.«

»Echt, wo warst du?« Isabell hatte vor lauter Begeisterung ihre Hand auf Florians Unterarm gelegt. Julia holte tief Luft. »Hast du bei einem der Regenwald-Projekte mitgemacht?«

»Nein.« Florian schüttelte den Kopf. »Ich habe ganz profan das Tierheim in Xela mit aufgebaut.«

»Xela?«, fragte Julia, um mal wieder etwas zu sagen. Es fühlte sich nicht besonders gut an, dabei zuzusehen, wie Isabell das Gespräch bestritt. »Die Stadt kenne ich gar nicht.«

»Quetzaltenango«, sagte Isabell von oben herab. »Die Chapínes nennen es Xela.«

»Danke.« Julia nervte es langsam, dass sie nur danebensitzen konnte und zuhören, wie sich Isabell und Florian die Bälle zuspielten.

»Anschließend habe ich mir noch vier Wochen Urlaub gegönnt und bin durchs Land gereist.« Florian lächelte. Ein Lächeln, bei dem sich ein Grübchen in seinem linken Mundwinkel bildete. »Von Antigua bis Flores und wieder zurück.«

»Feige mit einem Mietwagen oder mutig mit den Chickenbussen?«, fragte Isabell und zwinkerte ihm zu.

»Was denkst du denn?« Florian grinste. »Mit den Chickenbussen natürlich. Nie wieder werde ich mich über die Bremer Straßenbahn beschweren.«

»Die Chickenbusse.« Isabell lachte laut auf. »Am besten gefielen mir die Gesichter der Touristen, wenn der übervolle Bus anhielt und sich noch zehn Leute hineinquetschten.«

»Hallo. Entschuldigung, aber was sind Chickenbusse?«, mischte sich Julia fast schon sauer ein. »Nicht alle hier waren schon mal in Mittelamerika.«

»Entschuldige.« Isabell sah tatsächlich ein bisschen zerknirscht aus. »Chickenbusse sind Schulbusse, die die Amis ausrangiert haben. In Guatemala werden sie bunt angemalt und fahren überallhin. Wirklich überall.«

»Und warum Chicken? Die Busse werden ja wohl nicht mit Hühnern bemalt sein?«

»Schön wär's, wenn's nur das wäre.« Florian lächelte Julia

zu und ihre schlechte Stimmung verflog. »Die Busse nehmen Menschen, Ferkel, Kaninchen, Hühner und Waren für die Markttage mit. Es ist unglaublich laut, unglaublich … geruchsintensiv, aber alle sind unglaublich freundlich.«

»Na ja, muss man wohl mögen«, lautete Julias lahme Antwort. »Ist bestimmt … lustig?«

Ein Klopfen an der Tür unterbrach ihr Gespräch. Ein Mädchen steckte den Kopf herein und fragte, wie lange es noch dauerte.

»Gib mir zehn Minuten, Tabea.« Florian wirkte plötzlich ganz geschäftsmäßig und wandte sich wieder Isabell und Julia zu. »Sorry, ich muss jetzt arbeiten. Welche Informationen hättet ihr denn nun gern?«

»Gibt es schon Ergebnisse zu eurem Kaffeeanbauprojekt?«, fragte Isabell. »Und wir würden gern wissen, was du uns noch an Literatur zum Thema empfehlen würdest.«

»Ich halte viel von Originaldokumenten – Reiseberichten, Tagebüchern und so. Wenn eure Ururgroßmütter also fleißig geschrieben haben …« Florian stand auf und suchte wieder in dem überfüllten Regal. Julia konnte sich nur wundern, dass er da überhaupt irgendetwas finden konnte. »Hier ist ein Artikel mit ersten Ergebnissen.«

»Oh, vielen Dank.« Julia nahm die Broschüre mit einem verlegenen Blick entgegen, so sehr verwirrte sie sein Lächeln, das Grübchen und überhaupt. »Wir haben Tagebücher und ein paar Reiseberichte von damals. Aber nichts richtig Wissenschaftliches.«

»Etwas Besseres als Tagebücher und Reiseberichte gibt es nicht, um in die damalige Zeit einzutauchen.« Florian lächelte ihnen zu. »Aber ihr könnt mich jederzeit anrufen und fragen.«

»Danke.« Isabell strich sich durchs Haar und bedachte Florian mit einem Augenaufschlag. »Hast du außer der Instituts- auch noch eine Handynummer?«

Nachdem sie ihre Telefonnummern ausgetauscht hatten, verabschiedeten sie sich. Vor der Tür wandte sich Isabell an Julia. »Was war denn eben mit dir los? Warum warst du so … so muffelig?«

»Was soll schon sein?«, zickte Julia. »Ich wollte nicht flirten, sondern Informationen haben für unser Projekt.«

»Was?« Isabell blieb ruckartig stehen und stemmte die Hände in die Taille. »Nur weil ich mit diesem Typ über Guate geredet habe, habe ich ihn noch lange nicht angebaggert.«

»Wenn du meinst.« Julia wollte sich umdrehen und Isabell stehen lassen, doch dann überlegte sie es sich anders. »Sorry. Heute ist nicht mein Tag. Manchmal fürchte ich, dass unser Projekt unter keinem guten Stern steht.«

23

»Hast du in der Zwischenzeit schon mit deinem Vater über Margarete gesprochen?«, fragte Isabell Julia, nachdem sie ihr sagen musste, dass Lina wieder einmal unterwegs gewesen war. Sie saßen vor dem Lehrerzimmer und warteten darauf, bei Frau Haberkorn einen Termin zu kriegen. »Erinnert er sich an sie?«

»Hör bloß auf«, schnaubte Julia und rutschte auf ihrem Stuhl hin und her. »Meine Eltern haben einen regelrechten Aufstand gemacht, als ich sie nach Margarete gefragt habe.«

»Warum das denn?« Isabell wuschelte sich mit der Hand durch die Haare. »Ich dachte, sie fänden es klasse, wenn du dich mit Margarete beschäftigst.«

»Hatte ich auch gedacht, aber gestern haben sie so getan, als ob ich der Öffentlichkeit Firmengeheimnisse preisgeben wollte.« Julia schüttelte den Kopf und zuckte mit den Schultern. »Sie sind schon eine Weile ziemlich schräg drauf, aber gestern …«

In absoluter Einigkeit hatten Sophia und Konstantin Linden die Idee verworfen, Margaretes Lebensgeschichte zu verwerten, und Julia schließlich vorgeschlagen, gemeinsam mit Isabell an Elises Lebensgeschichte zu arbeiten. Erst hatte Julia sich zurückgehalten, dann war ihr der Kragen geplatzt.

»Wäre es euch lieber, wenn ich mal anschaue, was unsere Firma im Nationalsozialismus gemacht hat?«, hatte sie wütend gefragt. Wohl wissend, dass ihre Eltern stets versuchten, alle politischen Themen vom Unternehmen fernzuhalten. »Oder soll ich untersuchen, ob wir heute Kaffee importieren, der mithilfe von Kinderarbeit hergestellt wird?«

Daraufhin hatten ihre Eltern eingelenkt und sie hatten sich einigen können. Julia musste allerdings versprechen, dass sie sich erst mit ihren Eltern abstimmte, wie ihre Mutter es nannte, bevor sie den Projektbericht abgab.

»Nachdem sie sich beruhigt hatten, hat mein Vater ein bisschen über Margarete erzählt.« Julia knabberte an ihrer Unterlippe. »Er erinnert sich nur daran, dass sie eine strenge, Respekt einflößende Frau war, die bei Familienfesten einen Ehrenplatz innehatte. Die Kinder haben sich immer vor ihr gefürchtet.«

»So habe ich es mir auch vorgestellt.« Isabell nickte. »Komm doch heute Abend vorbei. Ich koche was und wir fragen Lina gemeinsam aus. Sie kann dich gut leiden.«

Bevor Julia antworten konnte, stand Frau Haberkorn vor ihnen. »Isabell. Julia. Was kann ich für Sie tun?«

Um sieben Uhr klingelte Julia und wurde von einer Isabell begrüßt, die anscheinend schlechte Laune hatte. »Komm rein.«

»Was ist los?« Julia überlegte, ob in der Schule irgendetwas vorgefallen sein konnte. »Hat Kunze wieder einen Überraschungstest geschrieben?«

»Nee, nee. Heute geht irgendwie alles schief.« Isabell seufzte.

»Ich habe versucht, in der Stadt irgendwo reife Früchte zu finden.« Isabell schaute frustriert auf die Mango, die sie in ihrer Hand hielt. »Aber alles ist beinahe geschmacklos.«

»Also, ich mag die Mangos hier eigentlich ganz gern.«

Julia schüttelte innerlich den Kopf über Isabell. Wenn es ihr in Bremen nicht passte, warum reiste sie dann nicht einfach zurück nach Guatemala? »So groß kann der Unterschied doch nicht sein.«

»Du würdest dich umschauen«, spottete Isabell. »Früchte, frisch vom Baum, schmecken … einfach unvergleichlich. Unsere Avocados …«

»Ja?« Julia grinste, als Isabell die Augen schloss und schmatzte. »Was ist mit euren Avocados? Sind sie größer? Oder grüner? Oder cremiger?«

»Sie … sie sind einfach avocadiger.« Isabell öffnete die Augen und zwinkerte Julia zu.

»Avocadiger? Schönes Wort.«

»Sollte man schnellstens in den Duden aufnehmen.« Isabell lächelte. »In Guatemala nennt man Avocados ›Butterbrot auf Bäumen‹, weil sie so nahrhaft und lecker sind.«

»Hör auf. Jetzt habe ich Hunger.«

»Dann sputet euch mal«, rief Lina aus der Küche und klapperte mit dem Geschirr. »Hallo, Julia. Wie geht's? Was machen eure Recherchen?«

»Lina!«, rief Isabell. »Lass uns jetzt erst einmal essen, dann können wir über die Arbeit reden. Das ist ja fast so schlimm wie mit meinen Eltern. Die haben immer nur von ihren Ausgrabungen erzählt, egal, was ich gekocht hatte.«

»Entschuldige.« Lina zwinkerte Julia zu. »Was mögt ihr trinken? Wasser? Rhabarbersaft? Tee?«

»Bloß keinen Rhabarbersaft.« Isabell schüttelte sich. »Da kriegt man immer so stumpfe Zähne von. Hier, in der Karaffe ist *horchata.* Ich hoffe, ich habe es hinbekommen.«

»Was ist das?« Julia begutachtete die trübe Flüssigkeit. Sah ein bisschen wie Spülwasser aus.

»Reiswasser mit etwas Zimt. Isabell reichte Julia ein Glas. Eigentlich wollte ich *atoles* machen, aber es gab in ganz Bremen keine Kochbananen.«

Vorsichtig probierte Julia einen Schluck. Das schmeckte gar nicht schlecht, auf jeden Fall besser, als es die Farbe vermuten ließ.

Isabell hatte sich beim Kochen wieder ziemlich ins Zeug gelegt. Besonders die Guacamole war so köstlich, dass sich Julia eine zweite Portion nahm.

»Das war echt lecker.« Julia lehnte sich zurück und dankte Lina für den Espresso, den sie jetzt gut brauchen konnte. »Wieso kannst du so gut kochen?«

»Meine Eltern waren viel unterwegs. Das Essen in der Schulkatine konntest du vergessen und da habe ich es eben gelernt.« Isabell zuckte die Schultern. »Wir hatten eine Haushälterin, die hat mir viel beigebracht.«

»Eine Haushälterin?« Julia war bisher davon ausgegangen, dass Isabells Eltern eher wenig Geld hatten. »Ich … ich dachte …«

»Das gehört in Guatemala dazu.« Isabell lächelte schief. »Von Gringos wird erwartet, dass sie viel Geld haben und Chapínes einstellen.«

»Ihr wolltet noch mit mir reden, oder?« Bevor Julia etwas sagen konnte, mischte sich Lina ein. Sie schaute auf die Uhr. »Ich muss gleich zur Theatergruppe.«

»Kannst du uns nicht etwas über Elise erzählen?« Isabell wechselte einen Blick mit Julia. Sie hatten heute Morgen überlegt, warum Lina ihnen nur die Tagebücher in die Hand gedrückt und sich ansonsten nicht groß geäußert hatte. »Du müsstest sie doch noch gekannt haben?«

»Warum fragst du nicht geradeheraus, was du wissen

willst?« Linas Stimme klang überraschend streng. »Ich mag das Um-den-Brei-herum-Reden nicht, das weißt du.«

»Wie war Elise? Was für ein Mensch war sie?« Isabell überlegte einen Moment. »In den Tagebüchern, die wir bis jetzt gelesen haben, war sie ja noch ganz jung. Und dann haben wir im Internet entdeckt, dass sie richtig spannende Sachen geschrieben hat.« Sie sah Julia Hilfe suchend an.

»Das ist wie mit Margarete«, sprang Julia ihr zur Seite. »Frauen, die auf einem Podest stehen. Überlebensgroß und man selbst fühlt sich so … so …«

»Unzureichend«, ergänzte Lina trocken. Sie sah die Mädchen an und lächelte. »Was meint ihr, wie es mir ergangen ist? Ich erinnere mich kaum noch an Großmutter Elise. Sie war ständig unterwegs. Auf Expeditionen oder sie kämpfte irgendwo für Frauenrechte oder für die Maya. Für mich stand sie immer auf einem Podest.«

»Hast du die Tagebücher mal gelesen?« Isabell konnte sich mit allergrößter Fantasie nicht erklären, wie aus dem Nervenbündel Elise eine kämpferische Frau geworden war. »Da wirkt sie so … so … ängstlich.«

»Nein.« Lina schaute an Isabell und Julia vorbei. Sie schien nachzudenken und schwieg einen Moment. »Es war nicht einfach. Meine Mutter und Elise. Nun, sie … sie verstanden sich nicht gut. Milde ausgedrückt. Meine Mutter hat Elise vorgeworfen, dass sie ständig weg war und nie Zeit für sie hatte.« Lina hob die Hände. »Elise kam nur ab und an zu Besuch, blieb ein paar Tage und dann verkrachten sie sich auch schon wieder. Daher kann ich euch wohl wenig helfen. Tut mir leid.« Lina sprang auf. »Ich muss jetzt los. Einen schönen Abend noch.«

Isabell und Julia warteten, bis die Haustür zuschlug.

»Ständig unterwegs zu sein, scheint in der Familie zu liegen. Lina kann auch keinen Abend zu Hause bleiben.«

»Schade, dass sie sich nicht an mehr erinnert. Vielleicht auch nicht erinnern will.« Julia drehte eine Haarsträhne um den Finger. »Dann müssen wir eben alle Tagebücher lesen.«

»Ja. Warum hätte es auch einfach sein sollen!«

24 *Guatemala 1902*

Den ganzen Tag hatte Elise hin und her überlegt, ob sie es wirklich wagen sollte. Ihre Furcht und ihre Neugier hatten sich einen erbitterten Kampf geliefert, den ihre Neugier am Ende gewonnen hatte. Deshalb schlich sie sich bereits in der nächsten Nacht wieder zu den Indios ans Lagerfeuer hinaus.

»Guten Abend«, sagte Elise leise und hielt den Blick gesenkt. Sie spürte ihre Knie weich werden und hoffte, dass sie der Mut nicht verlassen würde. War es anmaßend, sich den Männern zu nähern, nur um ihnen Fragen zu stellen?

»¡Hola! Bitte, setz dich zu uns.« Die Stimme des Brujo klang so freundlich, dass sich Elise in sicherem Abstand ans Feuer setzte. »Welche Frage führt dich zu uns?«

»Woher … woher wissen Sie …?« Elise schreckte auf. Konnte der Schamane etwa ihre Gedanken lesen?

»Ich weiß es nicht, aber was sollte dich in der Nacht zu uns führen, wenn nicht die Wissbegierde?« Der Brujo lächelte Elise voller Wärme an. Nun schämte sie sich beinahe für ihre Angst. »Nur keine Scheu, frage mich, was du möchtest.«

»Das ist sehr nett von Ihnen.« Elise fasste langsam Vertrauen. So viele Fragen waren ihr im Laufe des Tages durch den Kopf gegangen. So vieles hatte sie erfahren wollen und nun … nun war alles wie weggeblasen. Sie ballte die Hände zu Fäusten, verärgert über ihre eigene Unfähigkeit. Endlich fiel ihr wieder etwas ein. »Ich … ich wüsste gern etwas über den Glauben der Maya. Über die ersten Menschen und ihre Götter. Natürlich nur, wenn Sie darüber reden mögen.«

»Gern. Warum sollte ich dir etwas verheimlichen?« Der Schamane lehnte sich etwas zurück und sprach mit ruhiger Stimme: »In unserem Schöpfungsbuch, dem *Popol Vuh,* steht geschrieben, dass Mais der Grundstoff des Menschen ist.«

»Mais?«, fragte Elise ungläubig. Was für eine seltsame Idee.

Der Schamane lächelte.

»Die Götter wünschten sich Wesen, die ihre göttlichen Schöpfer verehrten und sie priesen. Daher entschlossen sie sich, den Menschen zu schaffen, und schufen als Erstes einen Menschen aus Lehm.« Der Brujo machte eine kurze Pause, um das Gesagte wirken zu lassen.

»Wie in der Bibel«, konnte sich Elise nicht verkneifen festzustellen.

»Du sagst es.« Der Indio nickte ihr zu. »Wie Adam. Aber der Lehm-Maya erwies sich als Fehlschlag. Er war schwach und zerbrechlich und als seine Worte keinen Sinn ergaben, zerstörten ihn die Götter wieder.«

Der Schamane beugte sich vor und stocherte ein wenig im Feuer, das nahezu heruntergebrannt war. Flammen loderten auf und die Schatten zeichneten Muster auf sein Gesicht.

»Beim zweiten Versuch griffen die Götter auf Holz zurück. Auch diese Menschen entsprachen nicht ihren Vorstellungen. Sie besaßen weder Gefühl noch Verstand. Da sandten die Götter eine Flut, um die Holzwesen zu vernichten.«

»Die Sintflut«, warf Elise ein. Also unterschied sich die

Mythologie der Maya gar nicht so sehr von der Schöpfungsgeschichte des Christentums.

»Einige Holzgeschöpfe überlebten und wurden die Vorfahren der Affen«, erzählte der Schamane weiter. »Die Götter wollten einen letzten Versuch unternehmen und mischten ihr Blut mit Maismehl. Daraus entstanden die Maismenschen, die den Göttern gefielen. Darum bedeutet uns der Mais so viel.«

»Das ist wirklich spannend.« Elise legte die Fingerspitzen aneinander und überlegte, ob sie weitere Fragen stellen durfte. Bevor sie etwas sagen konnte, sprach einer der Träger den Brujo an. Nach einem kurzen Wortwechsel in der Maya-Sprache wandte sich der Schamane an Elise.

»Du solltest jetzt besser schlafen gehen. Morgen erwartet dich wieder ein aufregender Tag.«

Elise stand auf. »Ich danke Ihnen.« Sie trat von einem Bein auf das andere. »Darf ich morgen Abend wiederkommen?«

»Gern, doch ich muss leider abreisen. Es warten noch andere Pflichten auf mich. *Incuan bi.*« Der Brujo schaute Elise in die Augen. »Aber wir sehen uns wieder.«

Wollen wir nicht endlich in den Norden nach Cobán oder Tikal reisen?« Elise schaute von dem Kompass auf, den sie ihrem Vater abgeschwatzt hatte. Wenn sie sich schon durch Urwald und Dschungel schlagen musste, dann wollte sie wenigstens in der Lage sein, sich orientieren zu können.

»Da ich fürchte, dass du wohl nie wieder freiwillig nach Guatemala reisen wirst …«, ihre Mutter lächelte Elise mit einer Mischung aus Spott und Traurigkeit an, »… sollten wir dir ein paar Schönheiten des Landes zeigen.«

»Ich habe schon mehr gesehen, als ich je wollte«, antwortete Elise pampig. Heute Morgen war ihr eine Tarantel über den Weg gelaufen.

»Du wirst sehen, der Atitlán-See wird dir gefallen.« Georg hatte sein Pferd neben sie gelenkt und versuchte, sie aufzuheitern. »Humboldt meinte, es sei der schönste See der Welt.«

Ein kurzes Stück weiter, traute Elise ihren Augen nicht, als der Atitlán-See vor ihnen auftauchte. Eine gewaltige tiefblaue Fläche breitete sich vor ihnen aus. Sie ritten hoch über dem Ufer und Elise stockte der Atem ob dieses fantastischen Naturschauspiels.

»Oh, ist das schön! Und die Berge im Hintergrund …«

»Atitlán, Toliman und San Pedro. Vulkane.« Georg nickte Elise zu. »Aber keine Sorge. Sie sind ruhend.«

Dennoch setzte Elises Herz einen Schlag aus. Seitdem sie *Die letzten Tage von Pompeji* gelesen hatte, empfand sie Vulkane als sehr bedrohend.

»Und was denkst du?«, flüsterte Elise mit krächzender Stimme. Sie freute sich, dass Georg sie wahrnahm, und damit er weiter mit ihr redete, hätte sie sogar über Taranteln gesprochen. Vielleicht sogar eine gestreichelt.

»Ich mag das Land. Du anscheinend nicht so, oder?« Georg lächelte. Seine Frage klang, als ob er ehrlich an Elises Meinung interessiert wäre.

»Ja … nein … ach, ich weiß es nicht.« Elise überlegte kurz. »Ich weiß zu wenig über Guatemala, um es nicht zu mögen. Aber was ich auf keinen Fall mag, ist, dass meine Eltern mich hierherverschleppt haben, ohne mich nach meiner Meinung zu fragen.«

»Vielleicht wollten sie einfach gern mit dir zusammen

sein.« Georg schaute stur geradeaus. »Hast du daran schon mal gedacht?«

Elise merkte, wie ihr Hals und ihre Ohren heiß wurden. Wie hatte sie nur so unsensibel sein können? Georgs Mutter war gestorben, sein Vater schien verschwunden. Er sprach niemals von ihm und Elise hatte nichts Besseres zu tun, als sich die ganze Zeit über ihre Familie zu beschweren. Was sollte er von ihr denken?

»Weißt du gar nichts von deinen Eltern?« Kaum hatte Elise die Worte ausgesprochen, bereute sie sie bereits wieder. Georgs Gesicht wirkte wie versteinert. Er sah sie an mit einem Blick voller Traurigkeit, der ihr ins Herz schnitt. »Entschuldige. Ich wollte nicht neugierig sein.«

»Nein, gar nicht?« Georgs Stimme klang kühl. »Aber damit du Ruhe gibst. Mein Vater war Deutscher, ein Archäologe, meine Mutter Ägypterin.«

Elise schaute zu Boden und wagte es nicht, Georg anzusehen. Das, was er gesagt hatte, wusste sie ja schon zum Teil. Dennoch warf es mehr Fragen auf, als es Antworten gab. Stumm ritten sie eine Weile nebeneinanderher.

»Was machst du eigentlich jeden Abend bei den Indios?«, fragte Georg plötzlich mit gelassener Miene, sodass Elise meinte, sich verhört zu haben. »Keine Sorge, deine Eltern haben es nicht bemerkt.«

»Ich … ich … ich«, stammelte Elise, während sie verzweifelt nach einer Erklärung suchte. Dann entschloss sie sich, ihm die Wahrheit zu sagen. »Ich möchte einfach mehr über ihr Leben erfahren. Wir reisen durch ihr Land und nehmen sie gar nicht wahr.«

Georg schaute sie aufmerksam an und schwieg. Elise fühlte sich unbehaglich. Was würden ihre Eltern wohl zu ihrem Abenteuer sagen? Wären sie einmal mehr von ihr enttäuscht? Würden sie die Träger entlassen? Etwas, das Elise auf keinen Fall verantworten wollte.

»Bitte«, sagte sie flehentlich. »Bitte erzähle es ihnen nicht.«

»Du kannst dich drauf verlassen.« Georg lächelte ihr zu. So wie sie es sich immer gewünscht hatte. »Ich war nur verwundert.«

»Warum?« Nachdem sie erleichtert war, dass Georg sie nicht verpetzen würde, verspürte sie Enttäuschung darüber, dass er sie anscheinend für so kleingeistig hielt. »Hast du … hast du wirklich geglaubt, ich bemerke das Elend nicht?«

»Nein, das nicht, aber vielleicht, dass es dich genauso wenig interessiert wie deine Eltern.« Georgs Gesicht wurde ernst. Er kratzte sich am Kopf, als ob er seine Worte genau abwog. »Ich mag Johann und Henni, aber vor lauter Forscherdrang nehmen sie die Welt um sich herum kaum wahr. Manchmal fürchte ich, dass sie sehenden Auges in ihr Unglück laufen.«

»Was für ein Unglück?« Wusste er etwas, von dem sie nichts ahnte? Elises Herz schlug schneller, als ihr eine Vielzahl von Gefahren einfielen, die ihnen auf dem Weg nach Tikal drohten. »Wovon sprichst du?«

»Schon gut. Beruhige dich.« Georg hielt seinen Fuchswallach an und legte Elise eine Hand auf den Arm. Sie spürte, wie sie rot anlief wie eine Flamingoblume. »Ich sorge mich nur, dass deine Eltern in ihrem Ehrgeiz zu viel riskieren und Bedrohungen nicht ernst nehmen wollen.«

»Georg, kommst du mal bitte«, unterbrach sie Johann Hohermuth. Elise erschrak. Hatte ihr Vater etwas gehört?

Georg nickte Elise zu und ritt nach vorn zu ihrem Vater. Sie blieb in Gedanken versunken zurück.

25

Wie bezaubernd. Sie hatte vergessen, wie bezaubernd dieser Ort war. In den Tiefen der Nebelwälder erstreckte sich die Lichtung rund um den kleinen See vor ihr. Ein Paradies, in dem die Zeit stehen geblieben war. Die Luft war schwer vom Duft der Blüten, die sich um das blaugrüne Wasser sammelten. Wie Juwelen reckten Blumen ihre Köpfe aus dem Grün der Farne und Bäume. Margarete schluckte. Ihre Gefühle überwältigten sie. Die Erinnerung an die glücklichen Stunden mit Juan. Der Schmerz des Verlusts. Die Bitterkeit seines Verrats. Margarete schluchzte auf. Vielleicht wäre es klüger gewesen, nicht wieder hierher zurückzukehren. An diesen verwunschenen Ort. Das Licht der Sonne brach sich in der Gischt wie in einem Prisma und zauberte einen Regenbogen über den Wasserfall. Ihren Wasserfall. Warum nur musste sie Juan immer noch lieben? Warum war ihr Herz nicht so klug wie ihr Verstand, sondern beharrte darauf, dass Juan *der Eine* gewesen war, der Mann, der ihr bestimmt war und den sie ihr ganzes Leben lang lieben würde?

Margarete stand auf und stolperte. Ihre Knie zitterten. Ihr Herz hämmerte gegen ihren Brustkorb, als ob sie den Weg von der Finca hierher gerannt wäre. Dabei war sie langsam gegangen. Sehr langsam, hatte gezögert und war dreimal beinahe umgekehrt. Schließlich hatte sie sich dazu durchgerungen, ein letztes Mal den Ort aufzusuchen, mit dem sie so viel Glück verband. Sie wollte Abschied nehmen. Abschied von ihrer großen Liebe. Dann wäre sie frei, sich dem Wunsch ihres Vaters zu beugen und den ungeliebten Karl Federmann zu ehelichen. Damit die Finca gerettet würde. Damit ihr Vater und ihre Großmutter weiterhin ein Zuhause hatten. Margarete schluckte und richtete sich auf.

»Incuan bi«, flüsterte sie. Auf Wiedersehen. Wie schade, dass sie nur wenige Worte Kekchí sprach und sich nicht angemessen von diesem Ort und allem, was er für sie bedeutete, verabschieden konnte. Sie schloss die Augen, atmete den Geruch der Bäume und Gräser ein und lauschte dem Rauschen des Wasserfalls. Ein Geräusch schreckte Margarete auf. Es klang, als ob sich ein Tier durch das Unterholz anschlich. Sie wirbelte herum und ihr Herz setzte einen Augenblick aus.

»Marga. Ich habe jeden Tag auf dich gewartet.« Er stand unbeweglich im Licht der Sonne, die sein schwarzes Haar berührte. Wie bei ihrer ersten Begegnung. Der Junge, der sie gefunden hatte. Der Junge, der sie gerettet hatte. Niemals würde sie den Blick seiner dunklen Augen vergessen.

»Juan«, flüsterte sie. Die Luft drohte ihr wegzubleiben und ihr Körper fühlte sich an, als ob er nicht zu ihr gehörte. Vergessen war die Zeit des Wartens, ihre Trauer, ihr Zorn über sein Schweigen. Sie krallte die Finger in den Stoff ihres Kleides, um ihm nicht in die Arme zu fallen. Sie würde es nicht ertragen, wenn er sie zurückstieße. Sein Name entwich ihrem Mund, obwohl sie es nicht wollte. Nur ein Wort, das ihre ganze Sehnsucht enthielt. »Juan.«

»Marga.« Er stand vor ihr, die Hand halb ausgestreckt, als ob er sie berühren wollte und es dann doch nicht wagte.

»Sie haben gesagt, du kommst nicht mehr zurück. Aber ich wollte es nicht glauben.«

»Wer? Wer hat das gesagt?«

Margarete fiel es schwer, einen klaren Gedanken zu fassen. Zu sehr war sie von Juans Anblick eingenommen. Er war älter geworden, wirkte stärker … männlicher. Seine Schultern waren breiter und unter dem hellen Hemd zeichneten sich Muskeln ab, wie sie mit harter körperlicher Arbeit einhergingen. Eine Narbe wie von einem Peitschenhieb zog sich über seine linke Wange und verlieh ihm etwas Verwegenes. Sie senkte den Blick, um sich konzentrieren zu können.

»Wer hat das behauptet?«

»Der Herr.«

Seine Stimme zitterte leicht. Margarete schaute auf. Juan hatte seine Hand zurückgezogen, strich sich verlegen durchs Haar und schlang dann seine langen Finger ineinander, als ob er sie beruhigen müsste. »Dein Vater. Er hat mich zu sich gerufen und …« Seine Finger lösten sich und seine linke Hand flog zu seiner Wange, strich über die Narbe.

»Das … das war mein Vater?«

Margarete schluckte. Sie konnte sich kaum vorstellen, dass ihr Vater, der freundlichste Mann, den sie kannte, jemandem die Peitsche durchs Gesicht zog. Aber sie hatte sich auch nicht vorstellen können, dass ihr Vater sie gegen ihren Willen mit Karl Federmann verheiraten wollte. Vielleicht war es an der Zeit, dass sie ihre Weltsicht überprüfte und erwachsen wurde.

»Warum?«

»Als Strafe dafür, dass du und ich weggelaufen waren.«

Juan zuckte die Schultern. Er musterte Margarete mit durchdringenden Augen. Obwohl sie den Jungen beinahe ihr Leben lang kannte, fühlte sie sich plötzlich befangen und wusste nicht, wohin sie ihren Blick wenden sollte.

»Dann sagte er, dass du in Bremen bleiben und dort heiraten würdest. Dass das dein Wunsch wäre. Das hat sehr wehgetan.«

Wieder strich er über die Narbe, die ihn ewig an jenen Nachmittag erinnern würde. Er schaute an Margarete vorbei, schien in seinen Erinnerungen gefangen. Erinnerungen, bitter wie die ihren. Margaretes Kehle schnürte sich zu und sie rang verzweifelt nach Worten. Was konnte sie sagen? Wie konnte sie sich aus dem Netz der Lügen befreien, das ihr Vater über sie geworfen hatte?

»Hast … hast du ihm geglaubt?«, flüsterte sie schließlich, die Stimme zitternd von dem Ansturm der Gefühle, die das Wiedersehen und Juans Worte in ihr entzündet hatten. Sie wünschte nichts mehr, als sich in seine Arme zu stürzen und sich an ihn zu schmiegen, in einem Kuss zu versinken, um den Schmerz und die Traurigkeit zu vergessen. Aber sie wagte es nicht, auch nur einen Schritt näher zu treten. Erst musste sie wissen, wie es um sie beide stand. »Ich hatte dir versprochen …«

»Kein Wort habe ich ihm geglaubt.« Juan schaute sie an und legte den Kopf leicht zur Seite, sodass ihm seine widerspenstigen Haare in die Stirn fielen. Ohne nachzudenken, trat Margarete auf ihn zu und strich ihm die Haare zurück. Er griff nach ihrer Hand und drückte einen Kuss in die Handfläche. Schnell ließ er ihre Finger los, beinahe erschrocken über seine Kühnheit. »Ich habe auf dich gewartet. Obwohl du nicht geantwortet hast.«

»Geantwortet?«, fragte Margarete wie in Trance. In ihrer Hand spürte sie noch immer die Zartheit seines Kusses.

Süß, aber nicht süß genug, um die Bitterkeit des Wartens vergessen zu lassen. »Du hast doch geschwiegen. Ein unendliches Jahr lang.«

»Du hast meine Briefe nicht bekommen?« Röte überzog Juans Wangen. Er wirkte verlegen, was in Margarete erneut den Wunsch erweckte, ihn zu küssen. Und doch wartete sie ab, was er sagen wollte. »Ich … ich dachte, du antwortest nicht, weil meine Briefe nur wenige Zeilen enthielten.«

»Meine Tante.« Margarete ballte die Hände zu Fäusten. Zorn wallte in ihr auf. Ein Zorn, wie sie ihn noch nie verspürt hatte. Ein Zorn, genährt durch all die Tränen, die sie im vergangenen Jahr geweint hatte. Genährt von dem Schuldgefühl, dass sie so schnell bereit gewesen war, an Juans Verrat zu glauben. »Sie muss alle Briefe abgefangen haben. Sie oder das Fräulein.«

Ihre Brust bebte, weil sie den Atem so hastig einzog und wieder ausstieß, um die Wut zu bezähmen, die sich ihrer bemächtigen wollte. Doch dann gelang es der Freude, all die dunklen Gedanken und Gefühle beiseitezuschieben.

»Du … du hast auf mich gewartet«, flüsterte sie und biss sich auf die Unterlippe, um nicht in Tränen auszubrechen, weil Juan ihr weit mehr vertraut hatte als sie ihm. »Du hast an uns geglaubt.«

»Ich hatte es dir versprochen.« Mehr musste er nicht sagen. Mit einem unterdrückten Schluchzer stürzte sich Margarete in seine Arme, presste ihren Kopf an seine Brust und weinte. Weinte Tränen der Dankbarkeit darüber, dass sie ihre Liebe nicht verloren hatte, dass die Möglichkeit, ein gemeinsames Leben mit Juan zu führen, immer noch bestand.

Sanft hob er ihren Kopf, sodass sie ihm in die Augen schauen konnte. In seinem Blick lag so viel Liebe, dass Margaretes Herz zu zerspringen drohte. Sie schloss die Augen, voll gespannter Erwartung. Endlich beugte er sich vor und küsste sie. Alles war vergessen. Jetzt zählte nur der Augenblick. Juans Kuss.

»Mar-ga-re-te!«, erklang die gefürchtete spitze Stimme und zerstörte den Augenblick des Glücks. Das Fräulein. Margarete spürte den Zorn zurückkehren. »Mar-ga-re-te!«

Warum nur hatte ihr Vater die Gouvernante zurückgeholt? Sicher weil er sie bestrafen wollte, als sie sich weigerte, Karl Federmann zu heiraten. Warum redete ihr Vater nicht mit ihr, damit sie sich ihm gegenüber erklären konnte? Sie würde sicher einen Weg finden, die Finca zu retten, ohne ihre Liebe zu opfern.

»Ich muss gehen.« Juan küsste sie noch einmal leidenschaftlich, dann riss er sich aus ihren Armen. »Sie sollte mich nicht sehen.«

»Ja, geh.« Margarete nickte. Ihr Verstand sagte ihr, dass das das Richtige sei, aber ihr Herz wünschte, dass er für immer bei ihr bliebe. Sie wollte sich nicht wieder von ihm verabschieden, nachdem sie ihn gerade erst wiedergefunden hatte. »Schnell. Das Fräulein wird gleich hier sein.«

Er lief ein Stück, drehte sich noch einmal um und eilte mit großen Schritten auf Margarete zu. Er presste seinen Mund so fest auf ihre Lippen, dass es schmerzte. »Morgen wieder hier an unserem Wasserfall?«

»Ja, aber nun spute dich.« Margarete schaute sich ängstlich um, ob die Gouvernante bereits zu sehen war. »Morgen. Am Nachmittag.«

26

Am nächsten Morgen, fünf Tage waren inzwischen nach dem heftigen Streit über Karl Federmann vergangen, ließ ihr Vater Margarete zu sich rufen. Mit klopfendem Herzen eilte sie die Treppen hinunter und hoffte, dass er nun endlich bereit sei, ihre Sicht der Dinge anzuhören. So wütend und bitter hatte sie ihn noch nie erlebt und sie vermochte sich nicht vorzustellen, was er wohl sagen würde, wenn er von ihrem Treffen mit Juan wüsste. Oder hatte er bereits davon erfahren und wollte sie nun zur Rede stellen? Ihre Kehle fühlte sich trocken an. Sie räusperte sich, um ihrer Stimme die nötige Kraft zu verleihen. Dann holte sie tief Luft. Ihr Vater durfte ihr nicht anmerken, dass sie sich fürchtete.

»Margarete.« Alfred Seler erwartete sie in der Sala. Den Salon müssen wir erhalten, sonst verlieren wir alle Chancen auf eine gute Partie, hatte ihre Großmutter gesagt. Margarete hatte nur den Kopf geschüttelt. Als ob die anderen Kaffeebauern nicht wussten, wie es um ihre Finca stand. Als ob der drohende Ruin nicht längst Tagesgespräch in der kleinen deutschen Gemeinde war. Trotzdem hatte sie geschwiegen, um ihrer Großmutter die Illusionen nicht zu rauben.

Hinter ihrem Vater, beinahe verdeckt von seiner kräftigen Statur, entdeckte Margarete einen Mann. Ihre Hand flog an den Hals, ihr Herz schlug schneller. Sollte ihr Vater es gewagt haben, diesen Karl Federmann ein zweites Mal einzuladen? Dann blieb ihr nur noch, unfreundlich zu sein, etwas, das ihrem Wesen gänzlich widersprach.

»Schau nur, wer hier ist.« Ihr Vater lächelte Margarete an, als ob es nie einen Streit gegeben hätte. Mit einem schelmischen Zwinkern trat er einen Schritt zur Seite. Margarete ließ die Hand sinken und stand da wie versteinert, überwältigt von der unerwarteten Begegnung. Juan. Ihr Vater hatte Juan eingeladen und würde sie den Mann heiraten lassen, dem ihre Liebe gehörte. Doch auf den zweiten Blick schlich sich Enttäuschung in ihr Herz. Schon einmal hatten die dunklen Haare, die gebräunte Haut sie getrogen, als sie den Besucher das erste Mal gesehen hatte. Im Salon ihrer Tante. Robert Linden, den Bremer Kaufmann.

»Fräulein Margarete. Ich hoffe, ich komme nicht ungelegen.« Robert Linden verbeugte sich leicht vor ihr. »Meine Geschäfte führten mich ins Land und da dachte ich, Sie würden sich über einen Besuch freuen.«

»Ja … natürlich … herzlich willkommen«, stammelte sie und versuchte, sich einen Reim darauf zu machen. Dunkel erinnerte sie sich, dass Robert Linden ihr von einer geplanten Reise nach Guatemala erzählt hatte. Allerdings hatte es sich so angehört, dass die Reise erst in weiter Zukunft läge. Warum also saß er heute hier? »Möchten Sie etwas trinken? Kaffee vielleicht? Oder lieber Tee?«

Robert Linden und Margaretes Vater lachten höflich über den kleinen Scherz unter Kaffeehändlern.

»Sehr gern.« Robert Linden nickte und schaute Margarete dann geradewegs an, sodass sie den Blick senkte. Warum nur fühlte sie sich ertappt von ihm? »Ihr Vater hat mir erzählt, dass es mit der Ernte in diesem Jahr aufwärts gehen soll.«

Leider zu spät für mich, dachte Margarete und konnte sich einen vorwurfsvollen Blick in Richtung ihres Vaters nicht verkneifen. Ginge es nach ihm, müsste ich vorher heiraten, damit mein Erbe gerettet werden kann. Ob ich will oder nicht. Doch sie behielt die dunklen Gedanken für sich und deutete auf die gemütlichen Sessel vor dem Kamin. »Bitte nehmen Sie Platz. Ich werde Kaffee und Gebäck holen.«

»Haben Sie kein Personal?«, fragte Robert Linden mit deutlichem Erstaunen in der Stimme. Der Bremer Kaufmann musterte Margarete und ihren Vater eindringlich. »Ist das nicht etwas … ungewöhnlich?«

Margarete bemerkte, wie ihr Vater nach Worten suchte. Bevor sie ihm zur Seite springen konnte, sagte Alfred Seler: »Nun ja, Eingeborene. Sie halten nichts von deutscher Pflicht und Pünktlichkeit.«

Robert Linden nickte verständnisvoll und wechselte das Thema. Das Wetter in Guatemala. Für alle Neuankömmlinge aus Europa stets ein Gegenstand intensiver Erörterungen. »Ich weiß ja, dass der Kaffeeanbau viel Wasser benötigt. Aber langsam frage ich mich, wie lange die Regenzeit hier dauert und ob die Sonne überhaupt einmal scheint.«

»Hier regnet es dreizehn Monate im Jahr.« Alfred Seler stieß ein dröhnendes Lachen aus, das Margarete Hoffnung gab, dass es zwischen ihnen wieder wie früher werden könnte. »Während zwei Monaten regnet es weniger. Das nennen wir dann Sommer.«

»Aha, dreizehn Monate, so ist das also«, stimmte Robert Linden in das Lachen mit ein. »Das erklärt das viele Grün«, sagte er und nickte mit dem Kopf. »So eine Vegetation habe ich noch nie gesehen. Diese unglaublichen Blüten. Diese Orchideenpracht.«

»Nicht umsonst nennen wir es ›Das Land des ewigen Frühlings‹«, hörte sie ihren Vater sagen, bevor sie die Tür hinter sich schloss und in die Küche ging. Dort fand sie Fräulein Dieseldorf eifrig bemüht, Kaffee zu kochen. Auf einem Tablett hatte die Gouvernante bereits das gute Porzellan, Tassen, Untertassen und Gebäcktellerchen bereitgestellt. Neben dem Herd stand die große Kaffeekanne mit dem Blumenmuster. Sie füllte heißes Wasser ein, »damit der Kaffee warm bleibt«, betonte sie wichtigtuerisch.

»Danke. Wo ist Marisela?« Margarete fühlte einen leichten Stich der Eifersucht. Anscheinend hatte ihr Vater erst das Fräulein und dann sie über den Besuch in Kenntnis gesetzt. »Kann ich helfen?«

»Die Köchin hat frei. Du kannst nach Keksen suchen.« Die Gouvernante wedelte mit der linken Hand. Sie mahlte die frischen Kaffeebohnen, deren Duft die Küche erfüllte, und gab das Kaffeepulver in einen Porzellanfilter. Vorsichtig schüttete sie kochend heißes Wasser darüber und wartete, bis die aufschäumende Brühe sich absetzte.

»Wenn du den Federmann schon nicht willst, was hältst du vom Linden?«, fragte das Fräulein beiläufig, während sie den nächsten Wasserschwall aufgoss.

Margarete ließ die Keksdose fallen, die sie aus dem Versteck der Köchin hinter den großen Pfannen gezogen hatte. Das Klappern peinigte Margaretes Ohren und sie bückte sich, um die Dose zu aufzuheben.

»Wie … wie bitte?«, brachte sie schließlich hervor und starrte die Gouvernante aus aufgerissenen, ungläubigen Augen an. »Wieso sollte ich Robert Linden heiraten wollen?«

»Dein Vater steht vor dem Ruin. Du bist das einzige Kind.« Das Fräulein zählte die Fakten auf, als ob sich damit alles erklären ließe. »Also muss deine Heirat dafür sorgen, dass die Finca überlebt. Die Aussichten mit dem Bremer sind besser.«

Obwohl Margarete ihren Ohren kaum traute, wollte sie dann doch eines genau wissen: »Warum sollte Robert Linden besser sein?«

Ihrer Meinung nach wäre es vernünftiger, einen Mann zu heiraten, der hier geboren war wie sie und das Land ebenso liebte wie sie. Was nützte es der Kaffeeplantage, wenn sie mit ihrem Ehemann nach Bremen ging?

»Weil er nichts von deinem Indio weiß.« Verachtung lag in Alice Dieseldorfs Stimme. Die Gouvernante hatte den Topf auf den Herd zurückgestellt, stemmte die Hände in die Hüften und schaute Margarete kopfschüttelnd an. »Es ist nur eine Frage der Zeit, bis Federmann von deiner unsinnigen Liebelei erfährt. Dem Bremer, der nur das Land bereist, werden die anderen Finqueros das nicht erzählen.«

Margarete schluckte. Ihre Hände zitterten. Sie überlegte fieberhaft, was sie antworten könnte. Vielleicht hatte das Fräulein nur einen Schuss ins Blaue abgegeben, so wie sie es früher gern tat, um Margarete auszuhorchen. Doch sie hatte die Strategie ihrer Gouvernante schnell durchschaut und war nicht mehr auf den Trick hereingefallen. Was also führte die Gouvernante im Schilde?

»Was meinen Sie mit meinem Indio?«, antwortete sie leichthin und hoffte, ihr Gesicht würde sie nicht verraten. »Sie wissen doch, dass ich von Juan nichts mehr gehört habe, dass er mir auch keine Nachrichten nach Bremen sandte, nicht wahr?«

Fräulein Dieseldorf besaß immerhin den Anstand, rot anzulaufen, als Margarete sie auf Juans Briefe ansprach.

»Mir brauchst du nichts vormachen«, zischte sie. »Man hat dich gesehen. Wie kannst du nur so dumm sein?«

»Dumm?«, brauste Margarete auf und vergaß jede Vorsicht. Sie machte zwei Schritte auf Alice Dieseldorf zu und stand nun direkt vor ihr. »*Sie* haben ja keine Ahnung. Sie haben doch noch niemals geliebt.«

»Weil mir als Tochter armer Eltern keine Möglichkeit dazu blieb.« Ihr Gesicht wirkte auf einmal verhärmt. Sie sah einsam aus. »Ich musste arbeiten und konnte mir keine Liebe leisten.«

Margarete schreckte vor der abgrundtiefen Traurigkeit in Alice Dieseldorfs Stimme zurück und schämte sich. Sie hatte sich niemals gefragt, was für ein Schicksal ihre Gouvernante wohl nach Guatemala geführt hatte. Das Fräulein war schon immer dagewesen und es war immer gemein und hochnäsig. Das sich dahinter ein Unglück verbergen konnte, auf den Gedanken war Margarete nie gekommen.

»Es tut mir leid«, flüsterte sie. Dann stellte sie eine vierte Tasse auf das Tablett. »Bitte, leisten Sie uns doch Gesellschaft. Ich … ich würde mich freuen.«

Alice Dieseldorf schwieg. Plötzlich wurden ihre Gesichtszüge weich und sie lächelte. »Ich danke dir.« Mit einer schnellen Bewegung griff sie nach dem Tablett und ging an Margarete vorbei. »Legst du das Gebäck und eine Gebäckzange auf einen schönen Teller? Bitte.«

Margarete tat, wie ihr geheißen, und folgte dem Fräulein in den Salon. Wie ein Moskito, der keine Ruhe geben wollte, surrte die Frage ihrer Gouvernante in ihrem Kopf umher. Würde sie Robert Linden den Vorzug vor Karl Federmann geben? Würde sie für die Rettung ihrer Familie ihre Liebe, die sie gerade wiedergefunden hatte, aufgeben?

»Möchten Sie einen ordentlichen Schluck zu Ihrem Kaffee?« Alfred Seler ging mit unsicherem Schritt zu dem Servierwagen, auf dem mehrere Flaschen Schnaps standen. Zum ersten Mal bemerkte Margarete die feinen Äderchen auf seiner Nase, die deutlich zeigten, dass ihr Vater dem Zuckerrohrschnaps häufiger zusprach, als es gut für ihn war. »Wir brennen hier den besten Aguardiente.«

»Danke.« Der Bremer Kaufmann hob ablehnend die Hände und lächelte höflich. »Ich trinke erst nach Anbruch der Dunkelheit.«

»Dann also nur Kaffee.« Margaretes Vater stellte die Flasche zurück. Mit deutlichem Bedauern, wie sie in seiner Miene lesen konnte.

Margarete hatte es nicht glauben wollen, aber nun musste sie mit ansehen, wie ihr Vater schon am helllichten Tage schwankte und wie er beim Sprechen über einzelne Worte stolperte. Doch das Schlimmste war der mitleidige Blick, mit dem Robert Linden sie bedachte. Margarete biss sich auf die Unterlippe, um nicht in Tränen auszubrechen.

»Hatten Sie eine gute Reise?«, fragte sie den Besucher und hoffte, dass er seine Aufmerksamkeit auf sie lenken und nicht bemerken würde, wie unbeholfen sich ihr Vater verhielt. »Mit welchem Schiff sind Sie gekommen?«

»Oh, ich bin schon eine Weile im Land.« Robert lächelte. Verständnisvoll und voller Mitgefühl, wie es Margarete schien und was sie schmerzte. Früher, bevor sie nach Bremen gefahren war, hatte ihr Vater den Menschen Respekt eingeflößt. »Ich will mir unterschiedliche Kaffee-Fincas in Guatemala und Honduras ansehen und werde so schnell nicht nach Bremen zurückkehren.«

»Wollen Sie also neben unserer Finca noch weitere besuchen?« Jetzt war Margaretes Interesse geweckt. Warum reiste ein Bremer Kaffeehändler etwas ziellos durch die Welt? Wurde er in Bremen nicht benötigt? Was versuchte Robert Linden hinter seinem freundlichen Lächeln zu verbergen? »Wie lange gedenken Sie in Guatemala zu bleiben?«

»Ich weiß es noch nicht.« Robert Lindens Blick huschte an ihr vorbei und wich ihr zum wiederholten Male aus, was Margaretes Neugier umso mehr steigerte. »Vielleicht versuche ich mich als Maya-Forscher. Wie so viele Deutsche, die es nach Guatemala verschlagen hat. Schon in Bremen habe ich mich sehr für Archäologie interessiert.«

Ein dumpfes Geräusch ließ Robert und Margarete zusammenzucken. Alfred Seler ließ sich schwer in den Sessel fallen und hob jetzt die Hand als Geste der Beruhigung.

»Ich bin mit Forschern gereist.« Margarete war versucht, sich den Schweiß von der Stirn zu wischen. Aus dem Augenwinkel sah sie, dass sich das Fräulein um ihren Vater bemühte und ihm eine Tasse Kaffee reichte. Nun gut, dann würde sie weiterhin für die freundliche Unterhaltung des Gastes sorgen müssen. »Ein Ehepaar mit seiner Tochter und seinem Adoptivsohn. Die Hohermuths. Sie wollen Maya-Tempel erforschen. Gar nicht weit entfernt. In Tikal, glaube ich.«

27

Etliche Stunden später rasteten sie am Ufer des Sees und Elise nutzte die Gelegenheit, sich den Staub der Reise und den Schweiß abzuwaschen. Die Sonne brannte unbarmherzig auf sie nieder und ließ sie eher an Wüsten als an das Land des ewigen Frühlings denken. Im Hochland von Alta Verapaz sollte es weniger heiß sein, hatte ihre Mutter versprochen. Elise sah sich um und zog schnell die Bluse aus, um sich Wasser über die Arme laufen zu lassen.

»Oh nein!« Sie schaute voller Schrecken auf ihre bloßen Arme. Panisch hob sie den Rock und krempelte die weißen Unterhosen hoch. Auch ihre Beine waren mit seltsamen Bläschen bedeckt. »Hilfe!«

»Kind, was ist? Hat dich etwas gebissen?« Ihre Mutter stürmte zum Seeufer. »Elise, was hast du?«

»Ich werde sterben.« Elise hob ihren Arm und deutete mit der Hand auf die Bläschen.

»Ach was.« Henni Hohermuth machte eine abwiegelnde Geste. »Das ist nur der Rote Hund. Unangenehm, aber ungefährlich.«

»Der was?« Jetzt bekam es Elise erst recht mit der Angst.

»Du kennst es vielleicht als Frieseln. Oder Hitzepickel. Du musst die Stellen waschen und Zinkmixtur auftragen. Und dich leichter anziehen.«

Aus den Tiefen ihrer Handtasche holte ihre Mutter ein

Fläschchen, das sie Elise in die Hand drückte. Kopfschüttelnd ging sie zurück zum Lager.

»Mehr nicht?« Elise senkte den Kopf. Niemals würde sie sich an das Land gewöhnen. Alle schienen sie zu hassen: Tiere, Pflanzen, ja selbst die Sonne, die über Guatemala schien. Eilig streifte sie sich ihre Bluse wieder über und hob den Rock etwas an. Neben ihr ertönten plötzlich seltsame Laute. Sie schaute sich um und entdeckte im Schilf einen großen Vogel mit dunkelbraunem Gefieder und weißen Flecken, die aussahen wie Pinselspritzer. »Pock! Pock«, ertönte es erneut aus dem kräftigen Schnabel und Elise hielt es für klüger, einen sicheren Abstand zu dem Vogel zu halten.

»Ein Atitlán-Taucher.« Johann Hohermuth war neben ihr aufgetaucht und lächelte. »Man nennt ihn auch Poc. Warum, das hast du ja gerade gehört. Endemisch.«

»Er kommt also nur hier vor?« Elise betrachtete den Vogel mit neugewonnenem Interesse.

»Du kennst den Begriff?« Ihr Vater musterte sie interessiert. »Das ist … ungewöhnlich.«

»Ich bin zwar nur ein Mädchen, aber ich kann lesen«, antwortete Elise und ärgerte sich, dass ihr Vater ihr so wenig zutraute.

»Wie kommst du nur darauf, dass ich von Mädchen weniger halte als von Jungen?« Anstatt sie wegen ihrer spitzen Zunge zu schelten, schüttelte Johann Hohermuth den Kopf. »Du hast doch deine Mutter erlebt. Die steckt zehn Männer in die Tasche, oder?«

Elise senkte den Kopf. Sie hätte wetten mögen, dass sich ihr Vater vielmehr um sie bemüht hätte, wenn sie ein Junge gewesen wäre. Hatte sie sich etwa in ihm getäuscht?

»Elise, mein Kind.« Behutsam legte ihr Johann Hohermuth seine Hand auf die Schulter. »Ich bin bestimmt nicht der beste Vater, das weiß ich. Aber … ich wäre zu einem Sohn nicht anders als zu dir.«

Vor Rührung traten Elise Tränen in die Augen. »Schon gut. Ich finde dich gar nicht so schlecht.« Sie räusperte sich. Auch bei ihrem Vater bemerkte sie ein verdächtiges Glitzern in den Augenwinkeln.

»Siehst du die Wellen? Und hörst du den Wind?« Johann Hohermuth schien das Thema wechseln zu wollen. »Die Indios nennen das *Xocomil.*«

»Xocomil?« Elise hatte sich zwar an einige seltsame Namen in diesem Land gewöhnt. »Das klingt ja wie Schokomilch.« Sie lachte laut auf.

Ihr Vater erwiderte ihr Lachen. »Ja, da hast du recht. Dahinter steht aber eher eine bittersüße Geschichte.« Johann Hohermuths Gesicht wurde ernst. »Die Legenden sagen, dass hier die Seelen des Cakquichel-Prinzen Utzil und seiner Geliebten, der Quiche-Prinzessin Zacar, ein Klagelied anstimmen, weil sie nicht zueinander finden konnten.«

»Erzähl Elise nicht so traurige Märchen.« Henni Hohermuth gesellte sich zu ihrem Mann und ihrer Tochter. »Es ist keine trauernde Prinzenseele, sondern – wenn überhaupt – ein Rendezvous der Winde. Die kalten Winde aus der Hochebene treffen auf die heißen des Südens und verbinden sich zum Xocomil.«

»Papas Geschichte gefällt mir besser«, sagte Elise schmunzelnd. »Sie ist romantischer.« Und ihre Gedanken schweiften in die Ferne.

»Wir müssen uns sputen, weil wir noch einen Abstecher zur Finca von Don Manuel Alvarado machen wollen«, mahnte Henni Hohermuth zum Aufbruch. »Er hat alles gesammelt, was bei Pflanzungsarbeiten auf Pompeya gefunden wurde.«

Das Wort riss Elise schlagartig aus ihren Gedanken. »Pompeya?«, fragte sie und bemühte sich nicht, das Erstaunen in ihrer Stimme zu verbergen. »Warum nennt jemand seine Plantage nach einer Stadt, die von einem Vulkan verschlungen wurde?«

»Vielleicht schwarzer Humor?« Henni Hohermuth zuckte die Schultern. »Ich habe mich das noch nie gefragt.«

»Vielleicht wollte er damit die Vulkangötter gnädig stimmen«, mischte sich Georg unvermittelt ein. Wie immer, wenn es um die Maya oder um Mythologie ging, beteiligte er sich an den Gesprächen. »Bei den vielen Vulkanen, die es in Guatemala gibt.«

»Trödelt nicht, ich will heute noch einen Papierabdruck erstellen.« Henni Hohermuth scheuchte sie zu den Reittieren. Die Träger warteten bereits mit stoischer Ruhe auf sie. Sie nickten Elise verstohlen zu, als ihre Eltern mit den Pferden beschäftigt waren.

Du willst wirklich nicht nach Tikal?«, fragte Johann Hohermuth seine Frau, nachdem sie endlich die Finca Pompeya erreicht hatten. Er schob sich den Hut in den Nacken und wischte sich mit einem karierten Taschentuch über die Stirn. Sein heller Anzug wies Grasflecken auf und die Fliege, ohne die Elise sich ihren Vater kaum hatte vorstellen können, hatte er schon lange abgelegt. Aber er bestand weiterhin darauf, ein Hemd mit steifem Kragen zu tragen und nicht so ein weites Baumwollhemd, wie Georg es trug. »Wir können uns dort einen Namen machen.«

»Du vielleicht. Ich bin nur eine Frau.« Henni Hohermuth rieb sich mit zwei Fingern über die Stirn und setzte den Hut wieder auf. Sie stand neben einem Maya-Relief und rieb vorsichtig Dreck und Erde herunter. »Die Herren Professoren würden mir nur Schreibarbeiten geben. Lass uns weitersuchen.«

»Schatz.« Etwas in der Stimme ihres Vaters ließ Elise aufhorchen. »Du willst doch nicht wirklich …«

»Ach, Johann.« Henni Hohermuth schob den Hut in den Nacken. Ihre Stimme klang flehend, als ob sie nicht nur die anderen, sondern auch sich selbst überzeugen musste. »Jeder von uns jagt seinen weißen Wal, oder? Ich bin mir sicher, dass es im Hochland von Alta Verapaz einen bedeutenden Tempel gibt.«

»Ach, Henni.« Johann Hohermuth war deutlich anzumerken, dass er dieses Gespräch nicht zum ersten Mal mit seiner Frau führte. »Ich wünsche mir doch auch, eine bedeutende Entdeckung zu machen, aber es gibt nichts, was auf einen unentdeckten Tempel an der Grenze zu Peten hinweist.«

»Doch!« Elise glaubte, nicht richtig zu hören. Ihre Mutter hörte sich an wie ein verzogenes Kind. »Es gibt Hinweise. Und du kennst sie.«

»Könntet ihr mir bitte mal verraten, was ihr meint?« Elise sah von ihrer Mutter zu ihrem Vater und fragte sich, was so wichtig sein konnte, dass die beiden sich stritten. »Was hat es mit diesem Tempel auf sich?«

»Das ist eine alte Geschichte«, antwortete ihr Vater. »Ein Märchen, so wie die Geschichte des Prinzen, der am Atitlán-See seine Geliebte betrauert.«

»Nein!« Ihre Mutter stampfte nun mit dem Fuß auf den Boden. »Es gibt einen Maya-*Codex*, der darauf hinweist, dass sich von Tikal aus Krieger aufmachten, um im Hochland eine Dynastie zu gründen. Da ist es nur konsequent, dass …«

»Märchen. Wunschdenken«, unterbrach Johann Hohermuth sie barsch. »Die Machthaber von Tikal haben die Stadt Dos Pilas als Außenposten gegründet und …«

»Die Herrscher von Tikal waren sehr expansiv, das weißt du. Niemals hätten die alten Könige sich mit einer Stadt begnügt.« Henni Hohermuth wirkte gleichzeitig entschlossen und verzweifelt. Zum ersten Mal erschien sie Elise als ein verletzlicher Mensch mit zerbrechlichen Träumen und Sehnsüchten. »Nur weil noch niemand etwas gefunden hat, heißt das nicht, dass die Stadt nicht existiert.«

»Es heißt aber auch nicht, dass wir sie finden werden«, antwortete Johann Hohermuth und wirkte angestrengt. »Ich gebe dir zwei Wochen. Wenn wir bis dahin nichts Bedeutendes entdeckt haben, reisen wir nach Tikal weiter.«

»Zwei Wochen?« Henni Hohermuth überlegte kurz. »Na, besser als nichts. Vorher nehmen Georg und ich noch einen Papierabdruck von diesem Maya-Relief.«

Sie nickte dem Jungen zu und gemeinsam gingen sie zu den Pferden und ließen Elise und ihren Vater zurück. Nach einer Weile trugen sie Wassereimer und Papier heran, das sie neben dem Monument ablegten.

»Was machen Mutter und Georg da?«, fragte Elise ihren Vater, der nach dem Streit mit seiner Frau froh zu sein schien, wieder eine Pflanze begutachten zu können. Erst beim dritten Mal antwortete er seiner Tochter.

»Sie nehmen einen Papierabdruck.« Damit wollte er sich erneut abwenden, doch Elise hielt ihn auf.

»Aber *warum* machen sie das?« Elise wünschte sich, dass

ihr Vater sich mehr für ihre Fragen und weniger für die Flora und Fauna des Landes interessierte.

»Nun, ein Papierabdruck gibt eine wunderbare Reproduktion von Inschriften ab. Wir haben das schon in Ägypten gemacht. Daran solltest du dich doch noch erinnern.« Einen Augenblick lang schaute ihr Vater sie beinahe vorwurfsvoll an. »Geh einfach hin und hilf den beiden.«

Bevor Elise protestieren konnte, drehte er sich um und verschwand im Wald. Sie zuckte die Schultern. Warum nicht? Bevor sie hier weiter herumsaß, konnte sie auch etwas Neues lernen.

»Kann ich etwas tun?«

»Gern.« Der erstaunte und gleichzeitig dankbare Ausdruck ihrer Mutter machte Elise ein schlechtes Gewissen. Bisher hatte sie sich nicht gerade bemüht, ihre Eltern zu unterstützen, sondern war eher Ballast. »Du kannst mir hier zur Hand gehen.«

Elise schämte sich ein bisschen für ihr Verhalten und hoffte, dass ihre Mutter es nicht bemerkte.

»Als Erstes musst du die Felsplatte gründlich säubern.« Henni Hohermuth griff nach dem Eimer Wasser, in dem ein Schwamm lag, und fuhr mit kräftigen Bewegungen über den mit Dreck und Lehm verschmierten Stein. »Sei bitte so gründlich wie möglich. Die Schriftfläche muss möglichst sauber sein.«

Elise nickte und schrubbte an dem Stein herum. Schon nach kurzer Zeit begann sie zu schwitzen. Der Dreck von Jahrhunderten hatte sich dort eingefressen und widerstand ihren Bemühungen.

»Hier. Damit kannst du harten Schmutz entfernen.« Georg reichte ihr ein Messer und berührte dabei leicht ihre

Hand. Auch ihm stand der Schweiß auf der Stirn. »Lass ihn erst ein bisschen einweichen.«

»Da… danke«, flüsterte Elise. Warum war sie nicht schon früher auf die Idee gekommen, Seite an Seite mit ihm zu arbeiten?

Georg schien völlig fasziniert von den Steinfiguren, die sie nach und nach aus der Dreckschicht herausschälten. »Sieh nur, sie halten Messer in Händen. Das sind Maya-Priester, die ihren Göttern Menschenopfer darbringen wollten.«

Elise war zum Fürchten zumute.

Endlich wurde der Stein von Henni Hohermuth als sauber genug befunden. Gemeinsam mit Georg zog sie eine Papierbahn durchs Wasser und legte sie auf das Maya-Relief.

»Georg, bitte vorsichtig.« Henni Hohermuth holte ein trockenes Tuch aus ihrer Tasche und tupfte das Papier auf der Felsplatte fest. Kritisch musterte sie den Abdruck. »Georg, bitte streich da unten noch einmal drüber. Da ist eine Luftblase.«

»So, Elise. Jetzt kommt der wichtigste Teil.« Ihre Mutter suchte in den Satteltaschen und holte drei einfache Kleiderbürsten heraus, die sie ihnen überreichte. »Jetzt mit aller Kraft das Papier festdrücken, damit es die Vertiefungen der Schriftzeichen ausfüllt. Ungefähr so.«

Henni beugte sich vor und strich mit der Bürste so fest über das Papier, als ob es ihr Widerworte gegeben hätte. Auch Georg und Elise bürsteten kräftig auf dem Maya-Relief herum, bis das feuchte Papier wie eine Haut darüberlag.

»Geschafft!« Georg zwinkerte Elise zu und sie fühlte sich stolz wie nie zuvor. Warum nur hatte sie die ganze Zeit geschmollt und sich so jede Möglichkeit genommen, Georg besser kennenzulernen?

»Und jetzt? Warten wir, bis es getrocknet ist?«

»Es gibt zwei Schulen.« Henni Hohermuth wiegte den Kopf hin und her. »Die einen lassen das Papier auf dem Stein trocken werden, die anderen lösen es nass ab und legen es in die Sonne.«

»Und was machst du?«, fragte Elise.

»Ich schaue nach dem Wetter.« Ihre Mutter lächelte versonnen. »Heute lassen wir es etwas antrocknen und nehmen es nachher vorsichtig ab.«

»Wie wollen wir das Riesenstück dann transportieren?« Elise schaute die Felsplatte an, die bestimmt mannshoch war.

»Wir warten, bis es trocken ist. Dann lässt sich der Papierabdruck falten oder rollen.«

Ihre Mutter schien fröhlich zu sein wie selten. Lag es an dem Papierabdruck oder daran, dass sie zwei Wochen Zeit hatte, ihrem Traum zu folgen?

Am Abend saßen sie im Halbdunkel der Dämmerung um ein Feuer. Elise balancierte ihr Tagebuch auf den Knien und schrieb über die steinernen Fresken, von denen sie Abdrucke genommen hatten.

»Was fasziniert euch so an den Maya? Ist es ihr Glaube? Ist es vielleicht die Idee, Menschen aus Mais geschaffen haben?«, fragte Elise. »Oder sind es die Geheimnisse, die sie umgeben? Die verlassenen Städte, die versunkenen Tempel und all das?«

»Du verdankst den Maya die Schokolade. Ohne sie hätten wir vielleicht niemals den Kakao genießen können.« Ihr Vater lächelte und fuhr sich durch den struppigen Bart.

Ihre Mutter runzelte die Stirn, als ob sie nicht begreifen

könnte, dass ausgerechnet ihre Tochter eine solche Frage stellte.

»Auf uns wirken sie fremd, aber …« Johann Hohermuth schien nach passenden Worten zu suchen. »… du musst dir ansehen, wie präzise sie gearbeitet haben. Wie weit ihre Wissenschaft gediehen war und …«

»… und wie wenig wir heute von dem begreifen, was die Maya erschaffen haben oder wie sie ihr Wissen erworben haben«, ergänzte Henni Hohermuth. Sie und ihr Mann wechselten einen Blick voller Verständnis, sodass Elise sich gleich wieder ausgeschlossen fühlte.

»Findest du es nicht faszinierend, welche fundierten Kenntnisse die Maya in Mathematik und Astronomie hatten?« Die Augen ihrer Mutter leuchteten, wie immer, wenn sie über ihr Lieblingsthema sprach. »Allein ihr Kalendersystem zu verstehen, hat Forscher Jahre gekostet. Das Sonnenjahr umfasste achtzehn Maya-Monate, *uninal,* mit jeweils zwanzig Tagen, wahrscheinlich weil man Finger und Zehen zum Zählen nutzen konnte.«

Elise ahnte, dass ihre Mutter nun einen Vortrag halten würde. Schon mehrfach hatte sie sich auf der Reise gefragt, ob ihre Mutter nicht die treibende Kraft für die Expedition gewesen war. Ihr Vater schien zufrieden zu sein, wenn er in Büchern versinken oder Pflanzen und Bäume katalogisieren konnte. Henni hingegen wollte eine große Entdeckung machen, wollte aus ihrem Schattendasein treten. Was wäre aus ihrer Mutter für eine Wissenschaftlerin geworden, wenn Frauen nur studieren dürften?

»Die Maya verwendeten nicht nur einen Kalender, sondern eine dreifache Zählung.« Henni Hohermuth streckte drei Finger in die Luft. »Als Erstes haben wir den *haab*, eine

Art Landwirtschaftskalender, der das Sonnenjahr zählte und Saat und Ernte bestimmte.«

»Sonnenjahr?« Elise runzelte die Stirn. »So etwas wie unser Kalender?«

»Nicht ganz.« Henni Hohermuth lächelte ihrer Tochter zu. »Die Maya teilten das Jahr in achtzehn Monate mit jeweils zwanzig Tagen auf.«

»Augenblick.« Elise hatte mitgerechnet. »Da fehlen doch fünf Tage.«

»Zählen kannst du.« Georg, der bisher zugehört hatte, ging in die Verteidigung. »Aber du hast wenig Vertrauen in die Maya.«

»Willst du?« Henni deutete auf Johann.

»Nein, nein. Es ist dein Steckenpferd.« Ihr Ehemann lächelte und schob seinen Hut in den Nacken.

»*Uayeb,* Tage ohne Namen, nannten die Maya einen Kurzmonat, den sie dem Jahr anhängten. Unglückstage, die zum Beten und Trauern dienten«, fuhr sie fort. »Als Zweites gibt es einen Ritualkalender, den *tzolkin,* der die Tage zählte.«

»Halt, halt.« Elise schwirrte der Kopf. »Zählt denn der *haab* nicht auch die Tage?«

»Du hast recht.« Ihre Mutter nickte. »Aber der *tzolkin* diente dazu, religiöse Feste zu bestimmen, und zählte zwanzig Monate mit dreizehn Tagen«

»Aber das Jahr ist doch viel zu kurz.« Elise verstand den Sinn eines Kalenders nicht, der nicht mit den Jahreszeiten übereinstimmte. »Warum wählten die Maya diese Zahlen?«

»Die Monate stehen für die zwanzig Schutzgötter und die dreizehn ist in der Maya-Mythologie das Symbol des Himmels.« Henni Hohermuth war nicht mehr aufzuhalten.

»Ein Ritualkalender muss doch das Jahr nicht exakt wiedergeben, oder?«

»Aha.« Elise konnte den Sinn zwar immer noch nicht begreifen, fürchtete aber einen stundenlangen Vortrag, falls sie nachfragte.

»Das Interessanteste ist die lange Zählung, der Langzeitkalender der Maya.« Johann Hohermuth schaute seine Frau an. Sie nickte. »Der beginnt lange vor unserer Zeitrechnung. Im Jahr 3114 vor Christus. Am 13. August, um genau zu sein.«

»Was ist daran so besonders?« Elise zuckte die Schultern.

»Dann beginnt er eben nicht am 1. Januar wie unser Kalender.«

»Die lange Zählung endet aber auch nicht am 31. Dezember, sondern zählt viel weiter. Nämlich vom Anfang der Schöpfung gerechnet dauert sie mehr als fünftausend Jahre.«

»Hm«, antwortete Elise und versuchte, sich einen Reim auf den Maya-Kalender zu machen. Sie musste ja nicht alles verstehen. Schließlich war die Kultur schon lange untergegangen. »Zählt heute wirklich noch jemand so?

»Am 21.12.2012 erreicht die lange Zählung mit dem Datum 13.0.0.0.0 das Ende eines Zyklus«, mischte sich ihr Vater noch mal ein. »Einige behaupten, dass damit auch das Ende der Welt vorhergesagt ist.«

»Das werden wir ja nicht mehr erleben«, scherzte Elise, trotzdem rann ihr ein kalter Schauer den Rücken hinunter.

28 *Bremen 2011*

»Stimmt es wirklich, dass die Maya für 2012 den Weltuntergang vorausgesagt haben?«, hob Julia fragend eine Augenbraue. Sie nahm Isabell das Tagebuch aus der Hand und betrachtete die Kopien wissenschaftlicher Texte, die sie um sich herum ausgebreitet hatten. Wenn sie schon eine Expertin vor sich hatte, konnte sie sich ja gleich mal aufklären lassen.

»Hast du etwa den Katastrophenfilm von Roland Emmerich gesehen?« Isabell verdrehte die Augen. »Das ist das Einzige, was den meisten zu den Maya einfällt. Das Ende der Welt. Und Menschenopfer.«

»Aber stimmt es etwa nicht?«, beharrte Julia. Die Geschichte hatte sie schwer beeindruckt. »Der Film baut doch auf Tatsachen auf. Zumindest habe ich das im Netz recherchiert.«

»Willst du es wirklich wissen?«, fragte Isabell mit einem schiefen Lächeln. »Meine Eltern forschen zu diesem Thema und ich kann es im Schlaf herbeten.«

»Die Kurzfassung. Und in normalem Deutsch, nicht in dem Wissenschaftlerlatein.« Julia knuffte Isabell leicht gegen den Oberarm.

»Also …«, begann Isabell. »Was stimmt, ist, dass am 21. Dezember 2012 der Kalender der Maya endet. In der Maya-Zählung schreibt sich das Datum als 13.0.0.0.0. Damit endet eine Epoche. Aber nicht die Welt.« Isabell zog einen

Mundwinkel hoch. »Es ist ein bisschen wie das Millennium. Viel Lärm um nichts.«

»Also glaubst du nicht, dass kurz vor Weihnachten 2012 alles zu Ende ist?« Julia fand selbst, dass sich das ein bisschen schräg anhörte, aber einiges von dem, was sie im Internet entdeckt hatte, klang schon bedrohlich und ernst zu nehmend.

»Die Maya haben Prophezeiungen über das Jahr 2012 hinaus getroffen, was ja sinnlos wäre, wenn sie erwartet hätten, dass es die Welt dann nicht mehr gäbe, oder?« Isabell strich sich mit zwei Fingern übers Kinn, was sie ernsthaft und erwachsen aussehen ließ. »Falls wir allerdings Weihnachten 2012 nicht erleben, müsste ich den Untergangspropheten recht geben und mich bei ihnen – und bei dir – entschuldigen.«

Julia erkannte erst eine Sekunde später, dass Isabell einen Witz gemacht hatte.

»Lass uns anfangen«, sagte sie lachend und holte weitere Fotokopien und ihre Notizen aus der Tasche. »Ich habe zu Hause noch ein paar Informationen über den Kaffeehandel gefunden und dir auch gleich eine Kopie gemacht.«

Sie breitete die Papiere auf Isabells Schreibtisch aus. Obenauf lagen die Bilder der Finca, alte Fotos und eines davon zeigte Margarete. Obwohl sie die Firmengründerin war, gab es kaum Bilder von ihr und auch nur wenige Berichte in den Zeitungen von damals. Margarete musste großen Wert auf ihre Privatsphäre gelegt haben.

»Das ist Margarete in ihrer Pose als Firmengründerin.« Julia zog das Bild unter dem Stapel hervor. »Da war sie ungefähr vierzig Jahre alt.«

»Sie sieht ziemlich durchsetzungsfähig aus.« Isabell betrachtete das Foto. Die Frau mit den streng zurückgekämmten Haaren blickte geradeaus, den Kopf hochgereckt, das Kinn vorgeschoben und den Mund fest verschlossen. Man konnte sich gut vorstellen, wie der arme Fotograf sich vergeblich bemüht hatte, ihr ein freundliches Lächeln zu entlocken. »Und sie wirkt nicht sehr glücklich.«

»Zu der Zeit war sie ja schon Witwe.« Julia musste Isabell zustimmen. Ihre Vorfahrin wirkte zwar selbstbewusst und stark, aber auch so, als ob ihr Leben nur aus Pflicht und kaum aus Vergnügen bestanden hatte. Vielleicht war das Frauenleben damals so gewesen. Oder Margarete musste so gucken, um sich Respekt zu verschaffen. Schließlich war sie eine eher kleine Frau gewesen. »Robert und sie waren nur fünf Jahre verheiratet.«

»Da war sie ja – wie alt – dreiundzwanzig, vierundzwanzig Jahre, als sie Witwe wurde?« Isabell hob das Foto hoch. »Hat sie nicht noch einmal geheiratet?«

»Nein.« Julia hob die Hände in einer Geste des Nichtwissens. Seltsam, obwohl ihre Namensschwester in den Erzählungen und Erinnerungen ihrer Familie so präsent war, wusste sie wirklich wenig von ihr. »Wahrscheinlich hat sie ihren Ehemann sehr geliebt.«

»Oder sie war froh, ihn los zu sein«, konterte Isabell. »Und Juan? Hast du über ihn etwas herausfinden können?«

Julia schüttelte den Kopf. Sie hatte ihre Eltern zwar gefragt, aber die hatten nur einen Blick miteinander gewechselt und gemeint, dass sie ebenfalls noch nie von einem Juan gehört hätten. Aber das wollte sie Isabell nicht sagen.

Isabell griff in ihren Rucksack und zerrte einen Stapel Fotos raus, die sie mit einem Gummiband zusammengefasst hatte. »Hier, guck, das ist Elise. Ich habe in ein paar Fotoalben gestöbert.« Sie deutete auf das Foto einer schlanken Frau, die an einem Schreibtisch saß und mit konzentriertem Blick in ein schwarzes Heft schrieb. »Guck mal, sieht aus wie ihre Tagebücher.« Isabell klang sehr stolz auf ihre Ururgroßmutter.

»Verheiratet war sie wohl nicht?«, konnte sich Julia eine kleine Spitze nicht verkneifen.

»Doch, ewig. Ich glaube, Elise und ihr Mann haben Sternenhochzeit gefeiert.« Isabell schüttelte sich. »Vierundvierzig Jahre verheiratet – kannst du dir das vorstellen?«

Julia musste erst einmal verdauen, dass sich Isabell anscheinend mit Ehejubiläen auskannte. Sie hatte gerade mal von der silbernen und goldenen Hochzeit gehört.

»Na ja«, fuhr Isabell fort. »Damals hat man ja auch schon mit sechzehn Jahren geheiratet. Stell dir das mal vor. Dann wären wir beide schon Ehefrauen.«

29

Als Isabell am nächsten Tag in die Mensa kam, saß Julia bereits an einem der langen Tische und stocherte in einem Salat. Isabell warf ihren Rucksack auf den Stuhl gegenüber.

»Hi. Gibt es heute was Empfehlenswertes?« Sie lächelte. Es fühlte sich gut an, jemanden zu kennen, zu dem sie sich setzen konnte.

»Eher nicht.« Julia musterte das angewelkte Blatt auf ihrer Gabel. Dann nahm sie einen großen Schluck von ihrem Latte macchiato. »Nimm lieber die Lasagne. Da kann man wahrscheinlich nicht so viel falsch machen.«

»Hast du noch was Spannendes herausgefunden?« Nach einem Blick auf die Lasagne, die eher an einen Unfall als an etwas zu essen erinnerte, beschloss Isabell, sich später lieber ein Falafel-Sandwich zu holen.

»Oh, Miss Mittelamerika und die Kaffeeprinzessin«, mischte sich eine höhnische Stimme ein. Zoe stand etwas hinter Julia, ein leeres Tablett in den Händen. Isabell starrte auf die schwarz lackierten Fingernägel und beschloss, einfach nicht zu antworten. Zoe konnte sie aus unerfindlichen Gründen nicht leiden. Dass kaum jemand Zoe mochte und sie von anderen als Streba Vampyra tituliert wurde, machte die Sache nur begrenzt besser. »Ein Pärchen des Himmels. Ach nein, der Haberkorn.«

»Was macht dein Projekt, Zoe?« Julia blickte hoch.

»Schreibst du über deinen berühmten Vorfahren? Wie hieß er noch? Dracula?«

Isabell kicherte und auch die Mädchen, die zwei Plätze von ihnen entfernt saßen, lachten laut auf. Zoe lief rot an, soweit man das unter ihrer hellen Schminke sehen konnte.

»Noch hast du eine große Klappe, Prinzesschen«, zischte sie. »Aber wenn eure Firma endgültig den Bach runtergegangen ist, wirst du nicht mehr solche Töne spucken.«

»Was … was soll das heißen?« Julia war merklich blass geworden und hatte die Gabel fallen gelassen. »Was sollen diese blöden Andeutungen?«

»Du liest wohl keine Zeitung?«, höhnte Zoe. Ihr Gesicht leuchtete im Triumph. »Schau mal in den Wirtschaftsteil, wer Insolvenz anmelden muss.«

»Halt. Warte.« Julia wollte aufspringen und stieß ihr Tablett vom Tisch, sodass sich der Milchkaffee über den Boden ergoss.

»Hier.« Isabell drückte Julia eine Packung Taschentücher in die Hand. »Ich kümmere mich um sie.«

Sie griff nach ihrem Rucksack und rannte Zoe hinterher. Wütend darüber, dass es Zoe gelungen war, Julia zu verletzen.

»Zoe! Warte!«

Zoe tat, als ob sie Isabell nicht hörte, ging aber deutlich schneller. Erst vor dem Gebäude gelang es Isabell, sie einzuholen. Sie stand in einer Ecke des Hofs und rauchte. Ihr Gesicht zeigte einen feindseligen Ausdruck und sie stieß hektisch den Rauch aus.

»Was willst du? Warum verfolgst du mich?«

»Was sollte der Scheiß?« Isabell trat noch einen Schritt

näher und hoffte, dass sie Zoe damit noch mehr einschüchtern würde. »Du kannst so was nicht einfach behaupten und dann abhauen. Also, was ist los?«

»Die Firma von Julias Eltern ist fast pleite«, antwortete Zoe mürrisch. Sie stieß den Rauch aus und musterte Isabell mit zusammengekniffenen Augen. »Kaffeekrise. Liest du auch keine Zeitung?«

»Doch, aber eher den Politikteil.« Vielleicht sollte sie dem langweiligen Zahlenzeug doch mehr Aufmerksamkeit widmen. »Und warum wolltest du Julia eine reinwürgen? Was hat sie dir getan? Was hast du gegen uns?«

»Ihr … Leute wie ihr, ihr habt es so leicht im Leben. Euch fällt alles zu. Keine großen Probleme.« Isabell schreckte zurück. Hasserfüllt funkelte Zoe sie an. »Ihr kommt an eine neue Schule und sofort findet ihr Anschluss. Die Lehrer finden euch toll und ihr bearbeitet ein spannendes Projekt. Bestimmt bekommt ihr dafür noch einen Preis.«

Isabell war völlig perplex. Damit hatte sie nicht gerechnet. Und Zoe war noch nicht fertig.

»Du kommst aus einem spannenden Land. Führst ein tolles Leben als Kind von Forschern und wohnst hier bei deiner Großmutter, wo du machen kannst, was du willst.« Zoe schnippte die Zigarette weg. »Und da fragst du dich, warum ich dich nicht leiden kann?«

Nachdem Isabell sich von dem Schreck erholt hatte, wie gut Zoe ihr Leben kannte und wie wenig sie über Zoe wusste, konnte sie nicht mehr an sich halten.

»Erstens ist es nicht so toll, alle paar Jahre irgendwo neu anzufangen, nur weil deine Eltern das tun. Zweitens habe ich mir das Projekt nicht ausgesucht. Halt, lass mich ausreden«, stoppte Isabell Zoe, die ihr gerade ins Wort fallen wollte. »Drittens kann ich nichts dafür, wenn du dir mein Leben als Ponyhof ausmalst und viertens solltest du dich vielleicht mal fragen, welchen Beitrag du dazu leistet, dass die meisten hier nichts mit dir zu tun haben wollen.«

Zoe starrte sie an und ihre Unterlippe begann verdächtig zu zittern, woraufhin Isabell ihre Worte sofort bereute.

»Ähm, also, wenn du willst, kannst du bei unserem Projekt bestimmt einsteigen.«

»Ich brauche dein Scheiß-Mitleid nicht!«, schrie Zoe, rempelte Isabell an der Schulter an und lief davon. »Und dein doofes Projekt auch nicht.«

Isabell sah ihr nach und stieß lauthals die Luft aus. »Was war das denn?«, fragte sie sich laut und stapfte zurück in die Mensa.

»Sie ist gegangen. Ich soll dir sagen, dass sie dir eine SMS schickt«, sprach eine Dunkelhaarige vom Nebentisch Isabell an.

»Danke.« Na, das war ein absolut gelungener Tag.

Isabell war gerade dabei, Katzenkotze vom Fußboden zu wischen, als es klingelte.

»Mist!« Sie warf das Küchentuch in den Müll und lief zur Tür. Hinter sich hörte sie den schwarzen Kater schon wieder würgen. »Nicht auf den Teppich! Bloß nicht wieder auf den Teppich!«

Was für ein mieser Tag. Lina unterwegs, der Kater krank und sie mittendrin.

»Darf ich reinkommen?« Mit Julia hatte Isabell überhaupt nicht gerechnet. Nachdem keine SMS von ihr gekommen war, hatte sie sie für heute abgeschrieben. »Oder störe ich?«

»Was ist los?« So aufgelöst hatte sie Julia noch nie erlebt. Sonst war sie immer wie aus dem Ei gepellt, jetzt war ihre Mascara verschmiert und sie trug das T-Shirt falsch herum. »Alles okay?«

»Nichts ist okay«, flüsterte Julia. Ihre Stimme klang gepresst, als ob sie gegen Tränen ankämpfte. »Sie haben mich belogen, die ganze Zeit belogen. Diese verdammte Zoe hatte recht.«

Isabell trat einen Schritt zur Seite. Sie wusste Bescheid. Nach der Debatte mit Zoe hatte sie auf den Internetseiten mehrerer Wirtschaftszeitungen nach der Kaffeekrise gesucht und war bald fündig geworden. Es sah nicht gut aus für die kleinen Betriebe, die versuchten, ihre Unabhängigkeit zu bewahren.

»Komm rein.« So richtig wusste sie nicht, was sie sagen sollte. Schweigend gingen sie die Treppe nach oben in Isabells Zimmer. Julia schniefte, aber sagte kein Wort.

»Kann ich dir helfen?«, fragte Isabell schließlich, um das Schweigen zu durchbrechen. »Willst du einen Tee?«

»Ja, bitte.« Julia schluckte und kämpfte immer noch mit den Tränen. Sie ließ sich auf den Sitzsack fallen und suchte in ihrer Hosentasche nach einem Taschentuch. Sie setzte zweimal an, bis sie die Worte endlich hervorstieß. »Wir stehen wirklich kurz vor der Pleite. Die Firma meines Vaters, meine ich. Mein ganzes Leben …«

»Ich bin gleich wieder da. Koche nur schnell den Tee.« Isabell verschwand in der Küche, setzte Wasser auf und überlegte, was sie jetzt wohl tun könnte. Inzwischen kannte sie Julia gut genug, um zu wissen, wie sehr deren Zukunftspläne auf die Firma ausgerichtet waren.

»Chai-Tee wäre gut.« Isabell hätte beinahe die Kanne

fallen gelassen. Sie war so in Gedanken versunken, dass sie Julia nicht hereinkommen gehört hatte. »Falls du welchen da hast.«

»Wie schlimm ist es? In der Zeitung habe ich nur allgemeines Blabla gefunden«, sagte Isabell schließlich. »Was haben deine Eltern gesagt?«

»Erst haben sie versucht, alles kleinzureden. Dann haben sie von der Weltmarktkrise und so gesprochen. Von wiederkehrenden Zyklen, die unsere Firma schon mehrfach überstanden hat.« Julia schniefte. »Schließlich sind sie eingeknickt. Es sieht nicht gut aus. Wenn sie keinen Investor finden, muss mein Vater die Firma verkaufen. Und selbst wenn er einen findet …«

Isabell holte zwei Teebecher und stellte sie neben Teekanne und Kekse. Vorsichtig balancierte sie das Tablett nach oben in ihr Zimmer. Julia goss sich eine Tasse voll und setzte sich damit vorsichtig aufs Sofa. Isabell trommelte mit den Fingern an ihr Kinn, ging dann zu ihrer Kommode und wühlte darin herum.

»Hier! Für dich.« Sie warf Julia einen kleinen selbstgewebten Stoffbeutel zu.

Mit einer geschickten Bewegung fing Julia ihn auf und zog an der Kordel. Sechs Figürchen fielen in ihre ausgestreckte Hand.

»Du hast den Mr-Spock-Blick und fragst dich, was das soll.« Isabell grinste. »Es sind Sorgenpüppchen.«

»Aha?« Julia nahm eine der Puppen, die aus Draht und buntem Garn gemacht waren, und schaute sie an. Das winzige Gesicht bestand nur aus Punkten und Strichen und dennoch konnte sie eine Träne auf der Wange des Püppchens erkennen. »Muss ich mir jetzt Sorgen machen oder soll ich mich um die Dinger kümmern? So wie um ein Tamagotchi?«

»Nein. *Sie* kümmern sich um deine Sorgen.« Isabell nahm vorsichtig eine der Figuren und hielt sie hoch. »Es ist eine alte Legende aus Guatemala. Die Prinzessin Ixmucane war so schön und so gütig, dass alle Menschen ihre Sorgen an sie herantrugen. Natürlich konnte selbst eine Prinzessin nicht alles schultern und sie wandte sich an den Sonnengott …«

»Die Maya hatten einen Sonnengott?«, reagierte Julia mit Erstaunen. »Ich dachte, sie hätten nur Schlangengötter oder so etwas?«

»Du meinst die Gefiederte Schlange, den Gott *Kukulcán* oder *Gucumatz*«, sagte Isabell, als ob es das Selbstverständlichste von der Welt wäre. »Er ist der, an den die meisten Menschen denken, wenn sie etwas über die Maya hören. Aber die Maya kannten Hunderte von Göttern, weil sie daran glaubten, dass alles beseelt war. Es gab sogar eine Göttin des Selbstmords.«

»Woher weißt du das alles? Lernt man das in Guatemala in der Schule?«

»Eher am Rande.« Isabell lächelte. »Aber wenn deine Eltern sich den lieben langen Tag mit alten Steinen und Legenden beschäftigen, bleibt irgendetwas hängen. Bei uns erzählten meine Eltern beim Abendessen von *Itzamná,* dem Gott des Himmels, und von *Ix-Chel,* der Herrin des Regenbogens.«

»Aha«, antwortete Julia einsilbig. Isabell fürchtete schon, dass sie wieder zu viel über Maya-Götter erzählt hatte. »Und der Sonnengott hat dann was mit den Püppchen gemacht?«

»Der Sonnengott gab der überforderten Ixmucane Helfer an die Seite, damit sie nicht länger allein mit allem fertigwerden musste.« Isabell deutete auf die Püppchen. »Das sind sie.«

»Und was mache ich mit ihnen?«

»Vor dem Schlafengehen vertraust du ihnen deine Sorgen an und legst sie dann unters Kopfkissen.«

»Und morgens bringt mir die Sorgenpüppchenprinzessin einen Euro für jede Sorge?« Inzwischen lächelte Julia wieder. »So wie die Zahnfee?«

»Nein.« Isabell schüttelte den Kopf und streichelte einer Puppe über ihr zartes Gesicht. »Wenn du am Morgen aufwachst, haben die Püppchen deine Sorgen über Nacht weggebracht.«

»Das klingt gut«, stöhnte Julia.

»Der Glaube versetzt Berge.« Isabell zuckte mit den Schultern. »Und du trägst zu einem gutem Werk bei, weil sie von einem Frauenkollektiv in Guatemala hergestellt werden.«

»Ich werd's ausprobieren und berichten.« Dann schaute sie auf die Uhr. »Ich muss los. Hab versprochen, dass ich zum Abendessen nach Hause komme. Zu einem Abendessen, das unter der dunklen Wolke der drohenden Pleite steht.«

30 *Guatemala 1902*

»Wir hätten das nicht tun dürfen.« Juan strich Margarete das Haar aus dem Gesicht und schaute sie an. Seine Bewegung fühlte sich so sanft an, als ob der Flügel eines Quetzals über ihre Wange strich. »Ich … ich hätte mich beherrschen müssen.«

Trotz aller Fragen und Sorgen konnte Margarete ein Lächeln nicht zurückhalten. Männer! Immer dachten sie, dass sie alles entscheiden würden. Hatte nicht sie den Ort ausgesucht, dafür gesorgt, dass niemand auf der Finca sie vermissen würde, und hatte nicht sie den ersten Schritt getan? Aber sie war klug genug, diese Gedanken nicht in Worte zu fassen, um Juan nicht zu erschrecken.

Sanft berührte sie das geliebte Gesicht, zeichnete die Konturen nach. Das feste Kinn, den geschwungenen Mund, die starke, gerade Nase. Ihr Herz drohte vor Liebe zu bersten. Niemals, niemals würde sie Juan aufgeben. Egal, was ihr Vater sagte. Egal, was ihre Großmutter wünschte. Egal, was das Fräulein für schicklich hielt. Selbst wenn das Schicksal ihrer Finca auf dem Spiel stand.

»Ich bereue nichts«, flüsterte Margarete und zog Juans Kopf näher zu sich heran, öffnete den Mund zu einem Kuss. »Gar nichts.«

»Aber …« Ihre Lippen erstickten seine Worte und seine Bedenken. Juan erwiderte ihren Kuss erst zögernd, als ob sein Verstand immer noch über sein Herz bestimmte. Erst als Margarete ihre Hände sanft über seinen nackten Rücken wandern ließ, gab Juan nach und küsste sie. Immer wieder. Wild und fordernd. Sie spürte eine nie geahnte Sehnsucht in sich aufsteigen und gab sich ganz und gar den Gefühlen und Empfindungen hin, die sein Kuss und seine Leidenschaft in ihr auslösten.

»Ich liebe dich«, sagte sie mit ruhiger Stimme, nachdem sie wieder zu Atem gekommen war. Selten hatte sie die Worte ausgesprochen und niemals so wahrhaftig wie heute. »Ich würde mein Leben für dich geben.«

»Ich liebe dich auch.« Juan schaute sie an. Mit diesen tiefen dunklen Augen, in denen sich seine Gefühle widerspiegelten. Margarete schluckte. »Für immer. Nichts kann uns trennen.«

Seine Worte wirkten wir ein kalter Schwall Wasser, den ihr jemand ins Gesicht schleuderte. Auf einmal standen sie alle vor ihr, die Hindernisse, die ihrer Liebe zu Juan den Weg versperrten. Die Finca. Ihr Vater. Robert Linden oder Karl Federmann. Konnte sie sich Juan anvertrauen? Mit wem sollte sie ihre Sorgen teilen, wenn nicht mit dem geliebten Mann?

»Mein Vater trinkt.«

Ganz ruhig sprach sie die Worte aus, als ob ihr die Erkenntnis, die sie so bald nach ihrer Rückkehr gewonnen hatte, nicht schlaflose Nächte bereitet hätte. Erst hatte sie nicht glauben wollen, dass ihr Vater schon früh am Tag nach Aguardiente roch, dass seine Sprache immer schludriger klang und dass er am Abend gegen Tische stolperte und Stühle umwarf. Sie hatte Entschuldigungen für ihren Vater gesucht und im Stillen gehofft, dass es besser würde. So wie ihre Großmutter, die alle Sorgen kleingeredet hatte.

Endlich hatte sie ein Gespräch mit Marisela geführt, die all ihre Befürchtungen bestätigte. Ihr Vater trank. Seitdem die Kaffeepreise tiefer und tiefer gefallen waren. Seitdem all seine Versuche, La Huaca zu halten, nur zu mehr Schulden geführt hatten. Lange hatte Margarete nach einer Lösung gesucht und schließlich mit ihrer Großmutter gesprochen. Nun vertraute sie sich Juan an.

»Ich werde die Finca leiten müssen.«

»Du?« Juan reagierte nicht so, wie sie es sich erhofft hatte. Er wand sich aus ihren Armen und sprang auf, versuchte, ihrer Nähe zu entkommen. Auf seinem Gesicht zeichnete sich Unverständnis ab. »Wie kannst du nur?«

»Wer sonst sollte es tun?« Margarete setzte sich auf, verschränkte die Hände vor der Brust und hob den Kopf. Stolz reckte sie das Kinn empor. In ihrem Herzen spürte sie eine tiefe Enttäuschung darüber, dass Juan sie nicht unterstützte. So wie ihr Vater sie lauthals ausgelacht hatte, als sie mit ihm über die Zukunft des Cafétals reden wollte. »Großmutter ist zu alt. Dem Verwalter traue ich nicht.«

»Verstehst du denn nicht?« Juan machte einen Schritt auf sie zu und streckte die Hand nach ihr aus, doch schien er vor der Berührung zurückzuscheuen. »Die Kaffee-Finca … sie … sie steht für alles Schlechte.«

»Das denkst du von mir?« Margaretes Hals schnürte sich zu und sie fühlte sich, als ob jemand ihr Herz in seiner Faust hielt und es langsam zerdrückte. »Du hältst mich für etwas Böses?«

»Nein. Nein.« Juan hob die Hände. In seinen Augen erkannte Margarete eine Düsternis. Eine so abgrundtiefe Traurigkeit, dass sie gegen Tränen ankämpfen musste. »Du nicht. Ich liebe dich. Immer schon. Das macht es so schwer.«

»Ich verstehe dich nicht.« Sie schaute ihn an, holte tief Luft, um sich zu beruhigen. Was fiel ihm schwer? Wollte er sie als Frauchen am Herd sehen, so wie Karl Federmann und ihr Vater? Margarete schluckte. Die Enttäuschung über Juans mangelndes Verständnis lastete schwer auf ihrer Seele. »Warum unterstützt du mich nicht?«

»Ach, Marga.« Juan seufzte und schüttelte den Kopf. »Es geht doch nicht um dich. Es geht um die Fincas und darum, was sie bedeuten.«

»Ja was denn?« Langsam wurde Margarete wütend. Warum ließ sich Juan jedes Wort einzeln aus der Nase ziehen? »Was stört dich?«

»Die Fincas sind auf unserem Land erbaut«, stieß Juan zwischen den Zähnen hervor, als ob mit diesen Worten ein Groll einherging, den er zurückhalten musste, um davon nicht fortgerissen zu werden. »Land, das meinen Vätern gehörte und ihnen gestohlen wurde. Von den Ladinos und von euch.«

»Euch?«, empörte sich Margarete und stampfte mit dem Fuß auf. Gleichzeitig durchfuhr sie eine Angst, die scharf schnitt wie eine Klinge. Wie wenig kannte sie den Geliebten? Wie wenig wusste sie von seinen Gedanken, die er ihr gegenüber heute das erste Mal aussprach. »Was soll das bedeuten? Ich bin ich und nicht euch!«

»Versteh doch.« Juans Miene wirkte gequält.

Er litt so offensichtlich, dass Margarete die Hand ausstrecken wollte, um ihn zu trösten. Stattdessen suchte sie nach ihrer Kleidung.

»Sieh dich um. Mein Volk arbeitet in Sklaverei, damit dein Vater gut leben kann.«

»Das stimmt nicht!« Margarete sprang auf und stemmte

die Hände in die Hüften. Dann griff sie nach dem Kleid und zog es an. Ihre Gedanken überschlugen sich. Wie konnte Juan nur so etwas Furchtbares sagen? Glaubte er wirklich, dass ihr Vater die Indios und damit Juans Familie versklavte? »Du weißt selbst, dass alle Arbeiter frei sind und jederzeit gehen können.«

»Ach wirklich?« Juans Miene verdüsterte sich und er begleitete seine Worte mit einem bitteren Lachen. So hart und kalt hatte Margarete ihn noch nie erlebt. Sie erschauderte. »Sie können gehen, wenn sie ihren geringen Lohn abgearbeitet haben. Lohn, den sie in Geld ausbezahlt bekommen, das sie nur in Läden der Finqueros für überteuerte Waren ausgeben können. Schau nur einmal richtig hin, Marga. Sie … wir sind nicht frei.«

Margarete schwieg und dachte nach. Sollte Juan mit seinen Anschuldigungen etwa recht haben? War sie bisher blind für die Lage der Indios gewesen oder hatte sie einfach nicht hinsehen wollen? Ihr Herz fühlte sich schwer an.

»Du hast recht. Jedenfalls in vielem«, sagte sie schließlich und sah Juan an. Sie seufzte leise. »Ich werde versuchen, vieles besser zu machen, wenn ich La Huaca leite.«

Juan lächelte. Inzwischen hatte auch er sich seine Kleidung übergestreift und das Haar nach hinten gestrichen. Noch immer trennten ihn zwei oder drei Schritte von Margarete. Zwei oder drei Schritte, die Margarete wie ein Abgrund vorkamen, weil keiner von ihnen bereit schien, den ersten Schritt zu gehen.

»Hilfst du mir?« Margarete trat auf Juan zu, mit einem Mal unsicher, ob seine Zuneigung tief genug war oder ob der Kaffeeanbau zwischen ihnen stehen und verhindern würde, dass sie ihre Liebe leben konnten. »Kann ich auf dich zählen?«

»Das konntest du schon immer.« Mit einem großen Schritt war Juan bei ihr, nahm sie in seine Arme und drückte sie an sich. »Egal, was geschehen wird, ich stehe zu dir.«

Ein inniger Kuss besiegelte sein Versprechen.

31

»Bald erreichen wir Cobán und die Kaffeepflanzungen. Von da aus ist es nur noch ein Stück bis in den Nebelwald, genauer gesagt bis nach Cancuen.« Henni Hohermuth lächelte Elise an. Seitdem ihr Ehemann ihr zwei Wochen für ihre Expedition geschenkt hatte, wirkte sie wie verwandelt. Sie beugte sich vor und nahm sich einen weiteren Maisfladen. »Hoffentlich laufen uns die Träger nicht davon, wenn wir einen Tempel finden. Sie sind ja so abergläubisch.«

»Ja, wie Kinder.« Johann Hohermuth schüttelte den Kopf. »Der Katholizismus ist nur eine Tünche über einem Glauben an Zauberei und Naturgötter. Rückständig.«

»Dass ihr euch nicht schämt!«, platzte Elise heraus. Sie konnte beim besten Willen nicht mehr an sich halten. »Wie könnt ihr nur so herablassend reden?«

Ihre Eltern und Georg, der bisher geschwiegen hatte, blickten sie überrascht an.

Schließlich ergriff ihre Mutter das Wort. »Was meinst du damit, Kind?«

»Nun … nun …«, stotterte Elise. Hätte sie nur den Mund gehalten und ihren Ärger heruntergeschluckt. »Ihr … ihr reist durch das Land und bewundert alles, was die seit Jahrhunderten toten Maya an Steinresten hinterlassen haben. Und die heute lebenden Maya? Über die redet ihr, als ob sie dumme Kinder wären. Wie bringt ihr das zusammen?«

»Na, na, das ist ein bisschen harsch, oder?« Johann Hohermuth runzelte die Stirn und wiegte den Kopf von rechts nach links. »Du musst zugeben, dass die Indios, verglichen mit uns, rückständig sind.«

»Woher wollt ihr das wissen? Immer wenn ihr von den Indios sprecht, redet ihr so … so von oben herab. Ihr haltet euch für etwas Besseres. Und wenn es um die alten Maya geht, dann überstürzt ihr euch geradezu vor Bewunderung.« Die ganze Wut, die sich in den letzten Tagen und Wochen angestaut hatte, brach sich Bahn. »Ihr denkt nicht einmal darüber nach, dass die Indios die Nachfahren der Maya sind und wie es ihnen heute geht und warum es ihnen heute so geht und wer schuld daran hat. Ihr … ihr seid nicht viel besser als die Kaffeebauern, die den Indios ihr Land weggenommen haben.«

Es herrschte Stille. Elise hätte am liebsten ein Loch gefunden, in das sie sich verkriechen konnte. Bis zu dem Augenblick, als sie den anerkennenden Ausdruck auf Georgs Gesicht sah.

»Vielleicht hast du recht«, sagte ihr Vater schließlich. Er strich sich durch den Bart. »Wir haben noch nie darüber nachgedacht. Interessante Sichtweise.«

Elise lächelte. Damit hätte sie niemals gerechnet. Anerkennung von ihrem Vater. Neugierig schaute sie ihre Mutter an. Bisher hatte Henni Hohermuth noch nichts gesagt und an ihrem Gesicht ließ sich nicht ablesen, was sie von Elises Ausbruch hielt.

»Das ist ein bisschen zu einfach, oder?«, sagte ihre Mutter schließlich und schürzte die Lippen. »Wir beuten die Indios nicht aus, sondern helfen, dass ihre Kultur erhalten wird und nicht dem Urwald zum Opfer fällt.«

»Du … du wirst mich nie verstehen!« Elise sprang auf und lief davon. Nur weg vom Feuer, damit ihre Mutter nicht sah, dass ihr Tränen über die Wangen liefen.

Nach kurzer Zeit hielt sie an und schniefte. Hinter sich hörte sie Schritte. Sie drehte sich um. Vor dem sanften Schein des Feuers erkannte sie die Silhouette ihrer Mutter. Elise schniefte erneut. Sie hatte so gewünscht, dass Georg ihr nachlief … Vorsichtig kam Henni Hohermuth auf sie zu.

»Ach, meine Kleine.« Elises Mutter lächelte und strich ihr eine Haarsträhne aus dem Gesicht. »Ich weiß, dass du dir ein anderes Leben wünschst.«

Elises Unterlippe zitterte und sie konnte nicht antworten, weil sie sonst losgeheult hätte. Ihre Mutter wusste, wie unglücklich sie mit all den Reisen war, und zwang sie trotzdem mitzukommen. Sie schaute ihre Mutter durchdringend an, bis diese den Blick abwendete.

»Vielleicht war es zu egoistisch von uns, von mir, dich aus Bremen zu uns zu holen.« Nun bemerkte Elise, dass die Stimme ihrer Mutter belegt klang. »Aber ich habe dich so vermisst. Jeden Tag, den wir ohne dich waren.«

»Aber … aber …«, konnte Elise nur hervorbringen.

»… warum wir dich erst bei deinen Großeltern ließen?« Ihre Mutter lächelte. Traurig. Schaute auf ihre Hände und ihre langen, schlanken Finger. »Du warst so klein und …«

Elise holte tief Luft. So lange schon quälte sie sich mit der Frage, warum ihre Eltern sie damals einfach bei ihren Großeltern zurückgelassen hatten und nur alle Jubeljahre zu Weihnachten oder zu einem Geburtstag kurz aufgetaucht und dann wieder verschwunden waren. Wie entfernte Verwandte, die man nur an hohen Festtagen zu Gesicht bekommt und an deren Namen man sich mühsam erinnert. »Warum konntet ihr mich nicht bei Großmama und Großpapa lassen? Wo ich euch doch die ersten Jahre egal war.«

»Glaube mir, Kleines, du warst uns nie egal. Aber …« Ihre Mutter schaute zu Boden, knetete die Hände, verschränkte die Finger ineinander, als ob diese ihr sonst davonlaufen würden. »Wir haben es versucht. Johann und ich. Wir beide wollten deinetwegen in Deutschland bleiben.«

»Wie bitte?« Elise hob den Kopf und starrte ihre Mutter an. Sie hatte jedes Wort verstanden, aber ihr Verstand weigerte sich, den Sinn zu begreifen. »Ihr wart in Deutschland? Wann soll das denn gewesen sein?«

»In deinem ersten Jahr. Du wirst dich nicht erinnern.« Ihre Mutter schaute sie mit einem schiefen Lächeln an. »Johann hat unsere Forschungsergebnisse an der Universität vorgestellt und ich war bei dir zu Hause. Frauen durften ja nicht an die Universität.«

Elise nickte. Nur zu gut konnte sie sich vorstellen, wie sehr ihre Mutter gelitten hatte. Auch wenn Elise die Wissenschaft eher langweilig fand, so sah sie mehr als deutlich, wie sehr ihre Eltern ihre Arbeit liebten.

»Nach einem Jahr standen wir vor der Wahl, in Bremen bei dir zu bleiben oder an einer Expedition teilzunehmen.« Ihre Mutter lächelte wieder, eher traurig als fröhlich. Sie strich sich eine Strähne hinters Ohr, die sich sofort löste und ihr gleich wieder ins Gesicht fiel. »Einer großen Expedition. Gut ausgestattet. Nach Yucatán. Eine Gelegenheit, die sich nur einmal bietet.«

»Und da habt ihr euch gegen mich entschieden.« Elise schluckte. Sie hatte befürchtet, dass ihren Eltern ihre Forschungen viel, viel wichtiger waren als sie. Aber etwas zu ahnen oder es aus dem Mund der eigenen Mutter zu hören, war zweierlei. »Und da habt ihr mich einfach in Bremen gelassen.«

»Nein.« Ihre Mutter schüttelte den Kopf und lächelte. Bittersüß, nannte man das wohl. »Wir blieben schweren Herzens in Bremen, weil wir dich nicht verlassen wollten. Aber wir hielten es dort nicht aus. Stritten uns ständig. Keiner von uns war glücklich.«

»Ich vielleicht«, flüsterte Elise. Wie schade, dass sie sich nicht erinnern konnte. Oder vielleicht doch. Als Kind hatte sie ein Schlaflied besonders geliebt. »Hast du … hast du mir ein Lied vorgesungen?«

Sie summte eine Melodie, weil sie sich an die Worte nicht mehr erinnerte. Aber jedes Mal, wenn sie die Melodie sang, fühlte sie sich sicher und beschützt. Ihre Großmutter hatte das Lied nicht gekannt und Elise hatte lange Zeit nicht mehr daran gedacht.

»Gute Nacht, gute Nacht, mein feines Lieb.
Gute Nacht, schlaf wohl mein Kind.
Gute Nacht, gute Nacht, mein feines Lieb.
Gute Nacht, schlaf wohl mein Kind.
Dass dich die Engel hüten all,
die in dem schönen Himmel sind.
Gute Nacht, gute Nacht, mein feines Lieb,
schlaf wohl in Nächten lind.«

Hennis kräftige Stimme klang durch die drückende Luft des Regenwalds und übertönte alle anderen Geräusche. Elise schloss die Augen und lauschte. Sie nickte und öffnete die Augen.

»Du erinnerst dich?«

Ihre Mutter wollte sie in die Arme schließen, doch Elise wollte erst die ganze Geschichte hören. Schließlich hatten ihre Eltern lange genug geschwiegen.

»Dein Vater und ich haben verzweifelt nach einer Lösung gesucht, aber wir konnten in Deutschland nicht leben. Und mitnehmen konnten wir dich auch nicht. Du warst so zart, hast viel gekränkelt. Und deine Großeltern waren überglücklich, dich aufziehen zu dürfen.«

»Wie schön, dass alle zufrieden waren … Und ich zu klein, um mich nach meiner Meinung zu fragen.« Elise spürte einen bitteren Geschmack im Mund. Warum hatten sich weder ihre Großeltern noch ihre Eltern überlegt, ob es dem Kind gefiel, zurückgelassen zu werden? »Und warum habt ihr mich jetzt nicht in Bremen gelassen?«

Wieder spürte sie Tränen in sich aufsteigen und sie schniefte. Nur zu genau erinnerte sie sich, als ihre Großmutter ihr mit bleichem Gesicht entgegengekommen war.

»Deine Eltern sind da.« Großmama hatte versucht zu lächeln, aber Elise kannte sie gut genug, um zu erkennen, dass sie etwas bedrückte. »Sie bleiben über Weihnachten.«

Erst nach und nach war herausgekommen, dass ihre Eltern nicht nur über die Feiertage blieben, sondern Elise mitnehmen wollten. Auf die Reise. Auf einen Dampfer. Auf einen anderen Kontinent. Nichts hatte geholfen. Weder weinen noch schmollen noch betteln.

»Wir meinten, du seist alt genug, um uns zu begleiten …« Das Lächeln ihrer Mutter erstarb. »Und wir hatten gehofft, dass du dich freust, mit uns auf eine Expedition zu gehen.«

»Ihr hättet mich fragen können.« Elises Stimme überschlug sich. Sie wollte nicht weinen. Aber sie fühlte sich betrogen. Sie war gefangen auf einer Reise mit Eltern, die sie kaum kannte und die sie, wenn sie ehrlich war, auch gar nicht kennenlernen wollte. Sie wollte in Bremen sein. In der Sicherheit des alten Hauses mit den knarrenden Dielen. Bei Großmama und Großpapa, die ihr jeden Wunsch von den Augen abgelesen hatten. Sie wollte nicht in der Wildnis sein, mit den Gefahren, die hier überall lauerten.

32 *Bremen 2011*

»Wie gefällt es dir denn jetzt nach sechs Wochen an der neuen Schule?«

Heute hatte die Skype-Verbindung nach Guatemala endlich mal wieder geklappt und sie konnte sich ihren Eltern wenigstens ein bisschen näher fühlen.

»Wie Schule halt so ist.« Isabell zuckte die Schultern, bis ihr einfiel, dass ihre Mutter sie nicht sehen konnte. »Wollt ihr euch nicht mal ein iPhone oder so was zulegen, damit wir uns sehen können?«

»Nicht solange die Arbeitsbedingungen in den Fabriken so sind, wie sie sind!«, erklang die Stimme ihres Vaters aus dem Hintergrund. »Ich unterstütze keine Kinderarbeit!«

»Die Schule ist ganz in Ordnung«, wechselte Isabell das Thema, weil sie die Debatte nicht schon wieder führen wollte. Ihr Vater hatte ja recht, aber manchmal machte seine Political Correctness das Leben nicht gerade leichter. »Keine Uniformen, aber Projektarbeiten zu zweit. Die Lehrerin hat mich mit Julia zusammengespannt. Ihre Eltern haben eine Kaffeerösterei. Wir bearbeiten den Kaffeehandel in Guatemala Anfang des 20. Jahrhunderts.«

»Ein spannendes Thema«, begann ihre Mutter und wurde gleich darauf von Isabells Vater unterbrochen.

»Achte darauf, dass ihr die Arbeitsbedingungen auf den Fincas berücksichtigt. Die unrühmliche Rolle der sogenannten liberalen Revolution und die Ausbeutung der Indígenas durch die Regierung und auch durch die deutschen Kaffee-Finqueros.«

Isabell sah ihren Vater vor sich, wie er sich durch die Haare wuschelte oder die Themen, die sie seiner Meinung nach bearbeiten sollte, an den Fingern abzählte. Sie musste lächeln. Es könnte richtig interessant werden, wenn sich ihre Eltern mal mit Julias Eltern trafen.

»Matthias!« Isabells Mutter schritt ein. Ihre Stimme klang undeutlich, als ob sie das Mikrofon zuhielt. »Pack lieber deine Sachen zusammen und lass mich in Ruhe mit Isabell telefonieren.« An Isabell gewandt, fuhr sie fort: »Dein Vater hat bisher noch nichts für den Umzug vorbereitet. Und uns bleiben nur noch drei Wochen.«

»Da habe ich doch noch jede Menge Zeit«, ertönte die Stimme ihres Vaters schon etwas weiter weg. »Es kann ja nicht jeder so hyperorganisiert sein.«

»Schatz, lass mich mal einen Moment überlegen«, sagte Katja Pötter.

Isabell konnte ihre Mutter förmlich vor sich sehen, wie sie mit dem Finger über den Nasenrücken fuhr. Eine Welle der Rührung stieg in ihr auf und sie platzte heraus: »Ich vermisse euch. Hier bei Lina ist es toll, aber ich vermisse euch ganz einfach.«

»Schatz, wir vermissen dich auch.« Jetzt klang auch die Stimme ihrer Mutter etwas belegt. »Dein Vater und ich überlegen, ob wir nicht für ein Jahr nach Deutschland kommen sollen. Bestimmt würde sich etwas finden.«

Die Worte ihrer Mutter überraschten Isabell. »Ich dachte, die neue Ausgrabung in Belize wäre wichtig, weil sie eure Theorien bestätigen könnte? Ihr habt doch dafür das Guatemala-Projekt aufgegeben, oder?«

»Ach, Isabell.« Katja Pötter stieß die Luft langsam aus und wirkte verlegen. So kannte sie ihre Mutter gar nicht. »Du wirst sauer sein. Aber erzähl erst mal von diesem Kaffee-Projekt.«

»Es lässt sich spannender an als erwartet. Unsere beiden Ururgroßmütter kannten sich. Was sagst du dazu?«

»Elise. Das ist ja ein irrer Zufall.« Isabells Mutter klang überrascht.

»Ja, das kann man wohl sagen. Weißt du was über sie? Sie hat ja auch in Guatemala gelebt und gearbeitet.«

»Ich kenne nur ihre Reiseberichte und die findest du bestimmt in der Uni-Bibliothek. Lina hat vielleicht noch Briefe oder so etwas.« Isabells Mutter lachte leise. »Sie bewahrt doch immer alles auf. Unglaublich, was man in so einem kleinen Häuschen alles verstauen kann.«

»Sie hat uns schon Elises Tagebücher gegeben.« Schade, Isabell hatte gehofft, von ihrer Mutter noch mehr zu erfahren. »Elise war kein Fan von Guate.«

»Wie alt war sie damals? Siebzehn, achtzehn Jahre?«, überlegte Katja Pötter. »Später hat sie sich sehr für das Land eingesetzt, soweit ich mich erinnere.«

»Was meintest du eigentlich vorhin?«, fragte Isabell plötzlich. »Ich würde sauer sein. Worüber denn?« Sie hatte keine Ahnung, was ihre Mutter andeuten wollte. »Hat es damit zu tun, dass ich nach Bremen sollte?«

»Isabell. Schatz.« Katja Pötter schwieg. Was war nur mit ihrer Mutter los? »Wir wissen, wie schwer es dir gefallen ist, Guatemala zu verlassen.«

Jetzt wurde Isabell erst recht misstrauisch. »Ihr habt mich angelogen.« Das durfte nicht wahr sein. »Ihr habt gar kein neues Projekt.«

»Doch, schon. Aber …« Ihre Mutter schwieg so lange, dass Isabell schon fürchtete, Skype hätte den Geist aufgegeben. »Aber wir hätten noch ein oder zwei Jahre hierbleiben können. Aber … es erschien uns zu gefährlich.«

»Ach, Quatsch. Genau das Gleiche muss ich mir ständig anhören.« Isabell stieß einen entnervten Seufzer aus. »Klar gibt es Probleme, aber die haben auch Ursachen und da sind die Deutschen und die Amis nicht schuldlos. Und es wird von Jahr zu Jahr besser.«

»Ich weiß, aber …« Nun seufzte auch Katja Pötter. Isabell spürte plötzlich einen Kloß im Hals und ahnte, dass noch etwas kommen würde. »Manchmal ergeben sich Dinge im Leben, wo man auf mehr Sicherheit achtet …«

»Ich verstehe nur noch Bahnhof.« Beim besten Willen konnte sie sich keinen Reim auf das Gerede ihrer Mutter machen. »Ihr und Sicherheit? Wie passt denn das zusammen?« Außer … Nein. Halt. Das konnte nicht sein, oder? »Du bist doch nicht etwa …?«

»Doch, bin ich.«

Schweigen auf beiden Seiten. Isabell musste die Nachricht erst einmal verdauen und hielt es für besser, den Mund zu halten. »Ja, tja, da muss ich wohl gratulieren, oder?«, sagte sie schließlich. »Aber eines verstehe ich überhaupt nicht: Warum konntet ihr mir das nicht schon in Guate sagen?«

»Ach, Kind …«, begann ihre Mutter, doch Isabell ließ sie nicht ausreden.

»Komm mir bloß nicht mit ›Ach, Kind‹!« Sie erschreckte sich selbst über die Wut in ihrer Stimme. Vor Kurzem noch hatte sie Julia bedauert, weil ihre Eltern ihr so etwas Wichtiges wie eine drohende Pleite verheimlicht hatten. Isabell hätte Wetten abgeschlossen, dass ihre Eltern so etwas nie getan hätten. »Ich … ich brauche jetzt erst mal Zeit, um das zu verdauen. Glückwunsch. Ich melde mich wieder.«

»Isabell. Bitte«, hörte sie ihre Mutter noch, aber sie antwortete nicht mehr.

Mit zitternden Fingern loggte sie sich aus, dann ging sie in die Küche. Den beiden Katzen, die ihr erwartungsvoll entgegensahen, gab sie geistesabwesend Trockenfutter. »*A la gran púchica!*« – »Verdammter Mist!«

Warum nur war Lina nie da, wenn man sie brauchte? Ob ihre Großmutter davon wusste? War ihre Mutter nicht viel zu alt, um noch ein Kind zu bekommen? Na ja, immerhin verlangte sie nicht von Isabell, die Ersatzmutter zu spielen. Nein, stattdessen hatten ihre Eltern sie lieber weggeschickt. Na prima!

Hallo, hast du Lust auf Tee?, sandte sie eine SMS an Julia. Sie brauchte jetzt jemanden, mit dem sie reden konnte. Und wer wusste schon, wann Lina wieder auftauchen würde?

33

Endlich waren Herbstferien und Julia traf sich nach einer gefühlten Ewigkeit wieder einmal mit Hannah und Bea. Vor Aufregung war sie eine Viertelstunde zu früh bei Starbucks erschienen. Sie hielt sich an ihrem Latte macchiato fest und schaute immer wieder auf die Uhr.

»Sorry, hab keinen Parkplatz gefunden.« Bea beugte sich zu Julia und hauchte zwei Küsschen neben jede Wange in die Luft. Sie warf ihre Handtasche auf den Stuhl und stellte sich ohne größeres Hallo in die Schlange.

Bea. Julia hatte gehofft, dass Hannah als Erste einträfe. Irgendwie hatte sie sich ihr immer ein bisschen näher gefühlt.

Kaum war Bea mit einem großen Cappuccino zurück, ertönte ein schrilles Klingeln aus ihrer Tasche.

»Sorry, mein iPhone. Hat mir ein Witzbold so eingestellt.« Ihre Augen leuchteten und Julia spürte einen Stich. Da schien sich einiges in Beas Liebesleben getan zu haben, von dem sie nichts wusste. Hannah und Bea hatten nur sporadisch auf Julias Mails geantwortet und eher Allgemeinplätze von sich gegeben wie zu viel Stress, eine Klausur nach der anderen und so. »Ich geh mal kurz ran.«

»Kein Problem.« Julia stand auf und bemühte sich um ein Lächeln, obwohl ihr eher zum Heulen zumute war. »Ich hole mir noch einen Kaffee.« Sie überlegte, ob sie sich vor lauter Frust nicht einen Carrot Cake gönnen sollte, aber da sie sich Beas kritische Bemerkungen ausmalen konnte, sparte sie sich das lieber. Mit einem fettreduzierten Latte kam sie zurück.

»Wie ist die neue Schule?« Bea schaute kurz von ihrem Handy auf, bevor sie weiter die SMSe scannte. »Ganz okay?«

»Wie es halt so ist.« Julia wusste nicht, was sie antworten sollte. Sie wollte nicht über die Schule reden und hatte sich etwas mehr Interesse von Bea erhofft. »Und bei dir?«

»Kennst du ja. Hey, Hannah kommt später. Hat sie gerade gesimst.« Bea schaute kurz auf. Sie grinste Julia an und einen Moment lang war es wie früher. Bea und sie waren pünktlich und warteten wieder einmal auf Hannah. Dann versenkte sich Bea erneut in ihr Handy und auch Julia schaute, ob sie neue SMSe hatte. Isabell. Guatemala, Tagebücher, Ururgroßmütter – das musste bis später warten.

»Ich habe so ein seltsames Projekt aufs Auge gedrückt bekommen. Kaffeehandel in Guatemala. Zusammen mit Miss Mittelamerika.« Vielleicht konnte sie so Beas Aufmerksamkeit gewinnen?

Doch ein Hauch von schlechtem Gewissen regte sich. Irgendwie erschien es Julia nicht richtig, sich über Isabell lustig zu machen. Schließlich hatte die ihr beigestanden, als sie das von der Firmenpleite erfahren hatte. Wenn auch etwas seltsam. Sorgenpüppchen. Ihre Lebenswelten schienen doch sehr unterschiedlich zu sein. Obwohl es wirklich nett von ihr gemeint war.

»Aha«, lautete Beas Antwort und sie widmete sich weiter ihren SMSen. Okay, Bea war sowieso nur ihre zweitbeste Freundin, dachte sich Julia. Wenn Hannah endlich käme, wäre alles besser. Wie auf Bestellung flog die Tür auf und

Hannah platzte herein. Und wie stets zog sie die gesamte Aufmerksamkeit auf sich, als sie den großen Auftritt hinlegte, Bea kurz drückte und Julia umarmte, als wäre diese eine lange vermisste Verwandte, die nach Jahrzehnten aus dem ewigen Eis wiedergekehrt war. Endlich legte auch Bea das iPhone zur Seite und Julia freute sich auf einen gemeinsamen Nachmittag.

»Wie ist es bei dir?«, fragte Hannah, nachdem sie sich einen Cappuccino geholt hatte. Bevor Julia antworten konnte, wandte Hannah sich Bea zu. »Das mit Tobias hast du schon gehört, oder?«

»Gerade eine SMS von Maja bekommen.« Nichts konnte sie so fesseln wie ein neues Gerücht. »Ist da echt was dran?«

»Was ist mit Tobias? Und wer ist Maja?«, mischte sich Julia ein und versuchte, sich daran zu erinnern, wer Tobias überhaupt war.

»Wir meinen den Blonden aus Göttingen. Den kennst du noch gar nicht.«

Konnte das sein? Sollte sich in den vergangenen Wochen so vieles im Internat verändert haben? Julia gab es auf, nachzufragen. Sie war enttäuscht und ärgerte sich, dass sie den Nachmittag nicht besser genutzt hatte. Vielleicht, so musste sie sich eingestehen, war die Zeit mit Hannah und Bea einfach vorbei.

»Ich muss los.« Sie spürte eine dunkle Traurigkeit, dass ihre Freundinnen sie einfach so vergessen hatten und sich nicht einmal bemühten, ein gemeinsames Thema zu finden. »Übrigens. Das mit Tobias ist totaler Schwachsinn. Ich habe es aus erster Hand von Dominik. Ciao.«

Bevor Bea oder Hannah antworten konnten, war sie schon draußen. Sie flüchtete in den Bürgerpark und fing an zu schluchzen. Irgendwie schien sie eine schlechte Phase zu haben. Nachdem sie sich ein wenig beruhigt hatte, suchte sie das Handy in ihrer Tasche.

»Hi, Isabell. Julia hier. Hab deine SMS eben erst gesehen. Ich bin in der Nähe, und wenn dein Angebot noch steht, dann komme ich vorbei.«

34

Täuschte sich Julia oder hatte Isabell wirklich gerötete Augen vom Weinen?

»Komm rein. Willst du einen Tee oder was anderes?«, fragte sie über die Schulter, während sie vor Julia her in die Küche ging.

»Tee wäre schön.« Julia grinste schief. »Kaffee hatte ich heute schon mehr, als ich wollte.«

In der Küche saß Lina und rauchte. Julia fielen beinahe die Augen aus dem Kopf. Lina und eine Zigarette? Das hätte sie niemals gedacht.

»Schau nicht so entsetzt. Ich rauche selten.« Lina wedelte mit ihrer Zigarette und deutete auf einen Stuhl. »Setz dich doch. Ich gönne mir ab und an eine Kippe, wenn es etwas zu feiern gibt. Oder wenn ich völlig von der Rolle bin. Was in diesem Fall zusammentrifft.«

Julia verstand kein Wort und schaute Isabell Hilfe suchend an. Die stand mit dem Wasserkocher in der Hand da, wirkte wie ein Häufchen Elend und schwieg.

»Entschuldigung«, sagte Julia in die Stille hinein und beobachtete, wie Lina den Rauch tief einatmete und heftig wieder ausstieß. »Könnte mich bitte mal jemand aufklären?«

»Meine Mutter ist schwanger.« Isabell klapperte demonstrativ mit den Teebechern, als ob sie sich gegen weitere Fragen verwehren wollte. »Hat sie mir vorhin via Skype gesagt.«

»Ach du Schande!«, platzte Julia heraus. »Entschuldige.

Vielleicht sollte ich eher herzlichen Glückwunsch sagen, oder?«

»Na ja, es gibt Dinge, über die ich glücklicher wäre.«

Isabell schien immer noch gegen Tränen anzukämpfen. Julia legte ihr vorsichtig eine Hand auf den Unterarm.

»Sie hätten es mir ruhig schon in Guate sagen können. Ich … ich fühle mich so … so …«

»Sag's ruhig.« Lina drückte die Zigarette auf einer Untertasse aus. »Wir fühlen uns verarscht. Katja und Matthias haben nicht einmal eine Andeutung fallen lassen, als sie fragten, ob Isabell hier wohnen kann.«

»Oh Mann!« Julia nahm Isabell den Wasserkocher aus der Hand. Isabell sah nicht so aus, als ob sie es heute noch fertigbrächte, Tee zu kochen. »Eltern können echt die Pest sein.«

»Ach genau. Du kennst das ja.« Isabell gestattete sich ein kleines Lächeln. »Echt blöd. Ich bin so sauer und habe gleichzeitig ein schlechtes Gewissen, weil ich mich nicht freue.«

»So, Mädels. Genug gejammert.« Lina sprang auf. »Ich füttere die Katzen, dann gehe ich einkaufen und heute Abend koche ich etwas Schönes für uns.«

»Gute Idee«, antwortete Julia, die sich in Isabells und Linas Gegenwart immer wohler fühlte.

»Meinetwegen kannst du auch gern hier übernachten«, schlug Lina vor.

»Danke, besser nicht. Aber vielleicht komme ich ein andermal darauf zurück.«

»Auch in Ordnung.« Lina zwinkerte ihr zu. »Ich gehe jetzt jedenfalls erst mal an die frische Luft.«

Wollen wir in mein Zimmer?«

Julia nickte und griff sich die Teebecher. In der Küche roch es nach abgestandenem Rauch und es wirkte so, als ob Isabell sich lieber in ihre Höhle zurückziehen wollte.

»Hattest du einen besseren Tag?«, fragte Isabell, was Julia als Aufforderung verstand, nicht mehr über den unvermuteten Familienzuwachs zu sprechen. »Gibt's was Neues?«

»Nein. Aber ich weiß nicht, ob das gut oder schlecht ist.« Julia holte tief Luft. Am liebsten würde sie Isabell von ihrem schrecklichen Nachmittag erzählen. Aber konnte sie sie jetzt wirklich mit ihrem Nerv belästigen? Doch Isabell hatte sie gefragt. »Ich habe mich heute mit Bea und Hannah getroffen … Und das war echt übel.«

»Deine Freundinnen aus dem Internat?« Isabell neigte den Kopf und schien sich wirklich dafür zu interessieren. »Was war denn?«

Julia warf die Haare nach hinten und erzählte vom dem verpfuschten Nachmittag in allen traurigen Details.

»*Á la gran púchica!* Das war ja richtig bescheiden«, fluchte Isabell und runzelte mitfühlend die Stirn. »Mach dir nix draus. Manchmal läuft's eben blöd.«

»Wie bitte?« Julia runzelte die Stirn. »Was ist eine große Puchika?«

»Nix Puchika«, antwortete Isabell. »›Menschenskind‹ oder ›verflixt und zugenäht‹ würde man im Deutschen wohl sagen.«

»Auf Spanisch klingt es eindeutig besser.« Julia grinste. »Passt auf meinen Nachmittag. *Á la gran púchica!*«

»Was willst du jetzt machen?« Isabell trank einen Schluck Tee und zögerte einen Moment. »Willst du sie abschreiben oder ihnen noch eine Chance geben?«

»Ich weiß es nicht.« Julia hob fragend die Hände. Nach ihrem spontanen Aufbruch hatte sie nicht weiter über die Konsequenzen nachgedacht. »Im Moment können sie mir gestohlen bleiben. Aber … wir waren lange befreundet.«

»Ist schwer, Freundschaften aufrechtzuerhalten, wenn man sich nicht jeden Tag sieht.« Es kam Julia so vor, als ob Isabell eher mit sich sprach als zu ihr. »Trotz Internet und Facebook und Skype und allem.«

»Wie ist das denn mit dir und deinen Leuten in Guatemala?«, fragte Julia und kämpfte mit ihrem schlechten Gewissen, weil sie sich noch nie Gedanken darüber gemacht hatte, dass Isabell in Guatemala nicht nur ihre Familie, sondern auch ihre Freundinnen, vielleicht sogar einen Freund zurückgelassen hatte. »Habt ihr noch viel Kontakt?«

»Ich vermisse meine Freundinnen, aber …« Isabell zögerte und Julia schaute auf. »… irgendwie ist es anders. Selbst mit Skype bekomme ich nur noch ein Viertel von dem mit, was passiert. Ich fühle mich nirgendwo richtig zu Hause, bin nicht mehr ganz in Guate, bin aber auch hier noch nicht richtig angekommen.«

»Irgendwie hängt man echt in der Luft.« Julia nickte. »Aber du weißt ja immerhin, dass du nach dem Abi zurückgehen wirst.«

»Manchmal habe ich Angst, dass ich nach Guate fliege und nichts mehr von dem da ist, was mir wichtig war«, platzte es aus Isabell heraus. »Und dann sitze ich da und weiß überhaupt nicht mehr, wohin. Meine Eltern werden mit einem neuen Kind beschäftigt sein. Lina hat ein eigenes Leben und ich …?«

»Ich habe manchmal Angst, dass ich zur Uni gehe, in vier Jahren meinen Master mache und mich dann frage, ob es das wirklich war.« Julia leckte sich über die trockenen Lippen. Nicht einmal Hannah und Bea gegenüber hatte sie das bisher zugegeben. »Wollen meine Eltern, dass ich die Firma übernehme, oder will ich das? Ich habe mir oft gewünscht, ich hätte einen Bruder oder eine Schwester, die den Job übernehmen könnten.«

Isabell schaute sie ungläubig an. »Und ich dachte, du hättest überhaupt keine Zweifel.«

»Das hatte ich von dir auch gedacht.« Julia schwieg einen Moment. Wenn Hannah und Bea sie so sehen würden, wie sie mit Isabell ein Problemgespräch führte, wie Bea das abwertend nannte, dann wäre Julias Ruf für immer ruiniert. »Du bist doch Miss-ich-geh-zurück-nach-Guatemala-und-mein-Leben-ist-klar.«

»Das sagt Prinzessin-ich-werde-mal-Papas-Firma-übernehmen«, lautete Isabells trockene Antwort.

Einen Moment schwiegen sie beide. Dann brachen sie in lautes Lachen aus.

35 *Guatemala 1902*

»Siehst du die Frauen dort?« Elises Mutter zeigte auf die drei Indio-Frauen, die am Straßenrand Obst verkauften. »Sie tragen die landestypische Tracht, dunkelblaue Röcke und bunte Blusen. Die Oberteile, die *huipil*, unterscheiden sich von Ort zu Ort und die Frauen weben alles selbst.«

»Das ist bestimmt viel Arbeit«, antwortete Elise geistesabwesend und beobachtete, wie Georg mit einer der Frauen scherzte. Ein kleiner Stich durchfuhr sie und sie wünschte sich, mit der Indio-Frau zu tauschen, die Georgs Aufmerksamkeit bekam.

Henni Hohermuth musterte ihre Tochter fragend und trieb dann ihr Pferd weiter. Elise hielt Nemo zurück, bis Georg sie erreicht hatte. Er lächelte und wirkte sehr zufrieden.

»Hier, probier mal.« Er reichte Elise ein Stück Ananas. Die Früchte erhielt man überall für einen Medio, was in etwa sechs Cents entsprach. Der Saft der süßen Frucht lief sein Kinn herunter und Elise hätte am liebsten ein Taschentuch genommen, um ihn abzuwischen. Aber sie fürchtete, dass Georg ihre Hand wegstoßen würde. Die Kränkung hätte sie nicht ertragen. Oder, schlimmer noch, er wäre mit einem Scherz darüber hinweggegangen und sie hätte sich gefühlt wie ein dummes kleines Mädchen, nicht wie die Frau, die sie für Georg so gern wäre.

»Meine Mutter sagte, dass wir nach Cobán reisen, mein Vater sagte etwas von Alta Verapaz.« Elise lächelte Georg Hilfe suchend an. »Verstehst du das?«

»Cobán heißt die Stadt. Alta Verapaz – das heißt ›echter Frieden‹«, sagte er bedeutungsschwer. »Alta Verapaz ist die Provinz oder das *departamento.*« Georg hatte viel Zeit mit ihren Eltern verbracht und hörte sich manchmal genauso an wie sie. »Es ist übrigens die einzige Provinz, in der die spanischen Eroberer den christlichen Glauben ohne Waffengewalt verbreiten konnten.«

»Wie kam das? Waren die Indios hier besonders aufgeschlossen?« Elise hoffte, dass ihre Frage Georg dazu verleitete, noch länger neben ihr zu reiten.

»Nein, nein. Der Dominikanermönch Fray Bartolomé de Las Casas hat sich beim spanischen König dafür eingesetzt, die Indios friedlich zu missionieren«, antwortete Georg und Elise fragte sich wieder einmal, woher er das alles wusste. Sie hatte ihn weder auf dem Schiff noch jetzt auf der Reise lesen gesehen. »Der Mönch lebte mit den Indios und übersetzte die Bibel in die Sprache der Kekchí und *pocomam.* So gelang es ihm, die Menschen hier vom Christentum zu überzeugen und sie nicht dazu zu zwingen, ihren alten Glauben aufzugeben.«

Bevor Elise ihn noch mehr fragen konnte, begann es, in Strömen zu regnen, und sie suchten Schutz unter den Bäumen. Allerdings konnte selbst das dichte Blätterdach nur wenig gegen die Sturzgewalten ausrichten. Nach einer Weile, die Elise wie eine Ewigkeit vorkam, ging die Sintflut in einen feinen Nieselregen über, den *chipi-chipi.*

Elise und Georg schwangen sich wieder auf ihre Reittiere und folgten Henni und Johann Hohermuth weiter Richtung Cobán. An vielen Stellen hatte der Wolkenbruch die unbefestigten Straßen in ein sumpfartiges Gebiet verwandelt. Pferd und Maultier blieben immer wieder im Matsch stecken, sodass Elise und Georg abstiegen und neben ihnen herliefen. Es hatten sich so tiefe Pfützen um sie herum gebildet, dass ihnen das Wasser in die Stiefel tropfte. Elise war inzwischen so erschöpft, dass sie mit gesenktem Kopf stur geradeaus marschierte und kaum noch aufsah.

»Cobán heißt ›Ort im Nebel‹ oder ›Ort im Regen‹ und ist Kekchí«, sprach Georg sie an und lächelte. Wollte er sie damit etwa aufmuntern? Der Regen hatte sein Haar an seinen Kopf geklebt und er sah aus wie ein nasser Kater.

»Ich dachte, Guatemala sei das ›Land des ewigen Frühlings‹?« Elise strich sich bestimmt zum zehnten Mal an diesem Tag das Wasser aus dem Nacken. Selbst die Krempe ihres Huts konnte den feinen Regen nicht davon abhalten, sich seinen Weg ihren Nacken hinunter zu bahnen. »Ich würde es eher ›Land des Dauerregens‹ nennen.«

»Im Frühling regnet es doch auch in Deutschland viel«, antwortete ihre Mutter, zu der sie in der Zwischenzeit wieder aufgeschlossen hatten. »In Guatemala sind Sommer und Winter vertauscht.«

»Aha, es schneit also im Sommer und Weihnachten ist im Juli?«, meinte Elise forsch.

»Nein, ganz so schlimm ist es nicht.« Täuschte sich Elise oder entwickelte ihre Mutter etwa Anzeichen von Humor? Je näher sie dem Hochland kamen, desto glücklicher wirkte Henni. »Der Sommer, der *verano,* herrscht von November bis Mai, und der *invierno*, der Winter, von Mai bis Oktober.«

»Gibt es im Winter weniger Regen?« Elise schüttelte sich. Sie fühlte sich, als ob ihr bald Schwimmhäute zwischen Fingern und Zehen wachsen würden. Sie wünschte sich, dass ihre Eltern die Reise besser geplant hätten. Chipi-Chipi war ein viel zu freundlich klingender Name für diese Dauerdusche. »Warum sind wir nicht im Sommer hierhergekommen? Wäre das nicht vernünftiger gewesen?«

»Nicht unsere Entscheidung«, mischte sich nun Johann Hohermuth ein, der ebenfalls ziemlich erschöpft wirkte. Er wischte sich Wasser von der Stirn und schüttelte sich wie ein Hund, der aus einem Teich gestiegen war. »Wir mussten lange reden und betteln, bis wir das Reisegeld zusammenhatten.«

Elise hatte nicht darüber nachgedacht, dass jemand diese Expedition finanzieren musste. Ihre Familie war nicht reich und ihr Vater hatte seine Stelle an der Universität nach einem heftigen Streit mit seinen Kollegen gekündigt.

Zwei Tage später, Tage, in denen Elise es aufgegeben hatte, sich abzutrocknen, und sich dem Nieselregen ergeben hatte, erreichten sie endlich Cobán.

Henni Hohermuth konnte die Papierabdrucke, die sie mühsam mit Ölhäuten vor der Nässe geschützt hatte, zu treuen Händen geben und auf den Weg nach Deutschland bringen. Johann Hohermuth nutzte die Gelegenheit, im Deutschen Club endlich mal wieder ein vernünftiges Bier zu trinken, wie er es nannte. Elises Sehnsucht nach einem weichen Bett und sauberen Laken wurde in der Pension, in der sie sich eingemietet hatten, erfüllt. Endlich konnte sie ihre Kleider trocknen und ein heißes Bad nehmen. Wer wusste schon, wann sie das nächste Mal so einen Luxus genießen konnte. Und heute Abend würde sie wieder Muße finden, sich ihrem Tagebuch zu widmen.

Und Georg, der freute sich auf eine ordentliche Portion Sauerbraten.

Die Pensionswirtin hatte ihre Gäste freudestrahlend begrüßt und ihnen ein typisch deutsches Essen versprochen. »Keinen Mais und keine schwarzen Bohnen.« Die Frau hatte den Kopf geschüttelt. »Das ist doch Viehfutter.«

Elise nahm sich gerade einen Kloß, als ihr die Ankündigung ihrer Mutter den Appetit verdarb.

»Wir brechen morgen schon auf, sonst laufen uns die Träger davon.«

»Ach, bleiben Sie doch noch einen oder zwei Tage«, widersprach die Wirtin. »Die Kleine sieht aus, als ob sie Ruhe bräuchte, und Indios finden Sie immer wieder. Den Burschen kann man nicht trauen. Keinem. Es soll sogar Banditen in den Wäldern geben.«

Doch Henni Hohermuth war nicht bereit, ihre Meinung zu ändern. Elise schmiegte sich an das Bettzeug in dem Wissen, dass sie für lange Zeit darauf verzichten müsste.

Viel zu früh am nächsten Morgen wurde Elise von ihrer Mutter geweckt. Sie zog ihr Reitkleid an, das sie abends am Feuer aufgehängt hatte. Doch noch immer waren klamme Stellen im Stoff zu fühlen. Wie gern wäre sie noch geblieben, aber auch ihr Vater hatte betont, dass die Zeit knapp wurde. Also folgte sie ihrer Mutter ohne Murren und stieg nach einem opulenten deutschen Frühstück in Nemos Sattel. Auch dem Mula hatte die Rast gut getan. Nemo warf den Kopf hoch und tänzelte auf der Stelle, als ob er es gar nicht erwarten konnte, wieder in den Dschungel hinauszukommen. Ihr Reittier war eindeutig abenteuerlustiger als sie, dachte Elise, und klopfte Nemo den Hals.

Schon nach kurzem Ritt erreichten sie einen Wald.

»Hier sieht es aus wie in Deutschland, nicht wahr?«, sprach ihre Mutter sie an. »Kein Wunder, dass sich die Kaffee-Finqueros hier heimisch fühlen.«

Aber nur auf den ersten Blick, dachte sich Elise. Wenn man genauer hinsah, entdeckte man Palmen und Orchideen, die im Grün des Waldes Farbsprenkel bildeten. Ständig musste man den Kopf einziehen, weil Lianen aus den Laubkronen baumelten und drohten, die Reiter vom Pferd zu fegen. Elise rümpfte die Nase. An den modrigen Geruch des Regenwalds hatte sie sich noch immer nicht gewöhnen können. Sie spürte einen Brechreiz und musste ständig schlucken. Beinahe noch schlimmer war der Duft, nein, Gestank der Blüten, die miteinander zu wetteifern schienen, wer den widerwärtigsten Geruch verströmte. Elise hatte sich angewöhnt, ein Schweißtuch vor Mund und Nase zu binden, um dem Mief zu entkommen. Sie sähe damit aus wie ein mexikanischer Bandit, hatte ihr Vater gescherzt, aber Elise war das vollkommen egal.

Sie kamen nur langsam voran, weil das wild wuchernde Unterholz immer wieder von den Trägern mit einer Machete zerteilt werden musste. Doch hier konnten sie wenigstens reiten. Nicht wie in den tieferen Lagen des Nebelwaldes, wo sie absteigen mussten, weil sie Gefahr liefen, dass ihnen messerscharfe Gräser das Gesicht zerschnitten. Die Indios hatten einen Gang geschlagen, durch den sie sich kämpften, immer in Angst, sich Schnittverletzungen zuzuziehen, deren Blut sofort Schwärme von Moskitos und Fliegen anlockte.

Dass sie allerdings die Quetzals nur hörte, bedauerte Elise. Zu gern hätte sie einen der sagenumwobenen Vögel gesehen. Ihre Mutter hatte ihr von der Legende erzählt, dass er bis zur Eroberung Guatemalas durch die Spanier einfarbig grün gewesen war. Nach der Ermordung des letzten Quiché-Königs badete der Quetzal in dessen Blut und trug seitdem ein rotes Brustgefieder. Was für eine Geschichte! Düster und gefährlich wie ihre Reise und das Land.

Sonst hatte Elise von der Tierwelt Guatemalas nichts vermisst – weder gelbäugige Jaguare noch meterlange Würgeschlangen.

Endlich hob ihr Vater die Hand und gab das Zeichen zum Halt. Elise sprang sofort von Nemos Rücken und schlug sich in die Büsche. Das gute Essen des gestrigen Tages forderte seinen Tribut. Plötzlich weckten unbekannte Stimmen ihre Aufmerksamkeit und neugierig ging sie darauf zu. Als sie nahe genug herangekommen war, hob sie die Hand vor den Mund, um einen Schrei zu unterdrücken. Sie drehte auf dem Absatz um und lief hastig zurück zum Lager.

»Da … da hinten.« Elise zog Georg am Ärmel seines hellen Hemds. Sie war so aufgeregt, dass sie beinahe stotterte. »Ich habe Männer gesehen. Mit Gewehren.«

»Bist du sicher?« Sein Gesichtsausdruck war skeptisch.

»Ja. Ganz sicher.« Elise fühlte, wie ihre Wangen glühten. Fieberhaft überlegte sie, wie sie Georg erklären konnte, warum sie sich so weit in den Regenwald hineinbegeben hatte. »Ich habe … nach Orchideen gesucht und da habe ich etwas gehört …«

Georg legte den Kopf schief und eine Haarsträhne fiel ihm in die Stirn. Unter seinem aufmerksamen Blick fühlte sich Elise noch unbehaglicher und schaute zu Boden.

»Ich bin weitergegangen, weil ich plötzlich etwas Glänzendes gesehen habe und dachte, es wäre ein Artefakt.« Elise presste die Lippen zusammen. »Ich hatte gehofft, etwas zu entdecken, mit dem ich meine Mutter beeindrucken könnte. Und dabei habe ich sie entdeckt. Fünf Männer auf Pferden. Mit Gewehren.« Elise schauderte.

»Kannst du mir zeigen, wo das war?« Jetzt wirkte Georg beinahe so aufgeregt wie Elise selbst.

»Wo wollt ihr hin?« Henni Hohermuth klang unwirsch. »Wir wollen gleich aufbrechen und haben einen weiten Weg vor uns.«

Georg und Elise wechselten einen Blick. Elise schüttelte den Kopf, aber Georg sagte: »Elise hat Banditen gesehen.«

»Ach, Kleines.« Henni Hohermuth rückte ihre Handtasche zurecht. »Das werden Soldaten gewesen sein. Die reiten immer um diese Zeit durch das Land und suchen indianische Arbeiter für die Fincas.«

»Aber –« Elise warf Georg einen wütenden Blick zu. Sie ging zu ihrem Maultier und stieg in den Sattel. Warum hatte sie sich Georg anvertraut? Warum nur glaubte ihre Mutter ihr nicht? Immer wieder schaute Elise über ihre Schulter, in der Angst, verfolgt zu werden.

36

Seit gestern wirkte es so, als hätten es Guatemalas Regenwälder auf Elise abgesehen. Die Affen schienen sie mit ihrem Gebrüll und die Vögel mit ihrem vielstimmigen Gesang zu verspotten. Alle bissigen Insekten hatten sich während der Nacht an ihrem Blut gelabt, und als ob das allein nicht reichte, hatte ihr gerade ein Ara auf den Kopf gesch… Sie wagte es nicht einmal, das Wort zu denken.

»Das bringt Glück«, sagte ihre Mutter lachend. »Warte, ich putze es dir weg.«

»Geht schon!« Mit brennend heißen Wangen und Tränen der Wut in den Augen stapfte Elise davon. Zu allem Übel stolperte sich auch noch über eine Wurzel und fiel der Länge nach hin. Noch nie in ihrem Leben hatte sie sich so erniedrigt gefühlt. Unter dem Gelächter ihrer Eltern und der Träger rappelte sie sich auf und zerriss dabei auch noch ihr Reitkleid. »Ich hasse alles hier!«

»Ach, Lise, komm, das hätte jedem von uns passieren können«, hörte sie die fröhliche Stimme ihrer Mutter hinter sich. »Nimm's doch nicht so ernst.«

»Nein, verdammt noch mal!«, fluchte Elise. Es hätte niemand anderem passieren können als ihr. Und nein, sie wollte auch nicht darüber lachen. Hätten ihre Eltern sie doch nur in Bremen glücklich leben lassen!

Oder wäre sie mit Margarete auf deren Finca gereist. Margarete, die bestimmt in einem wunderbar weichen

Bett schlief, ohne Moskitos und ohne Angst vor Taranteln. Margarete, die sicherlich wunderbare Mahlzeiten von einer Heerschar von Dienern gereicht bekam. Essen, das nicht zu andauernden Magenbeschwerden führte und dazu, dass man alle halbe Stunde in den Tiefen des Dschungels verschwinden musste und gequält von Bauchschmerzen den peinlichsten Situationen ausgesetzt war.

Auf keinen Fall.« Elise verschränkte die Arme vor der Brust und stampfte mit dem Fuß auf, was ihr ein Kopfschütteln von Georg einbrachte. »Ich werde auf gar keinen Fall einen Fuß in dieses … dieses Ding setzen.«

Voller Empörung deutete sie auf das winzige Boot, das aussah, als ob es auf die Schnelle aus einem Baum geschnitzt worden wäre.

»Elise. Stell dich nicht an.« Man konnte Henni Hohermuth deutlich anhören, was sie von den Worten ihrer Tochter hielt.

»Mutter. Schau dir das Bötchen doch mal an. Es wird uns niemals sicher ans Ziel bringen.« Elise bemühte sich, ihre Stimme nicht allzu sehr zittern zu lassen, obwohl sie vor Angst am liebsten davongelaufen wäre. »In dem Fluss sind bestimmt Krokodile.«

»Kind, du hast zu viele Romane gelesen.« Jetzt klang Henni Hohermuth vollkommen ungehalten. Sie bedeutete dem einheimischen Führer, auf sie zu warten, und kam auf Elise zu. »Wir sind nicht die ersten Forscher, die nach Cancuen fahren. Es ist vollkommen ungefährlich.«

Warum nur musste ihre Mutter stets so vernünftig und so wenig mitfühlend sein? Wie kam es nur, dass Großmama und Großpapa so eine kaltherzige Tochter hatten? Aber Fragen brachten sie nicht weiter. Sie musste nach Argumenten suchen, mit denen sie ihre Eltern davon abhalten konnte, das unsichere Boot zu besteigen. Falls sie überhaupt noch eine Chance hatte. Schließlich waren ihr Vater und die Träger bereits dabei, einen Teil ihres Gepäcks auf dem ersten Boot zu verstauen.

»Mutter, warum der ganze Aufwand?« So verbohrt konnte doch kein Mensch sein. »Du hast selbst gesagt, dass es in Cancuen nichts Nennenswertes zu entdecken gibt. Warum fahren wir nicht einfach nach Hause?«

»Oh, da hast du ja genau zugehört«, antwortete Henni Hohermuth spöttisch. »Ich glaube aber, dass Cancuen noch am ehesten Überraschungen zu bieten hat. Weil es versteckt liegt und nur mit dem Boot zu erreichen ist.«

Elise seufzte. Immer wenn es um die große Entdeckung ging, war mit Henni Hohermuth nicht zu reden.

»Du kannst dich in die Mitte setzen. Da ist es wirklich am sichersten.«

Mit diesen Worten war für ihre Mutter die Debatte beendet und Elise blieb nichts anderes übrig, als sich zu fügen. Oh, wie sehr sehnte sie den Tag herbei, an dem sie volljährig sein würde und eigene Entscheidungen treffen konnte. Die fünf Jahre bis dahin erschienen ihr unendlich lang.

»Was wird aus Nemo?«, beharrte sie eigensinnig. Sie strich dem Maultier über die weiche Schnauze. »Ich bin nicht bereit, ihn wieder Leuten zu überlassen, die ihm nicht einmal einen Namen geben. Er hat etwas Besseres verdient.«

»Wir kehren gemeinsam wieder zurück und reiten von hier aus weiter.« Auf dem Gesicht ihrer Mutter konnte Elise deutlichen Unmut erkennen, aber sie war nicht bereit nachzugeben. Nemo war der Einzige, der sie verstand. Sie würde ihn nicht einem ungewissen Schicksal überlassen. »Damit du Ruhe gibst, werde ich ihn kaufen. Einverstanden?«

Elise nickte. Vorsichtig setzte sie einen Fuß auf das Boot. Es schwankte beträchtlich. Ein Schauder lief ihr über den Rücken. Jemand geht über dein Grab, hatte Großmama das genannt und von Vorahnungen gesprochen.

37

»Pass auf, eine Schlange!« Georg, der sich so gewandt und sicher durch den Urwald bewegte, als ob er eine ausgebaute Straße entlangging, drehte sich zu Elise um und deutete nach rechts in die Bäume. »Nicht giftig, aber man kann nie vorsichtig genug sein.«

Elise erstarrte. Gerade erst hatte sie die Bootsfahrt überstanden und nun das. Nicht schon wieder eines der Biester. Wie versteinert blieb sie stehen und war nicht einmal in der Lage, Georg zu bitten, auf sie zu warten. Mit aufgerissenen Augen sah sie dem Jungen nach, der mit großen Schritten im Dunkel des Dschungels verschwand und sie allein zurückließ. Allein mit der größten Schlange, die sie je gesehen hatte.

»Lise, wo bleibst du denn?«, ertönte die Stimme ihres Vaters und wirkte ungeduldig, als er aus dem überschatteten Pfad auftauchte. Er hatte den Hut abgesetzt und wischte sich mit einem inzwischen schlammgrauen Taschentuch den Schweiß von der Stirn. Die Sonne hatte seinen Hals rot gebrannt und in den letzten Tagen war sein Bart in alle Richtungen gewachsen und ließ ihn verwegen aussehen. Nur die Brille, die weiterhin etwas zu tief auf der Nase saß, erinnerte noch an einen Professor. »Beeil dich. Wenn wir die Ruinen erreicht haben, können wir Rast machen. Versprochen.« Er lächelte ihr zu und setzte den Hut wieder auf.

»Ich will nach Hause«, flüsterte Elise und ärgerte sich,

dass ihre Stimme so piepsig klang. Wenn du etwas erreichen willst, musst du stark auftreten, sagte ihre Mutter immer. »Ich hasse den Dschungel. Ich hasse alles hier. Ich will nach Hause. Sofort!«

»Ach, Lise.« Ihr Vater wirkte hilflos. Er stellte sich, ohne zu überlegen, armdicken Schlangen in den Weg, aber gegen ihren Trotz konnte er nichts ausrichten. »Henni, kommst du mal?«, rief er über die Schulter in den Urwald hinein.

»Deine Mutter kommt gleich.« Johann Hohermuth schaute Elise mindestens so panisch an wie sie die Schlange. Er versuchte ein Lächeln, das allerdings kläglich missglückte. »Besprich das mit deiner Mutter.«

Nach diesen Worten stürzte er sich wieder zurück in das Dickicht. Elise riskierte einen Blick auf das ziegelrote Reptil. Die Schlange hob den Kopf und schien sie direkt anzusehen. Die gespaltene Zunge züngelte, als ob sie Elises Geruch aufnehmen und prüfen wollte, ob das Mädchen sich als Mahlzeit eignete. Elise schluckte. Selbst ihre Tränen versiegten vor Angst. War das etwa der hochgiftige Buschmeister?

Sie war einer Ohnmacht nahe. Buschmeister waren … nicht rot, oder? Bräunlich waren die Giftschlangen oder gelblich, versuchte sie sich zu beruhigen. Mit großen Flecken.

»Was ist denn?«, hörte Elise die Stimme ihrer Mutter. Ungeduld schwang in ihrem Tonfall mit. Trotz der Schwüle wirkte ihre Mutter frisch und sah keineswegs so aus, als ob sie bereits einen stundenlangen Marsch durch den Dschungel hinter sich gebracht hatte. »Warum hältst du uns auf? Wir haben noch einen weiten Weg vor uns. Oder willst du etwa im Dunkeln durch den Urwald marschieren?«

»D-d-d-da«, stotterte Elise und hob ihre zitternde Hand, um auf die Schlange zu deuten, die sich langsam den Ast herabhangelte. »Ich … ich will nach Hause.«

»Oh.« Etwas in der Stimme ihrer Mutter irritierte Elise. »Mutter?«, fragte sie angsterfüllt.

»Oh«, wiederholte Henni Hohermuth nun voller Erstaunen. »Schau doch nur, Elise. Eine Ringelboa. Eine *corallus annulatus*. Ein Jungtier. Sonst wäre sie dunkler. Schau nur.«

»Unglaublich!«, zischte Elise. Der Zorn, der in ihr aufwallte, gab ihr die Kraft, sich aus ihrer Erstarrung zu lösen und loszulaufen. »Viel Spaß bei der Schlangenbeschau, Mutter!«

»Lischen, so warte doch. Bitte.«

Elise blieb stehen und drehte sich um. Henni Hohermuth war näher an die Schlange herangetreten. Das Reptil schlang sich wie ein Seil um den Ast. Der dreieckige Kopf mit den großen Augen pendelte in der Luft und schien den Streit zwischen ihnen interessiert zu beobachten.

»Was willst du, Mutter?« Elise bemühte sich nicht um einen freundlichen Ton. Sie war viel zu verletzt. »Was ist?«

»Komm vorsichtig her.« Hennis Augen leuchteten vor Begeisterung. Sie hatte die Hand ausgestreckt und stand ganz still. Nur noch wenige Zentimeter trennten sie von der Schlange. »Wenn du dich langsam bewegst, kannst du sie bestimmt anfassen.«

Kurz bevor die Finger ihrer Mutter die rot schimmernde Haut der Schlange berührten, drehte sich Elise um und stapfte tiefer hinein in den Urwald, den Pfad entlang, den ihr Vater und Georg eingeschlagen hatten. Warum nur konnte sie keine normalen Eltern haben? Einen Vater, der in die Fabrik oder ins Büro ging. Eine Mutter, die den Haushalt führte, Essen kochte und am Sonntag einen Kuchen backte.

Elise schniefte und stieß eine Liane weg, die über dem Weg hing. Sie schaute auf und blieb abrupt stehen. Wo waren Georg und ihr Vater? Hätte sie die beiden nicht längst einholen müssen? Wo war ihre Mutter? Selbst wenn sie die Schlange ausgiebig geknuddelt hätte, müsste sie langsam zu sehen sein. Elise schaute sich suchend um und lauschte.

»Mutter! Vater! Georg!«, schrie sie und lief los. Zurück durch den Dschungel. Jedenfalls hoffte sie, dass es der Weg war, den sie gegangen war. Für sie sah alles gleich aus. Grünes Blattwerk, braune Baumstämme, ab und zu von leuchtenden Blüten durchbrochen. Wieder blieb Elise stehen, stemmte die Hände in die Hüften und schrie um Hilfe. Um sie herum flatterten Aras erschreckt auf. Doch kein Mensch antwortete ihr.

Elise stolperte tränenblind weiter. Nur wenige Sonnenstrahlen drangen durch die Baumkronen und wiesen ihr den Weg. Sie schauderte. Sie blieb an etwas hängen und rutschte aus. Sie rappelte sich wieder hoch und konnte nur mühsam das Gleichgewicht halten. Was war das? Als sie aufsah, blieb ihr das Herz stehen. Sie blickte in eine Fratze, Augen und Mund in stummem Hass aufgerissen. Sie schrie auf, wollte fliehen. Plötzlich verschwand der Boden unter ihren Füßen und sie fiel … fiel … fiel.

38

Die letzten Wochen waren für Margarete wie im Flug vergangen. Sie hatte so viel arbeiten müssen wie noch nie zuvor in ihrem Leben. Zu ihrer Überraschung hatte ihr das besser gefallen als die Zeit des Müßiggangs. Gemeinsam mit dem Fräulein, das eine erstaunliche Zahlenkenntnis besaß, und ihrer Großmutter war Margarete die Geschäftsbücher durchgegangen – und war über das Ausmaß der Schulden erschrocken. Es gab Tage, an denen sie keinen anderen Ausweg sah, als die Finca zu verkaufen und nach Deutschland zurückzukehren. Oder – schlimmer noch – die Eheangebote von Karl Federmann oder Robert Linden in Betracht zu ziehen, um ihrer Großmutter und ihrem Vater ihr Stück Heimat zu bewahren. An diesen dunklen Tagen erwies sich ihre Liebe zu Juan als das helle Licht, das ihr Hoffnung gab und eine bessere Zukunft versprach. Jeden Tag stahl sich Margarete davon, traf sich mit dem Geliebten an ihrem Wasserfall und genoss die Stunden der Zweisamkeit, als ob es kein Morgen gäbe. Für diese Augenblicke lebte sie und war bereit, alles andere dafür in Kauf zu nehmen.

Ihren Vater sah Margarete nur selten. Er kam nur noch zu den Mahlzeiten aus seinem Zimmer und wurde immer verschlossener. Nicht einmal ihrer Großmutter gelang es, die Mauer zu durchbrechen, die Alfred Seler um sich herum aufgebaut hatte. Die Abendessen gestalteten sich schweigsam, nur Margarete fragte ab und an nach Details zu den Geschäftsberichten. Die Antworten ihres Vaters kamen widerwillig, teilweise trotzig. Häufig arteten ihre Gespräche in Streit aus, der damit endete, dass ihr Vater das Besteck auf den Teller knallte und aus dem Speisezimmer stürmte. Margarete schmerzte die Kälte, mit der er ihr begegnete, aber immerhin sprach ihr Vater nicht mehr davon, dass sie Karl Federmann zum Manne nehmen musste. Daher traf es sie unvermutet, als ihr Vater sie eines Tages zu sich rufen ließ.

»Ich schaffe es allein.« Fräulein Dieseldorf lächelte Margarete an, die sich die schmerzenden Augen rieb und froh war, den schier endlosen Zahlenkolonnen zu entkommen. »Geh du zu deinem Vater.«

Margarete nickte, sammelte sich und holte tief Luft. Sie fürchtete sich davor, ihrem Vater allein gegenüberzutreten und überlegte, ob sie ihre Großmutter um Hilfe bitten sollte. Nein, besser nicht. Minna Seler sah jedes Mal furchtbar unglücklich aus, wenn Margarete und ihr Vater sich stritten. Obwohl ein Teil von Margarete verstehen konnte, dass ihre Großmutter ihren Sohn liebte und beschützen wollte, hätte sie sich doch mehr Unterstützung gewünscht. Die Unterstützung, die sie selbst ihrer Großmutter in allen Belangen der Finca gewährte. Manchmal fühlte sich Margarete entsetzlich alleingelassen und überlegte, mit Juan zu fliehen und einen Neuanfang zu wagen. Doch ihre Pflichten als Tochter und Enkeltochter ließen das nicht zu. Sie konnte ihren Vater und ihre Großmutter und die Finca, ihr Zuhause, nicht so einfach im Stich lassen.

Mit klopfendem Herzen öffnete sie die Tür zum Salon. »Vater?« Jedes weitere Wort erstarb in ihrer Kehle, als sie sah, wer dort neben ihm am Tisch saß.

»Margarete.« Trotz des frühen Vormittags klang seine Stimme bereits undeutlich. Sein Gesicht war gerötet, ob vom Aguardiente oder vor Aufregung konnte Margarete nicht einschätzen. Zu sehr musste sie mit der Tatsache kämpfen, dass Robert Linden zurückgekehrt war. Sie war sich sicher gewesen, dass sie ihm klar gesagt hatte, dass sie an einer Heirat mit ihm keinerlei Interesse hegte. »Na, dann lasse ich euch mal allein.«

»Vater!«, platzte Margarete heraus, schockiert ob seines Benehmens. Hatte der Alkohol seine Umgangsformen davongespült? »Schicke wenigstens das Fräulein zu uns.«

Ihr Vater schloss die Tür hinter sich und ließ Margarete mit einem sichtlich verwunderten Robert Linden zurück.

»Ihr Vater.« Der Bremer lächelte sie höflich an und neigte den Kopf. »Ist er … ist er unpässlich?«

»Nein.« Margarete fühlte sich müde, entsetzlich müde und sah sich nicht mehr in der Lage, die Lüge aufrechtzuerhalten. »Nein, er trinkt. Weil die Finca kurz vor dem Ruin steht. Was nicht besser wird, wenn er weiter dem Aguardiente zuspricht.«

»Das tut mir leid.« Robert Linden stand auf und strich Margarete sanft über den Arm. Eine Geste der Freundschaft, keine Unverfrorenheit. »Wenn ich Ihnen helfen kann?«

»Warum sind Sie wiedergekommen?« Hatte Margarete den Mann zu sehr ermuntert? Hatte sie ihm etwa Hoffnungen gemacht? Hoffnungen, die sie auf keinen Fall einlösen wollte? »Mein Vater hat bereits einen Mann für mich ausgewählt.« Sie brauchte auf keinen Fall einen weiteren unerwünschten Verehrer. Nicht jetzt, wo Juan und sie sich wiedergefunden hatten.

»Ich weiß.« Robert schaute sie offen an. Sein Lächeln

wirkte wie das eines großen Bruders, nicht wie das eines potenziellen Ehemanns. »Nun … ich mag Sie, aber ich bin nicht Ihretwegen nach Guatemala gereist.«

»Nein?« Jetzt war Margaretes Neugier geweckt. Wen konnte Robert hier kennen? An welcher Frau konnte er interessiert sein? »Weshalb dann?«

»Es war besser, dass ich Bremen verlasse.« Obwohl er weiter lächelte, erkannte Margarete, dass er auf keinen Fall mehr sagen würde. Aber dieses Geheimnis würde sie lüften, das schwor sie sich. Es musste etwas Wichtiges sein, wenn jemand eine so lange und strapaziöse Reise dafür auf sich nahm.

»Aber Sie haben recht.« Robert nahm ihre Hand in seine und drückte sie. Sein Lächeln vertiefte sich. »Ich würde mich freuen, wenn Sie meine Frau würden.«

»Vielen Dank. Ein sehr schmeichelhaftes Angebot.« Margarete leckte sich die Lippen, die sich plötzlich trocken anfühlten. Sie fühlte sich gefangen. Erst hatte sie Karl Federmann abweisen müssen und nun Robert Linden. Würde ihr Vater denn niemals akzeptieren, dass sie keinen seiner Kandidaten heiraten würde? »Aber ich soll Karl Federmann heiraten. Sie finden sicher eine andere Frau.«

»Ich weiß von Ihrem Indio.« Robert Lindens Miene blieb freundlich und harmlos, als ob er übers Wetter plauderte. Seine Worte erschreckten Margarete zutiefst. Sie musste sich setzen. »Glauben Sie mir, Sie können so ein Geheimnis in der deutschen Gemeinde von Cobán nicht bewahren.«

Margarete riss die Hand vor den Mund, unfähig ein Wort zu sagen. Wenn selbst ein Durchreisender wie Robert Linden davon erfahren hatte, wusste ihr Vater bestimmt auch Bescheid. Wer hatte sie verraten? Sie war so sicher gewesen, dass Juan und sie sich diskret verhielten.

»Mir wäre das egal, solange du diskret bliebest.« Robert Linden wechselte zum vertrauten Du, da sie ja nun ein Geheimnis teilten. Erneut drückte er ihre Hand, aber nicht wie ein Mann, der auch nur das geringste Interesse an ihr als Frau hatte. »Ich verspreche dir, dass auch ich taktvoll sein werde.«

»Warum ...« Margarete versuchte immer noch, sich einen Reim auf Roberts Worte zu machen, und suchte nach einem Pferdefuß. Sollte es eine so einfache Lösung für ihr Problem geben? Würde Juan bereit sein, sich dieser *ménage à trois* zu unterwerfen?

»Warum heiratest du deine Liebe nicht? Es würde eine Weile Gerede geben, aber ...«

Sie beide wussten, dass Männer viel freier als Frauen in ihren Entscheidungen waren. Ihnen gestand selbst die feine Gesellschaft das Recht zu, eine Frau unterhalb ihres Standes zu heiraten, sofern sie von großer Schönheit war oder ein beträchtliches Vermögen in die Ehe einbrachte. Warum also sollte Robert diesen komplizierten Weg einschlagen?

»Glaube mir, es gibt keine Möglichkeit für mich, meine Liebe zu leben.« Seine Augen verdunkelten sich. Traurigkeit zeichnete sich auf seinem attraktiven Gesicht ab. Er strich mit einem Finger über die steile Sorgenfalte, die sich zwischen seinen Augenbrauen eingegraben hatte. »Ich würde alles verlieren ...«

»Oh.« In diesem Moment erkannte Margarete, warum Robert ihr die Ehe angeboten hatte. Nach einer Weile sagte sie leise: »Ich werde mit Juan reden.«

»Danke.« Roberts Lächeln blieb freundlich, aber undurchschaubar. Margarete fragte sich, ob man in Bremen davon wusste oder ob es ihm gelungen war, sein Leben geheim zu halten. So geheim wie ihre Liebe zu Juan, von der anscheinend so viel mehr Menschen wussten, als sie je gefürchtet hatte. »Bitte erkläre ihm die Vorteile, die diese Heirat für uns alle bringen würde. In drei Tagen kehre ich zurück und erwarte deine Antwort.«

Margarete blieb noch einen Augenblick sitzen und sah ihm nach. Dem Mann, der ihrem Leben eine neue Richtung geben konnte. Gattin von Robert Linden, einem Mann, der genug Geld hatte, die Finca wieder auf ein solides Fundament zu stellen. Ein Mann, von dem sie nicht fürchten musste, dass er sie bedrängen würde. Sie musste mit Juan sprechen.

Ohne nachzudenken, eilte Margarete aus dem Haus. Die verwunderten Blicke der Arbeiter ignorierte sie, als sie die Kaffeefelder entlanglief, um Juan zu suchen. Ihr Herz schlug schneller, als sie wieder einmal die Schönheit der Plantage in sich aufnahm. Heute war einer der wenigen sonnigen Tage und die weißen Kaffeeblüten glitzerten im Licht wie Edelsteine.

»Juan! Juan!« Margarete atmete stoßweise. Die Luft blieb ihr weg vom schnellen Laufen, aber auch vor Aufregung über die Nachricht, die sie ihm überbringen wollte. »Ich muss mit dir reden. Sofort.«

»Nicht hier. Vor allen anderen.« Juan deutete auf die Indios, die in ihrer Arbeit innegehalten hatten und sie neugierig beobachteten. »Komm mit.«

Er zog sie weiter hinaus auf das Kaffeefeld, bis sie vor neugierigen Augen geschützt waren, und nahm sie in die Arme. Doch Margarete war so aufgeregt, dass sie sich seinem Kuss entzog. Ohne Luft zu holen, platzte sie mit der Neuigkeit heraus und betrachtete ihn voller Erwartung, ob er sich ebenso über Robert Lindens Vorschlag freuen würde wie sie.

»Nein! Niemals. Auf keinen Fall!« Juan starrte Margarete fassungslos an. Man konnte meinen, sie hätte ihm vorgeschlagen, jemanden zu ermorden. »Wie … wie kannst du mich nur so etwas fragen?«

Erschüttert über das Ausmaß seiner Bestürzung, bekam Margarete kein Wort heraus. Ihre Kehle war wie zugeschnürt, vergeblich versuchte sie, zu schlucken. Niemals hätte sie erwartet, dass Roberts Angebot Juan derart wütend machen würde.

»Margarete.« Juan trat näher und berührte ihre Schulter. In seinen Augen las sie eine unendliche Traurigkeit und ihr Herz wurde schwer. Sie spürte Tränen aufsteigen. »Liebst du mich so wenig? Respektierst du mich so wenig?«

Diese Unterstellung ließ ihren Kampfgeist zurückkehren und sie schleuderte Juan Worte entgegen wie eine scharfe Waffe. »Liebst du mich so wenig, dass dir unsere Zukunft gleichgültig ist?« Sie stemmte die Hände in die Hüften und kniff die Augen zusammen. Nur mühsam konnte sie den Zorn zügeln, der aus ihr herausbrechen wollte. »Hast du je daran gedacht, dass wir Kinder bekommen könnten? Was soll aus ihnen werden?«

Ein seliges Lächeln erhellte Juans Gesicht und er schloss Margarete in seine Arme und drückte sie fest an sich. »Ich habe es nie gewagt, dich das zu fragen.« So viel Liebe und Sehnsucht klang aus seiner Stimme, dass sie sich unendlich umsorgt und beschützt fühlte.

»Nichts wünsche ich mir mehr.« Sie ließ sich fallen in seiner Umarmung und genoss den Augenblick voller Frieden und Glück.

Doch schon nach kurzer Zeit entzog sie sich Juans Armen und schaute ihn an. Lächelnd, damit er erkannte, dass sie nicht mehr zornig war. Aber sie konnte seine Freude nicht so einfach teilen. Zu viele Fragen stellten sich ihr. Vielleicht war es die Aufgabe der Frauen, vernünftig zu sein und die Romantik den Männern zu überlassen.

Juan schaute sie fragend an. Sein beseeltes Lächeln wich einer ernsthaften Miene. »Warum fragst du mich das alles?« Er flüsterte, so leise, dass sie die Worte nur erahnen konnte. Er schaute sie an und schien den Atem anzuhalten. »Willst du denn kein Kind mit mir?«

»Natürlich … aber …«, erwiderte sie schließlich und wünschte, es gäbe Worte, die ihre Zweifel und ihre Liebe zugleich ausdrücken konnten. Alles, was sie sagen wollte, erschien ihr so … so falsch und verletzend und gleichzeitig so notwendig und wichtig. »Was sollte aus uns und unseren Kindern werden? Dein Volk wird uns ablehnen, mein Vater auch …«

Juan sah sie nur an. Mit diesen traurigen Augen, deren Blick in Margaretes Herz schnitt und sie mehr traf als jedes zornige Wort.

»Ich könnte gesellschaftliche Ächtung ertragen. Ich könnte alles ertragen, wenn ich nur mit dir zusammen sein kann«, fuhr Margarete fort und befeuchtete mit der Zunge ihre trockenen Lippen. Sie ließ Juan nicht aus den Augen. »Aber ich wollte so ein Leben nicht für mein … für unsere Kinder.«

Juan schwieg. Dann zog er sie so fest in seine Arme, als wolle er sie für immer festhalten. Die Entscheidung über ihr Leben und Roberts Vorschlag konnten sie auch noch an einem anderen Tag treffen.

39

Nur wenig Licht fiel durch das Loch im Boden. Elise kniff die Augen zusammen, um etwas zu erkennen. Sie musste eine Weile benommen gewesen sein, so hart war sie auf dem Boden aufgeprallt. Ihr ganzer Körper zitterte, als sie versuchte, sich zu erheben. Warum sie? Was hatte sie nur verbrochen, um so viel Unglück zu verdienen? Elise schluchzte laut auf.

Als die Umrisse ihrer Umgebung sich vor ihr aus dem Dunkel schälten, wünschte sie sich, sie hätte ihre Augen geschlossen gehalten. Grässliche Fratzen starrten sie an, mit aufgerissenen Mäulern und hervorstechenden Augen. Sie schienen Messer in den erhobenen Händen zu halten, bereit, ihrem Opfer das Herz aus dem Leib zu schneiden.

Ihre Beine versagten und sie glitt zu Boden, wünschte sich eine gnädige Ohnmacht herbei, doch ihr Körper versagte ihr den Dienst. Immer noch panisch, krabbelte Elise ein Stück in das Dunkel der Höhle hinein, bis ihr Verstand wieder einsetzte. Ihre Widersacher waren nur verwitterte Steine und Reliefs, geschmückt mit Figuren der Maya-Kultur, wie sie schon so viele während der Reise gesehen hatte. Wo war sie gelandet? In einem Grab? Das Grab eines Gottkönigs der Maya? Wieder schluchzte sie auf. Sie würde sterben. Niemals würde sie jemand finden. Ihre Eltern und Georg suchten bestimmt schon nach ihr. Aber doch nicht unter der Erde! In einem Maya-Grab würde sie verhungern und verdursten.

Elendig. Und das alles wegen der alten Steine und ihrer Eltern, die nichts Besseres zu tun hatten, als ihr Leben mit der Jagd nach längst vergessenen Schätzen zu verbringen.

Mühsam stand Elise auf. Ihre Schulter, die den Aufprall abgefangen haben musste, schmerzte und an den Händen und im Gesicht hatte sie Schürfwunden. Egal. Sie musste hier raus. Nur raus. Wie tief war sie gefallen? Sie reckte den Kopf nach oben und schlug frustriert gegen einen der alten Steine. Zu hoch. Springend würde sie den Rand des Lochs nie erreichen. Gab es hier vielleicht etwas, an dem sie hochklettern konnte?

Inzwischen hatten sich ihre Augen an das Halbdunkel gewöhnt und sie erkannte hohe Mauern und Spinnweben, so dicht, dass man meinen konnte, dass sie seit Jahrhunderten von Taranteln gesponnen wurden. Taranteln! Elise geriet in Panik. Von einer Tarantel gebissen werden … Langsam den Atem aushauchen …

»Hilfe! Hilfe! Hilfe!« Mit aller Kraft schrie sie um Rettung. Sie stemmte die Füße in den Boden, ballte die Fäuste und schrie um ihr Leben. »Mama! Papa! Georg! Hier bin ich! Hilfe! Hilfe!«

Keine Antwort.

Denk nach, versuchte sie, sich zu beruhigen. Elise ließ sich auf den Boden sinken, holte tief Luft und atmete ein und aus. Ganz langsam. Sie schloss die Augen und konzentrierte sich. Hörte sie nicht ihre Mutter rufen? Elise sprang auf und rief erneut laut um Hilfe.

Keine Antwort.

Schluchzend setzte sie sich auf einen der alten Steine, die wie durcheinandergewürfelt über den Boden verteilt lagen. Hoffentlich war das kein Opferstein, schoss es ihr durch den Kopf. Kein Altar, auf dem die Maya-Priester Menschen getötet hatten, um sie ihren Göttern darzubieten. Sie hatte die entsetzlichen Bilder vor Augen, die sie durch die Papierabdrucke auf die Ölhäute gebannt hatten. Ein Schauder überkam sie und sie begann zu frösteln. Das war alles nur die Schuld ihrer Mutter. Elise schlug die Faust auf den Stein und riss das Gras aus, das sich wie ein Teppich über den Stein gelegt hatte. Wieder und wieder. So lange, bis ihr die Hände schmerzten und ihr Zorn verging. Schließlich schniefte sie nur noch leise vor sich hin. Wie lange es wohl dauerte, bis sie verhungert wäre? Nein. Sie würde verdursten. Das hatte sie in einem Buch gelesen. Ein furchtbarer Tod. Nein! Es musste einen Weg geben, aus diesem Loch herauszukommen. Sie musste nur nachdenken.

Ins Dunkel der Höhle hineinzulaufen und einen anderen Ausgang zu suchen, erschien ihr zu riskant. Undenkbar, dass sie sich von hier fortbewegte, während ihre Eltern sie hier suchten. Nein, sie konnte nur bleiben, warten und die Hoffnung nicht aufgeben. Immer wieder täuschten die Geräusche des Regenwalds ihr vor, dass jemand nach ihr rief. Jedes Mal sprang sie voller Hoffnung auf und schrie sich die Kehle aus dem Leib. Und jedes Mal wurde sie erneut enttäuscht.

Von Panik und Erschöpfung übermannt, fiel Elise schließlich in einen unruhigen Schlaf. Doch sie schreckte immer wieder hoch und lauschte gebannt in die Dunkelheit, die sie umgab. Und immer wieder ließ ihre Verzweiflung sie in einen Dämmerschlaf gleiten.

Plötzlich ein lautes Krachen. Elise dachte an eine Waffe, sprang auf und riss die Arme in die Höhe. »Ich habe keine Angst. Ich werde um mein Leben kämpfen. Verschwinden Sie! Los! Verschwinden Sie!«

Stille. Betäubende Stille.

Elise, deren lauter Herzschlag in ihren Ohren alle anderen Geräusche übertönte, blieb heftig atmend stehen und versuchte verzweifelt, im Halbdunkel der aufsteigenden Dämmerung etwas zu erkennen. Dann tauchte plötzlich ein Mann lautlos neben ihr auf. War das einer der Banditen? Oder ein Geist? Oder ein Maya-König, der zurückgekehrt war, um sich an denen zu rächen, die sein Volk vertrieben hatten? Elise erstarrte. Sie wollte weglaufen, flüchten, aber ihr Körper gehorchte ihr nicht mehr. Sie konnte nur regungslos zusehen, wie der Mann näher und näher kam.

Da, das Knacken eines Zweiges, auf den er getreten war. Auf einmal konnte sie im fahlen Licht des Mondes den Brujo erkennen. Erleichterung durchflutete ihren Körper.

»Was … was machen Sie hier?«, flüsterte sie mit rauer Stimme. Ihre Zunge klebte am Gaumen und sie verspürte einen entsetzlichen Durst. »Wie sind Sie hierhergekommen?«

»Ich bin der Wächter des Tempels«, antwortete er mit getragener Stimme. Er holte etwas aus seiner Jackentasche hervor. Elise zuckte zusammen, doch dann erkannte sie, dass es eine Wasserflasche war. »Bitte.«

Sie dankte ihm mit einem Kopfnicken und trank in gierigen Schlucken. Das Wasser war warm und leicht abgestanden, aber es schmeckte Elise besser als alles, was sie je getrunken hatte.

»Wächter?«, fragte sie, nachdem ihr Durst gestillt war. »Aber warum … hier ist alles zerstört und verfallen?«

»Es bleibt ein heiliger Ort.« Ein trauriges Lächeln zog über sein Gesicht. Er wirkte älter und weiser als an den Abenden am Fcucr, bcinahe, als ob ihn ein Zauber umgab.

»Ich muss ihn schützen vor allen, die ihn ausbeuten wollen. Vor allen, die seine heilige Ruhe stören.«

Elise nickte. Einen Augenblick später begriff sie die Bedeutung seiner Worte. Auch sie hatte diesen heiligen Ort ungebeten betreten. Was war wohl die Strafe dafür? Panisch schaute sie sich um. Sie war sicher schneller als er. Ohne zu überlegen, stieß sie den Brujo zur Seite und lief ins Dunkel der Höhle hinein. Egal, was sie dort erwartete, es konnte nicht schlimmer sein als der sichere Tod.

Sie rannte blindlings davon, stolperte, fiel auf die Knie, ergriff mit den Händen etwas Weiches, schrie auf, rappelte sich erneut hoch, stolperte und geriet immer tiefer in das Labyrinth der Höhle hinein.

»Halt! Warte! Kind, so warte doch!«, hörte sie den Schamanen hinter sich rufen. Dann Geräusche, als ob er ihr nachlief. Ihr Herz schlug bis zum Hals, das Blut raste durch ihre Adern und dröhnte in ihren Ohren. Wieder fiel sie hin. Ein stechender Schmerz durchzuckte ihr Knie.

Humpelnd hastete sie weiter, voran, nur weg von ihrem Verfolger. Sie lief und lief, bis ihre Lungen brannten. Vollkommen erschöpft blieb sie stehen und beugte sich nach vorn, stützte die Hände auf die Oberschenkel und rang nach Atem. Sie lauschte ins Dunkel. Stille. Ohrenbetäubende Stille. Ihre Flucht war gelungen.

»Ich werde dir nichts tun«, erklang eine Stimme neben ihr.

Sie schrie auf und sprang zur Seite, aber sie war viel zu erschöpft, um auch nur ans Weglaufen zu denken. Ergeben schloss sie die Augen, um den tödlichen Dolchstoß nicht ansehen zu müssen.

Nichts geschah.

»Bitte, du kennst mich.« Der Indio, nur ein Schemen im Dunkel der Höhle, hatte die Hände erhoben. Seine Stimme klang müde und traurig. So traurig, dass Elise ein schlechtes Gewissen übermannte. »Ich will dir helfen, deine Familie wiederzufinden.«

»Aber … aber …« Sie rang nach Worten, suchte nach den Fragen, die sie stellen wollte, doch vor Erschöpfung drehte sich alles um sie. Und noch bevor sie etwas sagen konnte, verließen sie ihre Kräfte. Sie sank zu Boden.

»Hier trink das.« Ein stechender Geruch drang ihr in die Nase. Sie wollte den Kopf wegdrehen, doch jemand hielt sie fest und zwang ihr eine Flasche an die Lippen. Wollte der Brujo sie etwa vergiften? Sie wehrte sich, aber er war stärker und zwang sie zu trinken. Eine scharfe, beißende Flüssigkeit rann ihre Kehle hinab. Sie würgte.

»Aguardiente. Das wird dir helfen.«

Nachdem er ihren Kopf endlich losgelassen hatte, breitete sich Wärme in ihrem Magen aus. Vielleicht wollte er ihr doch nichts Böses?

»Aber …«, begann sie erneut. »Aber Sie sagten doch, dass Sie das Heiligtum mit allen Mitteln schützen wollen.«

»Ich versuche es.« In seiner Stimme meinte Elise ein Lächeln mitklingen zu hören. Er tastete nach ihrer Hand und drückte etwas hinein. »Maisfladen. Du musst etwas essen.«

»Danke.« Wieder rasten die Gedanken durch ihren Kopf, doch sie konnte weder Anfang noch Ende finden. Waren es Vorurteile, die sie derart in Panik versetzten, oder war es kluge Vorsicht? Sollte sie erneut fliehen oder dem Brujo vertrauen? Nach einigen Minuten des Schweigens hatte sie endlich eine Entscheidung getroffen. »Können Sie mich zu meinen Eltern bringen?«

»Vertrau mir.« Wieder tastete der Indio nach ihrer Hand. Seine Finger fühlten sich warm an und vermittelten ihr ein Gefühl von Geborgenheit. »Halte meine Hand fest und wir werden sicher hinausgelangen.«

Elise nickte. Sie folgte dem Brujo eine lange Zeit. Erst geradeaus, dann nach links, nach rechts, wieder nach links, bis sie keinerlei Orientierung mehr hatte. Nun musste sie sich ganz darauf verlassen, dass der Indio ihr wirklich und wahrhaftig helfen wollte.

Langsam lichtete sich der Dschungel, der die Höhle bedeckte, und Elise konnte das fahle Licht der Morgendämmerung, das sich zwischen den Baumwipfeln abzeichnete, über sich erkennen. Sie schaute sich um. Sie waren in einer tiefen Höhle angekommen, die sich dunkel vor ihr erstreckte und nicht mehr an einen Maya-Tempel erinnerte. Hier gab es keine Stelen oder Opfersteine. Wie lange waren sie gelaufen? Sie hatte nicht einmal bemerkt, dass die Nacht dem Tag gewichen war.

Plötzlich blieb der Brujo stehen und schaute sie ernst an. »Ich bitte dich, erzähle deinen Eltern nichts von diesem Tempel.« Er schien sie mit seinen schwarzen Augen hypnotisieren zu wollen. »Das Heiligtum muss im Verborgenen bleiben.«

»Ja.« Elise kämpfte gegen Tränen an. Tränen der Dankbarkeit und Tränen der Hoffnung. »Ja, ich verspreche es.«

»Gut.« Sanft entzog er ihr seine Hand und presste zwei Finger an ihre Stirn. »Du wirst deinen Weg finden.«

Ohne ein weiteres Wort wandte er sich ab und verschwand lautlos wie ein Geist. Als ob er den Weg durch das Dunkel schon Dutzende Male gegangen war.

Verwundert starrte Elise ihm nach. Hatte sie sich das

Ganze nur eingebildet? Hatten Hunger und Durst Halluzinationen verursacht oder war der Schamane tatsächlich da gewesen?

Während sie noch immer zwischen Traum und Wirklichkeit gefangen war, drangen Geräusche an ihr Ohr. Freudentränen liefen ihr über die Wangen.

»Elise! Kind!«, hörte sie dumpf die Rufe ihres Vaters. »Lise! Lise! Lise!«

Entfernte sich die Stimme wieder? Täuschten ihre Ohren Rettung vor, wo es keine geben konnte? Sie lauschte, konzentriert und angespannt. Sollte doch alles umsonst gewesen sein? Sollte ein grausames Schicksal ihr einen Hoffnungsschimmer versprechen, nur um sie dann umso tiefer ins Unglück zu stürzen?

»Mutter! Vater!« Sie schrie mit aller Kraft, doch ihre Stimme klang dünn und schwach. Wie sollten ihre Eltern sie hören können? Verzweifelt sah sie sich um. Da, ein Stock. Sie sprang auf und zerrte das Stück Holz hervor. Mit aller Kraft schlug sie damit gegen einen Stein. Wieder und wieder.

Warum hörte sie denn keiner?

40 *Bremen 2011*

»Wow! Junge, Junge. Unsere Elise.« Isabell schlug das Tagebuch zu und rieb sich die Augen. »Stolpert mal einfach so in einen Tempel. Und wird von einem Schamanen gerettet. Das weitet sich ja zu einem richtigen Archäologie-Krimi aus.«

»Moment mal.« Julia kramte in ihren Unterlagen. Irgendetwas an der Geschichte in Elises Tagebuch war ihr bekannt vorgekommen. »Guck mal. Hier, der Tempel in Cancuen. Angeblich erst in den 1960er Jahren erforscht. Wie kann das sein? Das ist doch genau da, wo Elise war.«

»Zeig mal.« Isabell griff nach Elises Tagebuch und blätterte verwirrt darin. »Das … das muss ein anderer Tempel sein. Sonst wäre das doch alles öffentlich gemacht worden. Henni war doch total scharf auf Ruhm und Ehre.«

»Da ist nichts anderes.« Julia deutete auf die Karte der Maya-Anlagen in Guatemala. Zwischen Tikal und Cancuen gab es nichts Weiteres von Bedeutung. »Es muss einen Grund geben, dass Elise und ihre Eltern eine so bedeutende Entdeckung verschwiegen haben.«

»Na ja, Elise hat schließlich ein Versprechen gegeben. Vielleicht hat sich auch herausgestellt, dass sie nur über ein schlichtes Herrschergrab oder so was gestolpert ist.« Isabell zuckte die Schultern, aber sie wirkte etwas verunsichert. Immer wieder rieb sie mit dem Zeigefinger über den Nasenrücken. »Es gibt sicher eine simple Erklärung.«

Für Julia klang das eher, als ob sich Isabell etwas schönreden wollte. Doch ihre Neugier war geweckt. Schließlich entdeckte man nicht jeden Tag ein Maya-Heiligtum.

»Und der Tempel?«, beharrte sie daher. »Warum hat man bis in die 1960er Jahre hinein nichts von ihm gehört?«

»Keine Ahnung. Lass uns googeln.« Isabell schob die Papiere auf ihrem Schreibtisch zur Seite, bis sie Platz für ihr Notebook geschaffen hatte. »Hier, jede Menge Infos zu Cancuen.«

»Na toll. Auf Spanisch.« Julia schaute ihr über die Schulter. Damit hätte sie rechnen können. Schließlich handelte es sich ja um eine der wichtigsten Ausgrabungsstätten. »Gibt's nicht was auf Deutsch oder meinetwegen Englisch?«

»Doch klar. Das gute alte Wiki.« Isabell öffnete ein neues Fenster. Gemeinsam lasen sie den kurzen Text. »Nicht viel Aufschlussreiches.«

»Versuch mal Wiki auf Englisch, bitte.«

Isabell öffnete die Seite und übersetzte während des Lesens:

Die Ruinen von Cancuen wurden 1905 von dem österreichischen Forscher Teoberto Maler entdeckt. Nach ersten Untersuchungen fanden sich dort keine interessanten Tempel oder Begräbnisstätten, sodass die Stätte nicht weiter erforscht wurde. Erst 1967 fanden Studierende der Universität Harvard die Ruinen eines der größten Maya-Paläste mit mehr als zweihundert Räumen.«

Hm, 1905, das war drei Jahre nach Elises Sturz. Könnte allerdings erklären, warum ihre Eltern damit nie an die Öffentlichkeit getreten sind. Sie haben wohl ebenfalls geglaubt, nichts Besonderes entdeckt zu haben.« Gedankenverloren wickelte sich Julia eine Haarsträhne um den Finger. »Sie haben ihre Forschungen eingestellt und sind einfach nach Deutschland zurückgereist?«

»Kannst du dir eine bessere Erklärung vorstellen?« Isabell zuckte mit den Schultern. »Wie heißt es so schön? Wenn du Hufgetrappel hörst, denk an Pferde, nicht an Zebras.«

»Und der geheimnisvolle Brujo?« Julia war nicht bereit, so schnell nachzugeben. Elise erlebte die abenteuerlichsten Geschichten und das sollte sich nun einfach in Wohlgefallen auflösen? Nein, da musste noch mehr dahinterstecken. Es konnte nicht sein, dass nur Margarete ein Geheimnis hatte. »Vielleicht hat der Schamane etwas damit zu tun?«

»Wir können viel spekulieren. Aber wir brauchen es nicht«, sagte Isabell und ihre Stimme klang frostig. »Es geht schließlich nicht um Elise, sondern um unser Projekt.«

»Liest du bitte weiter?«, lenkte Julia ein. Es hatte keinen Sinn, jetzt einen Streit vom Zaun zu brechen. Vielleicht klärten Elises Tagebücher das Geheimnis ohnehin auf. »Ich möchte wissen, wie es den Hohermuths nach dem Tempelfund ergangen ist.«

41 *Guatemala 1902*

»Elise!«

Endlich hörte sie ihn. Klar und deutlich zwischen zwei Schlägen. Zögernd blickte sie auf – und entdeckte das sorgenvolle Gesicht ihres Vaters, der zu ihr heruntersah. »Kind! Da bist du ja! Bist du verletzt?«

»Vater!« Tränen strömten ihr übers Gesicht, vor Glück konnte sie kaum sprechen. »Ich … ich komme hier nicht heraus.«

»Warte einen Augenblick.«

Als ihr Vater verschwand, wurde Elise erneut von Einsamkeit überwältigt. Auch wenn sie wusste, dass er zurückkehren würde, gelang es ihr nicht, dieses Gefühl zurückzudrängen. Sie hielt den Kopf hoch und starrte weiter an die Stelle, wo er eben noch gewesen war. Hoffentlich kam er zurück, bevor die Dunkelheit anbrach …

»Lischen!« Elise meinte, Tränen auf den Wangen ihrer Mutter zu sehen. »Johann holt ein Seil. Halte durch.«

Elise konnte nur nicken. Überwältigt von dem Wissen, dass sie dem Tod nur knapp entronnen war. Jetzt, da sie die Rettung vor sich sah, überfielen sie die Schreckensbilder der vergangenen Stunden mit ungeheurer Wucht. Als sie den rettenden Strick endlich zu fassen bekam, brachte sie kaum noch die Kraft auf, sich festzuhalten. Endlich. Endlich zogen die Träger und Georg sie ans schwindende Tageslicht. Sie fiel auf die Knie und weinte bitterlich.

»Elise! Komm ins Warme.« Ihre Mutter zog sie hoch, führte sie zum Feuer und nahm sie in die Arme. Nach einer Weile schob sie Elise ein Stück zurück und schaute sie aus zusammengekniffenen Augen an. »Was hast du dir nur gedacht? Wir sind fast umgekommen vor Sorge.«

»Und ich vor Angst!« Elise ärgerte sich über den Vorwurf. »Ich dachte … ich dachte, ich sehe euch nie wieder.«

»Ach, Kleines.« Henni Hohermuth zog ihre Tochter an sich und hielt sie fest. So fest, dass es beinahe wehtat. »Du darfst im Dschungel niemals allein loslaufen. Niemals. Das haben wir dir so oft gesagt.«

»Ich weiß.« Elise senkte den Kopf. Wieder einmal hatte sie ihre Eltern enttäuscht und sich als untauglich erwiesen. Hatte die Expedition unnötig aufgehalten und alle durch ihr unbedachtes Handeln in Angst und Schrecken versetzt. Wie konnte sie diese Schmach je wiedergutmachen? Es gäbe vielleicht eine Möglichkeit, aber … Sie hatte ein Versprechen gegeben. Einem Fremden, der ihr das Leben gerettet hatte. Doch bevor sie den Gedanken zu Ende gedacht hatte, platzte es aus ihr heraus: »Da unten ist ein Tempel.«

»Was meinst du?« Henni Hohermuth schaute Elise ungläubig an. »Was soll das heißen?«

»Ich … ich war in einem Tempel. Einem heiligen Tempel.« Elise fühlte sich, als ob sie aus einem Traum erwacht war. Jetzt, hier in Sicherheit, erschien ihr das Abenteuer beinahe wie ein Märchen, das ihr jemand erzählt hatte.

»Ein Tempel?« Ihre Mutter beugte sich vor. Ihre Augen glitzerten und Elise schauderte unter dem eindringlichen Blick. »Du meinst ein Grab.«

»Nein, nein. Es war ein riesengroßer Tempel und ohne den Indio hätte ich nie den Weg herausgefunden.«

Auf dem Gesicht ihrer Mutter zeichnete sich Unglauben ab, sodass Elise es sofort bereute, davon erzählt zu haben. Und ihr schlechtes Gewissen meldete sich, weil sie dem Brujo versprochen hatte, zu schweigen.

»Schon gut, Kleines.« Henni lächelte. Ein unechtes Lächeln. Hätte sie nur geschwiegen. »Ich glaube dir ja. Es … es ist nur … ein Tempel. Ein verborgener Tempel. Nicht auszudenken, wenn …«

»Wir bleiben hier«, mischte sich nun ihr Vater ein. »Kannst du uns den Eingang zeigen? Du findest ihn doch wieder, oder?«

Elise biss sich auf die Unterlippe. Wäre das nicht die Möglichkeit, sich elegant aus der Affäre zu ziehen? Sie musste nur behaupten, den Weg nicht wiederzufinden, und könnte damit das Heiligtum schützen. So, wie sie es versprochen hatte. Sie wollte ihrem Vater gerade antworten, als sie wieder das Leuchten in den Augen ihrer Mutter bemerkte. Elise schluckte. Nein, sie brachte es nicht über sich, ihre Mutter zu enttäuschen. Auch wenn sie damit ihr Versprechen brechen würde.

»Ich bin mir nicht ganz sicher«, flüsterte sie kleinlaut. »Es war dunkel, aber es muss hier in der Nähe sein.«

»Schön!« Henni Hohermuth klatschte in die Hände. Sie sprang auf und lief aufgeregt vor dem Feuer hin und her. Das Licht der Flammen bildete flackernde Schatten auf ihrem Gesicht ab, die sie aussehen ließen wie eine Maya-Gottheit. »Heute ist es schon zu dunkel. Aber morgen früh machen wir uns gleich auf die Suche nach unseren Tempel.«

Auf einmal kam sich Elise vor wie eine Verräterin. Sie hatte doch ihr Wort gegeben!

»Mutter«, sagte sie. »Der Indio, also der Wächter des

Tempels, hat mich gebeten … also … er bat mich, dass wir die Maya-Heiligtümer im Land lassen und nicht in unsere Museen bringen.«

»Wie bitte?« Henni Hohermuth blieb abrupt stehen. Sie stemmte die Hände in die Hüften und schüttelte den Kopf. »Was sagst du da? Was für ein Indio? Welcher Wächter?«

Elise überlegte. Ihre Worte mussten sorgfältig gewählt werden, um ihre Mutter nicht zu verärgern.

»Der Schamane …« Sie holte tief Luft. »Der Indio, der mich gerettet hat. Er … er hält es für Diebstahl, wenn Forscher die wichtigsten Heiligtümer der Maya-Kultur außer Landes bringen.«

»So ein Unsinn!« Mit zwei großen Schritten kam Henni auf Elise zu. »Die Maya-Kultur ist schon lange ausgestorben. Die Indios sind inzwischen alle brave Katholiken.«

»Nur weil man sie dazu gezwungen hat«, sagte Georg plötzlich in strengem Tonfall. Seine Stimme klang gelassen, aber er hatte die Hände zu Fäusten geballt. »Die Spanier ließen den Maya keine Wahl, oder?«

»Georg! Von dir hätte ich das nicht erwartet.« Johann Hohermuth stellte sich demonstrativ neben seine Frau. »Du solltest es besser wissen. Ohne die Forschung würden die Artefakte verfallen. Weil die Indios sich nicht dafür interessieren und alles verrotten lassen.«

»Weil es für die armen Menschen wichtiger ist, für sich und ihre Kinder etwas zu essen zu bekommen«, schnappte Elise. Wie konnten ihre Eltern nur so blind für die Lage der Ureinwohner sein? Sie hatten doch oft genug in Indio-Dörfern übernachtet und die Armut der Menschen mit eigenen Augen gesehen. »Das gibt uns noch lange nicht das Recht, ihre Tempel auszurauben.«

»Ausrauben?! Was benutzt du nur für Begriffe?« Henni schnaubte vor Zorn. »Kleines Fräulein, werde erst einmal erwachsen und lerne die Welt kennen, bevor du ernsthafte Forscher mit derart ungerechtfertigten Vorwürfen überziehst.«

Elise war fassungslos. Wie konnten ihre Eltern nur so ignorant sein. Sie ballte die Hände zu Fäusten, aber sie schwieg. Jedes weitere Wort würde den Streit nur verschärfen. Dabei hatte sie sich so sehr nach dem Wiedersehen gesehnt und nun … »Gute Nacht«, sagte sie schließlich steif. Dann griff sie nach ihrem Moskitonetz und einer Decke. Mit einem Krampf in den Beinen erhob sie sich und suchte sich einen Platz weit weg von ihren Eltern. Ein Gefühl aus Wut und Traurigkeit brach sich Bahn, nur mühsam konnte sie die Tränen zurückhalten.

Sie legte sich hin und schloss die Augen. Wenn sie doch nie in diesen Tempel gefallen wäre! Oder wenigstens ihr Versprechen dem Brujo gegenüber gehalten hätte.

Als sie bemerkte, dass sich jemand neben ihr niederließ, öffnete sie die Augen. Georg nickte ihr zu. Sie lächelte und schlief ein, in der Gewissheit, dass er sie vor allen Gefahren beschützen würde.

Jemand beugte sich über sie und hielt ihr den Mund zu. Elise schlug wild um sich und versuchte, demjenigen in die Hand zu beißen.

»Pst!«, zischte Georg. »Komm mit! Los, beeil dich!«

Derart unerwartet aus dem Schlaf gerissen, reagierte Elise völlig orientierungslos. Dann hörte sie von links, dort wo ihre Eltern und die Träger schliefen, tumultartige Geräusche. Verschiedene Stimmen schrien durcheinander. Ein

Schuss wurde abgefeuert. Schlagartig war sie wach. Angst griff nach ihrem Herzen und ließ sie schaudern. Mit zitternden Knien stand sie auf.

»Was passiert hier?«, krächzte sie. Ihr Mund fühlte sich trocken an, Panik drohte sie zu übermannen. »Meine Eltern, wo sind meine Eltern?«

»Banditen.« Georg zog sie hinter sich her, hinein in das dunkle Grün des Dschungels. So zielsicher, als wäre es heller Tag. »Wir müssen fliehen.«

»Nein!« Abrupt blieb Elise stehen. »Meine Eltern. Wir müssen ihnen helfen.«

»Sei nicht dumm!«, schnauzte Georg sie an. »Wir haben keine Waffen. Wir müssen Hilfe holen.«

Sie biss sich auf die Lippe. Was sollte sie nur tun? Georg folgen oder bei ihren Eltern bleiben?

Dann lief sie Georg humpelnd nach und berührte ihn am Arm. »Ich … ich … ich habe doch bei dem Sturz mein Knie angestoßen. Ich kann nicht so schnell.«

»Schon gut. Jetzt komm.«

Vorsichtig schlüpften sie durchs Unterholz, bemüht, so leise wie möglich zu sein, um nicht die Aufmerksamkeit der Banditen zu erregen. Langsam gewann Elise die Fassung wieder und lauschte in die Tiefen des Regenwalds. Waren etwa noch mehr Schüsse zu hören? Was wollten die Banditen von ihren Eltern? Wollten sie sie töten? Oder als Geiseln nehmen? Sie kam fast um vor Sorge und begann zu schluchzen. Erschrocken zog sie die Hand vor den Mund, doch zu spät …

»Bist du von Sinnen?«, presste Georg hervor. Er blieb kurz stehen und horchte in die Dunkelheit hinein. Dicht hinter ihnen erklangen Stimmen. »Los, lauf!«

Er griff nach ihrer Hand und zerrte sie hinter sich her. Ranken und Dornen verfingen sich in ihrem Kleid. Sie blieb an einer Wurzel hängen und riss sich von Georg los. Etwas Stacheliges landete auf ihrem Gesicht. Panisch schlug sie es weg, hinter ihr Rufe und Schritte, die immer näher kamen. Immer schneller. Sie keuchte, bot ihre letzten Kräfte auf. Ihr eigener Herzschlag dröhnte ihr in den Ohren. Sie stolperte, konnte sich nur mit Mühe aufrecht halten, hastete weiter. Nur weiter. Weg von den Banditen. In die Sicherheit des Regenwalds.

»Da vorn. Schnappt sie euch!« Sie erkannte die Worte auf Spanisch und meinte, bereits den Atem ihrer Verfolger im Nacken zu spüren. »Lasst keinen entkommen«, riefen sie immer wieder.

Georg schlug einen Haken und Elise hoffte, ihn nicht zu verlieren. Undenkbar. Sie kniff die Augen zusammen, versuchte, schneller zu laufen, bemerkte nicht, dass Georg plötzlich stehen blieb und rannte mit voller Wucht in ihn hinein.

»Was hast du?«, keuchte sie und wandte den Kopf. Hin zu den Männern, die nur noch einen Atemzug entfernt schienen.

»Hier«, flüsterte Georg mit tonloser Stimme und deutete mit der Hand nach vorn. Ihr Herz begann zu rasen.

Ein Abgrund lag vor ihnen. Unendlich tief und schwarz.

»Da, da sind sie.« Die Worte der Banditen drangen an ihr Ohr. Elise und Georg drehten die Köpfe. Hinter ihnen tauchten zwei Männer aus dem Regenwald auf. Langsam wie Raubtiere, die sich ihrer Beute gewiss waren, kamen sie auf sie zu. Nur wenige Schritte von ihnen entfernt, blieben sie stehen.

»Komm, Kleine.« Der eine Bandit sprach voller Hohn und Spott. »Du willst doch *madre* und *padre* nicht allein lassen.«

Flehend sah Elise zu Georg.

»Vertraust du mir?«

Sie nickte – und im selben Augenblick warf er sich auf sie, riss sie mit in die Tiefe. Ein gellender Schrei durchdrang die Nacht.

42

»Wenn wir dieses Jahr einen fairen Preis erzielen, dann …« Margarete hob den Kopf und lächelte Alice Dieseldorf an. Die Gouvernante erwiderte das Lächeln, was ihren strengen Zügen eine unerwartete Sanftheit verlieh.

»Ja«, antwortete sie. »Dann kommen wir in die schwarzen Zahlen. Ich habe mit Herrn Schultze verhandelt. Er gewährt uns wieder Kredit.«

Täuschte sich Margarete oder legte sich bei diesen Worten ein leicht rosiger Hauch über die Wangen des Fräuleins? Nein, das vermochte sie sich nicht vorzustellen. Das hagere Fräulein und der runde gemütliche Kaufmann.

»Habt ihr schon mit Alfred gesprochen?« Minna Seler nahm das Blatt in die Hand, auf dem in säuberlicher Handschrift zwei Zahlenkolonnen nebeneinander aufgelistet waren. »Er wird sich freuen.«

»Möchtest du ihm die gute Nachricht nicht überbringen, Großmama?«, fragte Margarete mit banger Stimme. Obwohl es langsam, aber stetig mit der Finca aufwärtsging, hatte ihr Vater immer noch kein freundliches Wort mit ihr gewechselt. Er schloss sich in seinen Räumen ein oder verschwand mit der Flinte in den Wäldern. Jaguare oder *pécaris* jagen, behauptete er. Margarete fürchtete jedes Mal, dass er von seinem Ausflug nicht zurückkäme. »Und bitte sage ihm, dass wir es ohne seine Vorarbeit niemals geschafft hätten.«

Wie gern hätte sie selbst mit ihrem Vater darüber gesprochen, ihm gesagt, wie beeindruckt sie davon war, dass es ihm gelungen war, La Huaca in den schwierigen Jahren zu halten. Aber sie fürchtete, dass er ein Lob von ihr nicht annehmen könnte. Alfred Seler hatte ihr nicht verziehen, dass sie weder Karl Federmann noch Robert Linden heiraten wollte.

Ich habe Robert weggeschickt.« Margarete strich sich durch ihr Haar. Sie lächelte Juan an. Ihr Herz schlug so schnell wie die Flügel eines Kolibris. Es hatte sie viel Überwindung gekostet, Roberts Angebot abzulehnen. Zu verlockend erschien ihr die Zukunft, die ihr eine Ehe mit ihm bieten konnte. Die Sicherheit einer Kaufmannsgattin verbunden mit der Freiheit, weiterhin Juan lieben zu können. Aber Juan hatte sich so sehr gegen das Arrangement gesträubt, dass Margarete keinen anderen Ausweg sah. »Er … er möchte in vier Wochen noch einmal wiederkommen, sagte er, und ist jetzt nach Xela gereist.«

»Wirst du deine Entscheidung ändern?« Juan hielt den Atem an.

»Nein.« Sie schüttelte den Kopf und lächelte. »Ich werde Robert Linden niemals heiraten. Ich liebe dich.«

»Dann lass uns zusammen weglaufen. Bitte, ich kann so nicht leben.«

Margarete antwortete nicht, sondern betrachtete ihn nur schweigend. Die dunklen Haare, schwarz wie das Fell des Jaguars, die braunen Augen, die sie voller Liebe ansahen. Sie hob die Hand und strich sanft über die feine Narbe auf Juans Wange, die sich wie ein heller Strich von seiner dunklen Haut abhob. Die Narbe, die er ihr verdankte.

»Lass uns gehen.« Juan schaute sie liebevoll an, aber seine Stimme klang drängend. »Du hast alles getan, um die Finca zu retten. Du bist deinem Vater nichts schuldig. Lass uns woanders einen Neuanfang machen.«

»Wo sollten wir denn hin?«, flüsterte sie und hasste sich dafür, dass sie nicht bereit und stark genug war, ihr Leben zurückzulassen und gemeinsam mit Juan die Flucht zu wagen. Liebte sie ihn nicht genug? Immer wieder stand ihr die Vernunft im Weg. Immer wieder fragte sie sich, wie eine gemeinsame Zukunft mit Juan aussehen könnte. Die Tochter eines Finca-Besitzers, die mit einem Indio lebte. Ausgestoßen würden sie sein. Von ihren und von seinen Leuten. Und wovon sollten sie leben? Manchmal wünschte Margarete – und sie verachtete sich für diesen Wunsch –, dass Juan sie während ihres Bremer Jahres vergessen hätte, dass sie sich nur noch als ehemals Liebende begegnet wären. Mit schönen Erinnerungen, aber die Gefühle verblasst wie ein altes Bild. »Juan, ich … ich liebe dich, aber … aber meine Familie. La Huaca. Alles, was ich aufgebaut habe. Was meine Familie aufgebaut hat …«

Sie löste sich von ihm, stand auf und ging zum Wasserfall. Sie bewunderte die Regenbogenfarben, die sich bildeten, wenn die Sonne auf die Gischt des fallenden Wassers traf. Als Kind hatte sie einmal versucht, das Ende eines Regenbogens zu finden. Mit dem Topf voller Gold wollte sie noch mehr Tieren eine Heimat bieten, neben Adele und dem Gürteltierjungen, das sie gerettet hatte. Der Plan war gescheitert und im Laufe der Jahre waren ihre Wünsche andere geworden. »Ich kann meine Großmutter jetzt nicht im Stich lassen.«

»Ich weiß. Dafür liebe ich dich.« Juan war ebenfalls aufgestanden und hinter Margarete getreten. Er legte seine Arme um sie und drückte sie an sich. Sie lehnte ihren Kopf an seine Schulter. »Doch dein Vater wird nie zulassen, dass wir uns lieben.«

»Ich weiß.« Für einen Augenblick schloss Margarete die Augen. Sollte es möglich sein? Sollte es einen Ort geben, an dem sie und Juan als Mann und Frau leben konnten? »Wir müssten Guatemala verlassen. Aber wohin sollten wir gehen? Nach Deutschland etwa?«

»Ich kenne dein Land nicht.« Margarete spürte das Lächeln in Juans Stimme. Er schien wirklich bereit, alles für sie aufzugeben. »Aber mit dir gehe ich überallhin.«

»Und deine Familie? Wer wird ihnen helfen, wenn du sie verlässt?« Margarete kam sich schäbig vor, dass sie nach einem Grund suchte, der auch Juan in Guatemala hielt. Wenn er sie so sehr liebte, da konnte sie doch nicht zurückstehen, oder? »Ich fürchte, wir sind beide gebunden.«

»Nein!« In Juans Stimme lag so viel Härte, dass Margarete erschrocken zusammenfuhr. Was ließ ihn plötzlich so zornig werden? »Ich kann nicht mehr warten. Ich habe ein Jahr gewartet, ohne zu wissen, wie es dir geht. Das könnte ich nicht noch einmal ertragen.«

Margarete schwieg. Zum ersten Mal seit ihrem Wiedersehen wurde ihr schmerzlich bewusst, wie düster ihre Zukunft aussah. Niemals würde ihr Vater erlauben, dass sie einen Indio heiratete. Er würde weiterhin versuchen, sie wie eine Zuchtstute an den Meistbietenden zu verschachern, um seine Ehre und die Finca zu retten. Und ihre Großmutter? Minna Seler würde in dem Streit zerrieben werden und erlöschen wie eine Kerze. War da ein klarer Schnitt nicht die bessere Lösung für alle?

»Warum nicht?«, sprach sie ihren Gedanken laut aus. Gemeinsam mit Juan traute sie sich zu, sich allen Gefahren zu stellen. Nie wieder wollte sie ein so einsames Jahr verbringen wie in Bremen. Ihre Kehle schnürte sich zu, als sie an die Nächte dachte, in denen sie leise in ihre Kissen geweint hatte, nur damit ja niemand erfuhr, wie unglücklich sie war. Die Sorge, dass Juan sie vergessen hatte. Die Angst, dass ihm etwas geschehen war. Nein, so etwas wollte sie nicht noch einmal durchmachen müssen. »Mit dir würde ich auch überallhin gehen. Aber Deutschland würde uns nicht freundlich aufnehmen.«

»Mexiko? Es ist nah genug und bietet sicher Arbeit für mich«, schlug Juan vor. In dem Augenblick wurde Margarete bewusst, dass er schon länger über eine Flucht nachgedacht haben musste. Sie lächelte und drehte sich in seinen Armen, bis sie sein Gesicht sehen konnte.

»Mexiko ist zu nah.« Zärtlich küsste sie ihn auf den Mund. »Mein Vater könnte mich suchen lassen. Aber Nordamerika, was hältst du davon? Ich spreche ein wenig Englisch.«

»Ich kann nur Kekchí und Spanisch.« Juan lächelte, doch in seinen Worten lag Bitterkeit. Nur zu gut erinnerte sich Margarete an die Nachmittage, die sie damit verbracht hatten, gemeinsam in ihren Büchern zu lesen. Schon damals hatte Juan sie dafür bewundert, dass sie Deutsch und Spanisch fließend sprechen und lesen konnte. Auf ihren Einwand, dass sie kaum Kekchí konnte, obwohl er sich so sehr bemühte, es ihr beizubringen, hatte Juan nur abwehrend die Hand gehoben und gesagt, das sich niemand für Maya-Sprachen interessierte, während die Deutschen ihre Sprache in die Welt trugen. »Dann musst du in der ersten Zeit für uns reden.«

»Ich habe in der Zeitung gelesen, dass es in Nordamerika wieder Goldfunde gibt«, sagte sie träumerisch. Je mehr sie darüber nachdachte, desto erstrebenswerter erschien ihr ein Neuanfang. Warum nicht? Wenn Juan und sie reich wären, könnte sie zurückkehren, La Huaca zurückerobern, und ihr Vater würde sie mit offenen Armen aufnehmen. »In Alaska. Ganz im Norden. Aber wir bräuchten Geld …«

»Pssst.« Sanft legte er ihr den Finger auf den Mund. Eine Geste voller Zärtlichkeit, die Margarete die Tränen in die Augen trieb. »Ich weiß, was du sagen willst. Bitte schweig. Lass uns heute träumen.«

Margarete schluckte und versuchte, die Tränen zurückzudrängen. Sie schloss die Augen und schmiegte sich enger an Juan, an seine Brust und hörte sein Herz schlagen. Ja, träumen. Von einer gemeinsamen Zukunft, in der ihre Herkunft sie nicht trennen würde. Träumen von einer gemeinsamen Familie. Ohne Anfeindungen. Ohne Diskriminierungen. Warum nicht? Wenn sie beide sich nur liebten, dann würde sich alles andere finden.

43

Elise stürzte in die Tiefe des Abgrunds. Sie schien zu fliegen, fürchtete, das Bewusstsein zu verlieren, als auch schon das eiskalte Wasser über ihr zusammenschlug. Wild schlug sie um sich, Wasser drang ihr in die Augen, lief in Mund und Nase. Verzweifelt strampelte sie mit den Armen und Beinen, hielt angestrengt den Atem an und versuchte, mit letzter Kraft nach oben zu schwimmen. Prustend durchbrach ihr Kopf die Wasseroberfläche. Luft. Endlich Luft. Sie lebte. Nachdem sie zu Atem gekommen war, versuchte sie, sich zu orientieren. Das Wasser floss gleichmäßig und ruhig um sie herum. Sie musste sich in einem Fluss befinden. Im Licht der Sterne konnte sie am Rand nur eine dunkle Masse erkennen, wahrscheinlich Bäume oder Schlingpflanzen am Ufer. Beide Seiten erschienen ihr gleich weit entfernt.

»Georg? Georg?«, rief sie ins Dunkel der Nacht. Keine Antwort. Ihre Kehle schnürte sich zu. »Georg!« Panik übermannte sie. Ohne ihn wäre sie verloren. »Georg! Georg!«

Schweigen. Nur die Geräusche des Flusses und die Rufe einiger Nachtvögel waren zu hören. Tränen liefen ihr über das Gesicht, als sie mit kräftigen Schwimmzügen auf das linke Ufer zuschwamm. Plötzlich spürte sie etwas an ihrem Bein. Ein Krokodil? Eine Würgeschlange? Panisch trat sie aus. Da wurde sie fester umschlungen. Sie kämpfte, um nicht unterzugehen. Tränen raubten ihr die Sicht.

»Elise. Lise«, hörte sie da Georgs Stimme und sein Kopf war plötzlich neben ihr. Er klang vollkommen erschöpft. »Bist du verletzt?«

Elise blinzelte ins Dunkel, nahm, ohne nachzudenken, sein Gesicht in beide Hände und bedeckte es mit Küssen. Ihr Überschwang überraschte ihn und er ging unter. Elise ruderte zurück, erschrocken über die Peinlichkeit ihres Tuns.

»Entschuldige. Bitte entschuldige«, flüsterte sie, nachdem er wieder aufgetaucht war. »Ich bin nur so froh, dass du lebst.«

»Und ich bin froh, dass du lebst.« Täuschte sie sich oder schwang ein Lächeln in seinen Worten mit? Elise strampelte mit ihren Beinen heftig im Wasser und bemühte sich, in der aufkommenden Morgendämmerung sein Gesicht zu erkennen.

»Lass uns das Ufer erreichen.«

Elise nickte und schwamm mit kräftigen Zügen los. Georg war schneller und reichte ihr die Hand, um ihr aus dem Wasser zu helfen. Als er sie ans Ufer zog, berührten sich für einen Moment ihre Körper und Elise durchlief ein wohliger Schauder. Sie ließ sich fallen und atmete mehrmals tief ein und aus. Jetzt war Elise ihr Gefühlsausbruch noch peinlicher. Sie wünschte sich ein Mäuseloch, um darin zu verschwinden.

»Alles in Ordnung mit dir?« Georg klang besorgt. Elise hätte ihm gern geantwortet, aber ihre Stimme versagte. »Elise?«

Sanft berührte er ihre Schulter. Sie presste die Augenlider zusammen und nickte.

»Bleib hier. Ich suche uns etwas zu essen.«

»Nein!« Elise öffnete die Augen und schaute Georg flehend an. Inzwischen war der Morgen angebrochen und sie erkannte die Sorge auf seinem Gesicht. Und Fragen. Viele Fragen. »Bitte, bitte lass mich nicht allein.«

»Schon gut.« Georg setzte sich neben sie und legte vorsichtig den Arm sie. Sie versteifte den Rücken und saß kerzengerade da. Spürte seine Nähe. Die Wärme, die sein Körper ausstrahlte. Das Gefühl, das seine Lippen auf ihren Lippen hinterlassen hatte. »Wir können etwas rasten, aber dann sollten wir bald weiter.«

Mehr musste er nicht sagen. Zu stark hatte sich die Angst vor den Banditen, der Sprung in die Tiefe und der Schuss in ihr Gedächtnis eingebrannt. Sie seufzte und lehnte sich an seine Schulter. Sie brauchte nur etwas Ruhe. Zeit, ihre Gedanken zu ordnen, ihre Gefühle zu verstehen.

»Was können wir nur tun?« Elise löste sich aus Georgs Arm, stützte den Kopf in die Hände und weinte still vor sich hin. »Wir wissen nicht, was mit meinen Eltern ist. Wir haben keine Bleibe. Und wir haben kein Geld.«

»Es ist nicht weit bis zu dem Indio-Dorf«, sagte Georg. »Dort sind unsere Pferde und vielleicht helfen die Indios uns weiter.«

»Und wenn sie mit den Banditen unter einer Decke stecken?«, platzte Elise heraus und schämte sich sogleich für ihr Misstrauen. Hatte nicht ein Indio ihr Leben gerettet? »Ach, es tut mir leid. Findest du den Weg?«

Georg nickte. »Dann lass uns bald aufbrechen.« Seine Stimme klang voller Sorge …

»Ich schaff das schon.« Elise schluckte. Tränen würden ihr nicht weiterhelfen. »Ich muss es schaffen. Für meine Eltern.«

Kurz darauf machten sie sich auf den Weg, immer in der

Angst, dass die Banditen sie verfolgten. Georg zeigte Elise Früchte und Beeren, mit denen sie den gröbsten Hunger stillen konnten. Völlig erschöpft erreichten sie am späten Nachmittag das Indio-Dorf.

»Warte hier.« Georg hob die Hand. »Ich schaue erst, ob es sicher ist.«

Elise nickte. Ihr Knie schmerzte wieder und ihr war elend zumute. Sie versuchte, keinen Gedanken an das Schicksal ihrer Eltern zuzulassen, weil sie sonst jeglichen Mut verloren hätte. Sie kauerte am Boden und starrte vor sich hin.

Komm.« Georg berührte sie sanft an der Schulter und Elise schaute zu ihm auf. »Sie geben uns einen Schlafplatz und etwas zu essen. Auch wenn wir kein Geld haben.«

Elise bedankte sich bei den Indios, die so freundlich waren, ihnen eine Hütte zur Verfügung zu stellen.

»Was können wir nur tun?«, fragte Elise, die am ganzen Körper zitterte. Der Schrecken des Erlebten stürzte wieder auf sie ein. Sie zog die Knie an den Körper und umschlang sie mit den Armen. »Wie sollen wir nur meine Eltern finden?«

Georg legte seinen Arm um ihre Schultern. »Wir müssen zu Geld kommen. Und wir brauchen einen Spurenleser.« Er zog sie ein bisschen näher zu sich heran. »Die Guardia Civil wird uns nicht weiterhelfen«, überzeugte er sie.

»Wer kann uns helfen? Gibt es Freunde meiner Eltern? Ihr Auftraggeber?«, sprach Elise ihre Gedanken laut aus und erkannte im selben Augenblick deren Aussichtslosigkeit. Niemand würde ihnen Geld geben, damit sie einen Suchtrupp in den Regenwald schickten, um ihre verschollenen Eltern zu retten. Sie brauchten jemanden, der ihnen vertraute. Jemanden in ihrem Alter. Plötzlich stand der Name glasklar vor ihrem geistigen Auge. »Margarete. Ihre Familie ist reich! Sie wird uns sicher helfen.«

Georg überlegte einen Augenblick. Unschlüssig ging er in der Hütte auf und ab. »Die Reise nach Cobán wird eine Weile dauern. Aber es ist eine Chance. Und etwas Besseres finden wir auf die Schnelle nicht. Morgen früh brechen wir auf.«

Am nächsten Morgen sattelten sie in aller Frühe ihre beiden Reittiere. »Nemo.« Elise war ihrem Maultier um den Hals gefallen. Und hatte – Gott sei Dank – in der Satteltasche ihre Tagebücher wiedergefunden. Ein gutes Omen. Hoffentlich.

Die Dorfbewohner hatten sich versammelt und wünschten ihnen Glück bei ihrer Suche.

»Hier, bitte. Für die Reise.« Die Indio-Frau lächelte Elise an und reichte ihr eine gewebte Tasche, schwer von Maisfladen und Obst. »Wir beten für euch.«

»Danke. Ich danke Ihnen sehr.« Elise standen Tränen der Rührung in den Augen. Für diese armen Menschen, die gerade genug zum Leben hatten, war es selbstverständlich, ihr Weniges mit ihnen zu teilen.

Als sie auf Nemos Rücken steigen wollte, kam ein kleines Indio-Mädchen auf sie zu. Ein breites Lächeln erhellte sein Gesicht und es hielt ihr etwas entgegen. Es war ein kleiner Stoffbeutel, ein Rest Webware, wie er wohl anfiel, wenn man Blusen schneiderte.

Elise ging in die Knie. Das Kind reichte ihr den Beutel und sagte etwas in der Maya-Sprache.

»Tut mir leid, aber ich verstehe dich nicht.«

Das Mädchen lächelte und streichelte über Elises Wange und zog sie schließlich kräftig an den Haaren. Elise verzog das Gesicht und versuchte vorsichtig, die Faust der Kleinen zu lösen. Endlich ließ sie Elises Haar los und grinste von einem Ohr zum anderen.

»Na, dir kann man ja beim besten Willen nicht böse sein. Wie heißt du denn?«

Die Kleine schaute sie mit schief gelegtem Kopf an.

»Du sprichst wohl kein Spanisch?«, fragte Elise, obwohl sie ahnte, dass sie keine Antwort bekommen würde.

»Xioma! Xioma!« Eine Indio-Frau, kaum älter als Elise, kam auf sie zugelaufen. »Die Kleine wollte ihnen unbedingt ihre Sorgenpüppchen schenken.«

Ach, das also befand sich in dem Beutel. Elise lächelte. »Danke, aber das kann ich nicht annehmen.«

Wieder sagte das Kind etwas.

»Doch, sie will sie Ihnen schenken«, übersetzte die Mutter.

»Vielen Dank. Das ist ja rührend.« Elise spürte einen Kloß im Hals. Gern hätte diese freundlichen Menschen besser kennengelernt, aber … »Vielen, vielen Dank.« Sie schwang sich auf Nemos Rücken und ritt in schnellem Trab aus dem Dorf.

Stunden später holten die Erschöpfung und der fehlende Schlaf sie ein.

»Ich … ich kann nicht mehr.« Elise hielt das Maultier an und ließ sich von seinem Rücken gleiten. Ihr Magen knurrte, ihr Körper fühlte sich wund an, und sie glaubte nicht mehr daran, dass sie Cobán jemals erreichen würden. »Wozu das alles? Meine Eltern sind ermordet. Alles ist verloren. Ich will nach Hause.«

Georg stieg ab, reichte ihr eine Hand und zog sie sanft in seine Arme. Sie legte den Kopf an seine Schulter und schluchzte erbärmlich. Er streichelte ihr über die Haare und murmelte beruhigende Worte – und sie genoss das Gefühl von Geborgenheit. Ach, warum konnte er sie nicht lieben?

Endlich, endlich erreichten wir die Finca von Margarete Seler. Als wir das Haus betraten, wurden wir beinahe von einem Nabelschwein umgerannt, das von einer dicken Indio-Frau verfolgt wurde. Sie schwang einen Kochlöffel und stieß laute Flüche in Kekchí aus. Ich verstand kein Wort, aber der Ärger ließ sich auf ihrem Gesicht ablesen. Eine Situation, über die ich sicher herzlich gelacht hätte, wäre ich nicht so verzweifelt gewesen.
Ich fragte die Indio-Frau nach Margarete. Sie rief »Adele«, woraufhin ich wieder nach Margarete verlangte. Nach mehrmaligem Hin und Her holte sie sie schließlich.
Nach einer – trotz der Überraschung – herzlichen Begrüßung erklärte ich Margarete unser Anliegen.
Sie hielt einen Finger an die Lippen und führte uns schweigend durch den Salon und einige andere Räume, bis wir in ihrem Zimmer ankamen.
»Wartet bitte«, sagte sie nach einer Weile. »Ich hole Juan.«

44 *Bremen 2011*

»Warum liest du nicht weiter?« Julia schaute Isabell auffordernd an. »Jetzt wird's gerade spannend.«

Isabell legte das Tagebuch zur Seite und beugte sich über die Holzkiste. Sie wühlte darin herum. »Hier ist nichts mehr. Das war das letzte Heft. Wahrscheinlich hat Elise danach aufgehört, Tagebuch zu schreiben.«

»Das wäre ja total blöd.« Julia rieb sich die Nase. »Wie in einem Fortsetzungsroman, wo der letzte Teil nicht mehr veröffentlicht wird. Die spannenden Fragen bleiben offen: Werden sie Elises Eltern finden? Warum heiratet Margarete Robert und nicht Juan?«

»Ich frage mal Lina, ob sie eine Idee hat. Willst du auch einen Tee?« Isabell verließ das Zimmer und ließ Julia zurück.

Julia nahm das Tagebuch in die Hand. Geistesabwesend blätterte sie durch die vergilbten Seiten. Was für eine ordentliche Schrift Elise gehabt hatte. Vor allem, wenn man bedachte, unter welchen Umständen sie ihr Tagebuch geschrieben hatte. Im Regenwald. In Notunterkünften, die sie so gehasst hatte, und abends im Schein des Lagerfeuers. Julia wollte nicht glauben, dass ein Mädchen, das so konsequent unter schwierigen Bedingungen Tagebuch geführt hatte, von einem Tag auf den anderen nicht mehr geschrieben haben sollte. Vor allem nicht, als ihr Abenteuer sich gerade seinem Höhepunkt näherte.

Julia versuchte, sich in Elise hineinzuversetzen. Wie einfach sie es sich machte. Für sie war Elises Reise ein spannendes Abenteuer, wie ein Roman, den sie las. Was bedeutete es aber wirklich, plötzlich in einem fremden Land gefangen zu sein, ohne Geld, ohne Eltern, ohne zu wissen, was mit ihnen geschehen war? Ohne Internet, ohne Handy, ohne Kreditkarte? Julia fand es immer noch schwierig, sich die kleine ängstliche Elise als irgendjemandes Großmutter vorzustellen, dabei hatte sie Extremsituationen gemeistert und richtig Mut bewiesen. Für Isabells Ururgroßmutter war es damals um Leben und Tod gegangen, um das Schicksal ihrer Familie.

Was für ein unglaublicher Zufall, dass ausgerechnet Isabell und sie gemeinsam in einer Schule gelandet waren! Julia erinnerte sich, irgendwo gelesen zu haben, dass sich alle Menschen über sechs oder sieben Ecken kennen. Kleine-Welt-Theorie oder so nannte man das. Eine Wochenzeitung hatte das mal ausprobiert, wenn sie sich richtig erinnerte.

Isabell, die die Zimmertür aufstieß, riss Julia aus ihren Gedanken. »Lina sagt, dass alle Unterlagen, die sie von Elise hat, in dieser Kiste gesammelt sind.« Isabell wirkte enttäuscht. »Wir müssen uns alle Papiere noch einmal anschauen. Vielleicht haben wir ein Tagebuch übersehen. Oder Elise hat noch in etwas anderes geschrieben als in diese schwarzen Hefte.«

Gemeinsam sortierten sie den Wust aus Papieren, alten Briefen, Reiseberichten und Tagebüchern. Nichts. Das gesuchte Tagebuch, wenn es denn eines gab, blieb verschwunden.

»Das darf nicht wahr sein«, jammerte Isabell und packte die ganzen Unterlagen sorgfältig in die Kiste zurück, während sie immer wieder eine Lage Packpapier dazwischenlegte. »Ich will jetzt wissen, wie die ganze Geschichte ausgegangen ist.«

»Komm, lass uns deine Großmutter nochmals fragen?«, überlegte Julia laut. Auch sie wollte wissen, wie es mit der Geschichte um den verborgenen Tempel weiterging. Und was mit Elises Eltern passiert war. Das war spannender als bei Indiana Jones. »Vielleicht ist ja doch noch was auf dem Dachboden?«

»Habe ich sie schon gefragt.« Isabell verzog den Mund. »Lina ist sich ganz sicher, dass alles hier drin sein muss.« Isabell deutete auf die Kiste. »Und dass sie nichts weggegeben hat.«

»Wer könnte denn noch was wissen? Mensch, ich habe eine Idee. Was hältst du davon, wenn wir noch mal zur Uni gehen und mit Florian reden?«, schlug Julia vor und hoffte, dass Isabell nicht bemerkte, dass sie mehr als einen Grund hatte, den Vorschlag zu machen. »Vielleicht kann er uns weiterhelfen?«

»Ja, und süß ist er außerdem.« Isabell grinste.

»Willst du nicht wissen, ob Elise ihre Eltern rettet?«, fragte Julia, um das Thema zu wechseln.

»Das weiß ich doch«, antwortete Isabell und zuckte die Schultern. »Wenn Henni und Johann in Guatemala verschollen geblieben wären, hätten meine Eltern mir das bestimmt erzählt, oder?«

»Bist du dir da so sicher?« Julia schluckte die Bitterkeit herunter, die sie jedes Mal verspürte, wenn sie an den Verrat ihrer Eltern dachte. Warum hatten sie ihr verschwiegen, wie schlecht es um die Firma stand? Sie war schließlich kein Kind mehr, sondern sollte bald ins Unternehmen einsteigen.

»Eltern meinen doch immer, sie wüssten am besten, was gut für einen ist und was nicht.«

»Wem sagst du das?« Isabell zog eine Grimasse.

»Oh, tut mir leid.« Wie konnte Julia nur vergessen haben, dass es auch Isabells Eltern mit der Wahrheit nicht so genau genommen hatten.

»Mit wenig redseligen Eltern kenne ich mich aus. Aber warum sollten sie wegen der alten Geschichten eine solche Geheimnistuerei veranstalten? Das ist doch alles schon mehr als hundert Jahre her.«

»Keine Ahnung.« Julia zuckte die Achseln. »Hat nicht jede Familie ein dunkles Geheimnis?«, fragte sie und versuchte, möglichst sorglos zu klingen.

»Und wir sind die Aufrechten, die nicht aufgeben und suchen und weitersuchen, bis sie das letzte Tagebuch gefunden haben und alle Geheimnisse gelüftet sind?« Isabell zog den linken Mundwinkel nach oben und schüttelte den Kopf. »Es gibt bestimmt eine ganz simple Erklärung. Papierknappheit oder ein gebrochener Arm oder was weiß ich …«

45

»Wie ist denn die Uni an Elises Tagebuch gekommen?«, fragte Julia, nachdem Isabell ihr die gute Nachricht überbracht hatte. Julia saß mit unterschlagenen Beinen auf dem roten Bettsofa in Isabells Zimmer und streichelte den dicken grauen Kater, der ihr gefolgt war. Der Geschichtsunterricht war heute ausgefallen, Frau Haberkorn lag mit einer schweren Grippe im Bett. »Lina hat schließlich Stein und Bein geschworen, dass sie keine Tagebücher weggegeben hat.«

»Hat sie auch nicht.« Isabell schien es zu genießen, Julia ein bisschen zappeln zu lassen. »Deine Familie war es.«

»Wie bitte? Was soll das heißen?« Julia schaute Isabell skeptisch an. »Wie sollen wir an das fehlende Tagebuch gekommen sein?«

»Es hat mir keine Ruhe gelassen. Also haben Lina und ich gestern Nacht den Dachboden durchforstet in der Hoffnung, das Tagebuch doch noch zu finden. Haben wir nicht, dafür aber …« – Isabells Wangen glühten vor Begeisterung – »… Briefe von Margarete an Elise. Und in einem davon hat Margarete sich für das Tagebuch bedankt.«

»Wer verschenkt denn ein Tagebuch?« Julia hätte Bea oder Hannah niemals auch nur einen Blick in ihre Tagebücher werfen lassen und würde niemals eines davon weggeben. »Stand in dem Brief eine Erklärung?«

»Nein.« Isabell hob die Hände. »Um das herauszufinden, müssen wir wohl ins Margarete-Archiv. Falls die das Tagebuch überhaupt archiviert haben – schließlich ist es von Elise.«

»Ach nee. Also muss ich meine Eltern jetzt um eine Unterschrift bitten.« Julia runzelte die Stirn. Im Moment herrschte Schweigen zwischen ihr und ihren Eltern. Deshalb wäre es ihr lieber gewesen, wenn ihre Eltern dazu gezwungen wären, *sie* um etwas zu bitten als umgekehrt.

»Wieso?« Isabells Gesicht war ein großes Fragezeichen. »Was für eine Unterschrift?«

»Hallo?« Julia schaute gespielt grimmig. »Hast du mir nicht zugehört?«

Isabell kratzte sich am Kopf. »Klar habe ich das. Meistens jedenfalls.«

»Das Margarete-Archiv ist nicht öffentlich zugänglich. Da kommt man nur mit Erlaubnis der Familie rein.«

»Selbst wenn du eine Verwandte bist?« Isabell runzelte die Stirn. »Gibt es da keine Sonderregelungen?«

»Vielleicht. Aber nur, wenn man volljährig ist«, antwortete Julia. Unser Projekt kommt leider ein paar Monate zu früh.«

»Tja, dann kennst du ja deinen Job.« Isabell zuckte die Schultern. »Oder soll ich sie fragen?«

»Nein. Nein.« Julia lächelte schwach. »Das schaffe ich schon noch.«

Ich brauche eine Unterschrift von euch«, sagte Julia betont gelassen, als sie mit ihren Eltern beim Abendessen saß. Ihr Vater wirkte leicht abwesend. Sein sonst stets makelloser Anzug wies Knitterfalten auf und er schaute sie überrascht an. Ihre Mutter hingegen sah aus wie immer. »Für die Schule.«

»Gern. Entwirf den Text und ich unterschreibe.« Konstantin Linden lächelte Julia kurz an und schob das Roastbeef auf seinem Teller von links nach rechts. »Wenn du es heute Abend nicht mehr schaffst, dann musst du eben morgen ins Büro kommen.«

Julia nickte. Das ging ja einfacher als erwartet.

»Nicht so überstürzt.« Mist. Es hätte Julia schwer gewundert, wenn ihre Mutter sich nicht eingemischt hätte. »Möchtest du von unserer Tochter nicht wissen, wofür sie unsere Zustimmung benötigt?«

»Wenn du meinst.« Ihr Vater sah nicht einmal auf. Er goss sich ein weiteres Glas Wein ein. Die Farbe des Getränks schien ihn deutlich mehr zu interessieren als die Frage seiner Frau. »Also, worum geht es?«

Julia überlegte, wie sie mit einer geschickten Formulierung verhindern könnte, dass ihre Eltern zu viel erfuhren. Bisher waren ja einige Unstimmigkeiten in Margaretes Biografie aufgetaucht. Ob ihre Eltern wirklich nichts von Juan wussten?

»Um das Geschichtsprojekt abschließen zu können, brauchen wir Texte aus dem Margarete-Archiv.« Es erschien ihr am klügsten, die Wahrheit zu sagen, allerdings nur das Nötigste.

Ihr Vater schaute hoch und wechselte einen Blick mit ihrer Mutter. Der Groll über die verschwiegene Fast-Insolvenz regte sich wieder in Julia. Gab es noch etwas, das sie wissen müsste?

»Übertreibt ihr nicht ein bisschen?«, fragte Konstantin Linden schließlich. »Es ist ein Schulprojekt, keine Doktorarbeit.«

»Ihr wolltet, dass ich bessere Noten bekomme«, antwortete Julia gereizt. Der Schulwechsel, Beas und Hannahs Verhalten und die Geheimnistuerei ihrer Eltern gingen ihr ziemlich an die Nieren. »Also kann ich erwarten, dass ihr meine Bemühungen unterstützt, oder nicht?«

»Dein Vater hat recht, Julia.« Sophia Linden saß wie immer sehr gerade und schien eine Mauer aus Eis um sich gezogen zu haben. »Du solltest deine Energie nicht nur auf ein Fach konzentrieren. Mathematik ist eher deine Schwäche als Geschichte.«

»Meine Güte. Ich will nur in ein blödes Archiv, um ein paar angestaubte Papiere zu lesen, und ihr tut so, als ob ich von euch die Erlaubnis wollte … was weiß ich … eine Amazonas-Expedition zu unternehmen.« Julia sprang so hastig auf, dass ihr Stuhl umkippte. Das Krachen knallte in die Stille, die ihren Worten folgte. »Dann eben nicht.«

Weil sie wusste, wie sehr sie ihre Mutter damit verärgerte, rannte sie ohne Abschied aus dem Esszimmer und knallte die Tür zu. Das tat gut. Draußen holte sie tief Luft. Hatte sie eben übertrieben? Egal. Wichtig war nur, dass sie endlich einmal Widerstand geleistet und ihren Standpunkt deutlich gemacht hatte. Allerdings hätte sie sich gewünscht, dass es um etwas Wichtigeres gegangen wäre als um uralte Archivunterlagen.

In ihrem Zimmer setzte sie sich vor ihren PC und überlegte, Hannah oder Bea bei Facebook anzustupsen. Aber eigentlich hatte sie keine Lust mehr, sich mit ihnen zu schreiben. Heute wollte sie von niemandem mehr etwas hören. Da konnte sie ebenso gut am Projekt weiterarbeiten. Sie öffnete die Datei »Guate 1902«, überflog, was sie bisher geschrieben hatten, und überlegte, welche Fragen noch geklärt werden mussten.

Einige Zeit später klopfte es an ihrer Tür. Julia erwartete nicht, dass ihre Eltern heute noch mit ihr reden wollten.

»Ja bitte.« Julia drehte ihren Schreibtischstuhl zur Tür.

»Obwohl ich es grundsätzlich nicht richtig finde, deinen kindischen Trotz zu belohnen …« Ihre Mutter trat ins Zimmer. Ruhig und gelassen, als ob es die Szene beim Abendessen nie gegeben hätte. »… habe ich hier die Erlaubnis für dich.«

»Danke.« Julia bemühte sich nicht, das Erstaunen in ihrer Stimme zu verbergen. Sie hätte Wetten darauf abgeschlossen, dass ihre Eltern nicht nachgeben würden. Oder wenn überhaupt, dann ihr Vater. Julia stand auf und streckte die Hand nach dem Papier aus, das ihre Mutter ihr entgegenhielt.

»Unter einer Bedingung.« Aha, so lief das also. Julia hätte sich auch nicht vorstellen können, dass ihre Mutter einfach so nachgab. »Dein Vater und ich möchten das Referat lesen, bevor ihr es abgebt.«

»Wie bitte?« Julia glaubte, ihren Ohren nicht zu trauen. »Ihr wollt unsere Arbeit zensieren?«

»Ach, Julia.« Schärfe prägte die Stimme ihrer Mutter und auf Sophia Lindens Gesicht entdeckte Julia Spuren von Erschöpfung, die auch das beste Make-up nicht überdecken konnte. »Wir wollen dir nichts verbieten. Dein Vater und ich möchten nur wissen, was ihr herausfindet, und möchten dann gern mit dir darüber reden.«

»Aber Isabell und ich dürfen schreiben, was wir für richtig halten?« Julia blieb misstrauisch. Sicher hielt sich ihre Mutter noch irgendein Hintertürchen offen.

»Ja. Du bist alt genug, um zu entscheiden, was richtig und was falsch ist.«

»Aber was sollen wir eigentlich herausfinden? Was fürchtet ihr denn?« Julia schluckte. Langsam begann sie sich zu fragen, ob sie wirklich erfahren wollte, was sich in Elises letztem Tagebuch verbarg. Dann jedoch siegte der Trotz. Ihre Eltern schienen zu wissen, was sie erwartete, und behandelten sie immer noch wie ein Kind, dem man die Wahrheit besser nur häppchenweise servierte. »Ach, ich will es gar nicht wissen.«

»Gut. Wenn du meinst.« Sophia Linden reichte ihrer Tochter die Bescheinigung, gedruckt auf ihrem eleganten, blassblauen Briefpapier. Julia erinnerte sich daran, wie sehr sie als Kind das Papier bewundert und ihre Mutter angefleht hatte, ihr ein paar Bögen davon zu schenken. Lachend hatte diese abgelehnt und Julia drei Tage später mit fliederfarbenem Briefpapier überrascht, das Julias Namen trug. Was war nur geschehen, dass ihre Mutter und sie sich heute so unversöhnlich gegenüberstanden?

»Danke.« Julia legte das Papier auf ihren Schreibtisch. Als sie sich wieder umdrehte, stand ihre Mutter immer noch in der Tür. In ihrem Blick lag etwas, das Julia nicht deuten konnte. »Einverstanden, Maman. Ihr bekommt die Arbeit zur Information.«

»Julia.«

»Ja?«

»Viel Erfolg.«

Was hatte ihre Mutter eigentlich sagen wollen? Warum hatte sie nicht den Mut gefunden, mit ihr zu reden?

Frustriert schloss sie die Guatemala-Datei, legte die Erlaubnis in eine Hülle und sandte Isabell eine Mail: »Erlaubnis bekommen. Habe morgen zwei Freistunden. Können wir uns um 11:00 Uhr treffen?«

46

»Bist du sicher, dass du alles erfahren willst?« Isabell schaute Julia fragend an. Sie saßen zwischen Unmengen von Kisten im Leseraum des Margarete-Archivs. Nachdem Julia ihr von dem Gespräch mit ihren Eltern erzählt hatte, fragte sich Isabell, was sie wohl entdecken würden. Barg der harmlos aussehende Stapel vergilbter Papiere, der vor ihnen lag, ein brisantes Geheimnis? Bisher hatten sie nur Briefe von Margarete gefunden. Das fehlende Tagebuch war in keiner Kiste gewesen. Eine letzte holte der Archivar gerade noch aus dem Keller. Sie hatten Briefe aus Margaretes erster Zeit in Bremen gefunden. »Für das Projekt haben wir jedenfalls genug Material.«

»Ich gebe nicht auf halber Strecke auf. Lass uns mal schauen, was Margarete so schreibt.« Julia griff in den Stapel und holte einen Brief heraus. Vorsichtig zog sie das Papier aus dem Umschlag und faltete es auseinander. »Igitt! Eine Spinne!« Sie schleuderte den Brief von sich.

»Das ist nur eine getrocknete Blume.« Isabell bückte sich und hob die zerbrechlich wirkende Blüte auf. Sie hatte jede Farbe verloren und wirkte wie eine verblasste Erinnerung aus einer lang vergangenen Zeit. »Eine Orchidee. Bestimmt aus Guatemala.« Sie hielt Julia die Blume hin, doch die war bereits mit dem Text beschäftigt. Ihr Finger zog die altertümliche Schrift nach. Endlich legte sie das Papier zur Seite, sie war blass und wirkte erschöpft.

»Steht etwas Spannendes drin?« Isabell bemühte sich, nicht zu neugierig zu klingen, aber je tiefer Julia und sie in die Geschichten ihrer beiden Familien eintauchten, desto mehr Fragen stellten sich. Und nicht nur das. Fast schien es, als ob beide Familien Geheimnisse verbergen wollten, die ihre Geschichte in einem neuen Licht erscheinen lassen könnte. »Sag schon!«

»Nein, nein.« Julia wirkte wie jemand, der gerade aus einem Traum gerissen wurde. »Kleine Berichte aus der Bremer Zeit. An ihre Großmutter Minna gerichtet.«

»Die hier sehen anders aus.« Isabell zog einen Packen heraus, der mit einem blasslilafarbenen Schleifenband zusammengebunden war. »Irgendwie … persönlicher?«

»Lies du bitte vor.« Julia seufzte. »Mir fällt die Kurrentschrift einfach zu schwer.«

Vorsichtig entfaltete Isabell den Briefbogen. Einen Augenblick lang bewunderte sie die elegante Schönschrift, mit der Margarete geschrieben hatte.

Mein geliebter Juan,
ich bedauere es jeden Tag, nein, jede Stunde, jede Minute, dass ich dem Willen meines Vaters folgte und nach Bremen gefahren bin. Ich vermisse Dich so schmerzlich …

Isabell stoppte und schaute Julia an. »Nenne mich altmodisch, aber ich … also, irgendwie fühlt es sich nicht richtig an, diesen Brief weiterzulesen. Er geht uns nichts an.«

»Du hast recht. Er sollte nur den beiden gehören.« Julia schluckte. Sie benötigte Zeit, um sich zu sammeln. Auch wenn ihre Ururgroßmutter schon lange tot war und Julia sie niemals hatte kennenlernen können, so hatte sie sich ein

Bild von Margarete geschaffen. Aus den Erzählungen ihrer Familie, aus der Firmenchronik und durch die vielen Fotos, die eine harte und starke Frau zeigten. Sie hätte ihre Vorfahrin einfach nicht mit derart leidenschaftlichen Worten in Verbindung gebracht. So … so voller Sehnsucht und Verzweiflung. Ob ihre Eltern davon wussten? »Gib ihn mir bitte.«

Vorsichtig faltete Julia das Papier zusammen, steckte es wieder in den Umschlag und legte ihn auf den Stapel zurück.

»Ähm, gehören diese Briefe wirklich hier ins Archiv?« Isabell kratzte sich am Kopf. »Sollten sie nicht lieber bei euch zu Hause aufbewahrt werden?«

Julia runzelte die Stirn. Eine gute Frage. Vielleicht sollte sie das mit ihren Eltern besprechen.

»Gibt es Antwortbriefe?«, fragte sie schließlich. »Wir müssen sie ja nicht ganz lesen, aber vielleicht kommen wir dadurch der Sache auf die Spur.«

»Nein. Nur Margaretes Briefe, ganz schön viele, wie man hier sieht, und sonst nichts.« Isabell hob bedauernd die Schultern.

»Komisch, dass Juan nie geantwortet hat. Vielleicht konnte er nicht schreiben. Oder es war eine einseitige Liebe.«

»Unglücklich war sie auf jeden Fall. Schließlich hat Margarete jemand anderen geheiratet.« Julia griff nach Elises Tagebuch, das sie vorsichtshalber mitgebracht hatten. »Und zwar bald nach dem Zusammentreffen mit Elise. Ich habe es nachgeschlagen. Im November 1902 war die Hochzeit von Margarete und Robert.«

»Wow, was ist in den paar Wochen wohl passiert?« Ein Klopfen unterbrach sie und der Archivar brachte die letzte

Box, auf der 1902 stand. Isabell dankte ihm und suchte, bis sie ein schwarzes Heft fand. »Hier ist es! Wie aufregend! Ich lese vor, okay?«

»Kannst du keine Ruhe geben?«, fuhr Julia Isabell an. »Meine Güte. Wir sollen was zum Kaffeehandel schreiben, nicht über die Liebschaften meiner Ururgroßmutter.«

»Sorry. Ich … ich dachte …« Isabell legte das Tagebuch zur Seite und sah Julia verwirrt an. »Meinetwegen können wir aufhören, wenn du nicht mehr willst.«

»Nein. Entschuldige.« Julia lächelte schief. »Keine Ahnung, was mit mir los ist.«

»Komm, wir lassen die alten Papiere noch ein bisschen länger einstauben und gehen Kaffee trinken.« Isabell tätschelte Julias Schulter. »Okay?«

»Okay.« Julia überlegte einen Moment. »Was hältst du davon, wenn wir uns mit Florian treffen? Vielleicht ist er ja heute hier an der Uni?«

»Warum nicht?« Isabell lächelte wissend. »Bist du sicher, dass ich mit eingeplant bin?«

»Es geht schließlich um unser Projekt«, antwortete Julia und drehte sich zur Seite, um ihr Handy aus der Tasche zu holen. Hoffentlich bemerkte Isabell nicht, dass sie rot angelaufen war. Sie trat zwei Schritte zur Seite und telefonierte kurz. »Florian möchte wissen, ob wir weitergekommen sind.«

»Was wollen wir ihm sagen? Wir müssen uns ohnehin noch überlegen, was wir alles in der Projektarbeit schreiben wollen. Langsam verstehe ich, dass deine Eltern den Text zensieren wollen.«

Julia blieb stehen und sah Isabell an. Lange und schweigend. Sie holte tief Luft.

»Du hast mich vorhin gefragt, ob ich wirklich die Wahrheit wissen will …«

»Und?«

»Bis vor zehn Minuten hätte ich Ja gesagt.« Julia fuhr sich nervös durch die Haare und suchte sichtbar nach Worten. »Jetzt bin ich mir nicht mehr sicher. Vielleicht sollte man die Vergangenheit ruhen lassen.«

»Ja, es gibt Geheimnisse, die sollten besser welche bleiben.« Isabell nickte. »Andererseits ist alles ewig her und was kann das große Geheimnis sein? Euer Kaffee ist in Wahrheit Tee, oder was?«

»Blödsinn!« Jetzt musste Julia lachen. »Du hast recht und ich … ach was. Erst einen Kaffee und dann schauen wir, wie Elises Geschichte ausgeht. Bestimmt jammert sie wieder über den Regenwald.«

»Und bestimmt bereut sie, dass sie nicht netter zu ihren Eltern gewesen ist.« Spielerisch schlug Isabell nach Julia, die ihr geschickt auswich.

»Ich bin ziemlich sicher, dass Elises Eltern heil und gesund wieder auftauchten.«

»Wenn du das sagst«, neckte Isabell sie.

»Klar. Wenn etwas Dramatisches passiert wäre, hätten uns unsere Eltern bestimmt alles erzählt. So wie immer! Stimmt's?«

47 *Guatemala 1902*

»Grete, Liebes.« Die weißhaarige Frau, die unvermittelt ins Zimmer gekommen war, schaute Elise und Georg etwas verwirrt an. »Guten Tag. Wo ist Margarete?«

»Guten Tag.« Elise knickste. Etwas an der alten Dame ließ sie sich an ihre Erziehung erinnern, die im Regenwald etwas gelitten hatte. »Mein Name ist Elise Hohermuth. Ich kenne Margarete von der Überfahrt aus Deutschland.«

»Elise, sehr erfreut, Sie kennenzulernen.« Die Dame lächelte. »Ich bin Margaretes Großmutter. Wo ist sie?«

Margaretes Großmutter wirkte immer noch überrascht, was sich Elise nicht erklären konnte. Sicher wäre es höflicher gewesen, sich der alten Dame vorzustellen, gleich nachdem sie auf der Finca angekommen waren, aber sie hatte sich zu einem Mittagschläfchen hingelegt.

»Guten Tag«, mischte sich nun Georg ein. »Margarete … sie holt Erfrischungen.« Er log, ohne rot zu werden. »Ich bin Georg Peters. Wir reisen mit Elises Eltern.«

»Ach, die Forscher.« Die alte Dame wirkte beruhigt und wandte sich ab. »Bitte sagen Sie meiner Enkelin, dass Fräulein Dieseldorf und ich sie gern sprechen möchten. Vielen Dank.«

Elise und Georg schauten sich schweigend an. Gerade als die Stille unangenehm zu werden begann, öffnete sich die Tür erneut und Margarete trat ein, gefolgt von einem

Indio-Jungen. Einem sehr attraktiven jungen Mann, wie Elise feststellte. Allerdings hatte er nur Augen für Margarete.

Bevor Margarete etwas sagen konnte, platzte Georg heraus: »Deine Großmutter war hier. Sie wollte dich sprechen.«

»Oh, danke.« Margarete nickte. »Juan Escalanto, das sind Georg Peters und Elise Hohermuth. Elise, Georg, das ist Juan … ein … ein sehr guter Freund. Ich komme gleich wieder.«

Juan, Elise und Georg schauten sich schweigend an. Zwischen ihnen stand eine Spannung, die sich Elise nicht erklären konnte, bis Juan sie ansprach.

»Margarete hat mir von Ihrem Schicksal berichtet.« Juan sprach ein wunderbares Spanisch, das in seiner dunklen Stimme klang wie ein Lied. Nur leider wirkte er ablehnend. Beinahe feindselig. »Aber warum sollte ich Ihnen helfen? Menschen wie Ihre Eltern plündern die Schätze meines Volkes.«

Elise holte Luft und zählte langsam bis zehn. Das konnte nicht wahr sein. Margaretes Freund warf ihr genau das vor, was sie vor Kurzem noch ihren Eltern vorgehalten hatte. »Ich bin nicht mit allem einverstanden, was meine Eltern tun oder getan haben«, sagte sie mit betont ruhiger Stimme und hielt die Hände zu Fäusten geballt. »Aber es sind meine Eltern und ich sorge mich um sie. Sie mögen Fehler gemacht haben, aber sie sind gute Menschen. Niemand verdient es, von Banditen verschleppt zu werden.«

Juan und sie starrten sich an und schienen sich nicht bewusst zu sein, dass außer ihnen auch noch Georg im Zimmer war.

»Sie haben recht«, sagte der Indio schließlich und senkte den Blick. Er lächelte Elise an, was sie sofort für ihn einnahm. »Es tut mir leid. Ich … ich hätte Sie nicht angreifen dürfen. Es war unbedacht von mir.«

»Schon gut.« Jetzt hatte Elise das Gefühl, dass sie offen sprechen konnte. »Ich hatte auch schon Streit mit meinen Eltern wegen ihrer Arbeit.«

In dem Augenblick kam Margarete zurück und Juan hatte wieder nur Augen für sie. Margarete wirkte erschöpft. Sie schaute Elise an und hob die Hände.

»Ich würde dir gern helfen«, sagte sie schließlich und bedachte Elise mit einem Blick, den diese nicht deuten konnte. »Aber … ich kann nicht.«

»Du … du …!« Elise stampfte mit dem Fuß auf den Boden und hasste sich, weil sie wirkte wie ein verzogenes Kind. Aber dass all ihre Hoffnung mit einem Schlag zunichtegemacht werden sollte, verkraftete sie nicht. »Was soll das heißen, du kannst nicht? Du willst nicht!«

»Sieh dich um«, antwortete Margarete und deutete auf die wenigen Möbel. Sie blieb gelassen, was Elise nur noch stärker in Rage brachte. »Du bist durch unser Haus gegangen. Sieht es so aus, als ob meine Familie Reichtümer horten würde?«

Elise schwieg einen Augenblick und schaute sich in Margaretes Zimmer um. Ja, nach der Pracht des Salons wirkte der Raum wirklich bescheiden. Sauber und ordentlich, aber außer einem Bett, einem Waschtisch, einer Kommode und einem alten Sessel gab es hier nichts Wertvolles. Die anderen Räume hatte sie in ihrer Sorge kaum wahrgenommen, aber wenn diese luxuriös gewesen wären, hätte Elise das sicher erinnert. Aber … waren denn nicht alle Kaffeehändler wohlhabend?

»Wie kann das sein?«, presste Elise hervor und kämpfte

gegen Tränen an. Margarete war ihre letzte Hoffnung gewesen. »Ihr habt doch eine riesige Kaffeeplantage.«

»Ja, das stimmt.« Margarete seufzte. Nun erkannte Elise die Anzeichen von Erschöpfung auf ihrem Gesicht. Sie sah die Ringe unter den Augen und zwei kleine scharfe Falten um die Mundwinkel. Nur wenn sich Margarete Juan zuwandte, wirkte sie jung und glücklich. »Ja. Aber die Kaffeepreise fallen. Und fallen. Und fallen. So sehr, dass … man muss entsprechende Maßnahmen ergreifen und sparen.«

Sie schwieg und schaute zu Boden. Mit den Fingern der rechten Hand zupfte sie an der Nagelhaut des Daumens und riss kleine Hautfetzen ab.

Georg und Elise betrachteten sie schweigend. Zum ersten Mal, seitdem sie Margarete kennengelernt hatte, spürte Elise echtes Mitleid mit ihr. Sie machte einen Schritt auf sie zu, wollte ihr eine Hand auf die Schulter legen, wagte es dann doch nicht. Außerdem war der Indio-Junge an Margaretes Seite getreten und legte ihr beschützend den Arm um die Hüfte.

»Mein Vater musste vieles verkaufen und kämpfte dennoch gegen den Ruin«, fuhr Margarete schließlich fort. »Alles, was unsere Familie aufgebaut hat, drohte unterzugehen. Das habe ich vorgefunden, nachdem ich aus Bremen zurückgekommen war.«

Wieder schluckte sie und kämpfte sichtbar gegen die Tränen an. »Vor Kummer hat mein Vater sich dem Trunk ergeben und kann und will sich nicht mehr um die Geschäfte kümmern.« Man konnte ihr die Erleichterung, die Karten offen auf den Tisch gelegt zu haben, förmlich ansehen. »Meine Großmutter, das Fräulein und ich haben es gemeinsam geschafft, das Ende gerade noch aufzuhalten. Noch ein

Vertrag, der in der Schwebe steht … Drei Frauen, die eine Finca retten wollen.«

Sie stieß ein bitteres Lachen aus und schaute Georg und Elise direkt an. Elise trat noch einen Schritt an sie heran und gab ein mitfühlendes Murmeln von sich.

»Das tut mir sehr leid«, sagte Georg nach einer langen Pause.

Elise war sprachlos, aber ihre Gedanken drehten sich im Kreis. Margarete war offensichtlich ebenfalls mittellos, ihr Vater ein Trinker … Wer sollte ihr nun helfen, Henni und Johann Hohermuth zu finden? Durfte sie derart egoistische Gedanken überhaupt hegen, nun, da sie wusste, in welch schwieriger Situation sich Margaretes Familie befand?

»Das konntet ihr nicht ahnen.« Margarete zuckte die Schultern und lächelte schief. Sie wirkte erwachsener und niedergedrückter als auf dem Schiff – und gleichzeitig leuchtete sie. Wahrscheinlich aus Liebe zu Juan. Für einen kurzen Moment spürte Elise Neid in sich aufsteigen. »Aber danke. Wir werden es schaffen. Weil wir es müssen.«

Jetzt schwiegen sie alle. Elises Blick wanderte voller Angst von einem zum anderen. Georg wirkte wie versteinert. Margarete lehnte sich an Juans Schulter. Und Juan? Der hatte nur Augen für Margarete. Elise hätte schwören können, dass er für sie durchs Feuer, vielleicht sogar in den Tod gehen würde. Endlich durchbrach Margaretes Stimme die düstere Stille.

»Robert.« Sie wechselte einen schnellen Blick mit Juan und hob abwehrend die Hände, als Juan etwas sagen wollte. »Robert Linden, ein Kaufmann aus Bremen. Er hat Geld und er ist sicher bereit, euch zu helfen.«

»Nein! Wie kannst du nur daran denken?« Nach diesem

Aufschrei drehte sich Juan um und verließ das Zimmer. Die Tür schlug er laut hinter sich zu.

Bestürzung breitete sich aus. Elise fasste sich als Erste.

»Wer ist Robert Linden? Wo finden wir ihn?« Sie wollte Hilfe um jeden Preis und war bereit, jeden darum zu bitten. Jeder Tag, der ungenutzt verstrich, barg die Gefahr, dass sie ihre Eltern nie wiedersehen würde. »Und was ist mit Juan?«

Margarete schaute zu Boden und verschränkte die Finger ineinander. Sie schwieg. Endlich holte sie tief Luft und schaute Elise und Georg abwechselnd an.

»Robert Linden hat mir einen Heiratsantrag gemacht und ich überlege, ihn anzunehmen«, antwortete sie mit gelassener Stimme. »Juan hält nichts davon.«

Elise verstand gar nichts mehr. Vor einer Minute hätte sie schwören können, dass Margarete nur diesen Indio-Jungen liebte, und nun dachte sie darüber nach, einen Kaufmann zu heiraten.

»Ist es wegen der Finca?«, fragte sie schließlich. »Solltest du nicht einen Karl Irgendwen heiraten?«

»Ja. Karl Federmann.« Margarete lächelte ein wenig schief. »Das konnte ich verhindern. Nein, nicht wegen der Finca. Das schaffen Fräulein Dieseldorf, meine Großmutter und ich ohne eine Mitgift. Für unser …« Sie schaute Elise und Georg an und ließ den Satz unvollendet.

»Wo finden wir Robert?« Elise beschloss, alle Fragen, die sich ihr stellten, erst dann anzusprechen, wenn sie mit Margarete allein war. »Bitte. Es geht um das Leben meiner Eltern.«

»Entschuldige.« Margarete war auf einmal blass geworden und schien kraftlos. »Ich habe einen Augenblick nur an meine Sorgen gedacht. Leider ist Robert nach Xela abgereist.«

»Xela?« Von der Stadt hatte Elise noch nie gehört. Sollte dieser ominöse Robert etwa nach Mexiko unterwegs sein?

»Du kennst die Stadt als Quetzaltenango«, sagte Georg. Er wirkte etwas ruhiger. Robert Linden erwies sich als Hoffnungsschimmer am Horizont. Nur Elise musste gegen die Furcht ankämpfen, dass sie von einer Fata Morgana zur nächsten ritten und sich immer weiter von Cancuen und ihrer Familie entfernten.

»Wann können wir aufbrechen?« Elise wollte keine Zeit mehr verlieren. »Wie weit ist es?«

»Einige Tagesritte.« Margarete biss sich auf die Unterlippe. Sie schien mit sich zu ringen. »Ich werde mit Juan sprechen. Und mit meiner Großmutter. Spätestens in zwei Tagen brechen wir auf. Vorher muss ich noch einiges klären.«

48

»Elise, ich muss mit Ihnen reden. Allein.« Juan stand vor ihr. Sein Gesicht so ernst, dass Elise das Schlimmste befürchtete. Seit sie hier waren, hatte sie den Indio-Jungen schätzen gelernt. Juan war der ruhende Pol in Margaretes unsicherer Welt. Ihr Vater hatte Elise und Georg nur kurz begrüßt und sich dann wieder zurückgezogen. Minna Seler war mit ihren Orchideen beschäftigt und Alice Dieseldorf ging immer wieder die Zahlenkolonnen für die bevorstehenden Preisverhandlungen durch.

Elise und Georg liefen auf Zehenspitzen durch das Haus und fürchteten dennoch, stets zur falschen Zeit am falschen Ort zu sein. Daher hatten sie viele Stunden gemeinsam auf den Kaffeefeldern verbracht, wo Elise endlich den Mut fand, Georg von dem Brujo und ihrem gebrochenen Versprechen zu erzählen.

»Es ist nicht deine Schuld.« Georg hatte sie tröstend in den Arm genommen. »Mach dir keine Vorwürfe. Deine Eltern hätten es besser wissen müssen. Und ich auch.«

Heute nun hatten sie endlich nach Xela aufbrechen wollen, doch wieder war eine geschäftliche Angelegenheit dazwischengekommen, die Margaretes Anwesenheit erforderte. Elise lief im Salon auf und ab und rang die Hände. Als Juan sie nun ansprach, erwartete sie, dass sich all ihre Befürchtungen erfüllten. »Meine Eltern?« Sie konnte die Worte nicht aussprechen. Sie wollte die Worte nicht aussprechen. Aber sie konnte auch nicht in Ungewissheit leben. Elise holte tief Luft. »Sind sie …? Sind sie …?«

»Nein. Nein.« Juan schüttelte den Kopf und wirkte überrascht und erschrocken. »Entschuldigen Sie. Ich wollte Ihnen keine Angst machen.«

»Elise? Ist irgendetwas?« Georg stand auf und stellte sich neben sie und musterte Juan mit kühlem Blick. Seitdem sie gemeinsam vor den Banditen geflohen waren, fühlte er sich für Elise verantwortlich und ließ sie kaum aus den Augen. »Brauchst du Hilfe?«

»Nein, danke.« Normalerweise hätte Elise sich gefreut, dass Georg für sie eintrat wie ein Ritter in schimmernder Rüstung, aber im Augenblick konnte sie nur an ihre Eltern denken und an das, was Juan ihr zu berichten hatte. »Alles ist in Ordnung. Juan und ich müssen nur etwas besprechen.«

»Soll ich bei dir bleiben?« Georg trat noch einen Schritt näher an Elise heran, sodass sich ihre Schultern berührten. »Du weißt, wie viel mir deine Eltern bedeuten.«

»Danke. Ich schaffe es schon allein.« Elise lächelte, um Georg zu zeigen, dass sie seine Fürsorge zu schätzen wusste. »Wir reden nachher.«

Georg nickte und ging, nicht ohne Juan einen drohenden Blick zuzuwerfen. Elise musste lächeln. Männer.

»Was ist so wichtig, dass Sie es nur mir sagen können?« Elise wurde wieder ernst, als sie Juan ansah. Sie konnte verstehen, was Margarete an ihm fand. Die dunklen Augen, die schwarzen Haare und das markante Gesicht mit den auffallenden Wangenknochen ließen den Indio ausnehmend attraktiv wirken.

»Ich habe eine Botschaft für Sie.« Juan wirkte sehr erwachsen und … irgendwie … ja … fast weise auf Elise. Es war, als ob sie mehrere Jahre trennten, nicht nur eines oder zwei. »Der Brujo möchte Sie sehen.«

Elise spürte ein Schwindelgefühl, sie musste sich setzen. Nun holten ihre Sünden sie ein. Sie rang nach Luft, straffte ihren Rücken und fragte: »Hat er meine Eltern entführen lassen? In was sind Sie da verwickelt?«

»Wie können Sie so etwas von mir denken? Wie können Sie so etwas von dem Brujo denken?« Juan wich ihrem Blick nicht aus. Er wirkte tief erschüttert über ihre Worte. »Ich habe nur mit einigen Menschen geredet, die mich weiterverwiesen haben. Das Geheimnis des Tempels muss gehütet werden, aber nicht um jeden Preis.«

»Verzeihung.« Elise sprang auf. Unruhig lief sie im Zimmer auf und ab. »Es ist nur … Ich fühle mich so hilflos und ein Tag nach dem anderen vergeht …«

»Bestimmt kann der Schamane Ihnen helfen.« Juan lächelte ihr aufmunternd zu. Doch ein Stachel des Misstrauens blieb. Wenn der Tempel den Indios so viel bedeutete, dann stellte Elise mit ihrem Wissen eine echte Gefahr für sie dar. »Ich soll Sie zu ihm bringen.«

Elise schluckte. »Ist er etwa hier?«

»Er hält sich in der Nähe auf. Sie müssen mit mir kommen. Allein.« Nach einer kurzen Pause sagte Juan: »Falls Sie mir vertrauen.«

»Natürlich.« Spontan trat Elise auf Juan zu und umarmte ihn. Nach anfänglichem Zögern erwiderte er ihre Umarmung und für einen kurzen Moment standen sie schweigend da und gaben einander Halt. »Wann können wir gehen?«

»Gleich. Er erwartet uns.« Juan löste sich aus ihren Armen und schob Elise ein wenig zurück. Er lächelte, wohl auch um seine Worte abzumildern. »Aber Sie müssen dieses Mal wirklich schweigen. Auch Georg gegenüber.«

Elise spürte, wie sich ihre Wangen röteten. Aber die harschen Worte hatte sie verdient. Schließlich hatte sie ein Versprechen gegeben und es nicht gehalten.

Der Brujo musterte Elise lange Zeit schweigend. Sie fühlte sich, als ob Insekten ihren Rücken heraufkrochen. Nur unter Aufbietung allen Mutes gelang es ihr, den Blick des Indios zu erwidern und nicht schreiend davonzulaufen. Unauffällig betrachtete sie die kleine, spärlich eingerichtete Hütte. Nichts wies darauf hin, dass sie es mit einem Schamanen zu tun hatte. Im hinteren Teil der Hütte sah sie im Halbdunkel eine zweite Gestalt sitzen. Ihr Herz pochte bis zum Hals.

Und wenn alles nur ein Schwindel war? Warum hatte sie Georg nicht wenigstens gesagt, wohin sie gehen würde? Konnte sie Juan wirklich vertrauen? Vielleicht steckten ja alle Indios mit den Entführern ihrer Eltern unter einer Decke? Sollte sie etwas sagen, um das Schweigen, das ihr so fürchterliche Angst einjagte, zu durchbrechen? Als Elise meinte, die Stille nicht mehr zu ertragen, zündete der Brujo eine Kerze an und stellte sie in die Mitte des Tisches.

»Du hast mehr Mut, als du denkst«, sagte er und lächelte sie an. Mit diesem freundlichen, offenen Lächeln, das er ihr schon am Feuer und im Tempel entgegengebracht hatte. Und wie hatte sie es ihm gedankt? Scham stieg in ihr hoch. »Vertraue auf deine Stärke und nicht auf andere.«

Elise wusste nicht, was sie sagen sollte. Sie hatte mit Vorwürfen gerechnet, aber nicht mit einem Orakelspruch, den sie nicht zu deuten wusste. Bevor der Schamane noch mehr seltsame Weisheiten äußern konnte, stieß sie hervor: »Wo sind meine Eltern? Kann ich sie sehen?«

»Du bist sehr ungeduldig.« Das Lächeln war einer besorgten Miene gewichen. »Deinen Eltern geht es gut, aber …«

»Aber?« Elise hätte nie gedacht, dass in einem Wort so viel Besorgnis mitschwingen könnte. Würde sie ihre Eltern etwa doch nicht wiedersehen? Die Ungewissheit drohte sie an den Rand eines Nervenzusammenbruchs zu bringen. Elise blinzelte die Tränen weg. »Bitte. Bitte, ich möchte doch nur zu meinen Eltern.«

»Ich weiß, mein Kind.«

Mehr und mehr beschlich Elise eine Ahnung, dass die ganze Geschichte weder für ihre Eltern noch für sie gut ausgehen würde.

»Unsere Verbündeten folgen den Banditen. Es sind sehr viele. Zu viele für uns.«

»Aber wir müssen doch etwas tun«, flehte Elise. »Ich … ich werde Geld bekommen und Ihnen geben, was ich besitze. Bitte, helfen Sie mir.«

»Wir werden deine Eltern finden.« Ruhig und gelassen sprach der Brujo die Worte aus. Elises Herz schlug schneller, als sie endlich wieder Hoffnung schöpfen konnte. »Aber es wird Zeit brauchen.«

»Wie lange?« Sie fühlte sich, als ob man ihr einen Eimer Eiswasser ins Gesicht geschüttet hätte. Erst hoffen, dann wieder bangen, hoffen, bangen … »Bitte, ich möchte nur meine Eltern wiederhaben.«

In diesem Augenblick trat der zweite Mann an den Tisch. Ein alter Mann, gekleidet in der traditionellen Tracht der Maya. Er sah Elise mit zornigen Augen an und sprach schnell auf den Brujo ein. Zorn vertiefte die Falten, die sein

Gesicht aussehen ließen wie eine zerklüftete Landschaft. Mit großen Gesten und lauter Stimme sprach er auf den Schamanen ein. Immer wieder deutete er auf Elise und schüttelte den Kopf. Er wirkte bedrohlich und Elise bekam es mit der Angst zu tun.

Der Brujo antwortete ruhig und schüttelte ebenfalls den Kopf. Obwohl er zu dem alten Mann aufsehen musste, wirkte der Schamane größer und bedeutender als sein Gegenspieler. Nach einem erneuten Wortwechsel stürmte der Alte an Elise vorbei aus der Hütte. Der Schamane schaute ihm gelassen nach. Was hatte das zu bedeuten?

»Es … es ging um mich und meine Eltern?«, vermutete Elise. Wahrscheinlich stand ihr das schlechte Gewissen ins Gesicht geschrieben. »Weil ich mein Wort gebrochen habe.«

Der Schamane nickte. »Ich habe ihm gesagt, dass du noch ein Kind bist und es nicht besser wissen konntest«, sagte er und sah Elise mit besorgter Miene an. »Aber deine Eltern wollen den Schatz heben, den mein Volk bewahren muss. Wenn ihr Gringos auch noch diesen Tempel ausplündert …«

In den nicht ausgesprochenen Worten schwang so viel Unheil mit, dass Elise schauderte. Sie musste den Schamanen davon überzeugen, dass sie sich geändert hatte, dass sie die Verantwortung für ihre Taten übernehmen konnte.

»Deine Eltern. Was werden sie tun, wenn wir sie freilassen würden?« Der Brujo beobachtete sie eine Weile. »Werden sie nicht unseren Tempel Stein für Stein abtragen und mitsamt seinen Schätzen in eure Welt verfrachten? Um dort alles auszustellen? Für neugierige Augen? Für Menschen, die nicht verstehen, was die Heiligtümer für uns bedeuten?«

Elise schwieg. Sollte sie lügen und hoffen, dass der Schamane es nicht erkennen würde? Oder sollte sie ihm die Wahrheit sagen und an seine Menschlichkeit appellieren? Konnte sie denn wirklich sicher sein, wie ihre Eltern handeln würden?

»Ich … ich weiß es nicht«, antwortete sie schließlich. »Aber was ich weiß, ist, dass meine Eltern keine bösen Menschen sind. Sie sind neugierig und begeistert und … und sie lieben Ihre Kultur. Wirklich. Ganz ehrlich. Wenn Sie mit ihnen reden und Ihre Sicht erklären, dann hören sie bestimmt auf Sie.«

Stimmte das? Elise zögerte einen Augenblick. Würde sie wirklich die Hand dafür ins Feuer legen, dass ihre Eltern nichts über den Tempel preisgaben? Sie dachte an ihre Mutter, an deren brennenden Ehrgeiz, eine bedeutende Entdeckung zu machen. Der Indio schien ihr bis tief in die Seele zu blicken. Schließlich fasste Elise einen Entschluss.

»Ich kann nicht für meine Eltern sprechen«, sagte sie mit klarer Stimme. Alle Angst war von ihr abgefallen, jetzt sah sie einen Weg vor sich, wie sie den Brujo nicht anlügen musste. »Aber ich kann Ihnen versprechen, dass ich alles tun werde, was in meiner Macht steht, damit Ihre Heiligtümer nicht mehr verschleppt werden.«

»Du? Was kannst du tun?« Seine Worte klangen das erste Mal unfreundlich in ihren Ohren. »Du bist nur eine gegen viele. Gegen immer mehr Gringos, die plündern und stehlen.«

»Ich kann schreiben. Ich werde hier in Guatemala bleiben und gemeinsam mit anderen Menschen für die Tempel kämpfen.« Elise redete sich in Rage. »Margarete wird mir sicher helfen. Und Juan natürlich. Ich bin zwar nur ein Mädchen, aber jemand muss ja mal anfangen.«

Der Schamane schaute sie schweigend an. Elise erwiderte seinen Blick, ohne mit der Wimper zu zucken. Auch wenn sie das Land nicht liebte, sie würde ihr Versprechen halten. Koste es, was es wolle. Und vielleicht konnte sie ihre Eltern und Georg davon überzeugen, gemeinsam mit ihr das Unrecht wenigstens ein wenig abzumildern, das die Gringos über die Nachfahren der Maya gebracht hatten.

»Ich schätze deinen Mut. Das habe ich ihm auch gesagt.«

»Wer … wer war er?« Elise fürchtete die Antwort, fürchtete, dass der Alte sehr wichtig war und ihre Eltern zu einem schrecklichen Schicksal verdammen konnte. »Ist er auch ein Schamane?«

»Er ist ein wichtiger Maya-Priester.« Der Brujo schaute sie ernst an. Elise schluckte. »Er will deinen Eltern nicht helfen, weil er in großer Sorge um den Tempel ist. Ich aber vertrete die Ansicht, dass Menschen wichtiger sind als Steine.«

»Ich danke Ihnen sehr«, flüsterte Elise. »Ich werde mein Versprechen halten, denn ich stehe in Ihrer Schuld.«

»Reise nach Xela. Wir werden dich finden.« Mit einem Nicken verabschiedete sich der Schamane von Elise.

»Warum Xela?«, fragte sich noch schnell und machte einen hastigen Knicks als Zeichen der Dankbarkeit und des Respekts.

»Es ist so bestimmt. Aber bleibt nicht zu lange dort.«

Elise fröstelte. Etwas in der Miene des Brujo sagte ihr, dass er nicht mehr sagen würde. Sie nickte ihm zu und verließ die Hütte.

»Wir müssen nach Xela«, sagte sie zu Juan, der draußen auf sie wartete und eine Spur im Staub des Weges hinterlassen hatte. »So schnell wie möglich.«

49 *Bremen 2011*

»Unglaublich!« Julia stieß den Atem aus, den sie während der letzten Sätze angehalten hatte. »Die kleine Elise stellte sich einem Schamanen. Respekt. Respekt.«

Isabell legte das Heft zur Seite. Auch sie wirkte überrascht. »Das erklärt ja einiges.«

»Was meinst du?« Julia hob eine Augenbraue.

»Ich habe mich die ganze Zeit gefragt, warum Elise in Guatemala geblieben ist, wo sie dort doch so unglücklich war.« Isabell fuhr sich mit der Hand durch die Haare und verstrubbelte die Locken. »Ich dachte, dass sie es für Georg getan hätte. Aber das … das wirft ja ein ganz anderes Licht auf die Sache. Ein Brujo.« Sie sprang auf und ging in dem kleinen Leseraum umher. Immer wieder fuhr sie sich mit der Hand durchs Haar oder zupfte am Ärmel ihres Sweaters.

»Was macht ein Maya-Priester überhaupt?« Julia hoffte, dass sie Isabell mit ihrer Frage ablenken konnte. »Ist er so was wie ein Voodoo-Zauberer?«

»Ich kenne mich mit Voodoo nicht aus.« Isabell blieb stehen und hob die Hände. »Und mit Schamanen auch nicht richtig. Ich weiß nur, dass die Nachfahren der Maya es geschafft haben, ihren Glauben und den Katholizismus zu verbinden. Wie bei Maximón.«

»Maximón? Wer ist das nun schon wieder?« Julias Bedarf an Maya-Spezialitäten war in der Zwischenzeit gedeckt.

»Der rauchende und trinkende Heilige.« Isabell lachte.

»Die Gläubigen drücken Maximón Zigaretten in die Hand und schütten ihm Aguardiente in den Mund.«

»Und wozu soll das gut sein?«

»Er ist der Schutzheilige der Häuser. Perla, unsere Haushälterin, hatte ihm bei uns in der Wohnung einen Altar errichtet.«

Julia schüttelte nur den Kopf und suchte gleichzeitig im Internet, ob etwas unter dem Stichwort »Brujo« verzeichnet war. Bis auf einen kurzen Hinweis, dass es gute und böse Zauberer gab, fand sie nichts. Frustriert schloss sie das iPad.

Isabell schaute geistesabwesend aus dem Fenster.

»Magst du weiterlesen?«, fragte Julia dann.

»Gib mir noch ein etwas Zeit.« Isabell riss das Fenster auf, nahm ein paar tiefe Atemzüge. »Das ist ein bisschen viel auf einmal. Schamanen, Maya-Tempel, geheimnisvolle Warnungen. Wo führt das hin?«

»Du hast eine abergläubische Ururgroßmutter und meine hatte eine Affäre mit einem Indio«, versuchte Julia, das Ganze etwas lockerer zu betrachten. Aber ähnlich wie Isabell fühlte sie sich unbehaglich bei der Vorstellung, über so etwas in der Schule zu referieren. »Außerdem bleibt es unsere Entscheidung, was wir am Ende öffentlich machen.«

»Hallo.« Florian schaute zur Tür herein. »Seid ihr weitergekommen? Unser Gespräch beim Kaffee vorhin hat mich neugierig gemacht. Das verschwundene Tagebuch – da muss man als Wissenschaftler doch aufhorchen.«

»Ja, das kann man wohl sagen.« Isabell wirkte immer noch etwas abwesend.

Julia lächelte Florian an. »Durch das Tagebuch konnten wir noch einige offene Fragen klären.«

»Freut mich. Wär schön, wenn du mich auf dem Laufenden halten würdest.« War das ein Angebot, dass sie ihn jederzeit anrufen konnte? »Was habt ihr herausgefunden? Wo lebten denn eure Ururgroßmütter?«, fuhr er fort.

»Eigentlich wohnte Margarete auf einer Finca bei Cobán, aber jetzt machen sie sich gerade auf den Weg nach Xela.« Da Isabell weiter schwieg und vor sich hinbrütete, nutzte Julia die Gelegenheit, mit Florian zu sprechen. »Sie suchen Elises Eltern. Ist alles ziemlich kompliziert. Irgendwann müssen wir dir mal die ganze Geschichte erzählen.«

»Ja, gern. Leider muss ich ins Seminar und wollte deshalb nur kurz fragen, ob ihr noch weitere Informationen von mir braucht. Vielleicht können wir uns in den nächsten Tagen noch mal treffen und du erzählst mir mehr über eure Recherche. Um welches Jahr geht es?«

»1902«, mischte sich Isabell ein. »Vielleicht gehen wir zurück bis 1900, aber spannend ist das Jahr 1902.«

»1902. In Xela?« Florian hielt auf einmal inne. Er fuhr sich mit der Hand durch die Haare, die jetzt noch etwas mehr abstanden. »Sagt bloß im Herbst?«

»Ja, wieso?«, fragte Julia. »War da irgendetwas Besonderes?«

»Ein Vulkanausbruch, der die Stadt beinahe zerstört hätte.« Florian schüttelte den Kopf. »Habt ihr noch nichts über die Katastrophe gelesen?«

»Wir sind noch bei den Reiseberichten«, verteidigte sich Isabell. »Du hast doch behauptet, dass sie die beste Quelle sind.«

»Schon gut. Sollte kein Angriff sein.« Florian hob die Hände. »Ich vergesse manchmal, dass nicht alle die Geschichte Guatemalas so gut kennen wie ich. Wenn ihr was über den Vulkanausbruch findet, sagt mir Bescheid. Bitte.

Ich suche immer nach Augenzeugenberichten … Jetzt muss ich mich aber sputen. Tschüss.«

»Ciao«, antwortete Julia und wandte sich dann an Isabell. »Vulkanausbruch? Die Überraschungen nehmen kein Ende. Lies weiter. Bitte.«

50 *Guatemala 1902*

Die Sorge um meine Eltern ließ mir den Weg nach Xela unendlich lang vorkommen. Die Strecke von Nahualá an erwies sich als besonders kräftezehrend. Der Nieselregen wurde dichter und dichter, sodass wir Bäume und Büsche nur noch als Schatten am Wegesrand wahrnahmen. Die Pferde und mein braver Nemo trotteten so müde dahin, wie wir uns fühlten.

Die Nächte waren furchtbar kalt, was sich bis in die Morgenstunden hineinzog. Georg und ich leiden unter Hustenschüben. Margarete und Juan schien das Wetter nichts auszumachen, aber als wir endlich rasteten, konnte ich auch ihnen die Erschöpfung anmerken. Die Luft im Hochland ist dünn und jede Bewegung kostet sehr viel Kraft. Wie lange werde ich noch durchhalten?

Ich muss durchhalten. Für meine Eltern. Für das Versprechen, das ich gegeben habe.

Am nächsten Tag erreichten sie einen Fluss. Elise, die vor Erschöpfung beinahe einschlief, konnte sich gerade noch auf dem Rücken des Maultiers halten, als der Mula die Beine in den Boden stemmte und sich weigerte, noch einen Schritt zu tun.

»Komm, Junge«, sprach Elise auf ihn ein und strich ihm

über die Mähne. »Das kennst du doch. Einfach einen Huf vor den anderen setzen und wir kommen sicher ans andere Ufer.«

»*Kikel-já.* Vielleicht spürt er das«, sagte Juan so unvermittelt, dass Elise Nemo scharf zügelte. Der Mula wieherte auf. »Der Blutfluss.«

»Warum heißt er so?«, fragte Elise, nachdem sie das Tier wieder beruhigt hatte. »Trägt er rote Erde mit sich?«

»Nein.« Margarete zügelte ihre Stute, die nervös tänzelte und nach Nemo schnappte. »Hier fand die Entscheidungsschlacht zwischen Pedro de Alvarado und den Quiché-Maya statt. Die Eroberer erschlugen so viele Indios, dass sich das Wasser rot färbte vom Blut.«

Juan und sie wechselten einen Blick, bei dem sich Elise dumm und naiv fühlte. Georg allerdings nickte ihr zu.

»Oh«, sagte sie nur. Gab es in Guatemala nur Orte mit einer düsteren Geschichte? »Wie furchtbar. Vielleicht will Nemo deshalb nicht hier entlanggehen.«

Nur mit viel Zureden und einigen Mangostückchen konnte Elise den Mula dazu bewegen, die Furt zu durchqueren. Wahrscheinlich lag es an ihr, überlegte Elise. Ihre Anspannung übertrug sich auf das Maultier und ließ es nervös reagieren. Sie versuchte, sich abzulenken, aber immer wieder kreisten ihre Gedanken um eines: Würden sie Xela rechtzeitig erreichen, um ihre Eltern zu retten?

»Gib die Hoffnung nicht auf.« Georg hatte sein Pferd neben sie gelenkt und versuchte, Elise aufzumuntern. Doch auch auf seinem Gesicht spiegelte sich die Sorge um das Wohl von Henni und Johann wider. Als Elise die dunklen Ringe unter seinen Augen entdeckte, hatte sie plötzlich ein schlechtes Gewissen. Sie war so sehr in ihrem Elend verhaftet gewesen, dass sie sich nicht ein Mal gefragt hatte, was das Verschwinden ihrer Eltern für Georg bedeutete. Wie musste er sich fühlen, nachdem er das zweite Mal in seinem Leben Menschen, die ihm nahestanden, verloren hatte?

»Danke«, antwortete Elise mit belegter Stimme. Was konnte sie sagen? Ohne lange zu überlegen, streckte sie ihre Hand nach ihm aus. »Gemeinsam werden wir sie finden.«

»Wir werden hier rasten.« Margarete mischte sich ein und zerstörte den zarten Augenblick zwischen Georg und Elise. »Die Pferde sind zu müde, um heute noch weiterzureiten.«

Elise konnte nur staunen, wie unermüdlich und klaglos Margarete die Reise hinter sich gebracht hatte. Nur Juan hatte dafür gesorgt, dass sie genügend Ruhepausen einlegten. Manchmal schien es Elise, als ob Margarete vor etwas davonlaufen wollte, aber sie wagte es nicht, sie danach zu fragen.

Am nächsten Morgen hatte der Regen aufgehört und ab und zu blitzte ein Sonnenstrahl durch die Wolkendecke. Je näher sie Xela kamen, desto klarer wurde der Himmel, was Elise als gutes Omen deutete. Sie trieben die Reittiere an, um endlich den Ort zu erreichen, der sich ihnen inmitten eines Hochtals zeigte. Hinter der Stadt erhob sich eine Bergkette, die sich wie ein Schutzwall um Xela legte. Rund um die Stadt befanden sich Felder, auf denen Mais, Kartoffeln, Weizen, Gerste und Hafer angebaut wurde. Für Kaffeeanbau lag der Ort zu hoch, hatte Margarete erklärt.

»Sieh nur. Wie eindrucksvoll.« Georg wies Elise auf die Berge hin, die sich im Westen hinter der Stadt erhoben. »Der Santa María und der Cerro Quemado. Zwei Vulkane«, erklärte er.

»Aktive Vulkane?«, fragte sie erschrocken. Seitdem Elise über Pompeji gelesen hatte, hatte sie großen Respekt vor den Naturgewalten. Und die Geschichte ihrer Mutter über das Schicksal Antiguas hatte nicht dazu beigetragen, ihre Ängste zu besänftigen. »Warum baut man eine Stadt in der Nähe von Vulkanen?«

»Ich weiß es nicht.« Georg hob die Schultern. Er drehte sich zu Margarete und Juan und fragte: »Ihr vielleicht?«

»Sie ruhen.« Margarete wandte sich im Sattel um und lächelte Elise beruhigend zu. Ihr Gesicht war von den Strapazen der Reise nun deutlich gezeichnet. Die hellen Augen wirkten riesig in dem schmalen Gesicht. »Keine Sorge.«

»Ich fürchte mich nicht«, antwortete Elise barsch, so wie sie sich immer wehrte, sobald sie vermutete, dass jemand ihre Angst bemerkte. Sie biss sich auf die Lippen. Warum konnte sie nicht freundlicher sein? Warum dachte sie immer, dass alle Menschen sie angriffen? Sie schluckte ihren Stolz herunter. »Das beruhigt mich, aber hat die dunkle Wolke dort etwas zu bedeuten?« Sie zeigte auf den Santa María, über dessen kegelförmiger Öffnung sich eine schwarzgraue Wolke zusammenklumpte. Elise kniff die Augen zusammen. Es schien so, als würde ein feiner Staub über dem Vulkan tanzen.

Margarete und Juan wechselten einen Blick.

»Es wird schon nichts sein«, sagte Margarete und trieb ihre Stute an.

Schweigend setzten sie ihren Weg fort und erreichten endlich Xela. Langsam ritten sie durch die engen, verwinkelten Gassen, auf der Suche nach dem Gästehaus, in dem Robert Linden nächtigen sollte. Bald erreichten sie den weitläufigen Platz, der das Zentrum der Stadt bildete. Gebäude, groß und elegant wie Paläste, und eine gewaltige

Kirche machten den Besuchern deutlich, dass Xela eine aufstrebende Metropole war, die Guatemala-Stadt den Rang abzulaufen gedachte.

»Herr Linden wird erst in drei Tagen wieder erwartet.« Die Wirtin des Gasthauses musterte sie mit unverhohlenem Interesse. Drei Gringos und ein Indio, in völlig verdreckter Kleidung, die Gesichter von Straßenstaub überzogen. »Er ist gestern aufgebrochen, um jemandem einen Besuch abzustatten.«

»Verflucht«, stieß Georg zwischen den Zähnen hervor, was ihm einen missbilligenden Blick der Wirtin einbrachte. »Ich meine, vielen Dank.«

Sie wandten sich ab. Elise wollte ihren Zorn am liebsten hinausschreien. Immer wieder stießen sie auf neue Verzögerungen. Obwohl, eigentlich brauchte sie Robert doch gar nicht mehr. Wartet in Xela, hatte der Brujo zu ihr gesagt. Sie mussten nur eine Bleibe finden, wo sie warten konnten. Georg schaute sie an, ihm schienen ähnliche Gedanken durch den Kopf zu gehen.

»Wie viel Geld haben wir noch?« Die Frage war Elise ein wenig peinlich, aber sie musste es wissen.

Margarete öffnete ihre Geldbörse und zählte die *Quetzales.* An ihrer Miene konnte Elise ablesen, dass ihnen nicht viel geblieben war.

»Wir … wir müssen die Reittiere unterstellen und uns ein billiges Gasthaus suchen.« Margarete sah aus, als ob sie sich keine Minute mehr auf den Beinen halten konnte. Sie straffte den Rücken und schloss einen Augenblick die Augen. »Ich werde mit der Wirtin verhandeln.«

Nach kurzer Zeit kehrte sie zurück, das Gesicht rot vor Zorn, die Hände zu Fäusten geballt.

»Sie ist zu teuer und …« Margaretes Stimme bebte vor Wut und sie schluckte. »… und sie würde uns nicht aufnehmen, wegen Juan. Aber sie hat mir einen Stall für die Tiere und zwei Wirtshäuser genannt, die …«

Margarete brach ab und schimpfte leise vor sich hin.

»Ich kann mir einen anderen Ort zum Schlafen suchen.« Juan lächelte ihr zu und strich ihr beruhigend über die Schulter. »Es macht mir nichts aus.«

»Aber mir macht es etwas aus. Sehr viel sogar.« Margarete richtete sich auf. Sie drehte sich zu Georg und Elise um. »Wenn ihr im besseren Viertel der Stadt bleiben wollt …«

»Nein.« Elise hatte nur einen Blick mit Georg wechseln müssen. »Wir bleiben zusammen. Einer für alle, alle für einen.«

51

»Wir müssen fliehen! Der Santa María bricht aus.« Atemlos stürmte Georg in das enge Zimmer, das sie sich zu viert teilten, um möglichst wenig Geld auszugeben. Erschöpft beugte er sich nach vorn und stützte die Hände auf die Oberschenkel, während er nach Atem und Worten rang. Sein ohnehin schmales Gesicht wirkte inzwischen hager, als ob die Anstrengungen der letzten Tage und Wochen ihn an den Rand seiner Kräfte brachten.

»Davor warnen die Wirtsleute schon seit Tagen«, winkte Juan ab. Allerdings bemerkte Margarete, wie ein kurzer Schatten des Zweifels sein Gesicht verdunkelte. »Wir können nicht abreisen. Was soll aus Elise werden?«

Juan deutete in die Zimmerecke, wo Elise sich auf einer Liege zusammenkauerte. Seit vorgestern kämpfte sie mit einer schweren Magenverstimmung und erbrach alles, was ihr die anderen zu essen oder zu trinken gaben. Selbst Wasser vermochte sie nur in winzigen Mengen zu sich zu nehmen.

»Wir müssen einen Arzt holen«, beschwor Margarete die Jungen. Sie hatte Juan und Georg vor die Zimmertür geholt und sprach eindringlich mit ihnen. »Schaut euch die Kleine doch an. Sie wird von Tag zu Tag schwächer. Ohne Medizin wird sie uns noch sterben.«

»Wovon sollen wir das bezahlen?« Georg massierte mit

dem Zeigefinger seine Nasenwurzel, von der aus sich eine steile Sorgenfalte die Stirn hochzog. »Es reicht kaum für Essen und das Zimmer. Einen Arzt …«

»Ich habe von einer Heilerin gehört.« Juans Stimme klang ruhig und bestimmt, obwohl er sich Georgs kritischer Blicke durchaus bewusst war. »Sie wird weniger verlangen als ein Ladino-Arzt und kann Elise bestimmt helfen.«

»Hast du es nicht begriffen?«, schnauzte Georg, der nur noch durch seinen eisernen Willen aufrecht gehalten wurde. »Wir haben kaum Geld!«

»Georg!« Margarete erhob die Stimme nur leicht, aber es genügte, damit er eine Entschuldigung murmelte. »Vielleicht ist Robert jetzt endlich von seiner Reise zurückgekehrt.«

»Wenn du meinst, dass es sein muss.« Juan stieß die Worte hervor und ballte die Hände zu Fäusten. Allein der Name seines Konkurrenten machte ihn wütend.

»Elise könnte sterben.« Margarete schaute von einem zum anderen und schüttelte den Kopf. »Das sollte wichtiger sein als unsere Wünsche.«

Das Warten zerrte an ihren Nerven und die Stimmung unter ihnen hatte sich mit jedem Tag verschlechtert. Bisher hatten sie weder Nachricht von den Hohermuths noch von dem Bremer Kaufmann erhalten. Dafür hatte der Santa María begonnen, lauthals zu grollen und Aschewolken über die Stadt zu spucken. Auch wenn Margarete und Juan Elise gegenüber die Gefahr eines drohenden Vulkanausbruchs abwiegelten, war ihnen bewusst, dass sie nicht mehr lange in Xela bleiben durften.

»Ich weiß.« Juan schloss die Augen. Seit sie in der Stadt angekommen waren, schien ein düsterer Schatten über ihm zu liegen. Margarete fragte sich, ob es nur die Eifersucht auf Robert Linden war oder ob Juan etwas vor ihr verbarg. Doch heute war nicht der Zeitpunkt, ihn danach zu fragen. Heute mussten sie Hilfe für Elise finden.

»Außerdem wird Robert mich nie zu etwas zwingen. Er ist ein Ehrenmann.« Mit diesen Worten drehte Margarete sich um und ließ Juan und Georg zurück, die einander verdutzt anstarrten. »Versucht nicht, mich aufzuhalten.«

Wie gefährlich ist der Santa María?«, unterbrach Juan schließlich das Schweigen, das über ihnen hing wie eine dunkle Glocke. »Was hast du gehört?«

Georg holte tief Luft. Er rang mit sich, ob er alles preisgeben sollte, was er auf der Straße gehört hatte. Schließlich siegte der Wunsch, mit jemandem über den Schrecken zu reden, den er beim Anblick der Rauchwolken, die aus dem Vulkankegel quollen und den Himmel verdunkelten, empfunden hatte.

»Habt ihr es auch gespürt?« Georg hob fragend eine Augenbraue. »Die Erde hat vor Kurzem gebebt, als der Vulkan grollte. Ich bin beinahe hingefallen.«

»*Cizin* zürnt.« Juan war blass geworden. Er schaute Georg voller Ernst an. »Versprich mir, dass du Margarete aus Xela bringen wirst, egal, was passiert. Versprich mir, dass du sie rettest!«

»Ja natürlich, aber … du bist doch da …« Georg schüttelte verwirrt den Kopf. Seine braunen Haare fielen ihm in die Stirn und verdeckten seine Augen. Er rang sichtlich nach Worten. »Was fürchtest du?«

»Versprich es mir.« Juans Blick ging durch Georg hindurch, als ob er etwas erkennen konnte, was dem anderen

Jungen verborgen blieb. Eine tiefere Wahrheit, die sich nur seiner Maya-Seele offenbarte. Dann schüttelte er den Kopf, lachte, wie um seine Ängste zu besiegen, und sah Georg direkt an. »Komm, lass uns zu Elise zurückgehen, damit sie nicht zu lang allein bleibt.«

Elise krümmte sich und spuckte Wasser in einen Eimer. Sie hob den Kopf, als die beiden ins Zimmer traten.

»Wir müssen weg«, flüsterte sie. »Denkt an die Worte des Brujo. Bitte.«

Plötzlich fielen ihre Kaffeebecher vom Tisch und ein dumpfes Grollen durchdrang den Raum. Die Erde bebte. Elise stieß einen Schrei aus und versuchte, sich zu erheben. Ihr wurde schwarz vor Augen. Mit einem Stoßseufzer sank sie zurück aufs Bett.

»Wir müssen fliehen.« Erneut nahm Elise alle Kraft zusammen und setzte sich vorsichtig auf. »Bitte. Ihr müsst mir helfen. Wir müssen die Stadt verlassen. Es hat keinen Sinn mehr, länger auf Nachricht zu warten.«

»Es sind nur leichte Beben.« Georg beugte sich zu ihr und wischte mit einem Tuch sanft die Schweißtropfen von ihrer Stirn. »Wir haben nichts zu befürchten. Glaub mir!«

»Was ist, wenn der Vulkan ausbricht?« Elise atmete keuchend ein und aus und stellte zitternd ihre Füße auf den Boden. Sie fühlte sich, als ob sie einen wochenlangen Fußmarsch hinter sich gebracht hätte. »Fürchtet ihr euch nicht davor? Erdbeben sind doch das erste Anzeichen.«

»Ich weiß.« Georg strich ihr beruhigend über den Arm, was nur dazu führte, dass Elise die Hände zu Fäusten ballte und aufzustehen versuchte. Georg fing sie auf, als sie fiel. »Aber du brauchst Ruhe. Ein Tag mehr wird dir guttun.«

»Wir warten auf Margarete. Sie sucht nach Robert und

nach einem Arzt. Dann wird es dir sicher bald besser gehen«, versuchte auch Juan, sie zu ermutigen.

Elise fehlte die Kraft, zu streiten. Sie konnte nur hoffen und beten, dass Margarete bald zurückkehrte und sie nicht wahnsinnig wurde vor Angst, dass ihnen das gleiche Schicksal widerfuhr wie den Menschen in Pompeji, deren Stadt von einem Vulkan verschlungen worden war.

Wie spät ist es?« Elise wurde aus ihrem Dämmerschlaf gerissen, weil die Erde erneut gebebt hatte. Wie lange mochte sie geschlafen haben? Draußen war es dunkel. Unbeschreiblich dunkel. Etwas stimmte nicht mit der Dunkelheit. »Ist es Nacht?«

»Nein. Ungefähr fünf Uhr nachmittags.« Margarete bemühte sich nicht, die Panik in ihrer Stimme zu unterdrücken. Sie musste irgendwann während Elises Schlaf zurückgekehrt sein. Ohne Robert. Ohne einen Arzt. »Eine dunkle Wolke hängt über dem Santa María und breitet sich über den Himmel aus. Es ist schlimmer, als wir dachten. Wir können nicht länger bleiben. Juan und ich werden die Reittiere holen.«

»Ich bleibe hier bei dir. Wir warten auf die Kutsche, die uns hier herausholt. Wie die Prinzessin im Märchen.« Georg zwinkerte Elise zu. Doch sie erkannte die Sorge in seinen Augen.

Sie versuchte zu lächeln, aber sie spürte nur noch blankes Entsetzen. Konnte es wirklich so schlimm kommen? Wenn der Vulkan ausbrach, würde sie niemals mehr …

»Bitte, beeilt euch«, schluchzte sie. »Denkt ihr an Nemo?«

»Keine Angst.« Margarete trat zu Elise und strich ihr sanft über die Haare, um sie zu trösten.

»Komm. Bevor die Nacht anbricht.« Juans Stimme klang drängend und er zog Margarete hinter sich her.

Georg und Elise blieben zurück. Sie musste noch einmal eingeschlafen sein, als sie ein ohrenbetäubendes Rauschen wieder hochschrecken ließ. Es klang wie ein Wasserfall, der sich plötzlich vor der Stadt ergoss.

»Georg! Was war das?« Elise geriet in Panik. »Xela wird unter Wasser begraben so wie Antigua.«

»Aber nein doch.« Georg stand auf und stellte sich ans Fenster. »Es ist nur der Vulkan.«

»Nur?« Elise spürte ein Kichern in sich aufsteigen. Jetzt, da sie nur noch mit dem Schlimmsten rechnete, überkam sie eine unheimliche Ruhe. »*Nur* der Vulkan. Das ist ja beruhigend.«

Georg schaute sie einen Augenblick fassungslos an, dann fing er an, lauthals zu lachen. Er kam auf Elise zu und zog sie in seine Arme. Zu ihrer Überraschung küsste er sie auf die Stirn. »Ich wusste immer, dass eine Menge Mut in dir steckt.« Er hielt sie fest und sie schmiegte sich an ihn. Vielleicht würde doch noch alles ein gutes Ende finden?

»Alles wird gut. Glaub mir«, murmelte sie.

Plötzlich ließ sie ein heftiges Klopfen zusammenfahren. Elise spürte einen Schauder ihren Rücken runterlaufen. Sollten sie das Zimmer räumen? Oder wollte die Wirtin vor der drohenden Katastrophe noch die Miete für die letzten Tage einkassieren? Gebannt starrten sie zur Tür.

»Ich suche Margarete Seler.« Ein junger Mann, den sie auf den ersten Blick mit Juan verwechselten, trat ins Zimmer. »Mein Name ist Robert Linden.«

»Ich bin Georg Peters. Das ist Elise Hohermuth.« Georg trat vor und schüttelte dem Fremden die Hand. Beide Männer musterten sich mit unverhohlener Neugier. »Wir sind Freunde von Margarete. Sie holt unsere Pferde. Wir wollen schnellstmöglich die Stadt verlassen.«

»Oh.« Robert Linden wirkte überrascht. »Meine Wirtin meinte, dass Margarete dringend Medizin bräuchte. Hat die gute Frau etwas falsch verstanden?«

»Nein. Elise ist krank. Seit Tagen. Wir hofften, dass Sie ihr helfen können.«

»Ich bin kein Arzt.« Seine dunklen Augen musterten Elise. »Aber dieses Mittel …« Er holte ein braunes Glasfläschchen aus seiner Tasche. »… hat man mir gegeben, als ich magenkrank war. Es hat geholfen.«

»Schlimmer kann es nicht werden.« Elise streckte die Hand nach dem Medizinfläschchen aus. Sie war bereit, nach jedem Strohhalm zu greifen, damit sie die elende Krankheit endlich loswürde. »Danke! Danke, dass Sie hergekommen sind!«

»Zehn Tropfen, in Wasser aufgelöst. Aber …« Robert Linden zögerte einen Augenblick und schien mit sich zu ringen. »Warum sind Sie in Xela? Ist Margarete … allein hier?«

Elise und Georg wechselten einen Blick. Georg reichte Elise einen Becher mit Wasser und schwieg. Elise zählte zehn Tropfen ab. Konnten sie Robert Linden vertrauen? Margarete hatte seine Hilfe gesucht und sie brauchten immer noch Geld. Geld für das Gasthaus. Vielleicht sogar Lösegeld für ihre Eltern. Elise holte tief Luft. Was hatte sie noch zu verlieren?

»Juan ist auch dabei. Sie holen zu zweit die Pferde«, sagte Elise schließlich. »Wir sind hier, um Sie um Geld zu bitten. Meine Eltern sind entführt worden. Es ist … kompliziert. Eine lange Geschichte.«

Robert Linden blieb ganz ruhig und lächelte sie an. »Ich werde mit Ihnen auf Margarete warten.« Elise empfand spontan eine große Sympathie für ihn. »Aber dann sollten wir Xela so schnell wie möglich verlassen.«

52

»Wir hätten die Pferde nicht vor der Stadt einstellen sollen.« Margarete kaute auf ihrer Unterlippe. Aber sie hatten nur an ihre schwindenden Geldvorräte gedacht. Jetzt erschien ihr der Weg zurück zum Gasthaus ewig lang. Wie sollten sie nur gegen den Menschenstrom ankämpfen, der sie mit sich riss?

Ein Stoß in den Rücken ließ sie stolpern und auf die Knie fallen. Ein weiterer Stoß drohte sie zu Boden zu werfen, hilflos der heraneilenden Menge ausgeliefert. Da sprang Juan vor sie und lenkte die Flüchtenden mit ausgebreiteten Armen um Margarete herum.

»Pass doch auf!«, schrie Juan den Jungen an, der Margarete umgerannt hatte und nicht einmal stehen blieb, sondern panisch weiterrannte. Juan reichte Margarete die Hand und zog sie hoch. »Komm, lass uns zu dem Haus dort gehen.«

Er wirkte sehr besorgt. Vorsichtig bahnte er ihnen einen Weg durch die Menschenmenge, bis sie den Unterstand erreichten und sich an die Hauswand lehnen konnten.

»Alles in Ordnung. Mir ist nichts geschehen.« Unbewusst legte Margarete die Hand auf den Bauch. »Ich habe mich nur erschreckt. Ich ahnte nicht, dass es so schlimm ist.«

Sie deutete auf die Menschen um sie herum, die aus der Stadt flohen und die engen Gassen verstopften. Schreie ertönten, Männer und Frauen warfen sich Beschimpfungen an den Kopf und wer nicht schnell genug ging, wurde von den Nachfolgenden zu Boden geworfen. Darüber dröhnte eine Kakophonie panischer Tierlaute. Je dunkler es wurde, desto lauter erschienen Margarete die Geräusche.

Da übertönte plötzlich ein einzelner Schrei alles andere. »Der Santa María! Herr im Himmel, hilf!«

Schlagartig blieben die Flüchtenden stehen und drehten die Köpfe. Ein dumpfes Grollen ertönte. Die dunkle Wolke, die wie ein böses Omen über dem Vulkan schwebte, wurde von Blitzen durchzuckt. Gelbe und grüne Lichter jagten über den Himmel wie bei einem Feuerwerk. Asche und Steinbrocken wurden in die Luft geschleudert. Die Fliehenden duckten sich ängstlich.

Ein weiteres Beben erschütterte Xela. Die Menschen schrien auf. Ein nächstes Beben folgte und die Häuser verloren den Kampf. Vor Margaretes erschrockenen Augen brach ein massives Steinhaus zusammen, als ob es aus dünnem Holz gebaut worden war. Eilig zerrte Juan sie weiter, weg von den einstürzenden Gebäuden. Die Flüchtenden drohten übereinanderzufallen, nur durch Juan, der sich schützend vor Margarete stellte und bereit war, sie mit seinem Leben zu verteidigen, gelang es ihr, auf den Beinen zu bleiben. Mühsam taumelte sie voran, von der Menschenmenge mitgerissen wie von einer gewaltigen Flutwelle.

Endlich, nach einer Zeit, die ihnen wie eine Ewigkeit vorkam, erreichten sie den Stall. Schon von Weitem hörte sie die Pferde wiehern und das Maultier gab Laute von sich, als ob es sich in einen verzweifelten Kampf befände. Die Stallburschen waren geflohen und hatten die Tiere sich selbst überlassen. Die Pferde stiegen hoch und bei dem Versuch, auszubrechen, hatten sie sich bereits einige blutige Stellen geholt.

»Lass uns die Tiere befreien«, rief Margarete Juan zu und bedeckte dann die Ohren mit den Händen, um nicht von dem Lärm und der Panik mitgerissen zu werden. Endlich hatte sie die erste Box erreicht und schob den Riegel zur Seite. Ein riesiger Brauner stürmte sofort los. Nur mit einem schnellen Sprung gelang es Margarete, dem Tier auszuweichen.

»Lass mich das machen.« Juan tippte ihr auf die Schulter und sah sie voller Liebe an, was ihr Herz mit Wärme erfüllte. »Versuch du, unsere Pferde zu beruhigen. Wir brauchen einen Wagen. Für Elise.«

Margarete nickte als Zeichen, dass sie ihn verstanden hatte, und schaute sich um. Dort hinten in der Remise stand ein Holzwagen. Leere Kaffeesäcke waren darauf gestapelt. Vorsichtig näherte sie sich den Tieren und sprach beruhigend auf sie ein.

»Mein Pferd. Wo ist mein Pferd?«, erklang plötzlich eine zittrige Stimme neben Margarete. Sie drehte sich um und entdeckte einen alten Indio in der typisch indianischen Tracht. Suchend schaute er sich um. Ein Lächeln erhellte sein faltiges Gesicht, als er eine klapperige braune Stute entdeckte. »Helfen Sie mir. Bitte!«

Gemeinsam mit dem Alten legten sie der Stute einen Zaum an. Suchend sah sich Margarete um.

»Danke, Mädchen, es geht ohne Sattel.« Der Indio strich dem Pferd über die Nüstern und führte es aus der Box. »Ich warte auf dich und deinen Freund.«

Juan trat an Margaretes Seite. »Wir müssen zurück in die Stadt. Unseren Freunden helfen«, antwortete er.

»Ihr könnt nicht zurück.« Beschwörend griff der alte Mann nach Margaretes Arm. Seine Augen wirkten riesig in dem von Asche geschwärzten Gesicht. »Das wäre Selbstmord. Seht zu, dass ihr sofort verschwindet.«

Er schwang sich in einer fließenden Bewegung auf den Rücken seines Pferdes. Schneller und stärker, als Margarete es von einem Greis erwartet hätte. Sie wechselte einen Blick mit Juan. Die Miene ihres Geliebten wirkte wie in Stein gemeißelt. Er sah von Margarete zu dem Alten und wieder zu ihr. So, als ob er mit einer Entscheidung ringen würde.

»Schaut nur, diese Menschenmenge.« Der alte Mann wandte sich noch einmal um. »Es ist, als ob ihr das Meer teilen wolltet. Flieht! Rettet euch!«

»Wir müssen zurück«, verabschiedete sich Juan und nahm Margarete bei der Hand. »Komm, uns bleibt nicht viel Zeit.«

Angst fraß sich in Margaretes Herz. Vielleicht war der Alte ein Brujo gewesen und hatte sie warnen wollen? In diesem Augenblick bebte die Erde ein weiteres Mal. Der alte Mann hatte recht gehabt.

»Nein, Juan, bitte nicht.« Margarete klammerte sich an den Arm ihres Gebliebten und versuchte, ihn aufzuhalten. Mit aller Kraft zog sie ihn von den Pferden weg und zeigte zum Stall hinaus. Die Luft flirrte vor Hitze und Asche regnete herab und bedeckte Menschen, Tiere, Straßen und Häuser mit einem feinen Staub. »Lass uns fliehen.«

»Nimm du dir deine Stute und reite vor die Stadt, bis du in Sicherheit bist.« Juan zog sie an sich und küsste sie zärtlich. Margarete gelang es für einen Augenblick, alles um sich herum zu vergessen.

»Bitte, Juan, lass mich nicht allein«, flehte sie. Der Gedanke, ohne ihn aus der Stadt zu reiten und auf seine Rückkehr warten zu müssen, brach ihr das Herz. »Komm mit mir. Ich bitte dich.«

Sanft löste er ihre Finger von seinem Arm und drückte sie noch einmal an sich. Eine Umarmung, die den Abschied in sich barg. Ihr Herz schlug schneller.

»Bitte.« Er lächelte sie an. Die Asche in seinem Gesicht bekam winzige Risse. »Ich kann Elise und Georg nicht zurücklassen.«

»Dann komme ich mit dir!« Margaretes Stimme duldete keinen Widerspruch, obwohl die Angst sie zu überwältigen drohte. Rauchwolken hingen über der Stadt und schienen das Ende der Welt zu verkünden. Alle um sie herum wollten nur eines: fliehen. Fliehen aus der todgeweihten Stadt. Nur Juan wollte zurück, um Elise und Georg zu retten. Zwei Menschen, die er nur kurze Zeit kannte und für die er trotzdem bereit war, sein Leben zu riskieren. Margarete schwankte, ob sie ihn für seinen Mut bewundern oder ob sie ihn dafür hassen sollte. Nach einem Augenblick des Zögerns sprach sie mit klarer Stimme. »Ich gehe mit dir oder du gehst nicht.«

»Gut.« Juan nickte. Erschöpfung zeichnete sich auf seinem Gesicht ab. Schwarze Streifen, die sich aus Asche und Schweiß bildeten, zogen Furchen in seine Haut. Er versuchte ein ermutigendes Lächeln. »Dann komm.«

Er zog das widerstrebende Maultier am Zaumzeug hinter sich her. Margarete versuchte, beruhigend auf den Mula einzureden, doch Nemo schnappte nach Juan. Nur mit Mühe gelang es den beiden, das Tier in die Wagendeichsel einzuspannen. Es bockte, bis Margarete ihm ein Tuch über die Augen band. Da blieb es zitternd stehen und ergab sich seinem Schicksal.

Juan sattelte ihre drei Pferde und half Margarete beim Aufsitzen. Seinen Rappen und Georgs Fuchs band er hinten an den Wagen.

»Schaffen wir den Weg durch die Menge?«, flüsterte Margarete und konnte kaum sprechen, so trocken fühlte sich ihre Kehle an. Sie spürte, wie die Angst, hier und heute zu sterben, sie erfasste. »Schnell, lass uns gehen, bevor ich es mir anders überlege und dich doch noch zur Flucht überrede.«

53

»Es geht mir gut. Wirklich.« Elise hatte sich wieder aufgesetzt. Noch immer fühlten sich ihre Beine an wie Pudding, aber immerhin musste sie nicht mehr gegen den Brechreiz ankämpfen. Was immer ihr Robert gegeben hatte, es half. »Gut genug jedenfalls, um Xela zu verlassen.«

»In Ordnung. Versuchen wir unser Glück.« Robert wechselte einen Blick mit Georg. Elise konnte nur zu deutlich erkennen, dass er wenig Hoffnung hegte, dass sie wirklich schon stark genug war. »Margarete und Juan müssten längst zurück sein.«

»Wahrscheinlich sind sie kaum zu den Ställen durchgekommen.« Georg starrte aus dem Fenster. Obwohl Elise ihm das Bemühen ansehen konnte, sich nichts anmerken zu lassen, spiegelte sich die Sorge auf seinem Gesicht wider. »Es sieht aus, als sei die ganze Stadt auf den Beinen.«

Robert trat neben ihn und gemeinsam beobachteten sie, wie der Himmel in immer kürzeren Abständen von Blitzen erleuchtet wurde.

»Wenn du es schafft, sollten wir uns zu Fuß durchschlagen«, sagte Georg an Elise gewandt.

Elise biss die Zähne zusammen und nickte. Die Vorstellung, hinaus auf die Straße zu gehen und sich den Naturgewalten auszusetzen, löste Todesangst in ihr aus. Doch welche Alternative blieb ihr? Im Zimmer zu warten, bis entweder ein Erdbeben das Gasthaus zum Einsturz brächte oder bis sie alle in einem rot glühenden Lavastrom versinken würden?

»Also gut.« Robert lächelte aufmunternd. »Gemeinsam schaffen wir es.« Ein zuckender Muskel an seinem Kinn verriet, dass die Zuversicht gespielt war.

Er hakte Elise links unter und Georg stützte sie von rechts. Zusammen zogen die jungen Männer sie zur Tür. Elise mühte sich, dass ihre Beine ihr gehorchten, aber es schien, als ob ihre Muskeln aufgegeben hätten.

»Halt. Bitte«, brach es aus ihr heraus. »Wartet.«

»Was denn?« Georg schaute sie voller Ungeduld an. »Wir müssen uns beeilen.«

»Es tut mir leid.« Elises Stimme klang leise, aber bestimmt. »Meine Tagebücher. Alles kann hierbleiben, nur …«

»Schon gut.« Georg hauchte ihr einen Kuss auf den Scheitel. Sein Lächeln zerstreute ihre Ängste wie ein Windstoß eine Pusteblume. »Das geschriebene Wort bleibt.«

Mit zwei großen Schritten war Georg an Elises Tasche und zerrte alles bis auf die schwarzen Hefte heraus. Er legte sich die Tasche um und eilte zurück zur Tür.

»Danke«, hauchte sie, als er sie wieder unterhakte. Gestützt auf ihre Begleiter, stieg sie langsam die Stiege des Gasthauses hinunter auf die Straße. Dort erstarrte sie.

So musste es in der Hölle zugehen. Menschen in Angst, die Gesichter und Körper von Asche bedeckt. Der Himmel nahezu schwarz. Feuerschein, der aus dem Vulkankrater nach oben drang wie aus den tiefsten Tiefen der Unterwelt. Ein beißender Schwefelgeruch, der in der Luft lag. Ein dumpfes Grollen, das immer wieder von den zischenden Ausbrüchen des Santa María unterbrochen wurde. Gewaltige Donner, wenn der Vulkan Aschewolken ausstieß oder Gesteinsbrocken in den Himmel schleuderte.

»Herr im Himmel.« Robert blickte fassungslos auf die Menschenwoge, die sich vor ihnen ergoss und ihren Weg durch die schmale Gasse erzwang. »Wie sollen wir da nur durchkommen?«

Bevor noch einer von ihnen antworten konnte, sahen sie, wie sich die flüchtende Menschenmenge teilte wie das rote Meer vor Moses. Ein Wagen stürmte herbei. Wer war so verrückt, in die Stadt zurückzukehren, anstatt aus ihr zu fliehen? Erst auf den zweiten Blick erkannte Elise Juan auf dem Kutschbock. Hinter ihm galoppierte Margarete auf ihrer Schimmelstute, das Haar aufgelöst, das Kleid in Fetzen. Dennoch sah sie aus wie eine Göttin, die ihnen zu Hilfe eilte.

»Margarete«, flüsterte Elise. Unendlich tiefe Dankbarkeit strömte in ihr Herz. Margarete und Juan waren zurückgekehrt. »Wir sind gerettet.«

Georg sprang hoch, damit Juan ihn entdeckte. Der Indio zügelte das Maultier. Nemo riss den Kopf hoch und die Augenbinde flog auf der Straße. Um den Mula nicht weiter zu verängstigen, ging Elise, Georg und Robert dicht hinter ihr, mit ruhigen Schritten auf den Wagen zu, obwohl jede Faser ihres Körpers ihr zuschrie, so schnell zu rennen wie noch nie zuvor in ihrem Leben.

»Danke, mein Guter.« Schnell strich sie Nemo über die Nase, dann hievte sie sich mit letzter Kraft auf den Wagen. Mit vor Rührung bebender Stimme wandte sie sich an Juan und Margarete. »Danke! Das werde ich euch nie vergessen.«

Georg sprang zu ihr auf den Wagen, während Robert sich eines der Pferde griff, die am Wagenende angebunden waren. Das Tier wieherte und kämpfte gegen den Zügel, doch Robert gelang es, in den Sattel zu klettern und den aufgebrachten Fuchs zu beruhigen.

»Beeilt euch.« Margarete klang atemlos. Ihre Stute schien losstürmen zu wollen. »Wir müssen hier weg.«

Margarete ritt voraus und schrie und fluchte, bis die Menge ihnen Platz machte. Immer wieder versuchte jemand, sich an den Wagen zu hängen oder auf den Kutschbock zu klettern, doch Juan und Georg wehrten alle Versuche ab. Nur einem Jungen, den jemand zu Boden gestoßen hatte, reichte Georg die Hand und zog ihn neben sich auf den Wagenboden.

Der Kleine starrte Georg und Elise aus riesigen Augen an und zitterte am ganzen Leib. Er drehte den Kopf von rechts nach links, als ob er jemanden suchte.

»Mamacita!«, brüllte er und deutete auf eine Indio-Frau, die ein Baby in einem Tuch vor sich trug.

Juan zügelte Nemo. Er kämpfte mit aller Kraft gegen den Mula, der nicht stehen bleiben wollte.

Georg nahm den strampelnden Jungen und reichte ihn der Frau, die sich zum Wagen durchschlug. Elise und er wechselten einen Blick.

»Bitte«, flüsterte sie, doch Georg schüttelte den Kopf. Voller Bedauern, aber auch voller Gewissheit.

»Miguel! Miguel!« Tränen rannen der Frau übers Gesicht und sie nahm ihren Kleinen in Empfang. »Gracias. Gracias.«

Endlich lichtete sich die Menschenmenge und Margarete hielt ihre Stute zurück, bis sie neben dem Wagen war.

»Geht es dir besser?«, wandte Juan seinen Kopf zu Elise um. »Erträgst du es, wenn das Maultier galoppiert?

»Ich schaffe das. Nimm keine Rücksicht auf mich«, stieß Elise zwischen den Zähnen hervor. Sie klammerte sich an Georg und schloss die Augen, um den entsetzlichen Anblick nicht mehr ertragen zu müssen. »Nur raus aus Xela.«

Elises schlechtes Gewissen regte sich. Nur zu gut wusste sie, dass sie jetzt nur noch ihr eigenes Leben retten konnten. Wenn ihnen das überhaupt gelang.

In dem Augenblick stieß Margarete einen Schrei aus. Elise schreckte auf, hielt sich an den Wänden des Wagens fest und versuchte zu erkennen, was sie in Angst und Schrecken versetzt hatte.

»Was … was ist das?« Margarete deutete mit zitternden Fingern nach links. Ihr Gesicht war schreckensbleich, ihre Stimme drohte zu brechen. Ihre Augen wirkten riesig in ihrer Furcht. »Was?«

Auch Georgs Blick folgte ihrer Hand und sein Gesicht spiegelte Margaretes Entsetzen.

Elise schluckte. Direkt über dem Kegel des Vulkans, erhob sich eine gigantische weiße Wolke. Sie schien die schwarzen Wolken, die vorher darüber gewabert hatten, gefressen zu haben.

»Eine Eruptionswolke«, sagte Georg mit tonloser Stimme. Sein Gesicht war unter der Ascheschicht kaum noch zu erkennen. Seine Haare waren grau, genau wie seine Kleidung. Der Vulkan ließ sie alle gleich aussehen. »Das Vorzeichen des drohenden Ausbruchs.«

»Es sieht aus wie …« Elise zitterte vor Angst und konnte nur noch beten. Beten für die Rettung von Georg und Margarete und Robert und Juan. »… wie ein todbringender Blumenkohl.«

In dem Augenblick verdunkelte sich der Himmel und

ein Sirren ertönte, als ob jemand Dutzende von Pfeilen auf sie abschösse.

»Vorsicht, Steine! Duckt euch!«, schrien Georg und Robert durcheinander. Georg warf sich schützend über Elise und bedeckte seinen Kopf mit den Armen.

»Gib, was du kannst.« Juan beugte sich vor und knallte die Zügel auf Nemos Rücken. Der Mula wechselte in einen rasenden Galopp und der Wagen wurde hin und her geworfen wie ein Schiff in einem Orkan.

Im selben Augenblick prasselten erbsengroße Steine auf sie nieder. Die Wucht, mit der der Santa María sie ausspuckte, ließ sie wie Hageldonner klingen. Elise wurde am Bein getroffen und stieß einen Schmerzensschrei aus. Vorsichtig tastete sie mit der Hand nach der Stelle und spürte Blut. Sie rollte sich noch mehr zusammen und kroch unter den Kutschbock, um ihren Körper zu schützen. Aus dem Augenwinkel sah sie, wie sich Juan an den Hals griff.

»Juan?«, schrie sie gegen das Grollen an. »Bist du verletzt?«

»Nichts Schlimmes«, antwortete er. »Haltet euch fest.«

In wilder Fahrt führte Juan sie aus Xela hinaus ins Umland. Auch hier war der Vulkanausbruch noch zu spüren und die Asche regnete herab. Aber es erschien ihnen sicherer als in der Stadt mit ihren einstürzenden Häusern und brennenden Hütten.

Endlich waren sie weit genug von Xela entfernt, um eine Pause einzulegen. Margarete zügelte ihre Stute.

»Lasst uns kurz anhalten und die Tiere tränken.« Sie strich sich mit dem Handrücken über die Stirn und zog eine helle Spur ins Grau der Asche. »Aber lasst uns nicht viel Zeit verlieren. Ich weiß nicht, ob der Vulkan Ruhe geben wird. Kannst du reiten? Dann wären wir schneller.«

Elise erhob sich. Sie war immer noch wackelig auf den Beinen.

»Ja. Es wird schon gehen.« Vorsichtig kletterte sie vom Wagen und ging zu ihrem Mula. »Guter Nemo. Ich bin so froh, dass du lebst.«

Die Anstrengung der Flucht hatte das Fell des Tieres dunkel gefärbt. Schaumflocken waren von seinem Maul geflogen und hatten sich auf Rücken und Beinen verteilt. Das Maultier stieß seine Schnauze an ihre Schulter und schnaubte, als ob es jedes Wort verstanden hätte. Elise lehnte ihren Kopf an seine lange Stirn und sandte einen Dank an wen auch immer, dass sie diesem Chaos heil entkommen waren.

Plötzlich ertönte ein dumpfer Schlag.

»Juan!«, schrie Margarete. »Juan. Was ist mit dir?«

Juan war vom Kutschbock gefallen und lag im von Asche bedeckten Gras.

»Mir ist schwindelig.« Er versuchte aufzustehen. Schweißtropfen standen ihm auf der Stirn. Robert und Georg eilten herbei und halfen Juan hoch. »Es geht schon.«

Er hatte den Satz noch nicht beendet, als er sich erbrechen musste. Sein Körper wand sich in Krämpfen.

»Oh nein, ich habe ihn angesteckt.« Erschrocken schob Elise die Hand vor den Mund. »Es … es tut mir so leid.«

»Nein. Das ist es nicht.« Robert kniete neben Juan, der sich ins Gras hatte sinken lassen. Aufmerksam schaute er ihm ins Gesicht. Vorsichtig tastete er über Juans Kopf. »Hast du einen Stein abbekommen?«

Robert schaute auf seine Finger, an deren Spitzen Blut klebte. Sein Gesicht wirkte so ernst, dass Elises Herz schneller schlug.

»Ja.« Juan nickte und stöhnte auf, als ob die Bewegung ihn schmerzte.

»Was ist mit ihm?«, schluchzte Margarete, das blanke Entsetzen in den Augen. Sie strich Juan das Haar aus der Stirn und zuckte zusammen, als ihre Hand Blut berührte. »Juan, sag etwas. Bitte.«

Robert stand auf. Er kam auf Georg und Elise zu. »Ich fürchte Schlimmes. Seine Pupillen … Wir … wir sollten für eine Weile rasten.«

»Juan!« Margarete schrie den Namen so voller Verzweiflung, dass Elise die Tränen in die Augen traten. »Juan!« Sanft zog sie den Geliebten in ihre Arme und bettete seinen Kopf in ihren Schoß. Sie beugte sich herunter und flüsterte ihm etwas ins Ohr.

Nach einer Weile blickte sie mit vor Kummer geweiteten Augen die anderen ratlos an.

Georg und Robert blieben nebeneinander stehen und zuckten hilflos die Schultern, während Elise zu Margarete ging. Juan hatte die Augen geschlossen und atmete stoßweise. Sein Gesicht, das Margaretes streichelnde Hände von der Asche gesäubert hatten, war leichenblass. Endlich öffnete er die Augen und versuchte ein Lächeln. Seine Pupillen waren groß und dunkel. Mit der größten Anstrengung hob er den Arm und legte seinen Handrücken an Margaretes Wange.

»Nactinra«, flüsterte er *»Sa lin Ch'ool.«*

Margarete schluckte. Tränen strömten über ihre Wangen, liefen über Juans Finger. Sie öffnete den Mund, doch sie konnte nichts sagen. Es schmerzte Elise, sie so leiden zu sehen.

»*Nactinra.* Ich liebe dich auch«, gelang es Margarete schließlich zu antworten. Ihre Stimme war kaum hörbar, als ob ihre Worte nur Juan galten. »Bitte, bitte, verlass mich nicht. Bitte, du musst bei mir bleiben. Wie soll ich ohne dich leben?«

Juans Arm fiel herab und er schloss die Augen. Elise fürchtete, dass er erneut das Bewusstsein verloren hatte. Sollte sie Margarete tröstend in die Arme nehmen oder wäre es besser, sie in ihrem Kummer allein zu lassen?

Da öffnete Juan noch einmal die Augen. Sein Blick wirkte abwesend, als ob er etwas sah, das den anderen verborgen blieb. »Denk an unseren Wasserfall«, flüsterte er und lächelte Margarete an. »Ich habe dich immer geliebt. Erzähl unserem …« Sein Atem wurde schwächer und schwächer. Elise zerbiss sich die Unterlippe, um nicht laut aufzuschreien. Wie konnte das Schicksal nur so grausam sein?

»Nein! Nein! Nein!« Margarete bedeckte Juans Gesicht mit Küssen. Unter lautem Schluchzen wiederholte sie immer wieder seinen Namen, als ob ihm ein Zauber innelag, der alles ungeschehen machen würde. Sie griff nach seiner Hand, hielt sie umklammert. »Nein! Nein! Nein! Verlass mich nicht. Bitte!«

Robert, Georg und Elise sahen sich an, unfähig sich zu bewegen. Elise weinte still vor sich hin und auch Georg kämpfte mit den Tränen. Selbst Robert, der Juan kaum gekannt hatte, war zutiefst betroffen. Er trat neben Margarete und legte ihr seine Hand auf die Schulter. Ihr Gesicht war starr wie eine Maske. Nur ihre Tränen zogen unaufhörlich neue Bahnen in ihrem von Asche bedeckten Gesicht.

»Margarete. Es … es tut mir leid.« Sanft streichelte Robert ihre Schulter. Voller Zuneigung und Mitgefühl. »Wir … wir müssen weiter. Der Santa María …«

»Ich weiß.« Sie beugte sich zu Juan hinab. Hauchte einen

Kuss auf seine Lippen, legte seinen Kopf vorsichtig ins Gras. »Ich weiß.«

Nachdem sie aufgestanden war, gingen Elise und Georg auf sie zu und drückten ihr die Hand.

»Ich weiß nicht … Es tut mir …« Elise suchte nach Worten und bedauerte, dass sie nicht in der Lage war, ihr Mitgefühl angemessen zum Ausdruck zu bringen.

Margarete nickte zu allem und schien durch sie hindurchzusehen. Immer wieder glitt ihr Blick zu Juan. »Wir … wir müssen Juan nach Hause bringen«, sagte sie schließlich. Ihr Gesicht sah wie versteinert aus, ihre Stimme klang tonlos. Gleichzeitig wirkte sie, als würde sie nicht mit sich reden lassen. So hatte Elise sie noch nicht erlebt. »Ich lasse ihn nicht hier zurück.«

»Aber …« Georg schluckte. Ihm fiel es sichtlich schwer, Margarete etwas entgegenzuhalten. »Aber so ein Ritt dauert Tage.«

»Das ist mir bewusst.« Margarete klang ruhig und bestimmt. Sie würde sich gewiss nicht von ihrem Vorhaben abbringen lassen. »Wir müssen eine Ölhaut oder etwas Ähnliches finden und …« Ihre Stimme stockte. Sie kämpfte sichtlich mit den Tränen. Nach einem Augenblick des Schweigens fuhr sie mit klarer Stimme fort: »Wir werden Juan fest einwickeln und seine … ihn mit Kiefernzweigen bedecken. Gegen den Geruch.«

Elise schauderte. Gleichzeitig bewunderte sie Margaretes Stärke und Fähigkeit, selbst in dieser schmerzvollen Situation vorausschauend zu planen. Der Gedanke jedoch, mit einem verwesenden Leichnam für viele Tage durch den Regenwald zu reisen, schnürte ihr die Kehle zu. Aber konnten sie Margarete und Juan diesen letzten Dienst verwehren?

54

Das Maultier bäumte sich auf und stieß ein durchdringendes Wiehern aus. Elise wäre beinahe von seinem Rücken gefallen. Trotz der Medizin fühlte sie sich immer noch ziemlich geschwächt, nur die Angst verlieh ihr die Stärke, weiterzureiten.

Nebel. Wie konnte es sein, dass sich hier Nebel bildete, fragte sie sich, bis sie erkannte, dass der weiße Schleier, der sich vor ihnen ausbreitete und Menschen und Tiere wie Schemen erscheinen ließ, kein Nebel war, sondern feinste Asche.

Sie wähnte sich in einem anderen Land, nein, in einer anderen Jahreszeit. Die Wälder und Kaffeeplantagen, an denen sie vorbeikamen, sahen aus, als ob sich Frost auf sie gelegt hatte. Die grau-weiße Asche hatte sich als schwere Last auf Bäumen und Kaffeepflanzen niedergelassen, einzelne Zweige abgerissen und Blätter abfallen lassen. Am schlimmsten war die drückende Stille, die sich über der zerstörten Landschaft ausbreitete.

Tot.

Das Land wirkte wie tot.

»Was wird mit den Menschen?« Elises Stimme klang dumpf von der Asche, die alles und jeden einhüllte und ihr den Atem raubte. »Den Tieren? Den Pflanzen? Wird hier je wieder etwas leben?«

»Ich weiß es nicht«, sagte Georg erschüttert. Sein Gesicht, seine Haare, seine Kleidung, alles war bleigrau. Dennoch erschien es Elise wie das anziehendste Gesicht, das sie je gesehen hatte. Ihr Herz pochte schneller, wenn sie ihn sah, und sie fragte sich, ob er auch so empfand. »Aber schau.«

Georg deutete auf einen Zweig, an dem ein zarter grüner Trieb überlebt hatte. Elise starrte das winzige Zeichen von Leben an und spürte einen Kloß im Hals. Noch immer sah sie Juans Gesicht vor sich. An dem Tag, an dem er sie zu dem Brujo geführt hatte. In dem engen Zimmer, als er versuchte, Medizin für sie zu finden. Seine heldenhafte Rückkehr. Sie war nicht sicher, ob es Georg und ihr allein gelungen wäre, dem Vulkanausbruch zu entkommen. Schließlich der Augenblick, als sie erkannten, dass Juan tödlich verletzt worden war.

»Wie … wie geht es Margarete? Was meinst du?«, fragte Elise. »Soll ich mit ihr reden?«

»Ich weiß es nicht.« Georg wirkte niedergedrückt. »Sie reitet mit Robert. Als ich sie ansprach, hat sie mich angesehen, als ob sie mich nicht kennen würde.«

»Das liegt sicher an dem Schock.« Elise versuchte, sich vorzustellen, wie Margarete sich fühlte. Sie dachte an die Tage der Angst, als sie sich immer wieder fragte, ob ihre Eltern noch lebten. Aber nein. Das war niemals so schlimm, wie den Geliebten in den eigenen Armen sterben zu sehen. »Es … es tut mir so leid.«

Georg nickte und trieb sein Pferd an, da ihnen eine Gruppe von Menschen entgegenkam. Flüchtende Indio-Familien. Männer, Frauen und Kinder, alle waren bepackt, selbst die kleinen Kinder beugten ihre Rücken unter der schweren Last ihrer Körbe. Elise vernahm das ängstliche Gackern eines Huhns und schaute sich suchend um. Eine Frau trug einen Holzkäfig auf dem Rücken, in dem zwei Hühner und ein Truthahn hockten. Hunde und Schweine folgten den Menschen und liefen einträchtig nebeneinanderher.

Elise spürte Mitleid in sich aufsteigen, Mitleid mit den Menschen, die alles verloren hatten. Und dann weinte sie – um Juan, um ihre Eltern, um eine ungewisse Zukunft. Lautlos und stetig flossen die Tränen. Sie trieb ihr Maultier an, bis sie neben Margaretes Stute war.

»Ich finde keine Worte, aber …« Sie legte eine Hand auf Margaretes Arm. »Es tut mir so unendlich leid. Es ist meine Schuld.«

»Nein.« Margarete sah auf. Ihre Augen wirkten wie erloschen. Nichts erinnerte mehr an die strahlende glückliche Frau, die Elise gemeinsam mit Juan erlebt hatte. Mit ihrem Geliebten schien auch Margaretes Lebenswille gestorben zu sein. »Niemand hat schuld. Juan wollte zurückkehren. Es … es war Schicksal. Ein bitteres Schicksal.«

»Es … es klingt sicher albern, aber dein Leben geht weiter …«, begann Elise, nur um von Margarete jäh unterbrochen zu werden.

»… sag so etwas nicht.« Zum ersten Mal zeigte sie etwas Kraft. Die Stärke, die aus Zorn geboren wird. »Mein Leben hat keinen Sinn mehr. Ich möchte sterben.«

»Nein!« Elise wunderte sich, dass sie den Mut aufbrachte, sich Margarete entgegenzustellen. »Nein! Das darfst du nicht einmal denken. Du … du … du trägst Juans Kind in dir. Du musst für euch beide sorgen. Das bist du ihm schuldig.«

Margarete hielt ihre Stute an und starrte Elise an. So durchdringend, dass diese schon fürchtete, von ihr geschlagen zu werden. Stattdessen huschte ein zartes Lächeln über

Margaretes Gesicht. »Ich danke dir«, sagte sie unvermutet und beugte sich nach vorn, um Elise über die Wange zu streichen. »Ich danke dir von Herzen.«

Sprachlos blieb Elise zurück und Robert lenkte sein Pferd neben Margarete.

»Gibt es nicht die Möglichkeit, mit der Bahn nach Cobán zu reisen und die Pferde zu schonen?«, fragte er und musterte sie mit besorgter Miene. »Es wäre schneller, oder?«

»Von Guatemala-Stadt aus führt ein Weg nach Cobán«, antwortete Georg. »Es würde uns viel Zeit ersparen, aber auch viel Geld verschlingen.«

»Geld ist kein Problem.« Robert legte Margarete die Hand auf den Arm. »Ich werde für alles aufkommen.«

»Danke«, antwortete sie nur und schaute ihn an. »Ich danke dir sehr. Du bist ein guter Mensch.«

55 *Bremen 2011*

Cobán, 2. November 1902

Meine Hand zittert beim Schreiben. Zu viel ist geschehen. Ich weiß nicht, wo ich beginnen soll. Juan ist tot und wird sein Kind niemals in den Armen halten können. Was ich bei unserem Wiedersehen bereits geahnt hatte, hat sich heute bewahrheitet. Margarete ist schwanger. Von Juan. Das hat sie mir unter dem Siegel der Verschwiegenheit anvertraut, heute, vor der Beerdigung.

Was wird ihr Vater sagen, wenn er das erfährt? Ich habe versprochen, ihr in allem beizustehen, aber sie meinte, dass sie meine Hilfe nicht brauche. Erst war ich ein bisschen beleidigt, dann atmete ich auf. Ich muss zuerst meine Eltern finden, dann kann ich an andere Menschen denken. Ist das egoistisch von mir?

Heute Nachmittag war Juans Beerdigung. Wir haben ihn den ganzen Weg, von Xela nach Cobán, bei uns gehabt, damit er hier – zu Hause auf La Huaca, wie Margarete sagte – seine letzte Ruhe findet. Ich hätte nie gedacht, dass jemand so lieben kann. Als Juans Sarg herabgelassen wurde, ist Margarete einfach umgefallen. Ohne ein Wort. Wie ein Baum. Unheimlich. Dabei war sie in den Tagen vorher so stark gewesen. Beinahe hart.

Sie hatte uns angetrieben, nicht aufzugeben, weiter und weiter zu reiten.
Robert hat sich um sie gekümmert. Robert, der ihr in den letzten Tagen stets zur Seite stand.
Alles an der Beerdigung war unheimlich. Der Friedhof. Die seltsamen Riten. Eine Mischung aus katholischem Glauben, denke ich, und dem Glauben an die alten Götter der Maya. Ich meinte, meinen Schamanen gesehen zu haben, aber ich kann mich auch irren. Juans Familie, die uns Weiße anstarrte, als ob wir an allem schuld wären ... Nun, ein Stück sind wir das ja auch. Margarete hatte sich wieder gefasst und dann bis zum Ende der Beerdigung durchgehalten. Ohne ein Wort, ohne Tränen. Sie hat sich an Roberts Arm geklammert und den Sarg angestarrt, als wir Erde auf den Deckel warfen.
Jetzt tut es mir leid, dass ich Juan kaum kannte. Schließlich hat er mir das Leben gerettet. Uns allen. Ich werde ihn nie vergessen.

Cobán, 3. November 1902

Heute kam Margarete zu mir. Bleich und abgemagert. Nicht mehr die Schönheit, die ich auf der »San Nicolas« getroffen habe. Es kommt mir vor, als ob es ewig lange her wäre, dabei ist nur ein wenig mehr als ein halbes Jahr vergangen. So viel ist geschehen ... und so wenig Gutes.
Margarete bat mich, bei allem, was mir heilig ist, zu schwören, dass ich ihr Geheimnis nie verraten werde.

Ich habe es ihr versprochen, aber habe ihr auch gesagt, dass ich es nicht richtig finde, dass sie Robert ein Kuckuckskind unterschiebt. Da hat sie laut gelacht, was richtig schauerlich klang.
»Robert weiß Bescheid.« Wieder dieses fast hysterische Lachen. »Er freut sich, dass wir so zu einem Kind kommen.«
»Wieso? Ihr könnt noch viele Kinder haben.«
Mein Unverständnis stand mir wohl im Gesicht geschrieben, denn sie lächelte und strich mir über die Wange. »Irgendwann wirst du es verstehen.«

Isabell schluckte und wagte nicht, Julia anzusehen. Wie würde sie es aufnehmen, dass Margarete nicht nur eine innige Liebe mit Juan verbunden hatte, sondern dass sie auch ein Kind von ihm erwartete. Isabell plapperte drauflos, damit Julia Zeit hatte, sich mit dem, was sie da gerade erfahren hatten, auseinanderzusetzen.

»Das also war der wahre Grund, warum Robert und Margarete geheiratet haben.« Julia stand auf und tigerte durch das Zimmer. »Mir fällt nichts mehr ein.« Hilfe suchend schaute sie Isabell an.

»Was soll ich sagen?« Isabell kratzte ihre Nasenspitze, wie immer, wenn sie nervös war. »Kein Wunder, dass deine Eltern etwas dagegen hatten, wenn du in der Familiengeschichte stöberst.«

»Also habe ich Verwandte in Guatemala? Das ist ja Wahnsinn.« Julia schüttelte den Kopf. Sie wollte sich kneifen, wollte prüfen, ob sie das nicht geträumt hatte. »Warum hat nie jemand versucht, Kontakt mit ihnen aufzunehmen?«

»Ein uneheliches Kind. Von einem Indígena. In der damaligen Zeit.« Isabell hob die Schultern. »Nicht gerade eine Visitenkarte für ein traditionsbewusstes Familienunternehmen. Kann ich mir schon vorstellen, dass man damit nicht hausieren ging.«

»Ja, damals vielleicht. Da magst du recht haben.« Julia fiel es sichtlich schwer, ihre Gedanken in Worte zu fassen. Zu viel ging ihr durch den Kopf. »Aber heute? Warum wollten meine Eltern das unter den Teppich kehren? Das Ganze kommt mir vor wie ein kitschiger Film. Nicht wie mein Leben.«

»Das musst du sie selbst fragen.« Isabell hob die Hände. »Elises Tagebuch wird nicht alle Antworten geben.«

»Dann bin ich zu einem Viertel oder Achtel oder Sechszehntel also eine Indígena?«, flüsterte Julia und setzte sich wieder. Sie nahm das schwarze Heft in die Hand und starrte auf die vergilbten Seiten. »Nein. Eine Ladina. Ein Mischling.«

»Hallo? Weißt du, wie übel sich das anhört?« Isabell schüttelte den Kopf. »Wie bist du denn drauf?«

»Ja, entschuldige. So meinte ich das nicht.« Julia fuhr sich durch die Haare. Sie schaute Isabell nicht an, sondern starrte immer noch in Elises Tagebuch, als ob sie dort die Antwort finden könnte. »Es ist nur … ich habe Verwandte in Guatemala, von denen ich nichts ahnte. Vieles, was in meiner Familie erzählt wurde, ist eine Lüge. Was kann da noch kommen?«

Cobán, 9. November 1902

Georg und ich sind heute von La Huaca nach Cobán gefahren. Dank Roberts großzügiger Unterstützung

konnten wir in einem komfortablen Gasthaus unterkommen. Hier wollen wir nun auf Nachricht von meinen Eltern warten. Ich gebe die Hoffnung nicht auf. Der Brujo kann nicht gelogen haben. Warum er uns nach Xela gesandt hatte, werde ich wohl nie erfahren. Gestern Abend bat mich Margarete, ihre Brautjungfer zu werden. Robert und sie wollen so schnell wie möglich heiraten.
Kurz vor unserer Abreise haben Robert und Georg miteinander gesprochen. Ja, und ich habe sie belauscht.
»Ich würde euch eine Überfahrt nach Bremen bezahlen«, bot Robert an. Mein Herz tat einen Sprung. Zurück nach Hause. Aber dann erinnerte ich mich an mein Versprechen gegenüber dem Schamanen. Und an meine Eltern. Aber Georg … ihn hielt nichts, oder?
»Danke, nein danke.« Mein Herz tat noch einen Sprung, als Georg das sagte. »Erst muss ich Elises Eltern finden.«
»Bedeuten sie dir so viel?« Ich sah, wie Robert die Hand auf Georgs Arm legte. »Ich gebe euch gern Geld für die Suche.«
»Danke.« Georg lächelte. Am liebsten wäre ich losgestürmt und hätte beide umarmt, aber wer weiß, was da noch kommen würde. Also harrte ich weiter in meinem unbequemen Versteck aus. »Sie sind meine Familie. Henni und Johann. Und wenn sie will, auch Elise.«
»Liebst du das Mädchen?«
»Ja. Ich liebe sie.« Er kratzte sich am Kopf, so wie immer, wenn er verlegen ist. Wie gut ich ihn in der

Zwischenzeit kenne. »Aber ob sie mich nehmen wird ...«

Ich biss mir in die Fingerknöchel, um mich nicht zu verraten.

»Du weißt von dem Kind?«, fragte Georg und wieder presste ich mir die Hand vor den Mund, um in meiner Überraschung nicht herauszuplatzen. Woher wusste Georg Bescheid? »Juans Kind?«

»Ja.« Ich konnte sehen, wie sich auf Roberts markantem Gesicht ein seltsames Lächeln abzeichnete. Dann sagte er: »Nicht Juans Kind. Unser Kind. Margaretes und mein Kind. Es wird unser Erbe sein.«

»Ich wünsche euch Glück.« Georg streckte die Hand nach Robert aus. »Für eure Ehe, für La Huaca und für das Kind.«

Nachdem Robert gegangen war, hielt mich nichts mehr in meinem Versteck. Ich stürmte heraus und rief: »Ja! Ja!«, woraufhin Georg in Lachen ausbrach.

Er küsste mich und von dem Moment an wusste ich, dass alles gut wird. Mit Georg zusammen kann ich mich allen Gefahren stellen – da bin ich mir sicher. Und ich werde nicht aufgeben, bis ich meine Eltern gefunden habe.

Das war die letzte Seite in diesem Tagebuch.« Isabell wagte nicht aufzusehen. Sie konnte sich vorstellen, wie aufgebracht Julia war. »Später hat Elise Reiseberichte geschrieben. Aber kein Tagebuch mehr.«

Julia schwieg. Sie war kreidebleich und atmete schwer. Isabell musste etwas finden, um sie abzulenken.

»Juan. Was für ein toller Mensch. Was für ein Held. Er hat

allen das Leben gerettet.« Isabell schluckte. Die Geschichte hatte sie mehr berührt, als sie erwartet hätte. Schließlich war es mehr als hundert Jahre her und alle Beteiligten waren lange tot. Und trotzdem hätte sie Juan und Margarete ein Happy End gewünscht. Sie, die so gar nicht auf Romantik stand. »Immerhin hat er noch erfahren, dass er Vater werden würde.«

»Ihr gemeinsames Kind. Alles gelogen.« Julia hämmerte eine Faust gegen die Wand. »Alles … Lüge!«

»Beruhige dich.« Isabell ging zu ihr und berührte sie vorsichtig an der Schulter. »Komm, wir bringen das Tagebuch zurück und trinken einen Kaffee. Oder Tee. Oder Kakao.«

»Nein!« Julia schien nicht zu bemerken, dass sie an ihrer Unterlippe kaute und bereits erste Blutströpfchen zu sehen waren. »Nein. Ich brauche noch etwas Zeit. Bitte.«

Julia starrte ewig lange geradeaus. Sie hatte die Hände verschränkt und ihre Finger führten ein Eigenleben, flochten sich ineinander, trennten sich, nur um sich wieder ineinander zu verhaken.

»Du machst mich ganz nervös!«, schnauzte Isabell sie an und hoffte, auf dem Weg irgendeine Reaktion von Julia zu provozieren.

»Sie müssen sich sehr geliebt haben.« Julia lächelte, nur ein wenig, aber immerhin ein Lächeln. »Was wäre wohl aus ihnen geworden, wenn sich Juan mit Margarete in dem Stall zur Flucht entschieden hätten?«

»Dann wäre er nicht Juan gewesen, glaube ich.« Eigentlich konnte Isabell kaum glauben, dass es solche Männer je gegeben hatte. Menschen, die sich zur Rettung anderer in Gefahr begaben. Ohne Rücksicht auf ihr eigenes Leben. »Kein Wunder, dass Margarete ihn so geliebt hat.«

»Aber warum hat sie dann Robert geheiratet?« Julia wirkte immer noch wie versteinert. Zu tief saß der Schock über das, was sie erfahren hatte. »Dafür, dass sie Juan so sehr geliebt hat, ist sie ja ziemlich schnell über ihn hinweggekommen, oder?«

»Sie war schwanger.« Isabell schüttelte den Kopf. Konnte oder wollte Julia nicht verstehen, was ihre Ururgroßmutter angetrieben hatte? »Damals hätte sie als Alleinerziehende doch keine Chance gehabt. Und dann noch mit einem Mischlingskind.«

»Wahrscheinlich hast du recht.« Julia zuckte mit den Schultern. »Aber irgendwie klingt das für mich alles nicht plausibel.«

»Na ja, ich könnte mir da noch einige andere Gründe vorstellen. Margarete war die einzige Erbin der Kaffeeplantage, eine schöne und kluge Frau. Juan hatte Robert das Leben gerettet. Robert fühlte sich ihm gegenüber in der Schuld.« Isabell schüttelte erneut den Kopf. »Such dir was aus.«

»Das … das …« Julia stieß ein Geräusch aus, das wie eine Mischung aus Lachen und Weinen klang. »Das klingt eher wie eine Daily Soap als ein Referat.«

Jetzt gingen beide in Gedanken versunken in dem kleinen Raum auf und ab.

»Ich … ich brauche auch Zeit, das sacken zu lassen. Und ich will mit Lina reden.« Isabell setzte sich hin und schlug das Tagebuch zu. »Ich kann nicht noch mehr Geheimnisse aus alten Heften erfahren. Mir reicht's.«

»Mir auch!« Julia nickte heftig. »Nur Lügen und Halbwahrheiten. Das … das können wir niemals in diesem Referat verarbeiten.«

»Müssen wir auch nicht.« Isabell war froh, dass Julia ein

neues Thema zur Sprache brachte. Auf keinen Fall wollte sie jetzt weiter über Elise und Georg, Maya-Tempel und Schamanen reden. »Lass uns bis morgen nachdenken und dann eine Entscheidung treffen.«

»Gute Idee.« Julia nickte. »So machen wir's. Ich gehe jetzt nach Hause, um mit meinen Eltern Klartext zu sprechen.«

»Ruf mich an, wenn es vorbei ist.« Isabell gelang ein Lächeln. »Ich werde in der Zwischenzeit ein ernstes Wort mit meiner Großmutter reden. Und ich versuche herauszufinden, was mit Elises Eltern geschehen ist.«

56

»Wusstet ihr davon?« Anklagend hielt Julia die Kopie der Tagebuchseite hoch und kam sich ein bisschen melodramatisch vor. Hätte sie das Thema etwa nebenbei beim Abendessen ansprechen sollen? »Wusstet ihr von meinem Maya-Ururgroßvater?«

»Julia. Bitte.« Ihr Vater schüttelte den Kopf, als wäre sie ein verstocktes Kind. »Ist das denn wirklich von Bedeutung?«

»Ihr erzählt mir nur Lügen. Oder verschweigt mir Wesentliches«, fügte sie hinzu und fühlte Bitterkeit in sich aufsteigen. »Erst die drohende Insolvenz und jetzt unbekannte Familienmitglieder in Mittelamerika.«

»Julia!« Unerbittlich klang ihre Mutter. Wie eine Mauer, an der selbst der stärkste Zorn zerschellen musste. »Als ob du es sonst mit der Verwandtschaft hättest.«

Ihre Mutter hatte leider recht. Wenn es um Besuche bei den diversen Onkeln und Tanten ging, suchte Julia immer nach Ausreden, um sich vor den langweiligen Gesprächen am Kaffeetisch zu drücken.

»Ihr habt mir ja nicht einmal die Chance gelassen, mich gegen sie zu entscheiden. Immer und überall begleitet mich unsere Geschichte. Margarete und Robert. Ihre Heldentaten. Ihr vorbildlicher Mut. Ihre aufopfernde Haltung. Das habt ihr mir erzählt und … Und ich habe mich klein und egoistisch gefühlt«, beharrte Julia. Sie holte tief Luft und schleuderte ihren Eltern die Worte nur so entgegen. »Und jetzt erfahre ich, dass alles gelogen ist.«

»Das stimmt nicht«, beharrte ihre Mutter. »Alles, was du über Margarete weißt, ist die Wahrheit. Sie hat die Firma aufgebaut. Erst mit ihrem Ehemann …«

»… der nicht der Vater ihres Kindes war«, unterbrach Julia ihre Mutter und hob den Kopf, das Kinn vorgeschoben. Bereit, den Streit zu führen. »Die Kleinigkeit habt ihr vergessen zu erwähnen.«

»Margarete hat gemeinsam mit Robert hier in Bremen die Geschäfte geführt. Gemeinsam. Bis zu seinem Tod.« Sophia Linden blieb weiterhin ruhig. Nur die kleine Geste, mit der sie ein nicht vorhandenes Staubkorn von ihrem makellos sitzenden blauen Kostüm entfernte, zeigte Julia, dass sie nervöser war, als sie es vorgab. »Danach hat deine Ururgroßmutter ihr Leben dem Aufbau der Firma gewidmet und all das erreicht, von dem wir heute profitieren.«

»Vielleicht war das Nicht-mehr-Heiraten gar kein so großes Opfer, wie du es immer darstellst.« Das konnte Julia sich nicht verkneifen. Zu sehr schmerzte sie das Wissen, dass ihre Eltern ihr bewusst Wichtiges verschwiegen, sie wie ein kleines Kind behandelt hatten und ihr gleichzeitig wieder und wieder die Verantwortung für die Zukunft der Firma aufbürden wollten. »Wenn Margarete Juan so sehr geliebt hat, wie ihre Briefe vermuten lassen, dann war sie wohl ganz froh, keinen anderen Ehemann nehmen zu müssen.«

»Wir wissen es nicht und werden es wahrscheinlich nie erfahren.« Konstantin Linden war aufgestanden, trat neben seine Tochter und legte ihr die Hand auf die Schulter. »Lass die Vergangenheit ruhen, Julia. Wir haben jetzt genug, worum wir kämpfen müssen. Lass uns in die Zukunft sehen.«

»Man kann die Zukunft nur gestalten, wenn man die Vergangenheit kennt«, konterte Julia. Das hatte sie einmal irgendwo gelesen. »Ich wüsste gern mehr über meine Vorfahren.«

»Ach, Prinzessin.« Die scharfen Falten im Gesicht ihres Vaters vertieften sich, als er seufzte. Kurz schloss er die Augen und strich sich mit den Fingern über die Sorgenfalte an der Nasenwurzel. »Ach, Julia. Es ist doch nicht wichtig, wer unsere Vorfahren waren. Wichtig ist, wer wir sind und wie wir handeln.«

Wieder fühlte sie sich unterlegen. Sie konnte ihrem Vater nichts entgegenhalten. Was er sagte, klang logisch und vernünftig. Warum nagte der Zweifel dann immer noch an ihr? Warum blieb das Gefühl, dass ihre Eltern es sich zu leicht machten und alles, was sie bedrückte, mit wohlgesetzten Worten vom Tisch fegten und unter den Teppich kehrten?

»Konstantin.« Nur ein Wort, aber es reichte, dass Julia und ihr Vater sich nicht mehr anstarrten, sondern ihre Aufmerksamkeit auf Sophia Linden richteten. Sie war aufgestanden und stand sehr gerade. In Primaballerina-Haltung. »Lass es gut sein. Julia hat recht. Wir hätten ihr die Wahrheit sagen müssen. Schon lange.«

»Wie bitte?« Niemals hätte sie damit gerechnet, dass ausgerechnet ihre Mutter ihr zur Seite springen würde.

»Wir … wir fanden es wirklich nicht wichtig.« Sophia Linden hob die schmalen Hände in einer eleganten Geste, die wohl eine Entschuldigung ausdrücken sollte. »Dein Vater hat recht. Wir können nicht ändern, was Margarete getan hat, aber wir können unser Leben gestalten.«

»Wart ihr denn nie neugierig?«, platzte Julia heraus. Eine

Idee nahm Idee Gestalt an. Ein Gedanke, den Isabell und Florian hervorgerufen hatten. Würde sie den Mut aufbringen? »Ich werde nach dem Abitur nicht sofort studieren.« Sie betrachtete ihre Eltern. Nach einer wohlgesetzten Pause fuhr sie fort. »Ich werde für mindestens ein Jahr nach Guatemala gehen, dort in einem Freiwilligenprojekt arbeiten und versuchen, meine Verwandten zu finden.«

»Was?« Sophia Linden wirkte so überrascht, dass sie alle Umgangsformen vergaß. »Das … das kann nicht dein Ernst sein.«

»Prinzessin. Ich kann verstehen, dass du aufgewühlt bist.« Ihr Vater tätschelte Julias Schulter, als ob sie ein unruhiger Hund wäre und kein zorniges Mädchen. »Aber lass uns keine übereilten Entschlüsse fassen. Lass uns erst einmal eine Nacht darüber schlafen.«

Seine Stimme klang endgültig, aber ausnahmsweise war Julia nicht bereit nachzugeben. Nicht hier und nicht heute. Zu lange hatte sie ihre Eltern über ihr Leben bestimmen lassen und sich so sehr bemüht, eine gute Tochter zu sein. »Mein Entschluss steht fest.« Sie holte tief Luft. »Ich will erkunden, wie meine Vorfahren gelebt haben.«

»Julia, bitte.« Ganz hart klang die Stimme ihres Vaters. So kannte sie ihn gar nicht. Selbst ihre Mutter wirkte erstaunt. »Im Moment haben wir andere Probleme, als mögliche Verwandte in Guatemala zu suchen. Unser Unternehmen steht vor dem Bankrott. Übernimm Verantwortung.«

»Konstantin!« Sophia Linden wirkte erschüttert über die Worte ihres Mannes. »Konstantin, das müssen wir nicht jetzt entscheiden.«

»Doch«, sagte Julia leise. Zum ersten Mal war sie sich sicher, dass sie den richtigen Weg einschlagen würde. »Papa, ich will erst wissen, wo wir herkommen. Weißt du noch, dass ich schon als Kind die Finca besuchen wollte?«

»Ach, Prinzessin.« Ihr Vater wirkte müde und erschöpft, als ob die Verantwortung ihn niederdrückte. »Jetzt ist der denkbar schlechteste Zeitpunkt für deine Pläne.

»Ich werde kein Geld von euch brauchen«, sagte Julia. Sie konnte sich denken, was ihren Vater bedrückte. »Es gibt Möglichkeiten, die mit geringem finanziellem Aufwand verbunden sind. Vielleicht ist es ganz gut, wenn ich versuche, unabhängig zu sein.«

»Lass uns mit der Entscheidung noch warten.« Konstantin Linden erhob sich. Er nickte seiner Frau und seiner Tochter zu. »Ich muss leider noch einmal ins Büro.«

Julia sah ihm nach, wie er mit gebeugten Schultern und sichtlich müde das Zimmer verließ. Vielleicht hätte sie ihn nicht so mit ihren Plänen überfallen sollen.

»Julia.« Ihre Mutter legte ihr sanft eine Hand auf den Arm. Sie lächelte leicht. »Wenn du das wirklich möchtest, werde ich dich unterstützen. Aber dein Vater hat recht. Lass uns alle einmal darüber schlafen.«

Sie beugte sich vor und küsste Julia auf die Wange.

57 *Guatemala 1902*

Cobán, 18. November 1902

Ein Wunder. Ein wahres Wunder. Meine Eltern sind zurück. Gesund, abgemagert und ziemlich kleinlaut, aber sie leben. Dank des Schamanen und seiner Verbündeten. Sie haben alles gegeben, um mir meine Familie zurückzubringen.

Elise ließ den Füllfederhalter sinken und strich sich Freudentränen aus den Augen. Tränen, die sie immer wieder überkamen, wenn sie an die glückliche Rettung ihrer Eltern dachte. Vor zwei Tagen hatte ein Indio an die Tür ihres Pensionszimmers in Cobán geklopft und ihr mitgeteilt, dass sie die Spur der Banditen aufgenommen hatten. Und einen Tag später …

Kommt mit«, hatte der Indio gesagt. Er wirkte erschöpft, und Elise entdeckte einen Verband an seinem Oberarm. »Schnell.«

»Ich hole sofort die Pferde.« Georg nickte Elise zu und eilte hinaus. Sie sah ihm nach, wollte ihn bitten, sie nicht allein zu lassen, und wusste doch, dass er vernünftig handelte.

»Geht es meinen Eltern gut?« Elise bekam kaum Luft vor Aufregung. Ihr Herz schlug schneller und sie fürchtete die Antwort. Aber noch mehr fürchtete sie die Ungewissheit, die sie in den letzten Wochen geplagt hatte. »Bitte, sagen Sie doch etwas.«

»Dein Vater ist im Kampf verwundet worden. Aber er wird überleben.« Der Indio bedeutete ihr, sich zu beeilen. Ohne ein weiteres Wort ging er voran. »Du wirst es sehen.«

Im hellen Licht der Nachmittagssonne wirkte er völlig ausgezehrt und Elise wollte ihn nicht weiter drängen. Nervös lief sie die Straße vor der Pension auf und ab. Wo nur Georg mit den Reittieren blieb!

Endlich galoppierte er heran. Er warf ihr Nemos Zügel zu und reichte dem Indio seinen Arm, damit der Mann sich hinter ihm aufs Pferd schwingen konnte.

»Pah!«, ertönte eine vorwurfsvolle Stimme. Elise, ihren Fuß bereits im Steigbügel, wandte sich um. Die Wirtin stand in der Tür. »Normalerweise geben sich meine Gäste nicht mit schmutzigen Indios ab.«

»Nein, Schmutz finden Ihre Gäste genug in den Zimmern«, antwortete Georg. Dann preschten sie davon.

»Entschuldigung«, sagte Elise zu dem Indio, der ihr seinen Namen nicht genannt hatte, und in ihrer Aufregung hatte sie ganz vergessen, sich vorzustellen. »Unsere Wirtin ist eine dumme, engstirnige Frau.«

Der Indio zuckte mit den Schultern und schaute sie aus unergründlichen Augen an. Elise schwieg. Von was für einem Kampf hatte der Indio gesprochen?

Der Ritt dauerte nicht so lange, wie Elise befürchtet hatte. Plötzlich deutete der Indio auf einen schmalen Waldweg, der beinahe verborgen unter ausladenden Farnbüschen lag. Georg zügelte seinen Fuchswallach und schon nach wenigen Metern erreichten sie ihr Ziel.

»Hier, die kleine Hütte«, sagte der Indio.

»Danke, vielen Dank! Wir stehen tief in Ihrer Schuld!« Kaum hatte sie die Worte ausgesprochen, sprang sie auch schon von Nemos Rücken und eilte auf die Hütte zu. Georg blieb draußen bei den Pferden und blickte sich wachsam um. Elise drehte sich noch einmal um und wollte dem Indio noch etwas zurufen, da sah sie ihn bereits im Wald verschwinden.

Die Hütte war vollständig eingerichtet, mit Schlafplätzen, einer Feuerstelle und einem Kessel. Elises Augen mussten sich erst an das Halbdunkel gewöhnen, doch da kam auch schon eine Frau mit ausgebreiteten Armen auf sie zu.

»Lise!« Henni Hohermuth riss ihre Tochter in die Arme und drückte Elise so fest, dass es beinahe schmerzte. »Lise!«

»Mama!« Elise hatte ihrer Mutter so viel sagen wollen, aber jetzt klammerte sie sich nur an sie und wiederholte immer nur ein Wort. »Mama! Mama!«

Tränen strömten ihnen über die Wangen. Elise konnte sich nicht daran erinnern, dass sie ihre Mutter jemals zuvor weinen gesehen hatte.

»Dort liegt dein Vater. Die Banditen haben ihn im Kampf verwundet.« Endlich löste Henni Hohermuth sich aus Elises Umarmung und hielt sie bei den Händen. Mit dem Kopf deutete sie in die Tiefe der Hütte. »Ach, Lise. Wir hätten auf dich hören sollen.«

So viele Fragen stürmten auf Elise ein. Aber jetzt war es erst einmal wichtig, zu sehen, wie es ihrem Vater ging. Sie wollte an sein Lager, doch ihre Mutter hielt sie zurück.

»Johann schläft.« Sie wischte sich die Tränen ab. »Lass uns vor die Tür gehen. Dort können wir reden.«

Elise nickte und folgte ihrer Mutter nach draußen.

Henni ging auf Georg zu und nahm auch ihn in die Arme. Elise meinte, in seinen Augenwinkeln Tränen schimmern zu sehen. Sie ließen sich auf dem Grasboden vor der Hütte nieder und Henni Hohermuth erzählte, was passiert war.

»Du hattest leider recht, Lise.« Ihre Mutter wiegte bedächtig den Kopf von einer Seite zur anderen und strich sich eine Haarsträhne aus der Stirn. »Mit den Banditen und auch mit deinen Vorwürfen.«

»Es … es tut mir leid, dass ich dich angeschrien habe«, flüsterte Elise. Die ganze Zeit hatte ihr das auf der Seele gebrannt. Die letzten Worte, die zornigen letzten Worte, die sie ihren Eltern entgegengeschleudert hatte. »Ich … ich …«

»Nein.« Ihre Mutter senkte den Blick. »Ich verstehe selbst nicht, wie wir so engstirnig denken konnten. Dein Vater und ich haben uns wirklich nur mit den Maya beschäftigt und nie hinterfragt, wie es den Indios ergeht.«

Georg und Elise wechselten einen Blick. Was war nur vorgefallen, dass sich Hennis Einstellung derart gewandelt hatte?

»Ihr müsst nichts sagen.« Henni Hohermuth lächelte schief. »Mein Sinneswandel kommt nicht vom Himmel, er gründet sich auf Dankbarkeit. Ohne die Hilfe eurer Verbündeten wären dein Vater und ich sicher tot.«

»Oh nein.« Elise schrie erschrocken auf. Obwohl die Gefahr vorüber war, stand sie auf einmal übermächtig vor ihr. Banditen, die ihre Eltern ermorden wollten. »Was … was ist geschehen?«

Henni Hohermuths Gesicht wurde schlagartig ernst, dann sah sie zu Boden. Mit der linken Hand zupfte sie einzelne Grashalme aus. Sie holte tief Luft und fuhr sich wieder und wieder mit der rechten Hand über die Haare.

»Die Banditen hielten uns gefangen. Immer wieder fragten sie nach Gold oder Schätzen.«

Ihre Augen verdunkelten sich, als ob sie in schlimmen Erinnerungen versunken war. Elise beugte sich vor und nahm die Hand ihrer Mutter. Henni lächelte.

»Eines Morgens verbanden sie uns die Augen und setzten uns auf die Pferde. Wir wussten nicht, wohin sie uns brachten und hörten bald, dass sie Lösegeld fordern wollten. Doch niemand wollte bezahlen.« Bei diesen Worten ballte Henni Hohermuth die Hände zu Fäusten und atmete lautstark ein. »Da beschlossen sie, unsere wissenschaftlichen Kenntnisse zu nutzen. Wir sollten herausfinden, ob Maya-Artefakte, die sie gestohlen hatten, echt waren oder Fälschungen.«

Sie lächelte grimmig. Wieder schweifte ihr Blick in die Ferne und schien Georg und Elise nicht wahrzunehmen.

»Warum haben sie euch nach Xela gebracht?«, fragte Elise in das Schweigen hinein. »Warum nicht nach Tikal?«

»Sie ritten mit uns nach Antigua. Dort ist ihr Hauptquartier. Unglaublich wertvolle Artefakte hatten sie dort gehortet. Alle gestohlen.« Henni Hohermuth schüttelte den Kopf. »Doch dann brachten sie uns wieder weg … Ich weiß nicht, was sie vorhatten.«

»Und die Indios? Was haben sie mit alldem zu tun?«, fragte Georg. »Wie seid ihr hierhergekommen?«

»Die Indios mussten in der Zwischenzeit die Verfolgung aufgenommen haben. In dem Chaos des Vulkanausbruchs haben sie uns dann befreit. Wir dachten, dass wir entkommen wären …«

»Was passierte dann?« Das Schweigen ihrer Mutter verhieß nichts Gutes.

»Die Banditen wollten uns nicht verloren geben. Es kam

zu einem schrecklichen Kampf.« Das Gesicht ihrer Mutter verhärtete sich. »Ein Indio wurde ermordet, dein Vater schwer verwundet.«

»Wie entsetzlich!« Elise traten Tränen in die Augen. »Wir … wir müssen etwas für die Familie des Indios tun.«

»Ja, Liebes, das werden wir. Und noch mehr.« Henni Hohermuth richtete sich auf. »Dein Vater und ich werden im Land bleiben und den Menschen hier helfen.«

Elise und Georg schauten Henni Hohermuth mit großen Augen an. War das die Forscherin, die für eine Expedition alles riskiert hatte?

»Und der Tempel?«, fragte Elise. Ihr schlechtes Gewissen gegenüber dem Brujo hatte ihr keine Ruhe gelassen. Jetzt fühlte sie sich noch mehr in seiner Schuld. »Wollt ihr ihn immer noch suchen?«

»Nein. Keine Sorge.« Ihre Mutter lächelte sie liebevoll an und strich ihr übers Haar. »Wir haben unsere Lektion gelernt.«

58 *Bremen 2011*

»Hast du herausgefunden, was aus ihnen allen geworden ist?«, fragte Julia, nachdem sie Isabell von dem Streit mit ihren Eltern erzählt hatte. »Oder schweigt Lina jetzt ebenfalls?«

»Elise und Georg haben geheiratet und lange in Guatemala gelebt. Nachdem Margarete und Robert nach Bremen abgereist waren, haben sie die Geschäfte auf der Finca übernommen und die Arbeitsbedingungen für die Indios verbessert.« Isabell hatte nicht damit gerechnet, dass ihre Ururgroßmutter ihr Versprechen halten würde. »Gemeinsam mit ihren Eltern haben Georg und Elise sich dafür eingesetzt, dass die Maya-Schätze nicht geraubt und nach Europa und in die USA verschleppt werden.«

»Margarete und Robert reisten nach der Geburt des Kindes nach Bremen und sind nie mehr nach Guatemala zurückgekehrt.« Julia drehte eine Haarsträhne um den Finger. »Margarete hat ihre Großmutter und ihren Vater kurze Zeit später nachgeholt.«

»Weißt du, warum Robert so früh gestorben ist?« Isabell war nicht sicher, ob Julia über ihre Familie reden wollte.

»Offiziell ist er an einer Hirnhautentzündung gestorben. Ob das wahr ist, keine Ahnung.« Julia krauste die Stirn. »Ich konnte es einfach nicht herausfinden.«

»Dafür weiß ich, was aus Nemo wurde.« Isabell grinste. Das war typisch für Elise, dass sie in einem ihrer Reiseberichte über das Maultier geschrieben hatte. »Und – halt dich fest – ich kenne sogar das Schicksal des Fräuleins.«

»Stimmt. Die hatte ich ganz vergessen.« Julia schüttelte den Kopf. »Die Gouvernante ist bestimmt auch nach Bremen zurückgereist, oder? Und Nemo starb alt und in Ehren.«

»Einmal getroffen, einmal daneben. Elise und Georg haben Nemo behalten. Er hat das biblische Alter von siebenunddreißig Jahren erreicht und Elise hat ihn begraben. Was auf großes Erstaunen gestoßen ist.« Isabell lächelte, als sie an die Absätze in Elises Reisebericht dachte, in denen sie über die unverständigen Menschen geschimpft hatte. »Aber die Gouvernante – da kommst du nie drauf.«

»Spann mich nicht auf die Folter.«

»Gut. Fräulein Alice Dieseldorf ist in Guatemala geblieben und hat geheiratet.« Isabell legte eine Kunstpause ein. »Herrn Schultze, den Kaufmann. Sobald er herausgefunden hatte, wie gut die Gouvernante mit Zahlen umgehen konnte, hat er ihr einen Heiratsantrag gemacht.«

»Na ja, dann gab es für einige ja doch ein Happy End. Nur leider nicht für meinen armen Ururgroßvater.« Julia klang bitter. »Und für mich gibt es auch keines. Mein Vater hat mir heute gebeichtet, wie schlecht es finanziell steht. Eine Guatemala-Reise ist nicht drin.«

»Dann suchen wir uns in Guate eben einen Job. Irgendwas findet sich.« Isabell zuckte die Schultern. »Aber erst mal sollten wir überlegen, was wir mit unserem Projekt machen. Wollen wir es überhaupt zu Ende bringen?«

Julia blätterte durch ihr Notizbuch und blieb an einzelnen Seiten hängen. »Ich will auf keinen Fall all das, was wir herausgefunden haben, in der Schule vortragen«, sagte Julia schließlich. »Meine … und deine Familiengeschichte, all die Details, das … das geht niemanden außer uns etwas an.«

»Gut gesagt, Schwester.« Isabell wollte ihre Ururgroßmutter auch nicht öffentlicher sehen, als sie es ohnehin schon war. »Wir schreiben einfach über bekannte Fakten und reichern das Ganze mit ein paar harmlosen Tagebuchauszügen und Briefen an. Konzentrieren uns auf den Kaffeeanbau und die Arbeitsbedingungen und die schwierige Situation der Indígenas.«

»Ja.« Julia holte tief Luft. »Die Zeit wird knapp. Lass uns eine Gliederung entwerfen und die Kapitel aufteilen.«

Isabell nickte. »Ach so, bevor ich es vergesse. Lina will mit uns feiern, wenn das Projekt fertig ist. Sie findet es äußerst spannend, was wir herausgefunden haben.«

»Was hält sie davon, dass du nach dem Abi nach Guatemala fahren willst?« Julia schien froh zu sein, das Thema wechseln zu können. »Oder willst du jetzt nicht mehr?«

»Doch schon, aber …« Für Isabell fühlte es sich gut an, endlich einmal ihre Zweifel auszusprechen. »Erst einmal werde ich ja große Schwester. Mann, eigentlich könnte ich selbst ein Kind bekommen und nicht eine Schwester.«

»Hast du dich mit deinen Eltern versöhnt?«

»Ja, wir haben gestern ziemlich lange geredet.« Isabell machte eine spaßig-verzweifelte Geste. »Meine Mutter hat einen Job an einer englischen Uni. Sie würden sich freuen, wenn ich dahinkomme. Aber ich will mit dir nach Guate.«

»Ehrlich? Ich … ich fände es klasse, wenn wir gemeinsam unterwegs wären.« Julia zwinkerte Isabell zu. »Abgesehen davon, dass ich kein Spanisch kann. Ich brauche dich also.«

»Na ja, du könntest den schnuckeligen Florian fragen. Der würde dich bestimmt gern begleiten.« Isabell malte ein

Herzchen in die Luft. »Nein, im Ernst. Ich glaube, er will im nächsten Jahr nach Antigua. Hat er mal angedeutet, oder?«

»Meinst du, dass ich Juans Familie finden kann?« Julias Versuch, das Thema zu wechseln, war so plump, dass Isabell nur den Kopf schütteln konnte. »Vielleicht … vielleicht leben sie ja auch nicht mehr.«

Isabell biss sich auf die Unterlippe. Sie hatte Julia bewusst nicht von den Gräueltaten berichtet. Den Massenmorden an den Indígenas. Julia konnte recht haben. Möglicherweise hatte niemand aus Juans Familie überlebt. »Pass auf, ich kontakte ein paar Leute und bitte sie, etwas über Juans Familie herauszufinden. Und ich lasse dich auf keinen Fall allein, wenn du nach Guate fahren willst.«

Julia antwortete nicht, sondern nickte nur.

»Du würdest doch schon bei der ersten Schlange umdrehen und schreiend nach Hause laufen«, fügte Isabell hinzu, um nicht weiter daran denken zu müssen, dass Julias Verwandte möglicherweise ermordet worden waren. »Und wärst völlig hilflos, wenn du einen Chickenbus anhalten wolltest.«

»Danke!«, sagte Julia. »Und auch wenn ich keine lebenden Verwandten habe oder sie mich nicht sehen wollen, ich will auf jeden Fall die Finca sehen, auf der Margarete gelebt hat. Und ich will ihren Wasserfall suchen.«

»*¡Cómo no!* Abgemacht. Wir fahren gemeinsam nach Guate. Hören Marimbas und suchen im Regenwald nach einem Wasserfall. Das wird super.«

»Aber erst mal schreiben wir unseren Projektbericht.« Julia lächelte. »Wer schreibt, der bleibt.«

Epilog *Guatemala 1903*

»Ich ahnte, dass ich dich hier finde.« Robert trat aus dem Schatten der Bäume auf die kleine Lichtung. Sein Lächeln wärmte Margaretes Herz. »Schmerzt es nicht zu sehr?«

»Ich kann mir nicht vorstellen, dass der Schmerz jemals endet.« Margarete saß am See und ließ ihre Hand durch das warme Wasser gleiten. Kleine Fische näherten sich neugierig und stoben hektisch davon, als sie die Finger bewegte. »Aber hier erlebte ich die schönsten Tage meines Lebens.«

Ein Sonnenstrahl brach durch die Wolkendecke und entfachte einen funkelnden Regenbogen über dem Wasserfall. Margarete zog die Hand aus dem Wasser und ballte sie zur Faust. Ihre Fingernägel krallten sich in die Handfläche. Mit dem körperlichen Schmerz hoffte sie die bittersüße Qual der Erinnerung zu übertünchen. Doch immer wieder sah sie die glücklichen Stunden mit Juan vor sich. Sein markantes Gesicht. Seine leuchtenden Augen, als er sich über sie beugte und sie küsste. Wenn der Wind durch ihr Haar strich, meinte sie Juans sanfte Liebkosungen zu spüren.

»Versuche, dich an das Schöne zu erinnern.« Robert trat heran und bot Margarete seinen Arm, damit sie sich erheben konnte. Inzwischen hatte die Schwangerschaft ihren Bauch anschwellen lassen und es fiel ihr schwerer, den Weg durch den Nebelwald an ihren See zu gehen. »Es ist nicht gut für das Baby, wenn du trauerst.«

»Ich weiß.« Margarete zog sich an seinem Arm hoch. Der goldene Ring an seiner rechten Hand blitzte kurz hervor. Der Ring, dessen Pendant sie trug. In einer kurzen, schmucklosen Zeremonie hatten sie geheiratet und einander versprochen, füreinander zu sorgen und sich zu lieben. Ein Treuegelöbnis hatte Margarete von Robert nicht verlangen wollen und er war ihr sehr dankbar gewesen.

Sie fragte ihn nie, wo und vor allem mit wem er die Nächte verbrachte. Manchmal musste sie der Versuchung widerstehen, ihn zu bitten, etwas Wärme in ihr kaltes und einsames Bett zu bringen. Menschliche Wärme, nicht die Liebe zwischen Mann und Frau. Aber es erschien ihr falsch und so lag sie nachts wach, erinnerte sich an Juan und legte die Hand auf ihren Bauch, um ihr gemeinsames Kind zu spüren. Zu ihrem Erstaunen schien auch Robert das Kind zu lieben. Er erfreute sich ebenso sehr an den Bewegungen des Kleinen wie Margaretes Großmutter oder ihr Vater.

»Sie warten auf uns.« Robert lächelte Margarete an. »Wir müssen die neuen Verträge unterzeichnen.«

»Dankc, dass du mich teilhaben lässt.« Nur zu gut wusste Margarete, dass sie eigentlich kein Anrecht darauf hatte, beim Schicksal der Finca ein Wort mitzureden. Erst hatte ihr Vater alle Entscheidungen für sie treffen dürfen. Nun, mit dem goldenen Ring, hatte sie die Entscheidungsgewalt über ihr Leben auf Robert übertragen. Doch im Unterschied zu ihrem Vater bestand Robert darauf, Margarete bei allen Fragen, die die Kaffee-Finca betrafen, einzubeziehen. Schließlich hatten die gemeinsamen Anstrengungen von Alice Dieseldorf, Minna Seler und Margarete dazu geführt, dass La Huaca nicht verkauft werden musste.

Glaubst du, wir schaffen es?« Nachdem die Bankiers und Anwälte endlich gegangen waren und sie Hunderte von Seiten Papier unterschrieben hatte, stand Margarete, die Hand auf ihrem Bauch, auf dem Patio und schaute auf die Kaffeefelder. Die Kaffeepflanzen gediehen prächtig unter dem Schutz der riesigen Bananenbäume.

»Gemeinsam können wir alles erreichen.« Sanft legte Robert seinen Arm um sie. Margarete lehnte den Kopf an seine Schultern und schloss einen Moment lang die Augen. »Die Kaffeepreise werden anziehen. Da bin ich sicher.«

»Und wenn nicht?« Jetzt, wo sie Verantwortung für das ungeborene Leben in sich trug, barg die Zukunft für sie mehr Schrecken als früher. Sie wollte ihrem Kind ein Heim bieten können. Ein Heim und Sicherheit. »Wenn der Markt uns nicht gewogen bleibt?«

»Meine Familie ist reich und kann sich eine Finca als Luxus leisten.« Robert küsste ihren Scheitel. »Aber sie werden dafür verlangen, dass wir ihnen unser Kind präsentieren. Ich bin der einzige Sohn.«

Margarete schwieg. Sie fürchtete bereits seit Längerem, dass Robert dieses Thema zur Sprache bringen würde. Schließlich war er nicht in Guatemala geboren wie sie, er kannte und liebte das Land nicht so wie sie. Die Vorstellung, ihre Heimat zu verlassen, hatte Margarete zuerst erschreckt. Inzwischen jedoch dachte sie ab und zu daran, mit Robert einen Neuanfang zu wagen. Gemeinsam etwas aufzubauen und die Erinnerungen nur noch in ihrem Herzen zu tragen.

»Wenn Johannes oder Johanna alt genug sind, können wir nach Bremen fahren.« Für Robert war es eine Selbstverständlichkeit, dass das Kind nach Juan benannt würde. Er strich Margarete eine Haarsträhne aus der Stirn, die sich gelöst hatte und ihr in die Augen fiel. »Vielleicht dort leben, wenn du dir das vorstellen kannst.«

»Ja, vielleicht wäre es gut. Weg von den Erinnerungen.« Sie lächelte und eine Träne rollte über ihre Wange. Margarete drückte Roberts Hand. »Danke.«

»Und unsere Enkel oder Urenkel werden eines Tages zurückkehren und auf unseren Spuren wandeln.« Robert erwiderte ihren Händedruck. Seine Stimme klang leidenschaftlich. »Zu einer besseren Zeit. Einer Zeit, in der es jedem Menschen möglich ist, den zu lieben, den er möchte. Unabhängig von Herkunft oder Geschlecht oder Hautfarbe.«

0
50
100 km
N
Río San Pedro
Tikal
Lago de Petén Itzá
Belize
Mexiko
Río de la Pasión
Karibik
Río Cancuen
Cancuen
Puerto Barrios
Cobán
Río Polochic
Lago de Izabal
Río Montagua
Quetzaltenango
(Xela)
Honduras
Ciudad de Guatemala
Lago de Atitlán
Antigua
El Salvador
USA
Golf von
Mexiko
Pazifik
Pazifik

Glossar

aguardiente	Schnaps, Branntwein
alcalde	Bürgermeister, Gemeindeoberhaupt
amate	mexikanischer Feigenbaum
amate-Papier	Papier aus der Rinde des Feigenbaums
Atitlán-Taucher	Vogel, der nur am Atitlan-See lebte und inzwischen leider ausgestorben ist
atoles	Getränk aus Maismehl, in Wasser aufgelöst und mit Honig oder Kakao gesüßt
brujo	Zauberer, Schamane
caballero	früher: Ritter; im 19. Jahrhundert: Herr
cafétal	Kaffeepflanzung
ceviche	roher Fisch, mariniert in Limonensaft
chapín	Guatemalteke
chickenbus	ausrangierter US-Schulbus
chicle	Saft des Breiapfelbaums und Grundstoff der Kaugummis
chipi-chipi	feiner Niesel-Daueregen der Alta Verapaz
chirmol	milde Tomatensoße
Cizin (oder: Kisin)	Maya-Gott der Erdbeben und des Todes
codex	ein mit Bildern und Zeichen bemaltes Buch aus *amate*-Papier
departamento	Verwaltungsbezirk, Provinz
endemisch	Tier- oder Pflanzenart, die nur an einem Ort vorkommt
ermita	Einsiedelei
fiambre	Salat mit mehr als vierzig Zutaten; Spezialität zu Allerheiligen
Finca	Gutshof, Plantage, Bauernhof
finquero	Grundstücksbesitzer, Eigentümer

frijoles	schwarze gedünstete Bohnen, meist Mus
gringos	Weiße
guacamole	Avocadopüree
Gucumatz (auch: Kukulcán)	gefiederte Schlange, Maya-Gott der Auferstehung und der Reinkarnation
Herbarium	Sammlung getrockneter und gepresster Pflanzen für wissenschaftliche Zwecke
horchata	Getränk aus Reiswasser und Zimt
huipil	Tunika-artiges Hemd der Indígena-Frauen
indígena	Ureinwohner
invierno	Winter
Itzamná	Maya-Gott des Himmels
Ix-Chel	Maya-Göttin: Herrin des Regenbogens, Göttin des Wassers
kekchí	Dialekt der Maya
Kometensucher	kompaktes, lichtstarkes Linsenfernrohr
ladino	Mischling; Nachkomme von Spaniern und Indios
mecapal	Stirngurt, an den Lasten angehängt werden
monja blanca	Weiße Nonne (Orchideenart)
mozo	Bursche, Diener
mula	Maultier, Kreuzung von Pferdestute und Eselhengst; Nachkommen von Pferdehengst und Eselstute sind Maulesel
Nebelwald	Wald, der bei feuchter Witterung in Wolken oder Nebel eingehüllt ist
patio	zementierte Terrasse, auf der der Kaffee getrocknet wird
pécari	Nabelschwein, ähnelt dem Hausschwein, nur deutlich behaarter
Quetzal	Wappenvogel Guatemalas; Währung

Roter Hund	auch Frieseln, Hautkrankheit, die durch Verstopfung der Schweißdrüsen entsteht
sala	Besucherzimmer einer Finca
Stele	Obelisk-ähnliches, mit Reliefs oder Inschriften geschmücktes Steindenkmal
tortilla	Fladenbrot aus Maismehl und Wasser
totoposte	getrocknete Maiskuchen, die monatelang haltbar sind und geröstet werden
verano	Sommer
zarape (auch: sarape)	Überwurf aus Stoff mit einer Öffnung für den Kopf, eine Art Poncho

Worte und Redewendungen in Kekchí und Spanisch

Kekchí

Incuan bi'	Auf Wiedersehen
Ma sa laa ch'ool?	Ist dein Herz zufrieden? (Begrüßungsformel)
Nactinra	Ich liebe dich
Sa lin Ch'ool	Mein Herz ist froh

Spanisch

à la gran púchica	Menschenskind
¡Cómo no!	natürlich, selbstverständlich
¡Hola!	hallo; Begrüßungsformel
la huaca	der verborgene Schatz

Nachwort *Fakten, Fiktion und Hintergründe*

Der Roman erzählt eine fiktive Geschichte, die allerdings ihre Wurzeln in der Geschichte der deutschen Kaffee-Finqueros in Guatemala Ende des 19./Anfang des 20. Jahrhunderts hat. Wer mehr über diese spannende Zeit und die Entdeckungsreisen wissen möchte, dem lege ich die Reiseberichte von Karl Sapper und Caecilie Seler-Sachs ans Herz oder auf den Schreibtisch. Sie haben mir sehr dabei geholfen, mir die Welt Guatemalas um 1900 vorstellen zu können. Caecilie Seler-Sachs verdanke ich die Idee zum Hausschwein Adele sowie zu dem Flüsse fürchtenden Maultier. Karl Sapper weiß sehr eindrücklich von den Folgen des Vulkanausbruchs zu berichten:

Sapper, Karl: *Durch das Land der Azteken. Berichte deutscher Reisender des 19. Jahrhunderts aus Mexiko und Guatemala,* Verlag der Nation, Berlin 1978

Ders.: *In den Vulcangebieten Mittelamerikas und Westindiens. Reiseschilderungen und Studien über die Vulcan-Ausbrüche der Jahre 1902 bis 1903, ihre geologischen, wirtschaftlichen und socialen Folgen,* Verlag der Schweizerbartschen Verlagsbuchhandlung, Stuttgart 1905

Seler-Sachs, Caecilie: *Auf alten Wegen in Mexiko und Guatemala. Reiseerinnerungen aus den Jahren 1895 bis 1897,* Promedia Verlagsgesellschaft, Wien 1992

Die neuere Geschichte Guatemalas, die der verfolgten und lange Zeit unterdrückten Ureinwohner, steht im Mittelpunkt des Buchs von Rigoberta Menchú, die 1992 den Friedensnobelpreis erhielt:

Menchú, Rigoberta/Elisabeth Burgos: *Leben in Guatemala,* Lamuv, Göttingen 1998

Ebenfalls einen Nobelpreis, den für Literatur im Jahr 1967, hat der guatemaltekische Dichter Miguel Ángel Asturias erhalten, dessen Geschichten dem magischen Realismus zuzuordnen sind. Hier haben mir besonders die Legenden aus Guatemala gefallen:

Asturias, Miguel Ángel: *Legenden aus Guatemala,* Suhrkamp, Frankfurt/Main 1973

Das Buch, das Elise solche Angst vor Vulkanausbrüchen einjagte und das es auch heute noch zu kaufen und zu lesen gibt, ist:

Bulwer-Lytton, Edward: *Die letzten Tage von Pompeji* (*The Last Days of Pompeii,* 1834), dtv, München 2009

Der Tempel von Cancuen wurde bereits 1905 entdeckt, dann jedoch als unwichtig vergessen und erst 1963 wieder gefunden, weil jemand in ihn hineingestolpert ist. Dass Elise den Tempel als Erste entdeckte, entspringt jedoch einzig und allein meiner Fantasie.

Und hier noch eine Auswahl von Büchern, die sich mit Facetten Guatemalas beschäftigen:

Aimi, Antonio/Raphael Tunesi: *Maya und Azteken,* Parthas, Berlin 2009

Die Welt der Maya. Mexiko, Guatemala, Belize, Gruner + Jahr, (*Geo-Special* Nr. 5), Hamburg 1993

Stierlein, Henri: *Maya. Guatemala, Honduras, Yucatán.* Taschen, Köln 1994

Trümper, Katharina: *Kaffee und Kaufleute : Guatemala und der Hamburger Handel, 1871–1914,* Lit-Verlag, Hamburg 1996

Karte und Reiseroute

Danksagung

Schreiben ist eine einsame Arbeit, aber es braucht viele Menschen, damit eine Geschichte das Licht der Welt erblicken kann. Hier möchte ich mich einigen von ihnen bedanken.

Mein Dank gehört den Beschäftigten der Stadtbibliothek Kassel, in deren Beständen ich immer wieder auf genau das Buch stieß, das ich benötigte. Mein Dank gilt auch den Mitarbeitern der Universitätsbibliothek Kassel. Dort verbrachte ich mehr Zeit als geplant, weil das Bücherangebot so spannend und vielfältig ist.

Danke an Lionne Andrea Hinz, deren Fragen mich zum Nachdenken über den Schreibprozess anregten. Toi, toi, toi für die Dissertation – ein tolles Thema.

Gedankt sei Klaus Fuest vom Deutschen Schifffahrtsmuseum in Bremerhaven für seine schnelle und weiterführende Antwort auf die Frage nach Schiffsreisen zwischen Hamburg und Guatemala.

Meinen Testlesern Lina Sophie Schöne, Sabine Lindecke und Matthias Hofinger bin ich zu großem Dank verpflichtet. Durch euch ist das Buch besser geworden und ihr habt mich motiviert, weiter zu schreiben – DANKE.

Claudia Siegmann danke ich für unsere Autorinnentreffen, bei denen wir viel Kaffee getrunken haben und uns über die Höhen und Tiefen des Schreibens austauschten.

Ich danke „meiner" Agentin Natalja Schmidt, die viel Geduld mit einer ungeduldigen Autorin wie mir hatte und hat.

Sehr viel verdankt der Roman Bettina Traub, unermüdliche und humorvolle Lektorin, die wunderbare Ideen hatte, die mir hätten einfallen müssen, und mich mehr als einmal davor rettete, mich in den Untiefen des Hintergrundwissens zu verlieren. Unsere Zusammenarbeit hat mir viel Spaß gemacht.

Danke und liebe Grüße an die Schreibwelt, mein virtuelles Zuhause. Mit den Kolleginnen und Kollegen dort lassen sich Erfolge gemeinsam wunderbar feiern.

Schließlich bleiben die Museriche, meine Kater, die ihren Job mit Bravour erledigten. Sofern sie nicht auf dem Notebook schlafen wollten oder über die Tastatur liefen.

Und schließlich danke ich Matthias, weil er mir den Rücken frei und die Kater vom Notebook ferngehalten hat.

Lieblingsbücher entdecken, in spannenden Leseproben stöbern, tolle Gewinne sichern und allerhand Lustiges und Wissenswertes erfahren – das ist unser neues E-Mail-Magazin für große und kleine Leseratten. Kostenlos anmelden unter www.thienemann.de.

Antoni, Laura:
Im Land der Kaffeeblüten
ISBN 978 3 522 20160 5

Umschlaggestaltung und -typografie: buerosued°, München
Innentypografie: Eva Mokhlis
Außenlektorat: Bettina Traub
Karte: Roman Lang
Schrift: Garamond Pro/Garamond Premier
Satz: KCS GmbH, Buchholz/Hamburg
Reproduktion: immedia 23, Stuttgart
Druck und Bindung: Friedrich Pustet, Regensburg

5 4 3 2 1° 12 13 14 15